KB062652

피아니시모
피아니시모

피아니시모
피아니시모

츠지 히토나리 지음 · 양윤옥 옮김

소담출판사

피아니시모
피아니시모

펴 낸 날 | 2007년 6월 25일 초판 1쇄
            2007년 6월 27일 초판 3쇄

지 은 이 | 츠지 히토나리
옮 긴 이 | 양윤옥
펴 낸 이 | 이태권
펴 낸 곳 | 소담출판사
            서울시 성북구 성북동 178-2 (우)136-020
            전화 | 745-8566~7 팩스 | 747-3238
            e-mail | sodam@dreamsodam.co.kr
            등록번호 | 제2-42호(1979년 11월 14일)
            홈페이지 | www.dreamsodam.co.kr

ISBN 978-89-7381-906-5 03830

● 책값은 뒤표지에 있습니다.

인생이란 모두가 말하듯이 멋진 것일까, 아니면 나쁜 꿈일까.

제1부

우지이에 도오루는 지그시 시선을 집중하여 1학년 13반 줄 중간쯤에서 히카루를 찾아보았다. 단상에 올라 연설하는 교장 선생님의 목소리는 스피커 때문에 갈라지고 주위 빌딩에 부딪쳐 오락가락해서 도오루의 귀에는 그저 잡음으로만 와 닿았다.

두툼한 구름이 도쿄 하늘에 꼼짝 않고 눌러앉아 하늘도 교사(校舍)도 교정 콘크리트 바닥도, 그리고 도로 건너편에 있는 철거 작업 중의 병원까지도 모조리 회색이었다. 농담(濃淡)이라고는 전혀 없는 이 회색의 세계에서 학생들이 입은 사복만 거꾸로 기묘한 색채를 내뿜고 있었다.

히카루를 2학년 줄에서 겨우 찾아냈다. 뭔가 일을 저지를 듯한 표정으로 주위를 두리번거리는 꼴이 아무래도 신경이 쓰였다. 찾아낸 것도 잠시 잠깐, 히카루는 느닷없이 선생님들의 눈을 피해 대열을 빠져

나갔다. 도오루는 눈으로 열심히 히카루를 따라갔지만 학생들이 가림 막이 되어 몇 번이나 놓쳐버렸다. 1학년만 14반이나 되는 매머드 중학 교, 전교생이 참석하는 아침 조회 때는 교정이 온통 인간의 숲이 되었 다. 도오루가 움직이지 못하는 것을 좋은 기회로 삼아 히카루에게 이 곳은 숨바꼭질하기에 안성맞춤의 자리였다. 오른쪽 왼쪽으로 번갈아 가며 나무 사이로 까불까불 얼굴을 내미는 히카루를 보며 도오루는 어이없는 얼굴로 한숨을 내쉬었다. 그러면서도 표정 없는 아이들 사 이에서 그 생기 넘치는 존재 덕분에 어떤 구원 같은 것을 느끼는 것도 사실이었다. 우스꽝스럽게도 히카루가 하는 짓거리가 은근히 도오루 의 마음을 달래주었다.

히카루는 교정 한쪽에 서 있는 창립자 동상에 기어올랐다. 어깨에 다리를 걸고 창립자의 머리를 부둥켜안은 채 요즘 한창 인기 있는 노 래를 불러댄다. 그런데도 2천 명이 넘는 학생들이나 몇십 명의 교사들 이 이 문제아를 돌아보는 일은 없었다. 언제 어디서나 히카루 혼자만 은 항상 제멋대로의 자유를 마음껏 누렸다.

조회가 끝나자 학생들은 두 줄로 서서 각자의 교실을 향해 길고 긴 복도와 스테인드글라스의 빛이 쏟아지는 계단을 행진하기 시작했다. 회색은 교사 안에까지 진입하여 여기저기―, 복도 구석이며 천장이며 벽 등에서 자꾸자꾸 빛을 앗아갔다.

히카루가 도오루를 쫓아와 "진짜 재미있었어"라고 태평하게 내뱉었다. 도오루는 조심스럽게 좌우를 둘러보았다. 긴 복도의 저 끝까지 촘촘하게 회색이 곰팡이처럼 스며들어 있었다. 형광등 불빛 같은 걸로는 회색을 몰아낼 수 없어, 라고 도오루는 혼자 중얼거렸다.

모든 학생에게 각자 책상과 의자가 주어졌지만 히카루에게는 아무것도 없었다. 그래서 수업 중에는 결석한 학생의 자리를 이용하거나 교실 맨 뒤의 사물함 위에 누워 있거나 때로는 교단에 선 담임 선생님 옆에서 그녀의 몸짓을 흉내 내며 놀기도 했다. 학생이 50명이나 되었지만 히카루에게 말을 거는 아이는 아무도 없었다. 히카루가 토론 수업에 참가해도 그 의견에 고개를 끄덕이는 아이도, 반대 의견을 내놓는 아이도 없었다. 그래도 별로 풀 죽은 기색도 없이 히카루는 자신을 무시하는 아이들을 툭툭 치거나 삿대질을 하기도 했지만 역시 누구 하나 알아주지 않았다.

히카루는 도오루 쪽에서 대각선으로 앞쪽 자리에 앉은 여학생 곁에서 히죽히죽 웃으며 그 얼굴을 빤히 들여다보고 있었다.
―도오루, 이 여학생이지? 입학식 때 네가 예쁘다고 했던 애?
보이지 않으니 아무렇지도 않다는 듯 히카루는 그 여학생의 뺨을 싸악 핥아버렸다. 도오루는 저도 모르게 앗, 하는 소리를 내고 말았다. 그 여학생이 돌아보았다.
―우지이에, 무슨 질문 있니?

칠판에 수식을 쓰고 있던 선생님이 몸을 돌려 바라보았다. 반 친구들의 차가운 시선이 쏟아졌다.

―아뇨, 아무것도 아녜요.

히카루는 천박한 웃음을 흩뿌리며 이 책상에서 저 책상으로 뛰어다녔다. 도오루는 단 한 번도 수업에 집중할 수 없었다. 집중해보려고 해도 히카루가 번번이 못된 짓을 벌이곤 했다. 여선생님의 스커트 지퍼를 내리려고 하고 칠판에 '너희는 모두 바보다'라고 갈겨쓰고, 빗자루를 가랑이에 낀 채 마구 뛰어다니고, 아무튼 저 혼자 신이 나서 생각나는 대로 마음껏 못된 짓을 저지르고 다녔다. 막무가내로 떼를 쓰는 어린애 같아서 그냥 무시해버리면 못된 장난질은 점점 고조되었다. 적당히 상대해주면서 그때그때 대충 무마하는 수밖에 없었다.

입학식 직후부터 반에는 몇 개의 작은 그룹이 생겼다 사라지고 사라졌다 다시 생겨났다. 도오루는 그중 어디에도 속하지 않고, 누군가 말을 걸어오면 고개를 끄덕이는 정도로 되도록 얕고 넓게 반 친구들을 대했다. 히카루가 늘 곁에 붙어 있기 때문에 반드시 어딘가의 그룹에 들어가려고 애를 쓸 만큼 외롭지도 고독하지도 않았다. 상대 쪽에서 원하면 이따금 자신의 의견을 밝히기도 했지만 자기 쪽에서 먼저 적극적으로 말을 건네는 일도 없고 그룹에 참여하는 일도 없었다.

도오루의 옆자리에는 '스커트 입은 남학생' 시라토가 있었다. 그 괴상한 옷차림 때문에 왠지 가까이하기가 어려워서 도오루는 아직껏

10

시라토와 말을 나눠본 일이 없었다. 무슨 애니메이션인가의 캐릭터를 닮았다고 해서 시라토는 항상 애니메이션 좋아하는 여학생들에 둘러싸여 지냈다.

시라토처럼 특이하지는 않아도 나름대로 개성적인 옷차림의 아이들은 그 밖에도 몇몇 있었다. 하지만 그건 부모의 취향에 맞는 옷을 입고 다니는 것뿐이고 성격적으로는 대충 거기서 거기, 모두가 몰개성적이고 얌전하고 평범하기만 해서 같은 반 친구 중에는 명백히 불량학생이라고 할 아이도, 눈에 띄는 리더의 자질을 가진 아이도 없었다.

아직 서로가 누구인지 성격이 어떤지도 알지 못하는 시기에 선거를 실시해서 회장, 부회장이 반 강제로 선출되었다. 선거라고 해봤자 담임 선생님이 초등학교 때 회장 경험이 있는 아이들을 리스트업해서 그중 남녀 두 명을 선정한 형식적인 의식에 지나지 않았다. 어느 누구도 이의를 제기하는 일 없는 이 코미디 같은 선거에 대해 히카루는 냉소와 함께 "쳇, 이런 게 민주주의야?" 하고 비아냥거렸다.

신학기가 시작되고 한 달쯤 지났을 때, 매사에 나서기 좋아하는 에지리라는 작은 몸집의 남학생이 유령을 보았다고 떠들어대기 시작했다. 그때까지 전혀 통일감이 없던 반 아이들이 유령이라는 한마디에 기묘한 연대감으로 똘똘 뭉쳐졌다.

회장에 선출된 가도노가 홈룸 시간에 정말로 유령을 봤느냐고 에지리를 다그쳤다. 에지리는 마침 기회가 왔다는 듯 모든 반 아이들을 상대로 손짓 발짓에 얼굴까지 붉혀가며 유령을 목격한 이야기를 낱낱이 풀어놓았다.

─이, 일층의, 체육관으로 나가는, 복도에 있었어. 웅크리고 있었는데, 뭔가, 전체가 희미했어. 저, 정말이야, 거짓말을 왜 하겠냐? 틀림없어, 그건 유령이야. 그, 그게, 군데군데 투명하게 보였단 말이야.

에지리의 말은 소년 소녀들에게 다양한 상상을 가져다주었다. 어슴푸레한 복도의 막다른 곳에 우두커니 서 있는 유령을 제각기 상상하고 모두가 그 미지의, 으스스한, 괴기한 존재에 부르르 떨었다.

─거짓말 하지 마, 에지리.

─봐, 봤다니까? 정말 있었단 말이야.

가도노의 의도와는 달리 에지리의 실감나는 실황 해설이 딸린 호소 덕분에 유령의 존재는 반 아이들의 마음을 사로잡았다. 유령 같은 게 어디 있느냐고 현실주의자인 가도노가 비웃자 수다쟁이에 남의 눈치 살피기에 선수인 기노시타가 "혹시 그 사건의 유령인지도 몰라" 하고 말을 끼웠다. '그 사건'과 '에지리가 본 유령'이 하나로 이어지면서 순식간에 1학년 13반 교실에서 웅성거림이 사라졌다.

3년 전, 도오루가 아직 초등학생일 때, 이 중학교에 다니던 1학년 여학생이 유괴 살해되는 사건이 일어났었다. 게다가 그 소녀는 행방불명이 된 지 일주일 만에 교내의 물 없는 수영장 안에서 발견되었다. 교살된 사체에 붙어 있던 회색 흙만이 그 당시 유일한 단서였다. 그 이후로 학교 수영장은 폐쇄되어 사용하지 않고 있었다.

이 근처의 지리를 잘 아는 자다, 학교에 원한이 있는 자의 범행이 분명하다, 하고 다양한 추측이 나왔지만 결국 범인은 잡히지 않았다. 학교 측에서는 교내 구석구석에 감시 카메라를 설치하고 경비회사와 계약을 맺었다. 나아가 초등학교와 중학교 학생 전원에게 GPS 기능이 내장된 휴대전화를 소지하라는 결정을 내렸다. 휴대폰을 가지고 있으면 행방불명이 되어도 위성에서 아이가 있는 곳을 찾아내준다는 장치였다. 도오루도 GPS 내장 휴대전화를 받았지만 그때나 지금이나 그것이 울린 일은 한 번도 없었다.

얼마 뒤에는 몹시 조용하고 착실한 남학생 하나가 부모와 함께 자동차로 학교 근처를 지나던 길에 시청각 교실 쪽에서 푸르스름한 불빛이 떠다니는 것을 보았다는 말을 내놓았다. 거기에 또 다른 여학생이 아무도 없는 화장실에서 흐느껴 우는 소리를 들었다고 증언했다. 이제 유령의 존재는 확고부동한 것이 되었다. 여학생들은 혼자서는 화장실에 가지 못해 쉬는 시간마다 함께 갈 친구를 찾았고, 게다가 소문의 출처가 된 화장실을 피해 일부러 2학년 건물까지 건널복도를 통해 대 원정에 나섰다.

도오루가 다니는 중학교는 언덕의 가장 위쪽에 자리 잡고 있어서 옥상에서 내려다보이는 경치가 기막히게 좋았다. 주위에 장애물이 없어 도쿄의 동서남북이 한눈에 내려다보였다. 도오루는 날씨가 좋을 때면 식물이 광합성을 하듯 신선한 햇빛을 찾아 히카루와 함께 옥상에 올라갔다.

초록색이나 하늘색도 약간 있지만 그건 옷에 묻은 얼룩 정도일 뿐이고, 도쿄의 거의 전 지역이 회색의 지배를 받고 있었다. 낮 동안에는 태양이 그럭저럭 회색을 밀어내지만 저녁이 되어 햇살의 힘이 약해지면 회색의 증식을 허용하고 말았다.

도오루는 철망에 손을 짚고 발 아래를 내려다보았다. 교문 바로 앞쪽으로는 폐허가 된 철거 중의 병원이 펼쳐졌다. 같은 재단의 유치원과 초등학교 교사가 길을 끼고 좌우로 보였다. 그 언덕길을 내려간 곳에 자리한 역 주위에는 대학과 대학원이 모여 있었다. 그 각각의 학교들을 고속도로와 교각들이 성벽의 유적처럼 빙 둘러 에워쌌다. 전선과 전봇대와 철망과 콘크리트가 괴물, 옥상의 황야, 회색 밀림, 대협곡들을 만들어내고 있었다.

—우와, 기분 좋아. 도오루, 저기 좀 봐, 저 푸른 하늘!

히카루는 소리를 지르며 널찍한 옥상을 뛰어다녔다. 도오루는 그런 히카루는 무시하고 큰대 자로 벌렁 누워, 드물게도 가로막는 것 하나 없이 멀리까지 새파랗게 툭 트인 도쿄 상공을 올려다보았다. 익숙하지 않은 태양광선 때문에 망막에 아픔이 느껴져서 도오루는 눈을 감았다. 눈꺼풀을 뚫을 듯한 기세로 빛이 눈동자를 꾸욱 눌러왔다.

—우지이에.

까막까막 졸고 있으려니 목소리가 들려왔다. 히카루의 목소리가 아니었다. 당황하여 몸을 일으키자 태양을 등지고 스커트 입은 미소년 시라토가 서 있었다. 시라토는 처음으로 말을 나눈다는 느낌이 아니라 전부터 친하게 지내온 사람 같은 태도로 말했다.

―이런 데서 뭐하냐?

눈이 햇빛에 익숙해지면서 우뚝 버티고 선 시라토의 모습, 길쭉하고 시원한 두 눈이며 무소의 뿔처럼 하늘을 향해 치켜선 머리칼, 곧게 당겨진 턱 선이며 콧날, 예각을 그린 귀의 윤곽이 또렷이 드러났다.

―이곳은 안전하니까.

도오루는 한껏 경계하며 대답했는데 시라토는 피식 웃더니 머뭇거리는 것도 없이 옆에 다가와 털썩 앉아버렸다. 갈색이라고 생각했던 건 햇빛 때문이고 그의 두 눈은 실제로는 칠흑이어서 지성(知性)과 함께 소년에게는 어울리지 않는 요염함을 담고 있었다. 히카루가 다가와 뭔가 한마디 하고픈 듯한 표정으로 숨을 헐떡거리다가 시라토의 스커트 자락을 쳐들며 웃어댔다.

―글쎄다, 어떻게 이곳은 안전하다고 단정할 수 있지?

시라토가 뒤로 손을 짚고 하늘을 올려다보며 물었다. 도오루는 "햇빛이 회색을 몰아내기 때문에"라고, 마음속으로 생각한 그대로 내뱉었다.

―회색? 뭐야, 그게?

―이 세상을 이면(裏面)에서 지배하는 것. 하지만 실체는 없고, 음,

15

그게, 말로는 설명할 수 없어. 조류 인플루엔자 같은 바이러스도 아니고 유령이라든가 마귀라든가 악령 같은 종류도 아니야. 다만 이 세상 어디에나 있고, 놈들은 다양한 것을 회색으로 바꿔버려. 지금 놈들이라고 말하기는 했지만 그게 집단인지 뭔지도 알 수 없어. 좀 더 말하자면 적인지 한편인지도 몰라.

"살아 있는 게 아니야?" 하고 시라토가 되물었다.

—살아 있는 것인지 죽어 있는 것인지 나로서는 알 수 없어. 단지 회색에 침범되면 사람이나 물건은 색깔과 광채를 잃어버려. 인간은 감동을 하지 못하게 돼. 회색은 인간의 감정을 가장 좋아하거든. 회색에 마음을 파먹히면 좀비처럼 마음 없는 불안투성이의 인간이 되고 말아.

시라토는 푸웃 웃음을 터뜨리더니 그 자리에 큰대 자로 누워 눈을 감았다. 긴 스커트 자락 밑으로 운동화를 신은 발이 삐죽 튀어나왔다. 도오루는 시라토의 얼굴을 잠시 바라보다가 그만 졸음이 몰려와 함께 누웠다. 그 순간, 햇빛에 짓눌려 다시 움직일 수 없게 되어버렸다.

교실로 돌아오는 길에 계단참에서 상급생들이 불러 세웠다. 그중에 한층 키가 큰 선배—축구부 주장이고 별명은 점보—가 있었다. 큼직한 몸집과 존재감으로 초등학교, 중학교는 물론이고 고등학교에까지 이름을 날리는 선배였다.

점보가 도오루를 시라토에게서 떼어내 힘껏 밀쳐버리자 다른 선배들이 사냥이라도 하듯 시라토를 층계 구석으로 몰고 갔다. 스테인드글

라스에서 쏟아지는 일곱 색깔의 빛이 그들의 발치를 엷게 물들였다.

　—신입생 중에 스커트를 입고 다니는 재수 없는 녀석이 있다더니 그게 너였구나?

　점보가 체구와는 어울리지 않게 카랑카랑하고 빠른 말투로 말했다. 도오루는 이 큼직한 선배에게서 같은 반 친구들이 잃어버린 야성미를 발견했다. 야비하기는 하지만 통솔력 있고 주위를 압도하는 존재감과 주장이 있어서, 중학생답지 않은 그 얼굴 생김새며 널찍한 어깨 폭이며 큼직한 키가 근사한 그림이 되었다.

　—사내새끼가 뭐 이래? 야, 창피하다.

　점보가 소리치는 것과 거의 동시에 시라토 뒤로 돌아간 상급생 하나가 재빨리 스커트를 들췄다.

　—우엑, 진짜 재수 없어.

　웃음소리가 터졌지만 시라토는 움직이지 않았다.

　—내일부터는 스커트 입지 마라. 알겠어?

　—싫습니다. 이건 내 자유니까.

　점보는 미간에 주름을 잡더니 "혹시 너 고추가 없냐?"라고 야유를 날렸다. 상급생들의 웃음소리가 계단에 튀었다. 점보가 억지로 스커트 속에 손을 집어넣었다. 시라토는 꿈쩍도 하지 않고 똑바로 점보를 쏘아보았다. 가늘게 휘어진 기품 있는 눈썹 끝이 바짝 당겨졌다. 점보는 스커트 속을 난폭하게 더듬으며 느물느물 웃었지만 다음 순간, 풀어졌던 입가가 문득 딱딱해졌다. 그리고 딱딱해진 그대로 몇 초 동안 생각에 잠기는가 싶더니 풀쩍 손을 빼냈다.

―두 번 다시 이런 짓은 하지 마시죠.

시라토가 의연한 목소리로 말했다. 그 기백에 눌려, 후배에게 도리어 한 소리를 듣게 된 점보는 쳇, 하고 내뱉고는 발길을 돌렸다. 보스가 자리를 뜨자 다른 선배들의 위세도 꺾여버렸다.

에지리는 유령과 조우했던 때의 상황을 손짓 발짓을 섞어가며 더욱더 재미있게 이야기하게 되었다. 몇 번이고 듣고 싶어 하는 아이, 필요이상으로 무서워하는 여학생이 있어준 덕분에 에지리의 혀는 한층 더 매끄러워졌다. 듣는 사람이 어떤 대목에서 무서워하는지, 어떤 부분에서 관심이 높아지는지 충분히 간파하고 있는 그 말투는 마치 옛 재담꾼 같았다. 히카루는 에지리가 늘어놓는 목격담에 박자를 맞춰, 우두커니 서 있는 유령이나 무서워하는 여학생들의 흉내를 내곤 했다. 에지리의 목소리만 교실 안에서 열기를 띠고 빛을 발하고 게다가 섬뜩하게 떠돌았다.

―그, 그건 틀림없이 진짜 유령이었어. 부, 부옇게 번져 보이고, 거기에 있다기보다 저, 저녁 햇빛처럼, 있잖아, 슬슬 풀려서 사라지는 것 같았다니까.

잠시 뒤에 에지리의 유령 이야기는 교실을 넘어 다른 반에까지 퍼져나갔다. 그러자 이야기 자체가 왜곡되어 유령은 벽에 스미듯 사라지거나 마침내는 허공을 둥둥 떠돌아다니게 되었다. 유령에게 쫓겨 죽을 둥 살 둥 교무실로 뛰어들어 화를 면했다는 식으로 이야기가 크게 탈선하기에 이르자 그것은 이미 유령 목격담이 아니라 여름이면 반드시 등장하는 괴담 종류로 변해버렸다.

도오루에게 회색에 대해 알려준 것은 히카루였다. 어렸을 때 둘이서 주고받은 대화 속에서부터 이미 회색이 등장했다. 처음에는 에지리의 이야기처럼 윤곽이 애매한 가공의 괴물이었다. 하지만 도오루가 성장함에 따라 회색은 더 이상 유치한 괴수(怪獸)가 아니었다.

도오루는 거리와 길모퉁이, 세상 곳곳에서 평화의 빛을 잡아먹고 인간의 마음에 불안을 심어놓는 회색이 무한히 존재한다는 것을 확신하게 되었다. 그것은 바퀴벌레 못지않은 번식력으로 인간에게서 인간으로 전염되고, 어슴푸레한 장소에서 어슴푸레한 장소로 이동하며, 세상에서 초록을 앗아가고, 인간에게서 감동을 앗아가고, 선인지 악인지 분명치 않은 분쟁과 증오의 씨앗을 흩뿌렸다.

도오루는 회색을 느낄 때마다 히카루를 불러 세워 저게 바로 회색 아니냐고 확인하곤 했다.

―도오루, 그딴 거 무엇이든 상관없잖아? 나도, 말하자면 요괴 같은 건데, 뭐.

에지리와는 대조적으로 회장인 가도노는 유령의 존재에 회의적이어서 홈룸 시간 같은 때 '민심을 현혹시킨다'라는 중학생답지 않은 어려운 표현을 써가며 에지리의 선동을 비판했다.

—그, 그래도 진짜로 봤는데? 벌써 몇 번이나 말하지만 난 분명히 봤단 말이야.

반의 대부분의 아이들은, 필사적으로 주장하는 에지리의 유령 이야기를 부정하지 않아서 회장인 가도노로서도 이미 만들어진 신화를 무너뜨리기란 그리 쉬운 일이 아니었다.

아이들은 모두 무언가에 겁을 내고 있었고 그 구체적인 예로서 유령은 마침맞는 대상이었는지도 모른다. 하지만 그들이 두려워하는 것은 사실은 다른 데 있었다. 도오루가 말하는 회색을 포함하여 눈에 보이지 않는 공포가 주위에 넘쳐났다. 아이들은 집과 학교와 학원을 오락가락할 뿐, 안전한 장소에서 한 걸음도 나오려 하지 않았다. 바로 가까이에 온통 눈에 보이지 않는 위협이며 불신이 만연하고 있었다. 소녀를 살해한 범인이 지금도 가까이에 있을지 모른다는 사실을 어느 누구도 말끔히 지워버릴 수 없었다. 사용하지 않는 수영장의 철책에 채워진 기다란 쇠사슬과 큼직한 자물통이 어린 학생들의 닫혀버린 마음을 웅변적으로 표현하고 있었다.

감시 카메라만으로 도쿄 전 지역에 산재하는 모든 학생들의 행방을 추적하는 건 불가능하다. 역 앞의 북적거림에 휩쓸려든 순간부터는 인공위성으로 그 흔적을 더듬는 수밖에 없어서 학생들의 행동은 안개에 휩싸인다.

학교 운동장과 맞닿은 모양새로 북서쪽의 경사지에는 묘지와 오래된 절이 있었다. 도오루는 학원에 가기 전에 거의 매일같이 히카루를 데리고 그 절에 들렀다. 절 경내에는 키 큰 나무들이 솟아서 이 근방에서는 찾아볼 수 없는 녹음이 울창했기 때문에 두 사람에게는 회색으로부터의 피난처로서 마침맞는 장소였다. 도오루와 히카루는 학교가 끝난 뒤에는 그 나무들 곁에서 술래잡기나 숨바꼭질을 하고 놀면서 학원에 갈 때까지의 시간을 때웠다.

집은 마음만 먹으면 얼마든지 걸어갈 수 있는 거리였지만 초등학교 때쯤부터 학원에 들렀다 가는 게 습관이 된 데다 중간에 유흥가의 위험지역을 지나야 하는 것도 있어서 거의 대부분 전차를 타고 다녔다. 줄줄이 늘어선 자동판매기의 푸르스름한 빛이 역 주위를 환하게 비춰서 그 앞으로 가면 약간의 안전은 확보되었다.

밤에는 자신의 방에서 드림캐스트 게임을 하며 쥐 죽은 듯이 보냈지만 잠자리에 들기 전에 한 시간쯤, 도오루는 중학생 전용 채팅 사이트에 들어가곤 했다. 사실은 요즘 한창 인기 있는 믹시(Mixi. 일본 최대급의 점유율을 가진 소셜 네트워킹 서비스(SNS)—옮긴이)에 들어가고 싶었지만 친구의 소개 없이는 가입할 수 없었다. 히카루 외에 다른 친구가 없는 도오루는 초등학생 때부터 들여다보던 채팅 사이트로 대충 만족하는 수밖에 없었다.

하지만 그 채팅 사이트도 그저 들어가 구경만 할 뿐이었다. 보호자의 어드레스 등록은 다른 어드레스를 사용하여 가짜로 했다. 메시지를 올리지 않으면 한 달쯤 뒤에 이름이 삭제되기 때문에 그때마다 다시 다른 이름으로 새로 등록을 하고 채팅 광장에 들어갔다. 계속해서 그것을 되풀이했다.

들어가기만 할 뿐 도오루는 한 번도 직접 채팅에 참가해본 일이 없었다. 참가하고 싶다고 생각해본 적도 없었다. 히카루는 그런 도오루를 '훔쳐보기 환자'라고 놀렸다. 자칫 마음을 놓았다가는 히카루가 어느 새 뒤에 바짝 다가와 컴퓨터 화면을 들여다보며 닥치는 대로 읽고서 킬킬 웃어댔다.

—얘네들, 진짜 어지간히 외로운가 보다. 아무 의미도 없는 저 대화들은 대체 뭐야? 그렇게도 친구를 사귀고 싶을까? 어휴, 비참하다, 비참해.

—시끄러워!

도오루는 서둘러 톱 페이지로 돌려버렸다. 다시 대기 화면이 나타나고 그 끄트머리에 채팅 참가자의 이름이 줄줄이 적혔다.

—어, 이게 뭐야? '있기만 하는 사람'이라고 써 있잖아? 있기만 하는 사람? 그러니까 이게 도오루 너구나?

핸들네임으로 표기된 참가자들의 맨 끝에 분명 '있기만 하는 사람이 1명 있습니다'라고 나와 있었다. 도오루가 정한 핸들네임이 아니었다. 채팅에 참가하지 않으면 그런 식으로 멋대로 표기되었다. 도오루가 당황해서 로그아웃을 해버리자 그 표기는 즉각 '있기만 하는 사람은 퇴장하셨습니다'로 바뀌었다.

도오루는 도보로 5분쯤 걸리는 역에서 전차를 타고 두 정거장 지나 '학원 역'에서 내렸다. 그곳에서 대학 건물 등이 밀집한 거리를 걸어 올라가 중학교 교문을 넘는 매일매일. 이쪽 거리에는 수없이 감시 카메라가 설치되어서 비교적 안심할 수 있는 지역으로 통했지만 앞서 일어난 유괴 살인사건에서 범인으로 추정되는 사람이 살해된 소녀에게 말을 걸었다고 하는 장소도 바로 이 근처였다. 학교 관계자들은 사건이 일어난 후에 몇 차례 협의를 거듭한 끝에 감시 카메라를 대폭 늘려 빌딩 틈새까지 촘촘히 설치했다.

8시 35분에는 예비 종이 울리고 짧은 홈룸이 시작되었다. 가도노가 교단에 올라서서 정기 건강검진과 학생회 위원 선출에 대한 전달 사항을 회장다운 태도로 말했다.

도오루는 권력을 내두르는 가도노가 영 껄끄러웠다. 그날도 가도노는 도오루를 지적하며 "너는 남이 말할 때 제대로 잘 들어"라고 반 아이들 앞에서 설교를 했다. 가도노의 등 뒤에서 히카루가 고개를 쑥 내밀며 도오루를 향해 혀를 빼물었다. "제기랄"이라고 자기도 모르게 혀를 차는 장면을 기노시타가 알아보고 당장 고자질을 했다. 가도노는 회장다운 말투로, 천박한 욕은 삼가라고 다시 나무랐다. 히카루가 배를 부여잡고 웃어댔다. 그 바람에 도오루는 가도노의 눈을 마주볼 수 없어 고개를 숙여버렸다.

23

—너, 청소도 안 하고 그냥 갔다면서?

　도오루는 그제야 고개를 들고 멍하니 허공을 바라보며 기억을 더듬었다. 히카루가 어서 빨리 집에 가자고 서두르는 바람에 급하게 그 뒤를 따라갔던 일이 생각났다.

　—단체 생활에서는 규칙을 어기면 마땅히 벌을 받아야 해. 알고 있겠지?

　도오루는 대들 수가 없었다. 가도노는, 혼자 남아서 청소를 하고 가라는 판결을 내렸다. "왜 혼자 하래?"라고 히카루가 불퉁거렸지만 늘 그렇듯 히카루의 성난 목소리는 틈새 바람 같은 것이었다.

　어쩔 수 없이 도오루는 혼자 남아 청소를 했다. 물론 히카루가 이런 일을 도와줄 리 없었다. 자기 혼자니까 건성건성 해도 괜찮았지만 가도노가 나중에 꼼꼼히 점검할 것을 생각하면 대충 속일 수도 없었다. 히카루가 가도노의 책상 속을 뒤지기 시작했다.

　—히카루, 제발 더 이상 문제 좀 일으키지 마.

　—칫, 무슨 그런 소심한 소리를 하냐, 도오루? 원한을 풀 절호의 찬스잖아? 이거 좀 봐, 리코더에 교과서까지 두고 갔어. 흥, 책상 속에 사물을 놓고 가지 말라고 노상 잘난 척 떠들던 주제에.

　히카루가 리코더를 꺼내 불어보는가 싶더니 갑자기 그것을 양동이에 처넣었다. 걸레를 빨아낸 양동이 물은 지저분하게 흐려져 있었다. "앗, 하지 마!" 하고 말렸지만 듣지 않았다.

─괜찮다니까, 이 정도는.

히카루는 그러고 나서 교과서를 팔랑팔랑 넘기더니 책장을 부욱 찢어버렸다.

─뭐하는 거야? 내가 찢은 줄 알잖아!

─왜 그래, 투덜거리지 마. 너 대신 내가 벌을 내려줬는데, 뭘. 그리고 눈치 채지 못하게 한참 뒤쪽의 책장을 찢었어. 애초에 회장이라는 녀석이 교과서를 두고 간 게 잘못이야. 이번 기회에 똑똑히 가르쳐주겠어.

히카루의 눈초리가 잔뜩 치켜 올라갔다. 도오루는 한숨을 내쉬며 그냥 못 본 척하고 청소나 하기로 했다.

혼자 걸레질까지 하느라, 교실을 나선 것은 17시 15분. 정해진 하교 시간의 15분 전이었다. 복도는 한층 더 컴컴하고 썰렁해서 뭔가 성큼 다가들 것 같은 섬뜩한 기척이 여기저기에 가득 찼다.

이건 분명 회색이 틀림없다고 잔뜩 경계해가며 계단을 내려갔다. "뭐가 튀어나올 것 같지 않아?"라고 중얼거리며 히카루가 바짝 뒤를 따라왔다. 계단을 내려서자 양호실 앞 형광등이 수명이 다 되었는지 깜빡거리고 있었다. 그 깜빡거림 끝에 뭔가 기척이 느껴졌다. 도오루가 복도 끝에 시선을 던지자 과학 실험실 앞에 누군가 있었다. 맨 먼저 뇌리를 스친 것은 에지리가 목격했다고 하던 유령이었다.

"뭐야, 저거?"라고 말하는 히카루의 목소리가 잔뜩 졸아들었다. 도

오루는 멈춰 서서 어둠에 숨어든 소녀를 바라보았다. 아무래도 그쪽
에서도 도오루를 알아본 듯 천천히 고개를 쳐들었다. 키는 도오루와
그다지 차이가 나지 않았다. 곧게 뻗은 검은 머리칼이 가슴까지 길게
자랐다. 빼빼 마르고 약간 구부정한 어깨. 광대뼈 안쪽에서 안구가 곧
튀어나올 듯한, 고양이처럼 큼직한, 하지만 광채 없는, 마치 두 개의
동공 그 자체 같은 눈이 나타났다.

도오루는 멈칫멈칫 소녀에게 다가서며 찬찬히 관찰했다. 철 지난
두툼한 스웨터와 갈색 바지를 입고 있었다. 바짝 여윈 탓인지 목 언저
리며 손목뼈가 앙상한 것이 눈에 띄었다. 마주 스치는 순간, 도오루는
용기를 내서 저기, 하고 말을 걸어보았다. 소녀는 일순 멈춰 서서 도오
루의 얼굴을 들여다본 다음, 이렇게 말했다.

—너, 알아.

—응? 왜? 어떻게?

재우쳐 물었지만 소녀는 그 물음에는 대답하지 않고,

—위험해. 지금 바로 여기서 나가.

라고만 했다. 그 목소리는 소녀의 입에서 나왔는데도 속삭이는 소
리처럼 도오루의 고막을 간질였다.

—어째서 위험해?

—아무튼 이곳은 굉장히 위험해. 한시라도 빨리 여기서 나가는 게
좋아. 자, 빨리 밖으로 나가.

말을 마치자 소녀는 소리도 없이 도오루가 내려왔던 계단을 오르기

시작했다.

　도오루는 그날 밤, 영 잠이 오지 않았다.

　식탁에 놓여 있던 편의점 도시락을 히카루와 나눠 먹고 목욕탕에서
히카루와 물장난을 치고 중학생 채팅 사이트를 히카루에게 잔소리를
들어가며 한 시간쯤 들여다본 뒤에 숙제를 쓱싹 해치우고 평소보다
늦게 침대에 들었지만, 저녁 때 학교에서 만난 소녀가 머릿속에서 떠
나지 않았다. 잠이 들려고 하면 소녀의 섬뜩한 눈빛이 떠올라 숨구멍
근처가 써늘해지는 것을 느꼈다.

　―히카루, 자니?

　옷장이 히카루의 침상이었다. 살짝 열린 옷장 문 너머로 손이 쑥 나
와 살랑살랑 흔들렸다.

　―그 애가 정말 나를 알고 있을까?

　히카루의 손이 사라졌다.

　―어째서 빨리 나가는 게 좋다고 했을까?

　히카루가 머리를 반쯤 내밀고 졸음에 겨운 눈을 껌뻑거리며,

　―시끄럽네, 진짜. 빨리 자라고.

　라고 내뱉고는 옷장 문을 탁 닫아버렸다.

　다음 날, 도오루와 히카루가 학교에 가자 학교 주변은 삼엄한 경계
태세였다. 중학교로 이어지는 언덕길 좌우에 낯선 어른들이 몇 미터

간격으로 눈을 번뜩이며 서 있었다. 구내 여기저기에 검은 옷차림의 남자들이 교정이며 교사 안을 괴수(怪獸)처럼 성큼성큼 돌아다니며 무언가를—아마도 깜빡 놓치기 쉬운 아주 사소한 증거들일 것이다—찾아다니고 있었다. 1교시부터 자습이었다.

담임 선생님의 안내를 받아 두 명의 형사가 찾아온 것은 2교시 때의 일이었다. 가도노가 호명되어 혼자 복도로 나갔다. 얼마 안 되어 가도노는 긴장된 표정으로 도오루에게 다가왔다.

—어제 마지막으로 이곳을 나간 게 너지? 형사들이 너한테 좀 물어볼 게 있대. 수상한 사람을 보지 못했느냐고 하더라.

도오루가 복도로 나가자 우뚝 솟아오른 것처럼 두 명의 형사가 서서 기다리고 있었다. 담임 선생님은 그 옆에서 무슨 잘못이라도 저지른 사람처럼 들썩들썩 불안한 기색이었다.

형사들은 재빠르게 용건을 말했다. 수상한 인물을 본 적이 있느냐는 질문일 텐데, 뭔가 감추는 게 있는 듯 빙빙 돌려서 말하기 때문인지, 거만한 말투에 문제가 있어서 그런 건지, 그들이 질문하는 의도는 뭔가 확실하게 잡히지 않았다. 어제는 아무도 만나지 못했다고 대답한 직후에 도오루의 머릿속에 그 소녀가 떠올랐다. 아무도 없는 복도에 우두커니 서 있던 소녀의 눈이 뇌리에서 반짝 빛을 발했다.

히카루가 흥분한 기색으로 "오옷, 이 사람들 진짜 형사야!"라고 떠들며 검은 옷의 남자들 주위를 빙빙 돌았다.

—이 사람들이 더 수상한데? 그렇지, 도오루?

정말로 아무것도 못 봤느냐고 가도노가 귀엣말을 해왔다. 너무 끈덕지게 묻는지라 도오루는 "유령을 봤어"라고 슬쩍 대꾸해두었다.

2교시가 끝날 때쯤 담임 선생님이 들어와 1학년 3반 남학생이 행방불명 상태라고 전해주었다. "오후 수업은 중지, 내일도 휴교야"라고 담임 선생님은 떨리는 목소리로 말했다. 히카루가 "이얏호!" 하고 외쳤지만 반 아이들은 공포와 불안으로 말을 잃은 채였다.

집단 하교 준비가 시작되자 가도노가 도오루의 자리로 달려와, 왜 장난을 치느냐고 흥분한 기색으로 따지고 들었다.

—유령 같은 거 보지도 않았으면서. 이렇게 큰 사건이 터진 상황에 어떻게 그런 거짓말을 하느냔 말이야. 또 다시 희생자가 나왔다는데, 너는 정말 무책임한 인간이야.

히카루는 어리둥절한 얼굴로 도오루를 빤히 쳐다보았다. 도오루는 "어제, 이상한 여자애가 과학실 앞에 서 있는 걸 봤을 뿐이야"라고 대꾸했다.

—그럼 어째서 아까는 유령이라고 했어?

가도노는 도오루의 어깨를 툭 치며 "야, 민심을 어지럽히면 안 돼"라고 말했다. 히카루가 웃으며 "너야말로 권력을 등에 업고 뻐기면서 뭘" 하고 가도노를 툭툭 쳐보였다.

—복도 끝에 멍하니 서 있었고 형광등이 깜빡거려서, 아무리 생각해도 에지리가 봤다는 그 유령 같았어. 그 여자애는 고개를 숙이고, 그

래, 그러고 보니 빨리 여기서 나가라고 나한테 경고도 했어.

"여기서 나가라니, 그게 무슨 뜻이야?"라고 옆자리의 시라토가 끼어들었다. 도오루는 힘없이 고개를 저었다.

—무언가 위험이 닥쳐왔었나 봐.

—우지이에, 그러면 왜 아까 형사한테 그렇게 말하지 않았어?

—그 여자애, 수상한 사람인 것 같지는 않았거든.

—유령이라고 했잖아? 너, 하는 소리가 완전 뒤죽박죽이야.

아이들의 시선이 일제히 도오루에게 쏟아졌다. 도오루는 그들의 소리 없는 불안에 포위되었다. 도오루는 고개를 숙인 채, 그래도, 라고 작게 중얼거릴 수밖에 없었다.

그래도 집단 하교는 즐거웠다. 소풍이라도 가듯이 두 줄로 서고, 3학년이 신입생 한 사람 한 사람을 옆에서 지키는 것처럼 인솔해주었다. 초등학교 앞은 아이들을 마중하러 나온 부모들의 차로 일대 혼잡을 이루어 클랙슨 소리가 끊이지 않았다. 경찰의 대형 차량이 도착하고 안에서 제복을 차려입은 경관들이 줄줄이 내려섰다.

—왜 어제 곧바로 휴교를 하지 않았을까?

도오루를 인솔하던 상급생이 언덕길을 가득 메운 학생들을 둘러보며 말했다.

—걔네 부모가 경찰에 신고한 게 오늘 아침이었대.

다른 상급생이 대답했다.

—진짜?

—그렇고 그런 집안인 거 아니겠냐?

히카루가 "우리 집하고 똑같네" 하고 내뱉으며 휘파람을 불었다.

—유괴일까?

—당연하지.

—또 살해되겠지?

—아마도.

역 앞은 학생들로 북적거렸다. 학교 관계자가 거리에 나와서 확성기를 들고, 학생들은 곧장 집으로 돌아가라고 반복적으로 경고하고 있었다.

도오루가 개찰구를 지나가려는데 히카루가 셔츠를 잡아당겼다.

—곧바로 집에 갈 거야? 아이, 아깝잖아. 구경 좀 더하고 가자. 그자들이 허둥지둥하는 꼴이 너무 재미있어.

도오루가 그 말을 무시하고 그대로 가려고 하자 히카루가 재빨리 앞쪽으로 달려가 손으로 길을 막고 섰다.

—저거 좀 보라니까. 텔레비전 방송국 차야. 큼직한 안테나가 달렸어. 굉장하다.

도오루는 폴짝폴짝 뛰는 히카루를 차가운 눈초리로 바라보았다. 히카루는 "저거 봐, 또 다른 차가 도착했어"라고 외쳤다.

—유괴사건인지도 모르는데 좋다고 날뛰는 건 옳지 않아. 정신 차

리라고!

—뭐야, 가도노 같은 소리. 다들 좋아하는 거, 안 보여? 저거 봐, 저 사무장, 저 사람도 멍청히 보도 차량을 쳐다보고 있잖아. 게다가 이런 때에 헤벌쭉 웃고 있고. 야, 혹시 저 사람이 범인인지도 모르겠다.

도오루가 돌아보니 그 시선 끝에 확성기를 움켜쥔 사무장이 분명 보도차량을 눈으로 따라가고 있었다.

—저거 봐, 신호등 옆에 있는 사람들도 다들 돌아보고 있어. 가게 안에서 뛰어나온 사람도 있고. 일부러 자동차를 세워놓고 창문으로 고개를 내밀고 구경하는 운전자도 있어. 알겠어? 저게 인간이야. 겉으로는 걱정하면서도 모두들 마음속으로는 즐기고 있다니까.

히카루는 도오루의 얼굴을 빤히 들여다보았다.

—너도 사실은 좀 더 구경하고 싶지?

히카루가 이를 반짝이며 웃었다. 도오루가 걸음을 옮기기 시작하자 히카루는 아예 팔을 잡고 늘어졌다.

—야야, 도오루, 괜히 착한 척 할 거 없어.

도오루는 그런 히카루를 뿌리치고 개찰구 안으로 뛰어들었다.

그날 밤, 도오루는 행방불명이 된 소년에 대한 인터넷 뉴스 몇 가지를 대충 훑어 읽었다. 이른바 유식하다는 사람들이, 몇 년 전 사건과 마찬가지로 협박장도 없어서 경찰은 사건인지 사고인지 판단을 내리지 못하고 목격자를 찾기 위해 빠른 시기에 공개수사에 들어갈 수밖에 없었던 게 아니냐는 억측들을 늘어놓고 있었다. 지난번 사건 때는 소녀가 행방불명이 되고 일주일이나 지난 뒤에 소녀의 사체가 중학교 수영장에서 발견되었고 그제야 경찰이나 가족은 유괴라는 것을 알았었다. 그때까지는 사건일 가능성을 염두에 두면서도 사고라는 설이 유력해서 하수도와 공사현장 등의 수색에 중점을 두었던 것이다.

─범인도 우리처럼 뉴스를 뒤져보며 재미있어 하고 있을까? 어휴, 정말 끔찍한 세상이군.

히카루가 도오루의 귓가에서 컴퓨터를 훔쳐보며 중얼거렸다. 도오루는 히카루를 밀쳐내고 컴퓨터를 들고 침대로 올라가 늘 하던 채팅 사이트를 들여다보았다. 그곳에서도 행방불명된 여중생 이야기가 화제에 올라 있었다. 도오루는 시간을 들여 그들의 댓글을 읽어보았지만 한결같이 '무서운 세상이다', '학교 가기 싫다', '죽고 싶다. 사는 게 귀찮다'라는 한탄만 늘어놓는 단순한 비관론으로 끝나고 있었다. 도오루는 불끈 화가 났다.

─너희들, 무서워서 벌벌 떨기만 하면 정말 바보야. 이건 회색이 저지르는 짓이야. 범인은 단순히 부하일 뿐이야. 진짜 악은 다른 곳에 있어. 그놈을 해치우지 않으면 우리는 평생 불안을 짊어진 채 살아야 해.

초등학교 때부터 들여다보던 채팅 사이트에 도오루가 처음으로 의견을 발표한 터라 히카루가 깜짝 놀라 "어라, 있기만 하는 사람은 이제 관두기로 했구나? 우와, 대단한 결심인데?"라며 떠들어댔다. 하지만 도오루의 의견은 완전히 무시되어 공감도 반론도 전혀 돌아오지 않았다. 한 시간쯤 계속 화면을 들여다보던 도오루는 잠들기 전에 다시 한 번 키보드를 두들겼다.

　—이런 겁쟁이들.

　다음 날, 도오루 앞으로 몇 건의 메일이 와 있었다. 모두 같은 사람에게서 온 것이고 마지막 메일에는 다음과 같은 글이 춤추고 있었다.

　—이름 없는 정의의 사도님, 벌써 우리를 완전히 포기하고 이곳을 찾지 않는 거니? 바보 같은 우리를 버리는 거야? 하지만 나는 님의 의견에 어쩐지 공감이 가는데. 유감이다, 나도 함께 싸우고 싶었어. 사키.

　도오루는 깜짝 놀라 곧바로 답신을 보냈다.

　—사키님, 나는 도오루.

　한 시간 뒤에 사키에게서 답신이 왔다.

　—아, 우리를 버리지 않았구나? 다행이다. 연결됐네. 좀 더 연결하고 싶어.

　도오루는 눈을 깜빡이는 것도 잊고 화면을 응시했다. 수없이 메일을 읽고 또 읽는 도오루를 보며 히카루가 내뱉었다.

　—도오루, 네가 그렇게 유치한 인간인 줄 몰랐어. 완전 실망이야.

　도오루는 그래도 계속 화면을 응시했다. 몇 년 동안 내내 '있기만 하는 사람' 이던 도오루가 비로소 어딘가의 누군가와 연결되어 그저 '있기만 하는 사람' 이 아니게 되었기 때문이다.

사건 발생 일주일 뒤에 학교는 다시 문을 열었다. 잔뜩 들뜬 히카루의 기분과는 상관없이, 집단 등교는 엄격한 감시 속에 이루어져 초등학교와 중학교 학생들은 학교가 준비해둔 버스를 이용해 교문 안으로 이송되었다. 매스컴이 교문 앞에 카메라 삼각다리를 세우고 경과를 지켜보았다. 3년 전의 미해결 사건과 동일범에 의한 사건일 거라고 모두들 믿어 의심치 않고 있었다. 텔레비전은 연일 사건의 속보를 보도했고, 그 영향 때문인지 안전을 주장하는 학교 측의 주장에도 불구하고 전교생의 10퍼센트가 결석했다.

게다가 새로운 유령 목격자가 나오기 시작했다. 체육관으로 나가는 복도에서 으스스한 흐느낌 소리를 들었다는 아이며 소각로에서 올라오는 연기가 사람 얼굴로 보였다는 아이, 땅바닥에서 사람 손이 쑤욱 올라왔다고 하는 아이까지 차례차례. 하지만 그런 이야기들은 신빙성이 적어서 도오루는 아마도 그들의 공포가 빚어낸 환영 같은 것이라고 분석했다.

─하지만 아이들의 마음속에 뭔가가 확실히 자리를 잡은 거 같은데?

히카루의 의견에 도오루는 고개를 끄덕일 수밖에 없었다. 사건 후, 도오루에게도 손끝이 차가워지는 기묘한 현상이 일어났다. 주먹을 쥐면 손톱의 차가운 감촉이 신경을 타고 순식간에 온몸에 퍼지는 것이었다.

천진한 웃음과 의미 없이 와와 떠드는 소리가 사라지고 경계심과 불신감만 마구 늘어나 모두들 피폐하기 짝이 없는 얼굴로 입을 꾹 다무는 수밖에 없었다.

다시 학교 문을 열기는 했지만 수업을 받을 환경이 완전히 갖춰진 게 아니었고 특히 1학년 3반 같은 경우는 학생의 반절쯤이 공포 때문에 출석하지 않는 상태가 이어졌다. 에지리와 기노시타 등이 3반을 정탐하고 오더니 그 비참한 상황을 전해주었다.

아이들은 GPS가 장착된 휴대전화를 움켜쥐고 오직 그것만으로 세계와 소통하고 있었다. 모두가 공유하는 정보, 모두가 똑같이 느끼는 감동을 찾아 자신만의 세계로 잠겨들었다. 그들은 모두 고개를 숙이고 책상 밑에서 더듬더듬 휴대전화를 조작하며 가상의 외계를 향해 자신을 발산하는 것밖에는 살아 있다는 실감을 얻는 방법을 알지 못했다.

학교가 다시 열린 며칠 뒤에 시라토가 아이들 앞에서 기묘한 말을 꺼냈다.

—어제 나는 목소리를 들었어.

당초에는 그 주위에 모여드는 여학생들 앞에서 했던 작은 발언이었는데, 그 말이 혼자 멋대로 돌아다니기 시작했고 곧바로 전 교실에 전파되어 반 친구들의 이목을 모았다.

—그건 3년 전에 살해된 여학생의 목소리야.

교실이 술렁거렸다.

―유괴된 아이를 구하려면 이 학교에 걸린 저주를 풀어야 해.

라는 말을 시라토는 분명하게 입에 올렸다.

히카루가 "저주라니, 그게 뭐야?"라고 물어왔다. 도오루는 가만히 고개를 저으며 "저주는 사람들의 불안이 빚어낸 거야"라고 대답했다. 반 아이들이 저마다 저주, 저주, 라고 중얼거리기 시작했다.

회장답게 가도노가 시라토 앞에 다가와 "이런 시기에 너까지 실없는 소리를 하고, 대체 무슨 짓이야?"라고 훈계하듯이 나무랐다.

시라토 주위에 모인 여학생 중에 후지와라라는 이름의 열렬한 시라토 신봉자가 있었다. 후지와라는 의문을 드러내는 가도노에 맞서서,

―아니, 특별한 능력을 가진 사람도 있는 거야. 보통사람은 알지 못하는 것을 알아보는 사람. 나는 그런 거 믿어. 믿는 사람을 비판하는 건 민주주의 사회에서는 아주 큰 죄야. 가도노 너는 그냥 보통사람이지? 너한테 특별한 능력이 없다고 특별한 능력이 있는 사람을 질투하면 안 되지. 정말 한심하다. 그보다 시라토의 말에 귀를 기울여서 지금 이 학교에서 무슨 일이 일어나고 있는지 똑똑히 알아봐야 하는 거 아니니?

라고 쏘아붙여서 가도노의 입을 다물게 했다.

시라토의 발언에 의문을 표하는 사람이 나타나면 후지와라가 나서서 공격해주었다. 후지와라는 자신을 '시라토의 매니저'라고 지칭하게 되었다.

한편, 장본인인 시라토는 3년 전에 살해된 소녀의 영(靈)을 '후 짱'이라고 불렀다. 누군가가 지난번 사건으로 희생된 여학생은 그런 이름이 아니었다고 지적했지만 시라토는 "나는 그런 건 모르겠어. 아무튼 그 여자애는 자기 이름을 후 짱이라고 밝혔어"라고 잘라 말했다.

—후 짱은 아직도 이 학교에 있어. 에지리 앞에 모습을 드러냈던 것도 후 짱이야. 그녀는 경고를 하고 싶었던 거야.

후지와라가 "후 짱은 어디 있어?"라고 물었다. 그러자 시라토는 단호하게 고개를 끄덕인 다음에 "눈에 보이는 건 아니지만 어디 있는지는 알아"라고 말했다.

—지금도 가까이에 있어, 바로 곁에.

교실이 쥐죽은 듯 고요해졌다. 시라토의 시선만이 허공을, 천장이며 벽이며 결석한 아이의 자리, 혹은 어디라고 할 수 없는 장소를 헤매고 있었다. 아이들은 서로의 얼굴을 마주보았다. 시라토는 의식을 집중하기 위해 눈을 감았다. 후지와라가 "지금 이곳에 있단 말이지?"라고 되물었다. 시라토가 고개를 끄덕이는 것과 동시에 누군가가 잔뜩 억누른 듯한 비명을 올렸다. 시선이 일제히 그쪽으로 향했다. 비명 소리를 냈던 여학생은 목을 움츠리고 "무서워, 제발 그만해. 그런 얘기는 듣고 싶지 않아"라고 목소리를 떨며 호소했다.

—지금 이곳에 있어. 하지만 후 짱은 무서워하지 말라고 하고 있어.

아이들의 겁에 질린 신음 소리가 교실을 떠돌았다. 시라토의 검은 눈이 뭔가를 뒤쫓고 있었다. 마치 영혼이 시라토의 시선 끝에 깃든 것 같았다. 모두들 꼼짝도 하지 못했고 개중에는 너무나 무서워서 소리 죽여 울음을 터뜨린 아이도 있었다.

시라토는 그에게만 들리는 후 짱의 목소리를 통해 반 아이들의 마음을 하나로 묶기 시작했다. 갑작스런 초능력자 붐이 시라토의 발언을 허용하는 토양을 만들어냈다. 영향을 받기 쉬운 몇몇 아이들 그리고 두려움에 질린 아이들까지 모두 시라토 곁에 바짝 붙어 앉아 떠날 줄을 몰랐다. 에지리는 처음에는 자신의 장기를 빼앗긴 게 그리 달갑지 않은 기색이었지만 아이들이 모두 후 짱에 대해 이야기하게 되자 돌연 태도를 바꾸어 시라토에게 알랑거리며 "내가 본 것도 후 짱이 틀림없어"라고 떠들어댔다.

시라토가 하는 이야기는 무섭기만 한 것은 아니었다. 오히려 후 짱의 목소리를 빌려 반 아이들의 불안이나 불신감을 씻어주기도 했다.

—후 짱은 말했어. 이제 너희는 자신이 왜 이 세상에 태어났는지 좀 생각해봐야 한다고. 아무 의미도 없이 태어난 인간이란 이 세상 어디에도 없고, 아무 쓸모도 없이 세상에 불려나온 자는 없다는 것을.

시라토의 말투가 부드러울수록 그 안에 숨겨진 가시가 듣는 이의 가슴을 찌르고 들어왔다. 시대의 풍조와도 맞아들어서 그 메시지는 진리가 가득한 말이 되어 반 아이들의 마음을 사로잡았다. 하지만 왠지 도오루는 쉽게 마음을 열 수 없었다. 히카루는 아예 처음부터 경멸하며 "재수 없어"라고 깎아내렸다.

—후 짱은 너희가 자기 몫까지 살아주었으면 좋겠다고 말했어. 자신의 인생을 소중히 여기며 살아달라고.

히카루의 불만과 달리, 후 짱이라는 유령은 이제 복도 끝에서 웅크리고 있는, 재담꾼 에지리가 각색해서 내놓았던 그 악령이 아니었다.

—후 짱은 말했어. 지금 이 순간을 소중히 하라고. 미래를 위해서가 아니라 지금 이 순간을 위해 열심히 살았을 때, 너희는 너희다운 것을 붙잡을 수 있다고 했어.

히카루는 "칫, 그런 소리는 나도 하겠다. 그냥 평범한 말이잖아. 그런 걸 괜히 빙빙 돌려서 얘기하고, 진짜 재수 없어"라고 내뱉었다. 도오루는 아직은 시라토가 적인지 한편인지 알 수 없었다. 하지만 그가 후 짱을 통해 들려주는 다양한 말들은 그 목소리가 높직하고 당당하면 할수록 사건 후의 시끄러운 분위기 속에서 몸과 마음을 움츠리고 살아가야 했던 아이들에게 뭔가 빛을 몰아오는 데 성공하고 있었다.

—후 짱은 말했어. 희망을 잃지 말라고!

얼마 전에 새로 지은 체육관에는 두 세트의 농구 코트가 있고 값비싼 조명기구가 눈이 부실 만큼 관내 구석구석에 빠짐없이 빛을 쏟아부었다. 학생들은 남녀로 나뉘어 신나게 농구를 하고 있었다. 히카루도 남학생 편에 붙어서 공을 쫓아 뛰어다녔다. 체육복 바지로 갈아입기는 했지만 도오루는 별로 내키지 않아 체육 선생님에게 말하고 그냥 앉아 구경이나 하기로 했다. 잠시 있으려니 사복 차림의 시라토가 도오루 곁에 다가와 앉았다.

─이 체육복 바지, 내 취향과는 너무 거리가 멀어.

시라토가 옆에 쪼그리고 앉는 순간, 스커트 자락이 풀썩 처들렸다.

─하지만 왜 스커트를 입고 다녀, 남자인데?

─어렸을 때부터 계속 이것만 입혀줬거든. 요즘은 항의의 상징으로 입는 거고.

또 그 질문이냐는 듯 지겨운 기색으로 시라토가 대꾸하는 바람에 도오루는 '누가?' 라는 물음은 꿀꺽 삼킬 수밖에 없었다. 시라토의 작은 입술이 꾹 맞물려서 불만스럽게 틀어졌다.

─바람이 술술 들어오지 않아?

도오루는 조심스럽게 우선은 별로 거슬리지 않을 질문을 해보았다.

─술술 들어와. 하지만 편해.

도오루는 저절로 입가가 풀어졌다. 하지만 시라토는 웃지도 않고 불쑥 허를 찌르는 질문을 던져왔다.

─회색은 그 뒤에 어떻게 됐지? 아직도 사람들의 감정을 파먹고 있냐?

도오루는 깜짝 놀라 시라토의 얼굴을 빤히 바라보았다. 갈색이 비치는 검은 눈동자가 똑바로 도오루의 눈을 마주보고 있었다. 이전에 회색에 대해 말했던 것이 생각났다.

─응, 아마도.

─네가 말했던 회색, 뭔가 감이 잡히지 않아. 대략 상상은 되는데,

글쎄다, 뭔가 영 마음에 들지 않는다고 할까. 무엇을 회색이라고 하는 거지?

도오루는 곧바로 대답을 할 수 없었다. 분명하게 알 수 없다는 느낌은 도오루의 마음속에도 있었다. '그러니까 회색인 거지'라고 생각했지만 그 말을 내뱉는 건 삼갔다.

—아니면 회색이라는 거, 혹시 너 자신을 가리키는 거?

시라토는 중얼거리듯 말한 뒤에 농구를 하는 반 아이들에게로 시선을 옮겼다. 서늘한 눈동자 안쪽에서 판결을 내리려고 하는 인간의 강한 의지 같은 것이 반짝 빛났다.

—회색은 네 소망이 빚어낸 거야. 너는 이 세계를 흑도 아니고 백도 아닌 세계로 바꾸려고 하고 있어. 이 학교를 감정을 잃은 사람들로 가득 차게 하려는 생각이야. 저 순진한 아이들에게서 빛과 색깔과 기쁨을 빼앗아서 말이지.

설마, 하고 도오루는 항의했다. 시라토는 멈추지 않았다.

—회색이라는 괴물 탓으로 돌리고 있지만 이 세상에서 일어나는 모든 슬픔은 사실은 네가 원하는 일이야. 학교 같은 거 없어져버렸으면 좋겠다, 세상 같은 거 끝장나버려라 하고. 유괴된 소년 따위 죽어버리면 좋겠다고 말이지. 아니냐? 실은 회색이란 바로 네 마음속인 거야.

"바보 같은 소리 하지 마!"라고 도오루는 저도 모르게 큰소리를 질러버렸다.

—어떻게 그런 식으로 단언할 수 있어?

―후 짱이 말했어. 너는 요 주의인물이라고. 다른 아이들과 똑같은 가치관을 가지고 있지 않으니까.

공이 굴러왔다. 히카루가 쫓아왔지만 시라토가 먼저 공을 주웠다.

―우지이에, 너는 사고방식을 바꾸지 않으면 안 돼. 좀 더 마음을 열고 아이들과 마주하면서 집단이라는 것 속에서 너 나름의 살아갈 자리를 손에 넣지 않으면 안 된다고. 무슨 말인지 잘 알지?

공을 들고 자세를 잡더니 슛을 던졌다. 공은 히카루의 머리를 넘고 남학생들 위를 날아 똑바로 골대를 향했다. 들어가지는 않았지만 그것은 링을 맞추고 코트에 떨어져 힘차게 튀었다.

상상력에 의해 아이들의 공포는 더욱 더 조장되었다. 교실 건물 틈새를 누비는 쓸쓸한 바람 소리도 빗방울이 유리창을 두드리는 소리도 바닥이 삐걱거리는 소리도 모든 것이 상상력이라는 마법사에 의해 악령의 속삭임으로 바뀌었다. 아이들은 상상했다. 어딘가에 유괴범이 숨어 있고 다음 희생자로 나를 노리는 게 아닐까. 들여다볼 수 없는 죽음의 세계이기 때문에 더더욱 무서웠다. 제각기 멋대로 사후의 세계를 상상하고 밤이면 밤마다 그로 인한 공포에 시달렸다.

시라토는 두려움에 빠진 반 아이들에게 "후 짱, 도와줘"라고 기도하기를 권하기 시작했다. 히카루는 어이없는 소리라고 비웃었지만 반 아이들 중에는 손을 맞대고 기도하는 아이는 물론이고 이미지화한 후 짱의 초상화를 노트에 그리는 아이까지 나타났다. 시라토는 한 사람

한 사람의 마음속에 저마다의 후 쨩이 있다고 말했다. 아이들은 "후 쨩이 이렇게 말했다"라고 읊조리는 것으로 눈앞에 닥쳐든 불안을 견뎌내고 있는 것 같았다.

—후 쨩이 말했어.

시라토는 오늘도 흔들림 없이 역설했다. 아이들은 고개를 끄덕이며 말없이 귀를 기울였다.

—아무리 괴로울 때도 힘을 합쳐 극복하자고.

가도노도 더 이상 참견을 하지 않았다. 시라토의 말을 전혀 믿지 않더라도 이제는 더 이상 그를 무시할 수 없었고 후 쨩을 전혀 믿지 않더라도 후 쨩에 대해 어떻든 경의를 표하지 않으면 안 되었다. 후지와라는 유능한 매니저로서 큰 활약을 펼쳤다. 섣불리 그 말을 거슬렀다가 자신의 입장이 위태로워질까 봐 가도노는 보고도 못 본 척 넘어갔다.

점심 급식 후의 쉬는 시간, 많은 학생들이 도구실에서 공을 들고 나와 교정에서 놀았다. 사건의 소용돌이에 휩쓸려 불안과 공포에 허덕이면서도 햇빛 아래서는 모두 천진한 소년으로 돌아가기를 허락받았다. 수업 종이 울리고 학생들이 교실로 돌아가기 시작했다. 그 흐름을 따라 교실로 돌아가려던 도오루는 학원 창립자 동상 옆의 나무 그늘에서 한 소녀를 발견했다. 지난번의 그 소녀였다. 어슴푸레한 기척이 나무를 에워싸고 있었다. 이윽고 태양은 구름 속으로 들어가고 주위에서 빛은 갑작스럽게, 마치 해안가의 작은 물고기가 무언가 기척을 깨닫고 쓰윽 도망치듯이 신속하게 사라져갔다.

　―애, 전에 만났었지?

　소녀는 도오루를 보고 있었지만 그 시선은 도오루의 두 눈을 슬쩍 지나쳐 배후의 어디인지 모를 곳을 통과하고 있었다.

　―유령인 줄 알았는데, 다리가 있네?

　소녀의 입가에 슬며시 웃음이 감돌았다.

　―지난번에 왜 빨리 여기서 나가라고 했었어? 사건이 일어날 것을 알고 있었니?

　소녀는 교정 쪽으로 시선을 돌렸다. 히카루가 혼자서 공을 차며 놀고 있었다.

　―저 애, 네 짝이지?

　도오루는 깜짝 놀라 "보이니?"라고 되물었다.

　―보인다고 할까. 알아, 네가 누군가를 데리고 살고 있다는 거.

　소녀가 그대로 가려고 했기 때문에 도오루는 그 앞으로 뛰어나가 "잠깐!" 하며 불러 세웠다. 소녀는 공허한 시선을 도오루에게 던진 뒤,

　―너무 깊이 들어오면 안 돼. 그리고 수업 종이 울리면 곧바로 교실에 들어가. 수업 중에 돌아다니면 누군가 너를 노릴 거야.

　라는 의미심장한 말을 남기고 스르르 사라졌다.

　아무도 없는 교정에 도오루는 홀로 우두커니 서서 눈을 감았다. 구름 사이에서 태양이 다시 얼굴을 내밀었고 힘찬 태양광선을 받은 도오루는 모세혈관을 흐르는 피를 감지했다. 몸속을 이동하는 무수한

헤모글로빈을 상상했다. 누군가 귓가에서 "아직은 괜찮아, 싸워야해"라고 속삭이는 듯했다.

　─그러니까 그 애는 너한테 너무 깊이 들어오지 말라고 했다는 거지?

　─응, 그렇게 말했어. 어디에 깊이 들어오지 말라고 했는지는 모르지만.

　─이번 사건과 관계가 있을까?

　─모르겠어.

　─아직 범인은 잡지 못했지?

　─특정한 악인을 내세워 겉으로만 해결하려는 것뿐이야. 자꾸 범인만 쫓아다니고, 아무도 회색을 보려고 하지 않아.

　─재미있는 얘기를 하는데? 도오루 네가 훨씬 더 후짱 같다.

　─사키, 지금 비웃고 있지, 나를?

　─비웃지 않아. 비웃기는. 지금 웃을 수도 없어. 그만 잘 거야. 내일또 만나자.

　─응, 나도 잘 거야. 그럼 내일 또.

　─히카루에게 인사 전해줘. 빠이빠이.

　도오루가 일대일로 타인과 메일을 주고받은 것은 컴퓨터를 구입한 이래로 처음 있는 일이었다. 기껏 주소를 물어보는 일에도 마치 사랑을 고백하는 만큼의 긴장감이 몰려왔다. 빈번하게 메일을 주고받게 된 뒤에도 도오루는 결코 마음을 놓지 않았다. 기쁨이 한순간의 일이 되지 않도록, 반가운 답장을 받아도 함부로 반가워하지 않으려 조심 스럽게 마음을 다독였다.

알아낸 것은 주소뿐이었다. 사키가 어느 학교에 다니는지 어떤 동 네에 사는지도, 그리고 휴대전화 번호도 묻지 못했다. 사키 역시 도오 루가 이번에 행방불명된 남학생이 다니는 중학교의 재학생이라는 건 알고 있었지만 그 이상은 물어오지 않았다.

—직접 만났다가 서로에게 실망할까 봐 두려운 거야, 너희는. 그래 서 메일로만 슬금슬금 대화를 나누는 거지?

비아냥대기 좋아하는 히카루가 두 사람의 관계를 헐뜯었다.

—그걸로 좋잖아.

—쳇, 정말 한심하다. 그런 관계로 좋을 리가 없지. 상대에 대해 아 는 게 하나도 없으니까 너희가 나누는 대화는 완전 학부모에게 보내 는 통지문 같아. 아무 감정도 안 느껴져. 상처 입는 게 무서워서 그저 겉으로만 사귀다니, 아, 슬프다, 진짜 슬퍼.

도오루는 반론을 할 수 없어 서둘러 컴퓨터 뚜껑을 닫고 히카루에 게 등을 돌려버렸다.

—만났다가 실망할까 봐 겁이 나지?

—시끄러워, 저리 가.

—현실을 아는 게 두렵지? 겁쟁이는 바로 너야, 도오루.

도오루는 마침내 컴퓨터를 안은 채 침대 속으로 들어가버렸다.

어렸을 때, 히카루는 흑과 백을 뒤섞어 회색을 만들고 그것으로 괴물을 그려보였다. 어린 아이가 도화지에 그리는 뭉개진 그림 비슷한 괴물이었다.

—사실 모양 같은 건 없지만 이렇게 그리면 알기 쉽잖아.

히카루가 말하는 회색이 어떤 것인지 이해하기까지 오랜 세월이 걸렸다. 악이라는 개념을 배웠을 때 도오루는 회색과 비교해본 적이 있었다. 양자는 명백하게 달랐다. 회색이란 흑백으로 가를 수 있는 게 아니고 괴물이나 요괴 따위의 이미지로 한데 묶는 것도 불가능했다. 도오루는 회색을 경계했지만 회색이 저지르는 일에 때로는 공감하는 일도 있었다. 어렸을 때는 단순히 악한 놈이라는 딱지를 붙였지만 성장함에 따라 완전한 악이라고 단언할 수 없다는 것을 깨달았다. 경우에 따라서는 회색의 존재가 절대불가결한 일도 있었다. 정의도 도오루가 보자면 회색이었다. 애국심이라는 것도 때로는 회색이 끼친 것처럼 보였다. 사랑조차 회색적인 부분이 없으면 덧없이 무너져버리는 듯한 감이 들었다. 그것은 도오루의 아버지와 어머니에게 그야말로 꼭 들어맞는 것이기도 했다. 그래서 회색이란 게 무엇이냐고 시라토에게서 질문을 받았을 때 얼른 대답할 수 없었던 것이다.

—정의도 악도 사랑도 증오도, 모든 것에 회색의 요소가 점점이 박혀 있어. 그것이 우리가 살아가는 이 세상이라는 거야.

어느 날, 히카루는 그렇게 말했었다.

콘크리트로 막혀버린 메가로 폴리스에서도 나름대로 식물이 자라났다. 번화가에는 가로수가 몇 미터 간격으로 식수되었고, 요즘에는 배기가스를 마셔도 잘 자라는 식물이 유전자 조작에 의해 개발되어 중앙 분리대 대신 초록의 벽을 만들었다. 도오루는 이런 식물들을 '어딘가 회색이 끼친 초록'이라고 불렀다.

오래된 절의 기와지붕이나 거뭇거뭇한 나무 벽에 회색은 깃들어 있지 않았다. 경내에 우뚝 솟은 키 큰 나무도 회색이 끼친 초록이 아니라 싱싱한 황록색 잎사귀를 무성하게 내밀고 있었다. 입학한 바로 뒤에는 경내 한가운데 솟은 벚나무 노목이 멋들어진 꽃을 피웠다. 귀를 기울이면 나무들이 서로 속삭이는 소리도 들을 수 있었고, 눈을 들어 올려다보면 초록에 섞인 푸른 하늘을 발견하는 것도, 그곳에 모이는 새들의 모습을 보는 것도 가능했다. 지면은 막히지 않아 그 맨살이, 돌멩이며 흙들이 얼굴을 내밀었다. 스님이 빗자루로 쓸어내면 흙먼지가 휘날렸다. 본당은 폭이 넓은 나무판자를 깔아 넣은 복도로 둘러싸였고 방문객은 그 마루에 올라앉아도 괜찮았다. 도오루와 히카루는 삐걱거리는 마룻바닥에서 곧잘 해바라기를 했다. 그렇게 가만히 있으면 막혀 있던 감정의 관에 서서히 피가 흐르기 시작하는 게 느껴졌다. 도오루도 히카루도 그곳이 종교시설이라는 건 알았지만 무엇이 어떤 방식으로 모셔진 곳인지는 알지 못했다. 이곳을 찾는 사람은 근처에 사

49

는 노인들뿐이고, 운동장이 바로 곁에 붙어 있는데도 학교 학생들이 찾아오는 일은 전혀 없었다.

두 사람은 가방을 베개 삼아 사이좋게 누웠다. 조금 센 바람이 불어와 절을 둘러싼 키 큰 나무가 흔들렸다. 잎사귀가 바람과 장난 치며 연주하는 사락사락 마른 소리는 그대로 자장가였다.

묘지에 늘어선 묘비에는 힘차고도 유려한 문자가 새겨져 늙은 사람의 얼굴처럼 위엄이 내보였다. 도오루와 히카루는 읽을 수 있는 한자만 골라 번갈아가며 큰소리로 읽었고 그러다 지치면 묘석에 기대어 절 지붕을 올려다보았다.

—묘비는 회색.

히카루가 말했다.

—하지만 이곳의 회색은 살아 있어. 죽은 자의 거처인데도 다른 곳과는 좀 달라. 이런 회색도 있는 거야.

히카루가 내놓은 드물게 진지한 의견에 도오루는 저도 모르게 입가가 헤실헤실 풀어져서 "응, 그렇구나" 하고 감탄의 소리를 내뱉었다.

히카루가 묘비에 뛰어올랐다. 그러지 말라고 혼을 냈지만 재주도 좋게 뽀르르 기어 올라갔다. 유난히 큼직한 묘비 위에서 양 팔을 펼쳐 균형을 잡으며 십자가 같은 모습으로 우뚝 섰다. 도오루는 눈을 들어 올려다보았다. '나도 저렇게 하고 싶다' 라고 생각했다. 언제라도 도오루는 히카루가 부러웠다. 자신이 할 수 없는 일을 전부 쓱싹 해치웠다. 그렇게 뭐든 해치워버리는 히카루를 질투하는 면도 있었다.

　─뭔가 보여?

　─학교 옥상, 우리가 항상 노는 옥상의 철망이 보여.

　─그거 말고는?

　─응, 엄청난 새떼. 굉장하다, 대학 쪽으로 몇백 마리가 날아가고 있어. 저건 분명 철새야. 도쿄에는 내려설 곳이 없어서 서둘러 먼 길을 떠나는 거야.

　─우와, 더 굉장한 걸 찾아냈어. 저기 먼 곳에 비행선이 떠 있어. 빌딩 바로 위로 엄청 낮게 날고 있어.

　히카루가 묘비 위에서 그쪽을 향해 손을 흔들었다.

　─잘 가, 다들 건강하게 잘 지내라!

　오른손과 왼손을 번갈아가며 흔들어대는 히카루를 도오루는 아래쪽에서 쓸쓸하게 올려다보는 것밖에 아무것도 할 수 없었다.

　도오루와 히카루는 사람들이 감추려고 하는 진실, 혹은 미처 감추지 못해 비어져 나온 현실을 찾아내는 놀이를 좋아했다. 둘이서 그것을 '미처 못 감춘 것 찾아내기'라고 명명했다.

　오늘도 두 사람은 선로 옆으로 난 길을 활보하며 '미처 못 감춘 것'을 찾아다녔다. 히카루가 훨씬 더 잘했기 때문에 도오루는 늘 일등을 빼앗기는 아쉬움을 맛보았다.

　─저거 봐, 찾았어. 저기 저 사람!

히카루가 당장 손으로 가리키는지라 도오루는 그쪽을 찬찬히 바라보았다. 번듯한 양복을 입은 신사가 은행 앞에서 몸을 숙이고 맹렬히 담배를 피우고 있었다. 다 피우자마자 이 또한 다급하게 담배를 구둣발로 비벼 끄고 이번에는 머리 매무새며 재킷을 바로잡기 시작했다.

—뭔데? 저 사람이 뭘 감추고 있다는 거야?

—응, 완전 빈상(貧相)이야.

도오루는 얼굴을 찌푸리며 히카루가 말한 '빈상'이라는 괴상한 말을 되뇌었다.

—저거 봐, 발치. 양복은 꽤 비싸 보이는데, 하지만 잘 보라고. 굉장히 헐어빠진 구두를 신고 있어. 그리고 손톱도.

도오루가 그 신사에게 다가가 손가락 끝을 슬쩍 바라보니 손톱에 때가 끼어 있었다. 가슴팍의 손수건도 빨지 않아 지저분했다. 하얀 와이셔츠 칼라에 이르러서는 땀이 배어 거뭇거뭇했다.

—진짜네. 너저분한 것들이 숨어 있어. 하지만 그렇다고 꼭 나쁜 사람이라고 할 건 없잖아? 오히려 나름대로 괜찮게 보이려고 노력한 거 아닐까?

—무엇 때문에 괜찮게 보이려고 하는지가 문제야. 잘 봐. 어딘가 불안해 보이지? 억지로 당당하게 보이려고 양복에는 어깨 패드를 넣고 금빛 손목시계도 찼지만 저건 틀림없이 가짜 브랜드 물건이야.

손목시계가 진짜인지 가짜인지는 알 수 없었다. 하지만 히카루가 지적한 대로 그 신사에게서는 뭔가를 감추려고 하는 초조감 같은 게 느껴졌다. 두 사람은 신사의 뒤를 따라 은행으로 들어갔다. 접수처에서 직원과 이야기를 나눌 때, 신사의 태도는 몹시 거만했다. 그런데 곧이어 접수처로 나온 나이 지긋한 은행원을 마주하자마자 신사는 돌연 저자세가 되었다. 권하는 의자에 앉기까지 신사는 다섯 번이나 인사를 거듭했다.

　—엇, 다리를 달달 떨고 있어.

　히카루가 이겼다는 얼굴로 의기양양하게 말했다. 몇 분 뒤, 신사가 갑자기 얼굴빛이 홱 변해서 상대를 욕하기 시작했다. 험악한 말이 신사의 입에서 툭툭 튀어나오고 은행 안은 소란스러워졌다. 창구에 늘어섰던 사람들이 어이없어 하며 신사를 돌아보았다. 도오루와 히카루는 만족하고 그곳을 뒤로 했다.

　두 사람은 이 세상이 미처 감추지 못해 비어져 나온 것의 상징을 회색이라고 부르는 일이 있었다. 전자제품 가게의 쇼윈도에 전시된 수많은 텔레비전, 구석구석까지 선명하게 보여주는 최신형 지상파 디지털 방송용 슬림형 텔레비전은 배우가 나이를 속일 수 없게 하려고 개발된 것이라고 히카루는 갈파했다. 선명한 화질로 지켜보는 전쟁은 한층 더 박력이 있었다. 화면에는 전쟁이라는 문자가 춤을 추었지만, 그곳에서 펼쳐지는 전쟁이 지금까지와 똑같은 범주의 전쟁, 교과서에서 배웠던 역사상 수많은 전투와는 전혀 의미가 다르다는 것을 두 사람은 똑똑히 알아보았다. 회색의 의도 때문에 모든 것이 정확히 전달

되지 못한 채 여기저기서 모순을 드러내고 마는 것이다.

—또 다시 테러로 희생자가 났다는데?

—그게 아냐. 이건 테러가 아니라 전쟁이야. 도오루, 속아 넘어가면 안 돼. 잘 보라고. 테러도 전쟁의 일종이야. 옛날처럼 선전포고 같은 것도 없어. 피로 피를 씻는 진짜 전쟁의 시대가 시작된 거야. 그럴싸한 소리로 전쟁을 아름다운 것으로 꾸며내는 자들의 말에 속아 넘어가서는 안 돼. 평화를 위해서라고 노래하는 자들은 아무것도 모르는 바보들이야. 평화를 위해서니 어쩌니 하면서 온 세상이 전쟁을 하고 있다는 것도 까맣게 모르는 바보.

히카루는 테러 뉴스를 정말 좋아했다. 테러로 몇 명이 사망했다는 자막이 나올 때마다 심각한 얼굴을 하면서도 실실 웃으며 "앗, 또 죽었네, 또 죽었어, 굉장하다" 하고 떠들어댔다. 어딘지 기뻐하는 것처럼 보이는 때가 있어서 도오루는 번번이 기분이 나빴다.

—테러리스트들이 다음에 노리는 곳은 도쿄래.

도오루가 중얼거렸다. 히카루는 도오루의 어깨에 팔꿈치를 얹고 "바보 같은 도오루"라며 후욱 숨을 불어넣었다. "이 지구상에는 이미 어디에도 안전한 장소 따위는 없어"라고 말을 하면서 히카루의 눈이 한 지점에서 멈췄다.

—어라, 저거 봐. 암사자잖아?

히카루가 길 반대편의 인도를 가리키며 말했다. 집이 바로 옆이니까 있어도 이상할 거 없지 않냐고 도오루가 대꾸하자 히카루는 느물

느물 웃으며, "그럴까나?" 하고 고개를 갸우뚱했다.

─화장도 했고 어쩐지 불안한 듯 주위를 살피고 있어. 뭔가 일을 저지르기 직전의 인간이 저런 행동을 하는 법이야.

─무슨 말이 하고 싶은 거야?

─무슨 말이냐니, 그야 나도 모르지. 하지만 집에 있을 때하고는 완전 딴판이야. 저건 분명 바람피우는 여자의 얼굴이라고.

말을 마치기도 전에 히카루는 미행을 시작했다. 암사자는 사거리를 돌아 인적 없는 길로 접어들었다. 히카루의 말대로 집에 있을 때와는 차림새가 달랐다. 곱게 빗어 내린 머리, 몸매가 드러나는 원피스에 작고 귀여운 핸드백을 들고, 걸음새가 저랬었나, 하고 놀랄 만큼 풋풋한 몸짓으로 언덕길을 올라갔다. 그리고 곧바로 언덕 중간쯤에 서 있던 고급스러운 세단의 조수석에 쓰윽 올라탔다.

─오옷, 굉장하네. 결정적인 순간을 잡은 거야?

히카루가 전봇대 그늘에 숨어서 외쳤다. 20미터쯤 앞의 길 위에 세워진 자동차 안에서, 게다가 백주 대낮에 당당하게도 암사자는 잽싸게 운전석 남자와 포옹을 거듭했다. 도오루는 당황하여 눈조차 깜박일 수 없었다. 상대는 수사자가 아니라 낯선 남자였고 게다가 그 포옹은 농후하고도 음란했다.

히카루는 줄지어 주차된 자동차의 범퍼에 뛰어올라 기분 좋은 듯이 차에서 저 차로 뛰어다니고 있었다.

―도오루, 너무 재미있어. 너도 해보지 그래?

이제껏 한 번도 본 적이 없는 암사자의 행복에 겨운 얼굴이 뇌리에서 떠나지 않아 도오루는 폴짝폴짝 뛰는 히카루를 눈으로 쫓으면서도 곤혹스러움에 휘둘렸다.

―벤츠, 아우디, 렉서스, 혼다 그리고 이건 새로 나온 쟈가 차구나.

―히카루, 내려와. 안 돼, 그런 짓 하면!

히카루는 쟈가 위에 버티고 서서 도오루를 내려다보았다.

―도오루, 잔소리 좀 하지 마. 어차피 나는 아무에게도 보이지 않으니까 신경 쓸 거 없잖아? 나는 너한테만 보여. 너만 눈감아주면 나는 무슨 짓이든지 다 할 수 있단 말이야. 너 말고는 잔소리할 사람도 없으니까. 내 말 뜻, 알아들어?

히카루는 쟈가 위에서 팔을 활짝 펼치며 당당하게 떠들었다. 어째서 히카루는 나한테만 보이는 걸까, 하고 도오루는 생각했다. 하지만 매번 그렇듯이 대답 따위는 없다는 것도 잘 알고 있었다.

히카루는 전봇대로 풀쩍 뛰어올라 원숭이처럼 능숙하게 내려오는가 싶더니 그대로 메밀국수 가게의 문짝에 걸린 '영업 중'이라는 팻말을 홀떡 뒤집어 '준비 중'으로 바꾸어버렸다.

―이 가게, 망해버려라!

히카루는 그렇게 중얼거리며 이웃한 케이크 가게의 팻말도 뒤집어버렸다.

―히카루, 하지 말라니까!

히카루는 깔깔깔 천박한 웃음을 흩뿌리며 가게의 처마 끝에 매달린 팻말들을 차례차례 뒤집으며 갔다. 그 하나하나를 도오루는 원래대로 돌려놓았다. 중화요리점의 점원이 도오루의 행동을 알아보고 고함을 지르며 쫓아왔다. 도오루는 히카루를 따라 헐떡헐떡 골목길 안쪽으로 도망쳤다. 달려오던 오토바이와 하마터면 부딪칠 뻔했고, 선 채로 이야기하던 회사원들 사이를 뚫고 아케이드를 지나 슈퍼마켓 앞에 쌓아 올려진 상자들을 뛰어넘어, 자동차며 자전거며 사람들과 수없이 부딪칠 뻔하면서 골목에서 골목으로 마구 달아나 마침내 점원을 따돌린 것을 확인하고는 국도 옆 녹지대의 벤치 위에 슬라이딩했다.

─저거 봐!

그 순간, 히카루의 목소리가 튀어 오르는 바람에 점원이 그새 뒤쫓아 온 것으로 착각한 도오루는 반사적으로 벌떡 일어났다. 어디서 나왔는지 아장아장 걸음마를 떼는 아기가 도오루의 바로 코앞에 있었다. 조금 떨어진 나무 그늘 벤치에서 이쪽으로 등을 돌리고 아기의 어머니인 듯한 아줌마가 또 다른 아줌마와 이야기를 하고 있었다. 두 사람은 이야기에 빠져 아기를 보고 있지 않았다. 이제 막 걸음마를 배운 아기는 도오루 옆을 지나쳐 큰길을 향해 위태롭게 걸어갔다. 머리가 무거운 탓도 있어서 앞에서 누군가 잡아당기기라도 한 것처럼 제법 빠른 속도였다. 그대로 가다가는 교통량이 많은 큰길로 나가버릴 터였다.

─와우, 굉장하다. 저 꼬맹이, 그대로 가면 자동차에 깔려 납작코가

되겠어.

달려 나가려는 도오루의 앞을 히카루가 가로막고 섰다.

—아, 잠깐. 그냥 내버려둬. 저 엄마가 나쁜 거야. 저 여자가 소중한 아기를 제대로 지켜보지 않은 게 잘못이라고. 운명이란 그런 거야. 저 아이가 목숨을 부지하든 아니면 여기서 그만 죽고 말든, 그건 운명만이 아는 거야. 우리는 저 아이의 운명을 이 자리에서 목격하게 되겠지? 그거, 정말 굉장하지 않냐? 한번 구경 좀 해보려고 해도 웬만해서는 볼 수 없는 장면이란 말이야.

—말도 안 돼. 잘못하면 아이가 죽고 말아. 나는 그냥 두고 볼 수는 없어.

—흥, 거짓말이지? 사실은 너도 보고 싶으면서. 일이 어떻게 되어가는지, 보고 싶지? 그게 바로 인간의 본질이야. 잘 기억해두라고!

도오루가 히카루의 어깨를 밀쳐냈다. 히카루는 다리를 버티며 막아섰다.

—인간이란 거, 전부 그렇고 그런 동물이야. 가엾다 불쌍하다 하면서도 사실은 다들 보고 싶은 거야. 그러니까 일부러 영화관까지 찾아가서 특별 촬영의 전쟁 영화니 살인이 난무하는 갱 영화를 좋아라고 구경하지. 아슬아슬 두근두근한 맛을 느끼고 싶어서, 그렇게 되면 과연 어떻게 될까 상상해가면서, 다들 흥분하는 거야. 알겠어? 악마 같은 건 어디에도 없어. 아기가 죽을지도 모른다고 속으로 은근히 즐기는 인간의 마음속에, 바로 악마가 있는 거야. 그러니까, 네 마음속에,

악마가 있다고. 알겠어, 도오루?

　도오루는 깜짝 놀라 저도 모르게 아기 어머니 쪽을 돌아보았다. 그리고 악마의 손을 뿌리치듯이 마음의 맨 밑바닥에서 힘껏 외쳤다.

　—아기가 차에 깔려요!

　이야기에 빠져 있던 아줌마와 통행인들이 그제야 알아차리고 일제히 비명을 질렀지만 그때 아기는 벌써 큰길 안에 들어선 뒤였다. 신호등이 없는 길이라 그런지 자동차들은 상당히 빠르게 내달려서 타이어가 노면에 부딪힐 때마다 날카로운 소리가 주위에 튀었다. 너무도 태평하기만 한 햇살은 아기의 발치에 작은 운명의 그림자를 떨구고 있었다. 아장아장 위태로운 걸음으로 아기는 30여 미터 앞의 맞은편 인도를 향해 걸어갔다. 그 바로 앞과 뒤를 자동차가 휙휙 내달려 빠져나갔다. 아기를 알아본 운전자가 당황하여 급하게 클랙슨을 울려도 아기는 손뼉을 치며 자동차를 지켜볼 뿐 무서워하는 기색이라고는 없었다. 아기 어머니가 비명을 올리며 달려갔지만 그 1초가 1분만큼 길게 느껴졌다. 도오루 옆에 선 히카루는, 가라, 어서 가, 운명을 뚫고 가라고 외쳤다. 트럭이 아기를 피하려다 그 옆을 달리던 자동차와 접촉 사고를 일으켜 둔한 금속음이 울려 퍼진 다음 순간, 어머니가 마침내 큰길로 뛰쳐나갔다. 아기는 길 한복판에서 엄마를 알아보고 이번에는 방실방실 웃는 얼굴로 엄마 쪽을 향해 몸을 돌렸다. 도오루의 마음속에 경악과 흥분이 교차했다. 급브레이크를 밟은 자동차가 미처 멈추지 못한 채 어머니와 아기의 틈새를 간발의 차이로 비스듬히 빠져나가 옆에서 달려오던 다른 자가용차와 부딪치고는 그대로 앞에 멈춰 있던 대형 트럭의 꽁지를 들이박았다. 펑하는 소리와 함께 연기가 피어올랐다. 수십 대의 자동차가 연달아 급브레이크를 밟는 바람에 거리에는 브레이크 소리와 통행인의 비명 소리가 교차했다. 자동차들은 미쳐 날뛰는 버펄로처럼 밀려들어 아기와 어머니를 삼켜버렸다.

—아앗!

도오루는 울음 섞인 비명을 내질렀다. 아기 어머니와 이야기하던 아줌마가 큰길 턱까지 달려와 "아아, 누가 좀, 누가 좀 도와줘요!"라고 미친 듯 외쳐댔다.

—굉장하군, 한 편의 드라마가 끝났어. 운명의 엄청난 힘을 지금 막 목격했어. 굉장한 순간이다. 운명이란 거, 정말 굉장해.

떠들어대는 히카루와는 상관없이 도오루는 가슴속이 으스러지는 듯한 심정이었다. 아기를 구하러 냉큼 달려가지 않은 자신을 저주하면서 머리도 마음도 패닉 상태에 빠져 제대로 숨조차 쉬어지지 않았다. 무슨 일이 났는지 알지 못하는 뒤차의 운전자들이 난폭하게 클랙슨을 울리기 시작했다.

—저거 봐, 도오루. 저기 저 밴 옆에!

울먹이던 도오루의 두 눈이 아기를 들어 올리는 여자를 포착했다. 연기가 피어나는 자동차들 틈새를 비집고 비틀거리는 걸음으로 어머니가 아기를 품에 안고 걸어 나오고 있었다. 도오루는 저도 모르게 미처 말로 맺히지 않은 괴상한 환성을 내질렀다. 히카루가 도오루의 품에 뛰어들며 "이얏호, 저 아기는 운명을 이겨냈어!"라고 외쳤다.

　─굉장해, 저 아기는 우리의 영웅이야! 영웅이야!

　주위에 있던 사람들이 달려와 아기와 어머니를 안전한 곳으로 데려
갔다. 그 순간만은 누구나 똑같이 정의감에 취해 있었다. 도오루는 그
자리에 주저앉았다. 냉정함을 되찾은 히카루는 "도오루, 너는 왜 아기
를 구하러 달려가지 않았을까? 응?"이라는 심술궂은 귓엣말을 건네
왔다.

　─아무리 감추려 해도 미처 감출 수 없는 것이구나, 인간의 악의라
는 건.

　히카루는 그런 말을 남기고 접촉사고를 일으킨 자동차를 구경하러
큰길로 뛰어갔다. 어머니는 인도에 주저앉아 울고 있었다. 목숨을 건
진 아기는 웃는 얼굴로 손뼉을 쳤다. 곧이어 멀리서 사이렌 소리가 들
려왔다.

　─도오루, 그런 얘기라면 우리 아빠하고 엄마도 엄청 감추며 살고
있어.

　모니터 화면에서 사키의 메시지가 춤을 추었다.

　─뭘 감추는데?

　─둘의 사랑은 진즉에 끝이 났거든. 그런데도 내 앞에서는 서로 사
랑하는 척 하는 거야. 빤히 다 보이는데, 그런 것도 사랑의 일종이라
나? 뭔 소린지는 모르겠지만 난 그런 거 깊이 따지지 않기로 했어.

도오루의 머릿속에, 낯선 남자가 운전하는 자동차에 올라타고 어딘 가로 사라진 암사자의 일이 다시 떠오르고 말았다.

—사키, 너는 착하구나.

—그런 일로 칭찬은 듣고 싶지 않아. 그냥 귀찮은 것뿐이야. 언젠가 이혼하려나 봐. 엄마가 전화로 누군가와 이야기하는 걸 들은 적이 있어. 분명 그 사람이 새로 사귄 애인일 거야.

새로 사귄 애인이라는 말에 무언가가 움찔 반응했지만 마치 신기루처럼 손안에 막 잡히려는 순간 흐릿하게 사라져버렸다.

—여기저기 미처 감추지 못한 것들뿐이네.

—그래, 히카루의 말이 맞아. 다들 감추는 게 너무 서툴러.

—나도.

—물론 나도.

사키와 늘 주고받는 메일 통신을 끝낸 뒤에 도오루는 중학생 실종 사건에 관한 인터넷 기사 몇 가지를 대충 훑어보았다.

— '유괴'라는 단정을 내리지 못한 채 벌써 2주일이 지났다. 그러나 같은 중학교에서 3년 전에 일어났던 살인사건의 기억이 아직도 생생하다. 2주일에 걸친 필사적인 수색에도 불구하고 소년을 찾아내지 못했다는 점에서 경찰은 유괴사건일 가능성이 높은 것으로 보고 있다. 3년 전의 살인사건에서는 피해 여중생의 사체에서 목이 졸린 흔적이 발견되었고 의복에 회색 흙이 부착되어 있었을 뿐, 그 이외에 범인을

지목할 만한 결정적인 단서는 찾아내지 못했다. 협박장도 없고 목격자도 나타나지 않았다. 이번 실종에서도 동일한 양상의 수수께끼가 떠올랐다. 중학교 1학년 남학생을 대낮에 당당히 데려갔다면 목격자는 물론, 감시 카메라에 분명 그 움직임이 찍혔을 텐데, 실종 중학생이 학교에서 나갔다는 기록도 목격자도 그것을 뒷받침해줄 물적 증거도 나오지 않고 있다. 실종 중학생이 소지하고 있던 GPS 장착 휴대전화의 기록을 추적한 바, 발신기록은 중학교 교정 주변에서 끊겨 있었다……

행방불명된 남학생과 동일한 크기의 입간판이 길 양쪽의 전봇대며 가로수에 게시되어 있어서 도오루는 처음으로 그 아이의 얼굴을 알았다. 살았는지 죽었는지 알 수 없는 그 아이의 전신사진을 도오루는 발을 멈추고 멀거니 쳐다볼 수밖에 없었다.

중학교 생활이 시작된 지 아직 두 달도 되지 않은 터였다. 학교 안에 경찰이 상주하고 신입생들의 행동은 엄격하게 제한된 그대로였다. 쉬는 시간에 교실 밖으로 나가는 아이들은 교정의 한곳에 모여 놀아야 했다. 모두들 양처럼 얌전하게 발치의 풀만 뜯어먹으며 학교가 끝나기를 기다렸다. 체육이나 음악 수업 때는 교실 밖으로 나왔지만 그런 때조차 서로 어깨를 맞대고 줄을 서서 이동해야 했다.

유령을 목격했다는 아이들이 끊임없이 이어졌다. 특히 행방불명자가 나온 3반의 학생 다섯 명이 방과 후에 동시에 유령을 목격하는 사건이 일어났다. 수업이 끝나고 그 다섯 명의 아이들이 청소를 하는 참에 돌연 행방불명된 그 남학생이 교실에 들어와 자신의 책상 속에서 리코더를 꺼냈다고 했다. 모두 깜짝 놀라 할 말을 잃고 있으려니 그 남학생이 천천히 리코더를 불었다는 것이다. 무슨 곡이었는지는 목격한 아이들에 따라 제각각이었지만, 그 아이는 리코더를 다 불고 나자 그들이 보는 앞에서 홀연히 자신의 모습을 지워버렸다고 했다.

이 소문은 에지리를 통해 곧바로 13반에도 전해졌다. 그때쯤에는 학교 안에 온통 그 소문이 퍼진 뒤였고 인터넷을 통해 외부에도 발신되었다. 사라진 남학생을 목격했다는 아이들은 다음날 교무실에 불려갔다. 행방불명된 아이의 책상 속 소지품은 사건 직후에 경찰에 의해 모조리 감식과로 보내졌고, 따라서 있을 리 없는 리코더가 이야기 속에 등장한 것을 보면 그들이 목격한 건 분명 환영일 것이라는 결론이 내려졌다. 인터넷 사이트의 뉴스 해설에는 극도의 정신불안이 그 중학생들에게 동시적인 환각 증세를 몰고 온 것이 아니냐는 의견이 실려 있었다. 같은 주에 경찰이 다시 교내 일제 수색에 들어갔지만 새로운 물적 증거를 발견해내지는 못했다.

그때까지 조용히 지켜보고 있던 가도노를 비롯한 몇몇 논리파 아이들이, 어째서 후 짱은 행방불명된 아이의 소재를 알지 못하느냐는 주장을 제기하기 시작했다. 매니저를 자청하며 강경한 태도를 취하는 후지와라를 의식해서 처음에는 소리를 낮춘 작은 반기였으나 점차 그

폭이 커져갔다.

에지리와 기노시타, 혹은 시라토를 신봉하던 여학생들 사이에서도 후 짱의 힘으로 이번 사건을 해결해달라는 의견이 뒤를 이었다. 히카루는 "흥, 재미있게 됐군"이라며 고소한 듯 웃었지만, 도오루는 홀로 냉정하게 시라토의 행동을 지켜보고 있었다.

시라토가 반론을 했다.

ㅡ이 학교는 저주를 받았어. 후 짱은 그 희생물이 되었고. 우리 모두를 대신한 셈이야. 하지만 그녀는 이렇게 우리 앞에 말을 내려주어서 희망을 잃지 않도록 인도해주고 있어. 그 애는 신이 아니야. 하지만 우리의 든든한 원군이지. 이제는 우리가 힘을 합쳐 싸우는 수밖에 없어.

ㅡ하지만 우리가 상대해야 하는 게 저주라면, 애초에 승산이 없는 거 아니야?

기노시타가 어깨를 으쓱 쳐들고 쓴웃음을 지으며 대꾸했다. 그러자 시라토는,

ㅡ방법은 알 수 없지만 그래도 싸우는 수밖에 없어.

라고 단호하게 말했다.

ㅡ후 짱과 나는 자율적으로 학교를 순찰할 거야. 우리 순찰대에 참가할 사람, 없냐?

시라토는 참가자를 모집했지만 아무도 손을 들지 않았다. 후지와라가 나서서 "너희들, 어쩜 그렇게 용기가 없니?" 하고 남자애들을 힐난했다.

─그럼 후지와라 네가 직접 시라토하고 교내를 순찰하면 되잖아?

가도노가 후지와라에게 한마디 쏘아붙였다. 후지와라는 "순찰대라 잖니? 그건 남자들이 하는 일이지"라고 얼버무렸다. 시라토가 교실 안을 둘러보았지만 남학생들은 모두 시선을 돌려버렸다.

시라토는 1학년 3반 앞에 서서 조용히 가라앉은 교실 안을 유리창 너머로 들여다보고 있었다. 여전히 많은 학생들이 불안을 이유로 결석했다. 여기저기 눈에 띄는 빈자리들이 3반 아이들의 마음에 뚫린 구멍의 크기를 고스란히 보여주었다. 아이들은 모두 고개를 숙이고 휴대전화와 눈싸움을 하고 있었다. 별다른 대화도 없이 비관적인 분위기가 교실을 점거하고 있었다.

도오루가 다가가자 시라토가 알아차리고 뒤를 돌아보았다.

─유령, 무섭지 않아?

도오루가 물어보자 시라토는 즉각 대답했다.

─무서워? 설마. 무서운 건 유령이 아냐, 인간이지.

히카루는 시라토의 등 뒤로 돌아가 "웃기는 소리 하시네. 나는 네가 훨씬 더 무서운데?"라며 낄낄 웃었다.

─아직도 나는 요주의 인물이겠지?

─후 짱은 그렇게 말했어.

─히카루 말로는 네가 훨씬 더 무섭다는데?

─히카루? 그게 누구야? 너의 그 잘난 회색?

시라토는 코웃음을 쳤다.

─아니, 내 짝꿍. 너한테는 보이지 않는 것뿐이야.

─보이지 않아? 그럼 유령의 일종이냐?

─설마. 히카루는 그냥 히카루야. 후 짱이 후 짱인 것처럼.

시라토는 입을 꾹 다물고 진지한 표정으로 도오루를 쳐다보았다.

─후 짱이 행방불명된 아이를 구해낼 수 있을까?

─글쎄. 하지만 뭔가 알고 있어. 알려주지는 않는데, 분명 뭔가 알고
있어.

─어디 있대? 물어봤어?

─응, 물어봤어. 하지만 후 짱이 하는 말을 이해할 수가 없었어.

도오루가 즉각 "왜?"라고 되물었다. 시라토는 3반 교실을 물끄러미
들여다보며 말했다.

─또 하나의 중학교가 있고, 이번에 행방불명된 3반 아이는 그곳에
있다더라.

중학교 부지는 고등학교 바로 곁에 붙어 있고 울타리도 담도 없어
서 서로 자유롭게 드나들 수 있었다. 유치원과 초등학교는 도로를 건
너 반대편에 있고, 대학 건물은 학원이 있는 역 앞에 모여 있었다. 고
등학교와 중학교는 운동장을 공동으로 사용하고, 그 밖에도 부지 서
쪽 편에 야구와 축구를 할 수 있는 넓은 땅을 가지고 있었다. 정문을
들어서자마자 조회 등이 거행되는 교정이 있지만 이곳은 운동장과는

구별되었다. 운동장과 그 교정 사이에 이제는 사용하지 않는 수영장이 있고 그 곁에 직원실과 소각로가 있었다. 중학교 건물은 정문을 들어서서 교정 안쪽에 학년별로 3동이 나란히 줄지어 섰다. 3동의 건물들 사이에 두 개의 작은 안뜰이 있었다. 건물 북쪽으로는 건널복도가 동과 동 사이를 잇는 모양새로 뻗어나갔다. 복도는 그 동쪽에 위치한 체육관과 도서관을 향해 완만한 경사를 그렸다. 체육관 뒤편과 고등학교 건물 사이에는 수백 년 전부터 그곳에 자리 잡고 있는 역사 깊은 사당(祠堂)이 있었다.

―이 학교는 어째서 저주를 받게 되었지?

사당 앞에서 도오루가 시라토에게 물었다. 두 사람은 높직한 나무의 밑동에 마련된 해먹은 사당을 동시에 바라보았다. 히카루가 또 다시 거기에 기어오르려 하고 있었다.

―후 짱이 하는 말을 전부 다 이해할 수 있는 건 아냐. 어째서 저주를 받았는지, 나도 조사해볼 생각이다만.

어느 틈엔지 히카루의 모습이 보이지 않았다. 도오루는 높직한 나무를 올려다보았다. 무성한 잎사귀가 태양을 가리고 있었다.

도오루와 시라토는 다음으로 수영장을 둘러보았다. 자물쇠가 채워져 있었지만 철망 일부에 구멍이 뚫려서 거기로 기어들어갈 수 있었다. 휴지조각이며 낙엽 등이 물 없는 수영장 안에 쌓여 있었다. 도오루는 몸을 접는 듯한 자세로 발견되었다는 소녀의 모습을 머릿속에서 상상하고 말았다.

　—저주가 후 짱을 죽였을까? 아니면 저주를 받은 인간이 후 짱을 죽였을까?

　—인간이 후 짱을 죽였어. 저주의 힘에 의해서.

　두 사람은 수영장 가에 서서 살해된 소녀가 누워 있었다는 가운데 쪽을 바라보았다. 물이 없는 수영장이었지만 뭔가 가득 차서 넘실거리는 듯한 느낌이 들었다. 텅 빈 수영장인데도 슬픔의 수위(水位)가 보였다.

　—저거 봐.

　시라토가 말했다. 도오루는 천천히 교문 쪽을 돌아보았다. 길 건너편 인도에 보도진이 줄을 섰다. 삼각다리를 세운 카메라가 몇십 대나 늘어서서 스타의 등장을 기다리고 있었다. 그들이 과연 어떤 순간을 노리며 매일 밤 철야를 하는지, 도오루는 알지 못했다. 그들이 노리는 것은 행방불명된 아이를 발견하는 순간일까. 아니면 사건으로 크게 동요한 중학생들의 파랗게 질린 얼굴일까. 시라토와 도오루는, 커피 컵을 들고 담소하고 있는 보도진을 씁쓸하게 바라보았다.

　학생들은 이제 어느 누구도 진심으로 웃지 못했다. 누구도 먼저 웃으려 하지 않았고, 무엇보다 마음 밑바닥에서부터 웃을 수 있는 상황이 아니었다. 눈치를 살피는 듯한 가느다란 웃음에는 색채가 없이 건조하고 의심만 가득했다. 말을 내비치는 입가는 늘 팽팽하게 긴장되어 있었다. 경계심 때문에 시선만 이리저리 움직였다.

히카루만은 웃고 있었지만 오직 도오루에게만 와 닿는 그 웃음소리
는 오히려 마음을 어둡게 만들었다.

—도오루, 다들 왜 저렇게 심각한 얼굴이지? 단 한 번뿐인 인생인데
실컷 즐기면 얼마나 좋으냐고.

회색 때문이라고 도오루는 다시금 생각했다. 회색이 자꾸만 반 친
구들의 감정을 파먹고 있다. 이대로 가다가는 학교에서 웃음이, 희망
이, 미래가 완전히 사라져버린다.

—도오루, 회색이란 거 무시무시하다. 모두들 회색에게 감정을 먹
혀버린 거지?

—아무도 웃지 않는 거야. 무섭지?

—그러고 보니 요즘 들어 나도 웃어본 일이 없는지도.

—왜?

—글쎄, 왜 그럴까? 재미있다고 생각되는 일이 적어졌기 때문인가?

—재미없어?

—몰라. 하나도 모르겠어.

—왜 재미가 없는데?

—도오루, 너는 재미있어?

—재미있다고 할 수는 없지, 이런 사건이 일어났는데.

—뭔가 좋은 일 없을까, 아침에 일어나면 생각해보는데, 기대할 게

없어.

—어쩐지 이해가 간다.

—희망이라든가 기대라든가, 그런 게 없어.

—그래서 웃을 수 없는지도.

—저기.

—응?

—나한테 기대하는 거 있어?

—뭐, 별로.

—기대도 안 해? 만나고 싶다든가, 섹스하고 싶다든가.

—없어, 그런 거. 무슨 소리를 하는 거야?

—농담이야. 근데 정말 아무 기대도 없어?

—모르겠어. 그런 건 생각해본 일도 없었어.

—미안. 시시한 소리를 했나 봐. 기대하지 않아도 돼.

—미안. 좀 생각해볼게.

범인이 체포되었다는 뉴스가 홈룸 시간에 날아들었다. 교문 앞에
진을 치고 있던 보도진 대부분이 일제히 다른 곳으로 떠나기도 해서
학교 거리는 얼마간 평온을 되찾았다.

—순찰하던 경관이 수상한 남자를 발견하고 직무상의 질문을 던졌
는데 그 남자가 경관을 밀치고 갑자기 도망쳤대.

가도노는 담임 선생님에게서 들은 범인 체포 경위를 마치 자신이

현장에서 보고 온 것처럼 떠들어댔다. 그런데 그다음 날, 이것이 오인 체포로 판명되었다. 경찰서 앞에 몰려들었던 보도진이 다시 돌아와 학교 교문 앞은 답답해졌다. 안도한 뒤끝이었던 만큼 학교는 이전보다 더 무거운 분위기에 휩싸이고 학생들에게서는 웃음이 완전히 사라졌다.

─그렇게 단순한 상대가 아닌데.

시라토가 복도를 걸어가며 도오루를 향해 말했다. 두 사람은 계단을 올라 옥상으로 갔다. 3동의 중학교 건물 옥상은 북쪽에서 하나로 이어져 상공에서 내려다보면 E자처럼 보였다. 난간 철망에 손을 짚고 도오루와 시라토는 초등학교 건물이며 학원가 주위의 너저분한 일대를 둘러보았다. 맨션과 주상복합빌딩들이 학원을 포위하는 모양새로 빽빽이 늘어서 있었다.

─후 짱이 말했어. 범인은 가까이에 있다고.

─범인?

도오루가 선뜻 동의할 수 없어 고개를 갸웃거리자 시라토는 고개를 끄덕이고는,

─형식상의 범인 말이야. 저주에 의해 조종당하고 있는 가련한 인간이야.

라고 말을 이었다.

─네가 말했던 회색이라는 거, 내가 말하는 저주와 어떤 의미에서는 똑같아. 표현하는 방식이 다를 뿐이야. 회색도 저주도 분명 무언가

를 조종하는 존재야. 거기에 조종당한 누군가가 재앙을 몰고 오는 거지. 경찰은 범인을 체포하면 사건 하나를 해결했다고 하겠지. 하지만 저주에 의해 또 다른 인간이 조종을 당하고 또 다시 똑같은 사건이 일어날 거야.

도오루는 침묵하고 있었다. 이전에 자신이 인터넷을 통해 사키에게 강조했던 것과 똑같은 말을 시라토가 하고 있었다. 말로 하면 똑같이 들리기는 했지만 도오루의 마음속에는 모락모락 석연찮은 무언가가 남았다.

히카루는 안뜰을 끼고 2학년 건물 옥상 쪽에 건너가 있었다. 히카루는 도오루를 바라보며 손을 흔들고는 난간 철망을 기어오르기 시작했다. "어휴, 저 녀석"이라고 도오루가 혀를 찼다. 시라토가 도오루의 시선 끝을 따라갔다.

―혹시 너한테만 보인다는 그 애?

시라토가 도오루의 얼굴을 들여다보며 맞느냐고 물었다.

―응, 지금 히카루는 철망을 올라가고 있어. 언제든 제멋대로야. 내가 하지 못하는 것을 척척 해치우지.

시라토는 무언가를 알아냈다는 듯한 표정을 지었고 그러고는 문득 미소를 지었다.

―너한테만 보이는 환영이란 말이지? 어렸을 때부터 항상 네 옆에 붙어 있는 환상의 아이? 그건 말하자면 너의 또 하나의 마음이 나타난 거 아니냐?

도오루는 놀라서 시라토를 돌아보았다. 서늘한 눈매로 시라토는 2학년 건물 옥상을 응시하고 있었다.

　─아냐. 히카루는 분명하게 존재하고 있어.

　─네 마음속에 말이지?

　─그게 아니라니까. 분명하게 이 현실 세계에 있고 그의 의지에 따라 움직이고 있어.

　시라토는 푸홋 웃음을 터트리며 도오루를 돌아보았다.

　─네 마음속에 있는 악의라든가 특별한 기분이 히카루를 만들어낸 것뿐이야. 말하자면 '혼자 놀기' 같은 거. 고독하고 외로워서 그런 인간을 만들어낸 거야. 그러다보면 나중에 스르르 사라질 거다.

　도오루는 불끈해서 시라토의 말을 부정했다. 하지만 불끈하면 할수록 고막 안쪽이 팽팽히 당기면서 마음 밑바닥에 큰 소용돌이가 일고 현기증을 느끼는 것이었다.

　─너를 추궁할 생각은 없지만 히카루와 후 짱은 분명히 달라. 후 짱은 영혼이거든. 하지만 히카루는 너 자신이야. 단지 네가 분열한 것에 지나지 않아. 잘 생각해봐. 히카루의 행동이 부럽다고 생각한 적이 있지? 히카루는 거리낌 없이 하고 싶은 말을 다 하지? 너도 그런 식으로 마음껏 네 의견을 밝히고 싶다고 생각한 적이 있었을걸?

　─그렇지 않아. 다 틀린 소리야.

　─뭔가 욕을 해주고 싶은데 할 수 없을 때, 너를 대신해서 히카루가 말해주지 않아?

도오루는 문득 생각이 났다. 히카루가 앞자리 여학생의 **뺨**을 혀로 쓰윽 핥았던 일, 움직이지 못하는 자신을 대신해 온 교실을 뛰어다녔던 일, 가도노의 리코더를 걸레 **빤** 양동이 물에 처넣었던 일, 히카루가 '영업 중'이라는 팻말을 차례차례 뒤집었을 때, 그리고 하마터면 자동차에 깔릴 뻔한 아기의 운명을 그저 바라보기만 했던 도오루 자신.

―너는 그런 히카루가 어이없어서 때로는 나무라기도 하겠지. 하지만 히카루를 움직이는 무언가는 원래 네 마음속에 있는 거야.

도오루는 크게 동요하여 양 눈썹이 미간으로 모여들고 눈조차 깜빡일 수 없었다. 시라토는 어깨를 으쓱 쳐들더니 "내 말이 지나쳤다면 용서해라" 하고 사과했다.

―물론 히카루가 눈에 보이지 않는 사람은 도저히 믿을 수 없겠지만, 히카루는 내 마음의 분신 같은 게 아냐. 정말로 있다니까. 히카루 역시 영혼 같은 것인지도 몰라. 그게 어떤 건지 분명하게 집어서 말할수는 없지만 히카루는 분명히 존재하고 자신의 의지에 따라 행동하고 있어.

―후 짱은 처음에는 그런 너를 위험하다고 **생각했어**. **회색**이란 건 네가 만들어낸 악의의 상징이라고 생각했기 **때문이야**. **하지만 네 안**에는 갈등이 있고 투쟁이 있었어. 그래서 후 짱은 네게 **했던 말을 철회**하겠대. 후 짱은 너도 히카루도 인정한다고 하더라. 너희는 둘이서 하나인 거야. 내 말, 알겠어?

아냐, 라고 도오루는 강하게 부정했다. 머릿속이 지끈거리기 시작했다.

　—너야말로 후 짱을 방패로 삼고 있으면서. 네 의견인데도 전부 후 짱이 말한 것으로 하고 있잖아?

　도오루는 다시 2학년 건물 옥상으로 시선을 던졌다. 히카루는 철망 꼭대기에 앉아 툭 트인 하늘을 올려다보고 있었다. '저게 내 마음의 분신이라고?' 도오루는 자기도 모르게 생침을 꿀꺽 삼켰다. 태어났을 때부터 내내 곁에 있었던 히카루. 외로움이 낳은 내 마음의 분신일 리가 없다.

　—하지만 우리는 벌써 중학생이야. 이제 스스로 깨달아야 하는 나이야.

　마지막으로 시라토는 도오루를 달래듯이 그렇게 말했다.

　—글쎄. 나는 히카루는 존재한다고 생각해. 시라토의 의견은 정신과 의사의 진단 같아. 그런 이론이 통하지 않는 세상이 있다는 거, 나는 알고 있어. 그렇지, 히카루?

　—고마워. 옆에서 히카루도 반가워하고 있어. 조금 전까지, 사키와 메일 나누기 전까지 나는 한심하게도 엄청난 혼란에 빠져 있었어. 뭔가 나 자신을 전부 부정당한 거 같아서 우울했어. 히카루는 내 분신 같은 거 아니야.

　—신경 쓰지 마. 그냥 계속 히카루랑 함께 살아가면 되잖아? 나는 너를 응원할 거야.

―사키, 마음이 가라앉았어. 고마워.

―감사는 필요 없어. 환상이라는 것은 전제(前提), 거짓말이라는 것
도 전제, 악 역시 전제야. 하지만 그것들이 모두 하나로 통하는 진실이
있을 거라고 생각해. 오늘 우리 아빠랑 엄마가 너는 아직 중1이라 아
무것도 모른다고 하더라. 바보 같아. 중학교 1학년이란 거, 그렇게 어
리지 않은데. 내 친구는 초등학교 때부터 벌써 매춘을 했어. 하지만 중
학교 1학년이 되면서 일찌감치 은퇴했어. 자기가 한 일이 어리석었다
는 걸 깨닫고. 하지만 그 애를 상대했던 사람들은 뭐야? 돈을 냈던 그
아저씨는 대체 몇 살이야? 대학교 선생님이고, 손자까지 있었대.

―매춘이라는 게 뭐야?

―매춘이라는 건 몸을 판다는 거야. 도오루, 모르는 건 부끄러운 게
아냐. 언젠가는 도오루도 섹스를 하고 동정을 잃을 거야. 실컷 하고 그
러다 다들 나이 들고 죽는 것뿐이야. 곤충이나 동물하고 하나도 다를
게 없어. 남보다 좀 빠르고 늦고 하는 것뿐이지. 그게 이 세계의 본질
인 거야. 너도 다 알지?

도오루는, 거리 곳곳에서 미처 감추지 못한 것들을 폭로해내는 히
카루를 씁쓸하게 응시하고 있었다.

―이거 봐, 도오루. 선거 포스터 후보자 콧등에 파리가 앉았어. 착한
척하는 얼굴인데 이 사람, 본바탕은 지독히 못됐을 거 같아. 비어져 나
오는데 뭐. 미처 감추지 못한 무언가가 사방에서.

히카루는 포스터에 앉은 파리를 손가락질하며 웃었다. 시라토의 말대로 히카루는 내 마음의 분신인 걸까. 내가 진심으로 웃을 수 없어서 나 대신 저렇게 웃어주는 걸까. 내가 직접 이 세상을 비판할 수 없어서 히카루가 나 대신 험한 말로 세상을 비웃는 걸까. "저게 나야?"라고 도오루는 입속에서 중얼거렸다.

─왜 그래, 도오루? 뭐야, 심각한 얼굴을 하고서.

히카루가 인도 한가운데 서서 돌아보았다. 도오루는 물끄러미 히카루의 얼굴을 들여다보았다. 언제부터 히카루가 곁에 있었는지 생각이 나지 않았다. 문득 깨달았을 때는 이미 곁에 있었다. 고독하다거나 외롭다는 생각을 하기 이전부터 히카루는 곁에 있었다. 혹은 철이 들기 이전부터 형제처럼 곁에 있었다. 차츰 커가면서 히카루의 존재를 이해하는 사람은 자신밖에 없다는 것을 알았다. 초등학교에 막 입학했을 무렵에 정신과에 데려갔던 적이 있었지만 특별한 이상은 발견되지 않았었다. 초등학교 시절에는 히카루의 존재를 반 친구들에게 알려주려고 애쓰다 따돌림까지 받았지만 학년이 올라가면서 자기가 먼저 그런 얘기는 하지 않는 지혜도 터득했다. 그러다 보니 주위 사람들은 모두 히카루 따위는 잊어버렸다. 도오루는 히카루를 자신의 일상 속에 감춰버렸던 것이다.

─너, 나 아니지?

─무슨 소리야, 새삼스럽게?

─시라토가 너는 내 마음의 분신이라고 했어.

이그이그, 하고 히카루는 혀를 찼다. 그리고 도오루를 쏘아보며,

─그딴 거 아무려나 무슨 상관이야. 괜히 왜 고민하고 그래?

라고 말했다.

─도오루, 적어도 너는 내가 아니야. 이미 알고 있겠지만. 그러니까 물론 나는 너 아니지.

시라토가 입고 다니는 스커트에 대해 가도노가 이의를 제기하고 나섰다. 이 학교에서는 사복을 인정했지만 교칙에는 '중학생다운 차림새'라는 항목이 있었다. 남학생이 스커트를 입는 건 학교 규칙을 위반한 게 아니냐고 가도노가 문제 삼고 나선 것이다. 담임 선생님의 제안으로 홈룸 시간에 '옷차림'에 대해 토론하는 자리를 가졌다. 여학생 대부분이 시라토를 지지해서 결국 다수결로 시라토의 스커트는 허락을 받게 되었다.

─굳이 스커트를 고집하는 건 어째서야?

도오루가 눈앞에 펼쳐진 운동장을 둘러보며 말했다. 도오루는 시라토의 순찰대에 합세하여 방과 후에 순찰 겸 운동장의 상황을 살펴보러 나온 길이었다.

─스커트가 좋으니까.

히카루가 "흥, 아냐, 이 녀석은 동성애자야"라고 헐뜯었다. '동성애자'라는 말을 내뱉은 게 히카루가 아니라 자신인 것만 같아 도오루는 저도 모르게 말끝을 어물거렸다.

―그래도, 남자니까, 좀 남자답게 입고 다니면 좋잖아.

―옷차림이건 속마음이건 남한테 잔소리 듣는 건 싫어.

운동장에는 온통 인공 잔디가 깔려 있었다. 저 안쪽에서 축구부가 연습을 하고 있었다. 히카루가 시라토 주위를 빙빙 돌며 킬킬 웃었다.

―히카루가 너한테 동성애자라고 하는데?

히카루가 웃음을 터뜨렸다. 도오루는 자신의 마음속에 숨은 악의에 깜짝 놀라 그 말을 입에 올린 순간, 자기혐오에 빠졌다. 뜻하지 않게 사악한 것의 지배를 받고 만 것처럼 마음이 조여왔다.

―그거, 너무 수준 낮은 의견 아니냐?

시라토는 얼굴을 홱 돌린 채 말했다. 그 차가운 옆얼굴이 도오루에게 큰 수치감을 몰고 왔다.

―네가 그런 사람인 줄은 몰랐어. 내가 뭘 입고 다니건 네가 잔소리 할 이유 따위는 없어.

축구공을 든 상급생들이 운동장으로 나왔다. 바람이 불어 시라토의 스커트가 펄럭였다. 시라토는 쳐들리는 치맛자락을 여자처럼 두 손으로 잡아 눌렀다. 3학년 남학생 몇몇이 옆으로 달려와 두 사람은 순식간에 포위되었다. 전에 계단참에서 시비를 걸었던 선배들 중의 일부였다.

―야, 너 아직도 치마 입고 다니냐?

시라토가 그대로 자리를 뜨려고 하자 그중 하나가 시라토의 팔을 붙잡았다. 시라토는 그 팔을 뿌리쳤다. 도오루는 시라토의 팔을 붙잡은 선배에게 몸으로 치고 들어갔지만 금세 떠밀리고 말았다.

―이 녀석, 치마 벗겨버리자. 고추가 달렸는지 알아보자고.

시라토는 도망치려고 했지만 붙잡혀 자칫 스커트가 벗겨질 판이었다. 스커트가 내려가 시라토의 허리뼈가 슬쩍 보였을 때, 등 뒤에서 누군가 말을 걸어왔다. 점보가 시라토의 팔을 붙잡은 친구의 어깨를 툭툭 치며 "연습 시작하자"라고 짧게 말했다.

"무슨 사정이 있는지는 모르지만 그냥 너답게 살아가면 돼"라는 말을 시라토에게 남기고 점보는 그 자리를 떴다.

―뭐야? 무슨 말이야?

히카루가 도오루에게 물었다. 도오루는 시라토의 옆얼굴을 물끄러미 쳐다보았다. 수업 종의 부드러운 소리가 봄바람과 함께 하모니를 연주하며 인공적인 냄새를 풍기는 운동장을 훑고 지나갔다.

―내 몸은 여자거든.

시라토가 문득 말을 시작했고, 히카루는 놀란 듯 입을 헤벌린 채 도오루를 돌아보았다.

―점보가 내 몸을 만졌을 때, 알아버렸어.

―무슨 말이야, 여자라니?

시라토가 얼굴을 찌푸린 채, 멀리 운동장 한쪽에 집합한 축구 부원들에게 시선을 보냈다. 비밀을 토로하기 직전의 심리적 갈등이 눈가와 입가의 떨림을 통해 도오루에게 전해져왔다. 축구부 연습이 시작되었는지 단조롭지만 발랄한 구령 소리가 운동장에 울려 퍼졌다.

—초등학교 3학년 때, 몸과 마음의 성이 일치하지 않는 '성 정체성 장애'라는 진단을 받았어.

히카루가 오옷, 하고 놀람의 탄성을 내뱉었다.

—여자로 자라야 하는 게 너무 고통스러워서 아무튼 여자답게 하라는 요구는 죄다 거부해왔어.

비로소 말을 알아들은 히카루가 온 얼굴에 웃음을 머금고 "얘, 여자래, 여자래!"라고 천진하게 떠들어댔다.

—말투며 행동이며 사고방식이 내 또래 여자애들과는 전혀 달랐었어. 첫사랑은 담임이던 여선생님, 그 선생님 앞에서는 유난히 남성적인 부분이 강하게 나오는 바람에 정말 큰 괴로움을 드렸어. 게다가 애들 앞에서 선생님을 좋아한다고 선언까지 해버렸으니, 얼마나 놀림을 당했는지. 끈질기게 따라다니며 못살게 구는 남자애와 치고 박는 싸움까지 했었다니까. 그래서 엄마가 정신과에 데려갔고 그제야 원인을 알았어. 그런데도 초등학교 때는 기어코 여자로 살아야 한다고 강요해서 결국 등교거부. 엄마 아빠는 문제가 일어날 때마다 나를 다른 학교로 전학시켰어.

시라토가 도오루의 눈을 지그시 들여다보았다. 개구쟁이 소년처럼 반짝이는 그 눈빛 때문에 도오루는 어찌해야 좋을지 몰라 저도 모르게 시선을 피해버렸다.

—하지만 중학교에 들어오기 조금 전이었던가, 내가 남자인지 여자

인지 정말 알 수가 없더라. 왜냐면 마음은 여전히 남자인데 몸에 변화
가 나타나기 시작했거든. 가슴은 봉긋하게 나오기 시작하고. 그것뿐
만이 아냐, 생리까지…….

　도오루는 혼란스러웠다. 어째서 몸과 마음이 다른 것인지, 말로는
알면서도 머릿속에서는 도무지 합쳐지지 않았다.

　달리기를 시작한 축구부 대열이 두 사람 옆을 스쳐갔다. 흙먼지와
구령 소리가 눈과 귀에 밀려들었다. 부원들의 시선이 시라토에게 집
중되었다. 느물느물 웃는 선배도 있었다.

　―이 학교는 진단서를 근거로 나를 남학생으로 받아줬어. 물론 선
생님들은 모두 내 장애에 대해 알고 있어. 스커트를 입고 다녀도 별로
나무라지 않는 이유가 그거야. 오히려 크게 당황했겠지. 설마 입학식
날 스커트를 입고 등교할 줄은 상상도 못했을 테니. 초등학교 때는 스
커트를 입는 게 정말 너무 싫었거든. 스커트를 입고 입학식에 나섰을
때, 부모와 의사는 내 장애가 나은 모양이라고 착각했어. 하지만 그런
거 아니야. 일부러 스커트를 입고 나왔던 거지. 나 자신의 성에 대한
반항의 상징으로.

　시라토의 표정은 딱딱하고 무표정에 가까웠지만 그 눈 속에서 흑백
의 가장자리가 미세하게 떨리는 것을 도오루는 알아보았다.

　―몸의 변화는 내 마음에 미묘한 초조감을 몰고 왔어. 내가 남자인
지 여자인지 알 수 없어서 정말 혼란스러워. 생리가 시작되었다는 건
아이를 낳을 수 있다는 거잖냐? 아이를 낳을 수 있다고. 알겠어? 무슨

뜻인지?

그렇구나, 라고 반사적으로 동감을 표했지만 시라토가 말하는 내용을 완전히 이해한 건 아니었다. 단지 시라토의 몸을 더듬은 직후에 점보의 태도가 급변했던 이유는 비로소 알았다.

—어느 쪽이 좋아? 남자? 여자?

—점보가 말한 대로 나답다고 생각되는 쪽이 좋아. 하지만 지금으로서는 어느 쪽이라고도 말할 수 없는지도. 나 자신을 속이며 여자로서 살아갈까, 몸을 거스르며 남자로서 살아갈까, 고민 중이라고나 할까? 아이를 낳을 수 있다는 거 알고 나서는 마음이 불안하기도 하고, 지금도 그걸 생각하면 정말 답답해.

도오루는 "하지만 병이라면 어쩔 수 없잖아"라고 입이 내달려버렸다. 그러자 시라토는 미간에 주름을 잡으며 지금껏 한 번도 보인 적이 없는 딱딱한 표정으로 "이건 병이 아냐!"라고 언성을 높였다.

—이건 마음의 장애지 병이 아니야. 수만 명에 한 명 꼴로 나와 똑같은 장애를 가진 사람이 있어. 낫는다든가 낫게 해주어야 한다는 생각은 나를 말살하려 드는 짓이야. 그래서 나는 스커트를 입고 항의하고 있어. 나 자신에게도, 내 주위에도.

히카루는 어깨를 으쓱 쳐들었고, 도오루는 어디를 보아야 좋을지 몰라 시선을 먼 하늘에 던져버렸다.

시라토를 절의 경내에 데려갔다. 마루가 깔린 복도의 늘 앉는 자리에 나란히 다리를 뻗고 앉았다. 이곳에 남을 데리고 온 건 처음이었다. 시라토도 그곳이 퍽 마음에 들었는지 "정말 마음이 편안해지는데?"라고 중얼거리며 스커트 아래로 다리를 쭉 뻗었다. 뒤로 손을 짚고 두 다리를 크게 벌리고 앉은 시라토를 도오루는 아직 똑바로 바라보지 못하고 있었다. 몸은 여자라는데 하는 짓은 완벽하게 남자였다. 시라토는 절 앞의 키 큰 나무를 올려다보며 "초록이 가득하구나"라고 중얼거렸다. 도오루는 벌렁 드러누워 "응, 그래서 여기가 좋은지도"라고 대꾸했다.

　─여기 앉아 있으면 항상 신기한 기분이 들어.

　─어떤 식으로?

　─말로는 설명할 수 없지만, 뭐랄까, 음, 그렇지, 말로는 설명할 수 없다는 느낌이 들어.

　시라토가 푸훗 웃었다.

　─그렇게 말하면 무슨 소린지 더 모르지.

　─감동이라는 게 혹시 이런 건가?

　─글쎄, 난 모르겠는데? 감동이라는 거, 이미 옛날 말이잖아? 사어(死語)야.

　히카루는 등롱 위에 올라가 항상 하던 대로 양팔을 쫙 펼쳤다. 도오루는 어째서 히카루가 저런 것에 기어 올라가 팔을 펼치고 있는지 알지 못했다. 시라토의 말처럼 그것이 자신이 원하는 일이라고는 도저히 생각할 수 없었다.

―감동이 어떤 것인지는 모르겠지만 여기서 이렇게 너하고 하늘을 올려다보는 건 마음이 편안하고, 그래서 마음이 있는 장소를 분명하게 알 수 있어.

시라토는 누구에게도 말하지 않았던 고민을 고백한 뒤의 해방감에 감싸여 있는 듯했다. 도오루는 그런 시라토의 조금 전과는 달리 완전히 무방비한 옆얼굴을 훔쳐보았다. 기다란 속눈썹도, 갈색이 들어간 눈동자도, 그 기품 있는 작은 입술도 지금까지와는 명백히 다르게 보였다.

―우지이에, 지금 너는 나를 남자로 보고 있냐? 아니면 여자로?

느닷없는 질문에 도오루는 허둥거리고 말았다. 얼른 하늘로 시선을 돌리고 "어느 쪽도 아니야"라고 대답했지만 말을 뱉자마자 아차차, 하고 반성했다. 남자, 라고 대답했어야 했다. 시라토는 "홍, 역시 그렇군"이라고 중얼거리며 쓴웃음을 지으면서 한숨을 내쉬었다.

―도오루, 뭔가 재미있는 일 있었어?

―별로.

―아무것도? 범인으로 이어질 만한 단서라든가 최신정보는 없어?

―없어. 계속 똑같아. 재미없지?

―그렇네. 뭔가 일어나지 않으려나, 항상 기대하며 기다리는데.

― '뭔가'라니, 살인사건 같은 거라도 좋다는 얘기?

―그건 나도 모르겠는데, 뭔가 사건이 터지면 다들 웅성웅성 신이

나잖아. 그게 재미있어.

　—하지만 나와 가까운 데서 일이 터지면 진짜 힘들어.

　—그렇겠지? 미안해. 힘들지? 집에서 한 걸음도 못 나가겠지?

　—아니, 전혀. 얼마든지 돌아다닐 수 있어. 걱정해주는 사람이 없으니까, 뭐, 간단해.

　—그럼 우리, 밖에서 만날 수 있어? 나랑 만날래?

　—만나고 싶지 않은 건 아닌데, 만나서 어떻게 하나 생각하면 좀 귀찮다고 할까.

　—그런 실례되는 말을! 도오루, 귀찮아서 나를 만나지 않겠다는 거야?

　—아, 그런 건 아니고. 하지만 만나려면 힘들잖아.

　—일단 만나기만 하는 걸로 해볼까?

　—그야 괜찮지만…… 만나기만 하는 거라면, 뭐.

　도오루는 사키와 약속한 시간에 약속 장소가 아니라 항상 다니는 절의 경내에 있었다. "이래도 되는 거야?"라고 히카루가 물었다. 드물게도 구름이 걷히고 맑은 하늘이 얼굴을 내밀었다. 아득히 상공에는 비행기구름의 하얀 선이 한 줄기. 저런 높은 곳에 사람이 올라가 있구나, 라고 생각하며 도오루는 저도 모르게 감탄했다. 구름 사이로 얼굴을 내민 태양 때문에 이마에 손차양을 만들고 비행기구름의 끝을 쫓았다. 손가락과 손가락 사이가 은은하게 빨개졌다. 생생하게 피가 흐른다는 게 생각나 입가에 저절로 웃음이 번졌다. 하지만 금세 풀어졌던 입이 팽팽히 당겨졌다. 살짝 손가락을 펼치자 손가락 틈새로 햇빛이 쏟아져 들어와 눈을 찔렀다. 다급하게 손가락을 다시 닫았다. 자신이 어떤 의지에 의해 움직여지는지 지금껏 한 번도 생각해본 적이 없다는 것에 크게 동요했다. 몸속에 피가 흐른다는 건 알고 있었지만 그 피가 누구의 의지에 따라 흘러가는지, 생각해본 적도 없었다. 비행기나 자동차는 연료로 움직인다. 자동차는 인간이 움직인다. 그렇다면 인간은 무엇이 움직이는 것일까. 이 피가 몸속을 순환하는 이유조차 제대로 알지 못한다. 심장이 끊임없이 움직이는 이유도 알지 못한다. 손목을 그어 자살하는 사람은 생에 저항하듯이 생명의 흐름을 멈춰버리려고 혈관을 끊는지도 모른다. 내 속에도 흐르고 있을 터인 피를 상상해보려고 했지만 피의 진실한 붉음을 생각해내지 못하고 있었다. "혹시"라고 중얼거려 보았다. 이 살갗을 걷어내면 정밀한 기계가 얼굴을 쑥 내미는 게 아닐까. 태어나서 한 번도 피를 흘려본 일이 없고 수술을 받아본 일도 없다. 내가 인간이 아닐지 모른다는 의심을 어째서 지금껏 한 번도 해보지 않았을까. 안드로이드(android. 인조인간—옮긴이)인지도 모르고 로봇인지도 모른다. 도오루는 자신이 가도노나 기노시타나 에지리와 똑같은 인간이라고는 도저히 생각할 수 없었다. 자신은 어쩌면 보통 인간이 아니라 회색과 싸우기 위해 이 세상에 보내진 특별한 인간인지도 모른다. 그런 소년다운 생각에 잔뜩 흥분하여 히카루에게 그 이야기를 하자 "흥, 그런 발상이 전쟁을 낳는 거야"

라는 차가운 비판이 돌아왔다.

—도오루, 거기에 사람들 진짜 많더라. 누가 도오루인지 알 수 없었어. 용기를 내서 어떤 사람에게 혹시 도오루냐고 물어봤는데 다른 사람이었어.

—나도 찾아다녔는데, 미안. 찾아내지 못했어.

—서로 알아보게 표시를 정할걸.

—다음에는 그렇게 하자.

—거기서 두 시간이나 기다렸다니까.

—미안. 다음에는 꼭 만나자.

5교시 수학 시간이 자습이 되었다. 아이들은 처음에는 얌전히 각자의 교과서를 펼쳐놓고 들여다보았지만 잠시 뒤에 여기저기서 소곤소곤 이야기가 시작되어 그 테두리가 점차 반 전체로 퍼져나가더니 마침내는 와글와글 시끄러워졌다. 에지리가 시라토를 돌아보며 반 아이들에게 다 들릴 만큼 큼직한 소리로 "후 짱이 정말 3년 전에 살해된 여학생의 영혼일까?"라는 말을 꺼냈다. 뭔가 일이 터지려는 것을 깨달은 반 아이들이 하나둘 입을 다물기 시작해서 잡음이며 말소리가 시라토 부근에서부터 서서히 사라졌다. 시라토는 냉정하게 "당연하지"라고 대응했지만, 이번에는 기노시타가 창문 옆자리에서 "그럼, 증거를 보여줬으면 좋겠는데?"라고 나섰다. 두 사람이 미리 짰다는 것은 입가의 웃음으로 알 수 있었다. 이어서 맨 앞줄에 앉아 있던 가도노가 자리에서 일어나 천천히 시라토를 돌아보았다. 재판의 시작이었다.

—다들 너무 무섭고 해서 네 이야기를 믿었지만, 결국 후 짱 같은 건 존재하지 않는 거 아니야? 정말로 후 짱이 있다면 범인이 누구인지, 3반의 행방불명된 아이가 지금 이 순간 어디에 있는지 알 거 아니야?

"왜 그래, 너희들?"이라고 후지와라가 나서서 항의했다.

—그렇게 간단한 문제가 아니잖아. 우리 스스로 아무것도 하지 않은 채 대답만 원해봤자 소용없어.

이번에는 에지리가 나섰다.

—그래도 후 짱은 영혼이잖아? 시라토에게 말을 걸어올 정도라면 이런 것쯤 식은 죽 먹기 아닐까? 근데 아무것도 가르쳐주지 않을 뿐만 아니라 예상도 못하고 있어.

뒤를 이어 기노시타가 비판에 나섰다.

—나는 후 짱이라는 건 시라토가 그냥 잘난 척하려고 지어낸 공상의 산물이라고 생각해. 한마디로 시라토 너는 거짓말쟁이야. 아이들이 무서워하는 심리를 이용해서 거기에 부채질을 하면서 우리를 갖고 놀고 혼자 킬킬거리는 질 나쁜 인간이라고!

시라토는 반론을 하지 않고 눈을 꾹 감았다. 이번에는 복도 쪽에 앉은 에지리가 "내가 본 유령은 후 짱 같은 게 아니었어!"라고 단언하고 나섰다. 기노시타가 일어나 시라토에게 손가락질을 했다.

—거짓말쟁이!

아이들은 시라토의 반론을 기다리고 있었다. 후지와라를 비롯해 시라토를 신봉해온 여학생들도 눈치를 살피며 입을 꾹 다문 채였다.

—시라토, 다들 정말 힘겨운 때니까 얼렁뚱땅 거짓말은 하지 말아 줬으면 좋겠다. 회장으로서 한마디 하겠는데, 만일 앞으로도 자꾸 엉터리 같은 소리를 한다면 우리는 너를 이 반에서 추방할 거야.

가도노가 의기양양한 얼굴로 그렇게 선언하고 자리에 앉았다.

—어이, 거짓말쟁이, 변명도 안 하냐?

에지리가 야유를 던졌다. 침묵과 긴장이 교실 안을 가득 메웠다. 그러자 시라토가 눈을 뜨고 누구에게랄 것도 없이 중얼거렸다.

—후 짱이 화를 내고 있어.

기노시타의 얼굴이 바짝 긴장했다. 일단 자리에 앉았던 가도노도 몸을 돌려 바라보았다. 에지리는 적잖이 동요하여 일의 추이를 숨 죽여 지켜보고 있었다.

—후 짱은 너희가 걱정이 되어서 이 학교에 걸린 저주를 풀려고 애써왔어. 그런데 지금 너희가 뱉은 한 마디로 그 애는 우리 편이 아니게 되고 말았어. 행방불명된 아이가 사체로 발견된다면 그건 너희들 때문이야.

—그런 소리, 함부로 하지 말라니까!

가도노가 다시 자리에서 일어나 얼굴을 붉히며 거칠게 고함쳤다. 후지와라가 가도노를 가리키며 반격에 나섰다.

—후 짱 덕분에 우리가 공포와 맞서 싸울 수 있었다는 거, 벌써 잊었

니? 가도노, 너야말로 회장 체면에만 신경 쓰지 말고 우리를 좀 더 진심으로 생각해줘야 하는 거 아니야?

가도노는 점점 더 흥분했다.

—뭐가 후 짱이야? 진짜 어이가 없다! 아무도 그런 영혼의 목소리를 들은 사람은 없잖아. 시라토에게만 들린다는 영혼의 목소리를 어떻게 믿으라는 거야? 텔레비전을 너무 많이 본 거야. 조사해볼 수도 없는 전생 같은 걸 끄집어내서 이것도 아니고 저것도 아니다 해가면서 민심을 현혹시키는 그런 풍조를 나는 용서할 수 없어. 존재하지도 않는 것을 거짓말로 꾸며내서 우리를 지배하려는 그 무서운 꿍꿍이를 용서할 수 없다고. 우리는 진지하게 상의했어. 너의 거짓말이 더 많은 아이들의 마음을 빼앗기 전에 미리 막아야 한다고. 더 이상 민심을 어지럽힌다면 나는 단호히 싸울 거야!

그러자 시라토는 자리에서 벌떡 일어나 무서운 얼굴로 가도노 일파를 노려보았다. 그리고 충분히 틈을 둔 다음에,

—이곳에 후 짱이 와 있어!

라고 힘차게 말했다.

—후 짱이 지금, 이곳에, 있어. 우리 모두의 바로 곁에!

모두가 입을 다물고 상황을 지켜보았다. 시라토의 시선이 반 아이들의 마음을 뒤흔들고 가도노 일파의 결탁을 뒤흔들고 있었다. 우연인지 아니면 정말 후 짱이 한 일인지, 그 순간 태양이 두툼한 구름 속으로 들어가고 교실 안의 햇빛 양이 일시에 줄어들어 컴컴한 저녁처

럼 변했다. 맨 앞줄에 앉은 아이가 "아앗, 으스스해"라면서 급히 자리에서 일어나 형광등 스위치를 눌렀다. 푸르스름한 빛 속에 시라토는 지옥의 문지기처럼 아이들 한 사람 한 사람을 둘러보았다. 그 눈초리는 잔뜩 치켜 올라가고 입가는 바짝 당겨져 있었다. 교실 구석에 있던 여학생이 "꺄악!" 하고 짧지만 강렬한 비명을 내질렀다. 그 소리에 덩달아 몇몇 여학생이 "아앗, 무서워" 하며 떨리는 소리를 질렀다. "뭐야, 사람 놀라게 하지 마!"라고 에지리가 앞자리 여학생에게 고함을 쳤다.

─지금 누군가 내 뺨을 건드렸단 말이야. 사람 손 같은 감촉이었어.

제발 그만하라고 다른 여학생이 겁에 질려 부르짖었다.

─아, 정말 지긋지긋해, 이런 거!

시라토는 한층 더 엄격한 시선으로 한 사람 한 사람을 노려보았다. 가도노는 자리에 앉아 교과서에 눈을 떨구었다. 기노시타도 자신의 의자로 돌아가 몸을 움츠렸다.

─후 짱은 너희를 용서하지 않을 거야. 너희에게 저주를 걸지도 몰라. 이곳에 있는 인간이 한 사람도 남김없이 지옥에 떨어져도 괜찮아?

시라토의 목소리는 분노로 파르르 떨리면서도 높직하게 울려 퍼졌다. 울음을 터뜨리는 여학생이 나타났다. 그 훌쩍거림이 실내에 축축한 습기를 더했다. 에지리가 "후 짱 같은 거, 안 믿어"라고 마지막 힘을 쥐어짜 가냘프게 말했다. 그러자 후지와라가 "그런 말, 하지 말라니까! 너 때문에 우리까지 저주를 받겠어"라고 쉿소리를 질렀다. 에지리는 몸을 앞으로 돌리고 입을 다무는 수밖에 없었다.

그 순간 형광등이 가도노의 바로 위쪽에서 깜빡거리기 시작하는 바람에 동요가 반 전체를 집어삼켰다. 가도노가 천천히 얼굴을 쳐들자마자 지지직 소리가 울리더니 수명을 다한 필라멘트가 팡, 하는 마른 소리를 내며 끊겼다.

장마철 예보가 나오기도 전에 도쿄의 태양은 숨어버리고, 마침내 기나긴 비의 계절로 접어들었다. 눅눅한 공기의 지배를 받아 교내는 한층 더 컴컴해졌다. 형광등의 흰 불빛만 두드러져서 한낮인데도 밤처럼 무엇을 쳐다봐도 똑같은 색깔로만 보였다.

태양이 사라지면서 세상은 온통 회색 천하가 되었다. 벽에는 탁한 강물 같은 지저분한 얼룩이 늘어나고 창문을 두드리는 빗방울이 유리창에 반투명 막을 만들었다. 온종일 쏟아지는 비는 행방불명된 남학생의 마음을 대변하는 것만 같았다.

도오루는 화장실에 다녀오는 길에 문득 고막을 간질이는 피아노 소리에 발을 멈추었다. 처음에는 빗소리인가 했는데 귀를 기울여보니 그것은 피아노 소리였고, 화음이나 멜로디를 연주하는 게 아니라 조율사가 하듯이 건반을 확인해가며 내려치는 단음의 반복이었다. 도오루는 교실로 돌아가지 않고 1층 중간쯤에 있는 음악실로 향했다. 전깃불도 켜지 않은 컴컴한 음악실 안에서 누군가 피아노를 치고 있었다. 히카루의 모습이 보이지 않았다. 어스레한 복도에도 인기척이 없었다. 조심스럽게 안을 들여다보았다. 실내 가운데쯤에 놓인 그랜드피아노에 한 소녀가 앉아 있었다. 얼굴은 보이지 않았지만 왠지 낯이 익었다. 왼손을 축 늘어뜨리고 가까스로 치켜든 오른손으로 피아노를 치고 있었다. 도오루는 문을 열고 발을 들이밀었다. 소녀가 천천히 돌아보았다. 역시 그 애였다.

―또 만났네. 뭐하고 있어?

―너를 기다렸어.

말을 하자마자 소녀는 다시 건반을 두드렸다. 아까보다 한 옥타브 높은 자리였다. 소리는 소녀의 마음을 그대로 드러내는 듯한 어두운 여운을 남기며 스르르 사라졌다. 도오루는 안쪽으로 들어가 소녀의 옆얼굴을 들여다보았다.

―나를 기다렸다고?

―응, 너를.

소녀는 피아노 뚜껑을 닫고 도오루 쪽으로 몸을 돌렸다. 바늘처럼 곧은 검은 머리칼이 가슴까지 내려왔다. 여우처럼 날카로운 눈은 양쪽으로 갈라진 그 머리채 사이에 있었다. 마치 주렴 틈새로 내다보는 듯한 눈. 도오루는 저절로 몸이 긴장되었다.

―너무 깊이 들어오지 말라고 내가 말했었지?

소녀는 그 말만 하고는 일어서서 나가려고 했다. 도오루가 서둘러 소녀를 불러 세우며 물었다.

―너는 몇 반 누구야?

출입구에서 멈춰선 소녀는 "15반, 기리시마"라고 말하고는,

—수업 종이 울리면 곧바로 교실로 돌아가. 수업 중에 돌아다니면 위험해.

라고 덧붙이고 음악실을 떠났다.

중학교에 15반은 존재하지 않았다. 도오루는 교무실에 들러 기리시마라는 이름이 학생명부에 있는지, 1학년부터 3학년까지 꼼꼼히 조사해보기로 했다. 하지만 기리시마라는 이름은 없었다.

—도오루, 누군가 좋아했던 적 있어?

—모르겠어. 좋아하는 정도라면 있었는지도. 하지만 잘 모르겠어.

—사랑했던 적은?

—없어, 없어.

—무언가에 몰두했던 일은? 아이돌 연예인이라든가.

—아이돌 연예인? 너무 유치하잖아? 몰두라는 게 뭐야, 무슨 말이지?

—몰두라는 건 그것 말고 다른 건 눈에 들어오지도 않는다는 거.

—없어, 없어. 사키는?

—없긴 한데, 한번 해보고 싶기는 해. 누군가를 엄청 좋아해보고 싶어. 가슴이 두근거리는 경험을 갖고 싶어.

—어떻게 하면 그렇게 될까, 진짜.

—나도 몰라. 그래서 지난번에 시험해봤어. 누군가에게 안기면 가

슴이 두근거릴까 하고. 사이트에서 알게 된 남자랑 잠깐 아슬아슬한 짓을 해봤어. 그랬더니 분명 가슴이 두근두근, 흥분되더라.

　—왜? 왜 그런 짓을? 대체 무슨 소리야?

　—무서워서 끝까지 가지는 못했어. 그리고 나쁜 짓을 한다는 죄악감도 있었고. 하지만 시험해보길 잘했어. 그 끝에 무엇이 있는지 좀 더 알고 싶어.

　—미안, 사키가 무슨 말을 하는지 이해할 수 없어. 난 잘 모르겠어.

　—꿈에서 도오루와 포옹을 했어. 하지만 그건 그냥 내 상상이라서 실감이 나지 않고 깨어난 뒤에 정말 답답했어. 가능하면 이담에 진짜로 너랑 경험해보고 싶어. 나는 리얼한 것을 원해.

　시라토는 그 일이 있은 뒤로 누구와도 말을 하지 않게 되었다. 단 한 사람, 도오루를 빼고는.

　점심시간이면 두 사람은 옥상에 올랐다. 고속도로에서 차바퀴가 지면을 스치는 연속적인 소리가 파도 소리처럼 귀에 파고들었다. 배기가스인지 그냥 구름인지 분간할 수 없는 뿌연 이내가 도쿄를 뒤덮고 있었다. 시라토가 철망에 얼굴을 댄 채,

　—저거 봐. 보이지, 저기?

　라고 말했다. 도오루는 시라토 곁에 다가서서 교정 한쪽에 있는 게양대를 바라보았다. 몇 명의 학생들이 펄럭이는 교기(校旗)를 끌어내리고 있었다.

─쟤네들, 우리 학교 학생이 아닌 것 같아.

─왜?

─내가 그렇게 봐서 그런가? 어디서 온 누군지는 모르겠지만, 어딘가 다른 데서 온 놈들이 간간이 섞여서 뭔가 일을 저지르고 있는 듯한 생각이 들어.

─왜 그런 짓을? 그냥 네가 그렇게 생각해서 그런 거 아니야?

─글쎄, 모르겠어.

게양대에서 교기를 내리더니 학생들은 그 자리를 떠났다.

─쟤네들, 어떤 애들일까? 왜 저런 짓을 하고 있지? 누구의 지시를 받아서?

─히카루는?

갑작스레 시라토가 물었다. 도오루가 주변을 둘러보았지만 히카루는 없었다.

─이따금 없어져. 항상 그렇지는 않지만 가끔 스르르 미끄러지는 듯한 느낌으로 어딘가 사라져버려.

─지금 저 애들의 맨 앞에 서 있었던 거, 혹시 히카루 아니냐?

─엣, 정말? 에이, 설마!

시라토는 몸을 숙이고 입에 손등을 갖다 대며 킥킥 웃었다. 눈초리가 부드럽게 휘어지면서 정감 있는 표정이 되었다. 도오루는 시라토 안에서 작으나마 여자의 몸짓을 발견해내고 말았다. 시라토는 자리를 조금 옮겨가 철거 중인 병원 쪽을 서늘한 눈매로 내려다보며 딱히 누구에게랄 것도 없이 중얼거렸다.

─이제 곧 행방불명된 아이의 사체가 발견될 거래.

철거에 들어간 거대한 병원은 마치 공습을 받은 것처럼 원형을 알아볼 수 없는 쓰레기의 산이 되어 있었다.

─후 짱이 그렇게 말했어?

─응, 이미 손쓰기에는 너무 늦었대.

히카루가 수학 선생님 옆에 서서 체조를 하기 시작했다. 아이들이 밀려드는 졸음을 참아가며 공부하는 꼴이 고소하다는 듯, 신나게 팔다리를 흔들고 있었다. 팔을 쭉 펼치고 다리를 번쩍 쳐들고 몸을 비틀어댄다. 도오루는 공부에 집중할 수 없었다. 저건 분열된 나 자신의 욕구가 만들어낸 허상일까. 저도 모르게 쓴웃음이 나왔다. 선생님이 등을 보인 채 칠판에 수식을 쓰기 시작했다. 히카루도 그 옆에 뭔가 쓰기 시작했다.

─바보 멍청이 도오루, 공부하지 말고 놀러 가자.

시간이 조금씩 소비되는 게 느껴졌다. 히카루는 그만 지쳤는지 교실 뒤편 사물함 위에서 고양이처럼 얌전히 잠이 들었다. 선생님이 써놓은 수식이 칠판을 가득 채우고 있었다. 도오루는 내내 시계만 노려보았다. 빼앗기는 시간들. 초침이 시시각각 시간을 새겨나갔지만 그것이 참으로 정확한 시간인지는 알 수 없었다. 필통에서 자를 꺼내 손톱 길이를 재봤다. 1밀리미터라는 이 폭은 누가 정했을까, 라고 생각했다. 이런 기준들이 정말 믿을 수 있는 것이라고 어느 누가 입증할 수 있을까. 회색이 조금씩 그 길이와 폭을 움직여 우리를 속이고 사실을 날조하고 있다면? 도오루는 지그시 시선을 집중하여 초침의 움직임에 틀림이 없는지 정밀하게 살펴보았다. 자신의 맥에 손가락을 대고 시간의 움직임과 비교해보았다. 기계가 새겨내는 시간이라는 척도를 어떻게 아무도 의심해보는 일 없이 무조건 믿어버릴 수 있는지 이해할 수가 없었다.

수업 종이 울리고 선생님은 "오늘은 여기까지"라고 수업 종료를 알렸다. 벌써 몇 세기를 이렇게 시간을 헤아리고 있었던 듯한 느낌이 들었다. 한없는 시간이 교실을 가로질러갔다. 어지럼증과 후회만을 남기고.

보도진이 진을 치고 있는 인도 바로 뒤편은 한창 철거공사가 진행 중인 병원 폐허였다. 도오루는 정문을 나선 참에 누군가 부르는 듯한 느낌이 들어서 그 자리에 멈춰 섰다. 보도진의 배후에 펼쳐진 병원 폐허가 자꾸만 신경이 쓰였다.

—저기, 가보고 싶은데?

도오루의 말에 히카루가 돌아보며 좋아라 했다.

—그래, 정말 한 번도 가본 적이 없네. 왠지 저곳은 항상 피하기만 했어.

하지만 기리시마의 경고가 도오루의 귓속에 되살아나 선뜻 발이 나가지 않았다.

　—왜 그래, 도오루? 갈 거야 말 거야?

　가보자. 도오루는 기운을 내서 성큼성큼 길을 건넜다. 히카루는 쳇,
하고 투덜거리며 뒤를 따라왔다. 보도진 틈새를 빠져나가 병원 문을
넘어섰다.

　—얘, 그런 곳에 혼자 들어가면 안 돼.

　카메라를 어깨에 매단 보도 관계자 아저씨가 폐허를 서성이는 도오
루를 알아보고 주의를 주었다. 히카루가 "혼자 아닌데요?"라고 소리
쳤다. 도오루는 건축 폐재들을 조심조심 디뎌가며 안쪽으로 향했다.
병원의 3분의 2는 이미 철거가 완료되어 있었다. 그대로 드러난 콘크
리트가 눈앞에 펼쳐졌다. 조금 앞쪽으로는 인접한 초등학교 건물의
옥상이 보였다. 도오루는 턱을 치켜들어 상공을 둘러보았다. 두툼한
구름이 도쿄를 완전히 뒤덮고 있었다.

　습기 찬 차가운 바람이 들이쳤다. 빗발이 거세지면서 빗소리가 일
대를 감쌌다. 살갗에 휘감기는 듯한 비였다.

　—히야, 굉장하다. 이거 봐, 회색의 세계야.

　도오루가 중얼거렸다.

　쏟아지는 가느다란 비가 엷은 레이스 커튼처럼 흔들거리며 축축하
게 폐허를 뒤덮고 있었다.

　—비 맞은 생쥐 꼴이 되겠다.

히카루가 도오루에게 손짓을 했다. 폐허의 막다른 곳에 아직 완전히 철거하지 않은 병동이 있었다. 뜯어내다 만 문짝 틈새를 지나 안으로 들어갔다.

—어이!

등 뒤에서 소리가 났다. 돌아보니 아까의 카메라맨이었다. 폐허 안까지 따라 들어와 둘레둘레 찾고 있었다. 친절한 건지 오지랖이 넓은 건지, 아니, 어쩌면 위험한 사람인지도 모른다.

—여기는 위험하니까 어서 나와라!

비 때문에 소리가 드문드문 끊겼다. 도오루는 젖은 머리를 손으로 툭툭 털며 주위를 둘러보았다. 천장 일부가 부서져서 빗방울이 그대로 쏟아져 내렸다. 어둑어둑한 병동, 분명 예전에는 수술실이 있었음 직한 장소였지만 이제는 벗겨진 리놀륨 바닥과 상처 입은 벽밖에 없었다. 군데군데 큼직한 물웅덩이가 있어서 마음대로 걸어갈 수가 없었다. 비가 멎을 때까지 가까스로 천장만 남아 있는 안쪽 깊숙한 곳에서 기다리기로 했다.

—어이!

멀리서 들려오는 카메라맨의 목소리. 그 소리는 점점 멀어져갔다. 초등학교 저학년 무렵에 학교 친구들과 술래잡기를 했을 때의 일이 떠올랐다. 도오루가 숨은 곳은 소각로 안, 들어가서 뚜껑을 닫았더니 그만 열리지 않았다. 멀리서 누군가가 도오루를 찾는 소리가 났다. 황급히 공기구멍에 입을 바짝 대고 "여기야!"라고 외쳤다. 하지만 도오루를 찾는 목소리는 점점 멀어져갔다. 그때 히카루는 "사람이 죽으면 소각로에서 불에 태워"라고 귀엣말을 했었다. "어째서?"라고 되물었다. 그러자 히카루는 "이곳은 출구니까"라고 대답했다. 도오루는 몇 시간을 소각로 안에서 보냈다. 구출될 때까지 공기구멍으로 쏟아지는 아주 작은 빛에 의지하며 기다렸다. 히카루는 도오루 곁에서 내내 사후의 세계에 대해 이야기했다. 무서웠지만 히카루가 있어서 울거나 고함치거나 흐트러지지 않고 견딜 수 있었다. 왠지는 모르지만 반드시 누군가 찾아와 구해줄 거라는 확신이 있었다.

　―이 소각로는 저 세상으로 가기 위한 출구야, 도오루. 네가 갈 마음만 먹으면 이곳을 지나 또 하나의 세계에 갈 수 있어. 어둠 속을 뚫고 나가지 않으면 안 되는 곳이 있어. 갈 마음을 먹지 않으면 갈 수 없는 곳인지도 몰라. 이 구멍으로 내다보이는 세계는 지금까지 네가 있었던 장소. 그곳은 대개 늘 빛이 지배하고 있지. 하지만 밤이 되면 소각로의 문이 열리고 여기서 어둠이 일제히 뛰쳐나가 빛을 몰아내. 모두들 밤이면 잠을 자는 건 어둠 때문이야. 하지만 아침이면 빛의 원군이 찾아와 소각로의 문을 닫아버려. 그러면 어둠은 뿔뿔이 흩어지고 지워져. 빛과 어둠은 그렇게 하루라는 것을 만들었어. 인간은 빛이 있는 동안은 깨어 있을 수 있어. 하지만 빛이 사라지면 다시금 빛이 돌아올 때까지 잠을 자지 않으면 안 돼. 회색은 저녁때, 약해진 인간을 노려…….

　희미한 빛이 쏟아지는 곳에 히카루가 선 채로 무언가를 골똘히 바라보고 있었다. 늘 보던 히카루인데도 전혀 달라 보였다. 빛의 양이 적은 탓에 기억 속의 한 장의 그림처럼 흐릿했다. 소각로 안에서 히카루가 해주었던 이야기가 되살아났다.

─회색은 저녁때, 약해진 인간을 노려…….

도오루는 빨려나오듯 어둠에서 나왔다. 물웅덩이를 발로 차며 히카루 옆으로 달려가 그의 시선을 따라가자 텅 빈, 예전에는 병실이었을 공간이 펼쳐졌다. 천장은 부서졌고 벽도 반쯤 철거되었다. 담벼락만 남았을 뿐, 위쪽은 비가 쏟아지는 하늘로 덮였다. 리놀륨 바닥에는 물이 수 센티미터까지 차올랐고 정확히 그 가운데에 몸을 돌돌 만 듯한 자세로 소년이 쓰러져 있었다.

도오루는 말을 잃고 한참이나 꼼짝도 하지 못했다. 선명한 피부색이 물웅덩이에 쏟아진 빛 속에 둥실 떠올랐다. 그토록 생생한데도 공포가 수반되지 않았다. 한 순간, 거기 누워 있는 게 사람이라는 생각이 들지 않았던 것은 팔이며 다리가 근육이나 힘줄을 따라 자연스러운 방향으로 굽은 게 아니라 실 끊어진 마리오네트처럼 따로따로 꺾인 채 접혀 있었기 때문이었다. 모든 역할을 마친 몸뚱이가 힘껏 내동댕이쳐진 것처럼 보였다. 멈칫멈칫, 죽은 자를 깨우지 않도록 한 걸음 한 걸음 조심스럽게 가까이 다가갔다. 손목이며 손등, 혹은 의복 여기저기에 소량이지만 나중에 뿌린 듯한 회색 흙이 묻어 있었다. 도오루는 소년의 얼굴을 들여다보았다. 살아 있을지도 모른다는 기대는 이미 없었다. 수면에 소년의 얼굴이 반쯤 잠겨 있었다. 아주 조금 열린 입 안에 물이 차 있었다. 확인 가능한 양쪽 눈은 반쯤 눈꺼풀이 뜨여졌고 아직도 윤기가 남아 있는 눈동자가 서서히 사라지는 빛을 응시하고 있고, 동시에 마지막 순간에 보았을 터인 그림자를 담고 있었다. 하지 만 왠지 무섭다는 마음이 일지 않았다. 오히려 살아 있는 것 쪽이 더 끔찍하게 느껴졌다.

—어이!

카메라맨의 목소리가 가까이 다가왔다. 히카루가 벽 위에 올라서서 손짓을 했다. 도오루는 두 손을 합장하고, 죽은 자의 곁을 떠났다.

다음 날, 학교는 임시휴교 조치가 내려져서 도오루는 자기 방에서 히카루와 하루를 보냈다. 인터넷을 통해 첫 발견자가 보도 관계자로 발표되었다는 것을 알았다. 도오루를 뒤쫓아 폐허에 들어왔던 그 카 메라맨이 틀림없었다. 도오루는 몇 가지 기사를 훑어보았지만 어디에 도 도오루에 대한 이야기는 없었다. 경찰이 조사를 하러 집에 찾아오 는 듯한 기척도 없었다.

행방불명된 남학생이 사체로 발견되면서 3년 전의 살인사건과 깊 은 관련이 있다는 게 확실해졌다. 학교를 덮친 동요는 상당해서, 별도 의 통지가 있을 때까지 초등학교에서부터 고등학교까지 자택에서 대 기하라는 연락사항밖에 들어오지 않았다. 텔레비전이며 신문에서는 똑같은 중학교에서 두 번째로 일어난 잔인한 살인사건의 뉴스가 온통 춤을 추고 있었다.

　―범인은 회색이니까 쉽게 붙잡힐 리가 없어.

히카루가 옷장 안에 데굴데굴 드러누워 말했다. 도오루는 인터넷으로 정보를 수집하며 "정말 어떻게 되는 거야" 하고 중얼거렸다.

　―다들 학교 관두는 거 아닐까? 이런 학교, 무서워서 아무도 다니기 싫을 거야. 어쩌면 바로 그게 범인이 원하는 일인지도 몰라.

그 비슷한 의견을 내놓은 신문 기사도 있었다. 유독 중학생만 노리는 건 명백히 이 중학교에 대한 원한 때문일 것이다, 라는 결론을 내리고 있었다.

　―그러게 말이야. 두 명이나 살해된 학교에 어떤 부모가 사랑스러운 자식을 보내겠어? 하긴 이 집에서야 보내겠지. 우린 사랑스럽지 않으니까, 그렇지?

히카루의 건조하기 짝이 없는, 완전 남의 일이라는 듯한 웃음소리가 불쾌하게 울려 퍼졌다. 도오루는 히카루의 말 따위는 못 들은 척, 메일을 체크하기 시작했다. 사키에게서 여느 때보다 긴 메일이 와 있었다.

　―도오루, 괜찮아? 정말 큰 사건이 났다. 이번에는 정말 걱정하고 있어. 어디서 뭐하니? 집에 있어? 도오루, 네가 걱정돼. 텔레비전도 라디오도 학교 친구들도 모두 그 이야기만 하고 있어. 무섭다. 빨리 범인이 잡히면 좋을 텐데. 그래, 이거 회색의 소행이지? 범인이 체포되어

106

도 그 뒤에 숨은 회색을 잡아내지 않으면 우리의 미래는 한없이 어둡다고 했었지?

도오루는 자판을 두드렸다. 실내에 메마른 연타음(連打音)이 울렸다.

―맨 처음에 발견한 건 나였어. 병원 폐허에 몰래 들어갔다가 발견했어. 천장이 없고 물이 고인 병동 한복판에서 그 애는 죽어 있었어. 하지만 무섭다는 느낌은 없었어. 뭐라고 할까, 벗어놓은 드레스처럼 아름다웠어.

곧바로 답장이 왔다.

―진짜? 정말 그렇다면, 와, 굉장하다. 좀 더 이야기해줘. 그때 어떤 기분이었어? 두근두근했니? 무서웠지? 사체는 경직된다던데, 그거 정말이야? 그 애, 벌거벗은 채로 발견되었다고 어딘가 써 있던데, 그럼 성 추행 같은 거 당했니?

―사키, 너 혹시 흥분한 거야? 이런 사건이 가까이에서 일어나서?

―아, 그런 거 아냐. 미안해. 근데 도오루가 최초 발견자라니, 굉장하잖아? 그런 얘기는 어떤 뉴스에도 없었는데.

―굉장하다느니, 그런 말이 오해를 낳는 거야. 아무튼 나는 발견한 뒤에 곧바로 거기서 나왔어. 경찰에 신고한 사람은 나를 쫓아 폐허에 들어왔던 카메라맨일 거야. 그 사람이 경찰에 신고해서 최초 발견자가 된 거지. 나는 신고는 하지 않았어. 관련되는 게 귀찮기도 했고.

―하지만 경찰에 신고하는 건 국민의 의무야.

―그냥 나 아니라도 누군가 발견해줄 거 같아서 말하지 않았어.

─저기, 도오루, 학교 쉬는 중이라면 좀 만나자. 뉴스에서 읽었는데 너희 중학교, 한참 동안 휴교라면서? 시간 잔뜩 있지? 정말 정말 만나고 싶어. 메일보다 실제로 얼굴을 보며 이야기하고 싶어.

─그래. 어차피 나도 한가하니까.

─그럼 이번에는 확실히 알아보게 정하자. 도오루 너는 탤런트나 가수 중에서 누구 닮았어? 나는 '히로'라고 댄서로 나오는 애하고 닮았는데.

화면을 들여다보던 히카루가 깔깔깔 웃었다. 도오루는 발차기로 밀어내려고 했지만 히카루는 도오루에게 매달려 떨어지지 않았다.

─미안하지만 나는 누구하고도 닮지 않았고 잘 생기지도 않았어.

─물론 나도 마찬가지야. 하지만 지난번에도 못 만났잖아. 그러니까 이번에는 미리 정확히 알아보게 해두자. 대충이라도 닮은 사람이 있으면 알려줘, 그걸로 찾아낼 거니까.

집을 나서는 건 몹시 간단했고, 전차에 탔을 때도 아무도 관심을 갖지 않았다. 도쿄 한복판에서 살인사건이 일어났지만 그런 음습한 사건은 전국적으로 일상다반사였다. 게다가 사건이 일어난 건 학교 근처의 고도(孤島)에서의 일이고 그 바깥쪽은 보통 때와 완전히 똑같은 속도와 리듬으로 움직였다. 그래도 전차 안에 있는 사람들이 자꾸만 살인범인 것처럼만 보였고, 그들의 바지 끝에 회색의 배선(配線)이 뻗친 것을 히카루는 알아보았다.

만나기로 한 장소는 사키의 제안에 따라 비교적 조용한 공원으로 정해졌다. 도오루는 초등학생 때 한 번 그 공원에 가본 적이 있었다. 공원이라고는 해도 녹음은 거의 없고 그저 평평하기만 해서 빌딩 숲 속에 생긴 널찍한 공터 같다는 인상이었다. 한가운데 작은 연못이 있고 그 연못가에 몇 개인가의 벤치가 있었다. 사키는, 벤치가 몇 개인지는 정확히 기억나지 않지만 철제 벤치들 사이에 유일하게 나무 벤치 하나가 있다고 했다. 바로 그 나무 벤치에서 만나기로 했다. 도오루는 약속 시간보다 조금 일찍 도착해 나무 벤치를 찾아보았다.

정말 나무 벤치가 하나 있었다. 도오루는 주위를 둘러보았다. 근처에 상업시설이 없어서 그런지 도쿄 한복판인데도 사람이 거의 없었다. 대사관이며 정부 관련 건물에 에워싸여 있기 때문인지도 모른다.

—도오루, 잔뜩 멋까지 부리고, 대체 뭘 기대하는 거야?

히카루가 늘 하던 대로 도오루를 놀려댔다. 도오루는 "시끄러워, 저쪽에 가서 매미처럼 딱 붙어 있어"라고 소리를 지르며 히카루를 쫓아냈다.

—사키가 어떤 여자애인지 내가 봐줄게.

—됐어, 필요 없어. 네가 그렇게 졸졸 따라다니면 나는 평생 애인도 안 생겨.

헹, 이라고 히카루는 코웃음을 치며 "애인? 웃겼어, 애인이래!"라고 하늘을 향해 꽥꽥거렸다.

만나기로 한 시간이 되어도 사키는 나타나지 않았다. 나타나는 건

공원을 순찰하는 경찰이나 산책을 즐기는 노인, 혹은 조깅하는 아저씨 아줌마들뿐. 중학생 여자애라고는 어디에도 없었다. 기다리다 맥이 빠진 히카루가 다가와 매앰매앰, 하고 매미 우는 소리를 흉내 냈다. 도오루는 손목시계를 들여다보았다. 약속 시간에서 벌써 30분이나 지났다. 히카루가,

　―갑자기 겁이 난 거 아닐까? 아니면 어디 멀리서 망원경으로 너의 남자다움을 체크하고 있거나. 근데 자기 취향이 아니라서 잽싸게 가버렸다, 음음, 그럴싸한데?

　하고 놀렸다. "시끄러워, 좀 조용히 해"라고 쏘아붙이며 벤치에서 일어선 바로 그때, 등 뒤에서 인기척이 났다. 돌아보니 양복 차림의 중년남자가 서 있었다.

　―네가 도오루?

　분명 남자는 도오루의 이름을 불렀다. 도오루도 히카루도 눈이 휘둥그레져서 남자를 멀거니 바라보았다. 남자는 호주머니에서 손수건을 꺼내 이마며 목덜미에 쏟아진 굵은 땀을 닦아냈다.

　―난 사키 아빠야. 사키가 갑자기 병이 나서, 회사가 바로 이 근처라서, 내가 대신 달려왔어. 시간 안에 와서 다행이다.

　남자는 땀을 닦으며 바쁘게 벤치에 주저앉았다. 히카루가 "조심해!"라고 외쳤다. 일정한 거리를 유지하며 도오루는 남자의 생김새와 행동을 지켜보았다. 전차 안이나 학교 가는 길목에서 자주 눈에 띄는 그저 평범한 회사원으로밖에는 보이지 않았다. 양복에 하얀 와이셔

츠, 수수한 색감의 넥타이, 헤싱헤싱해진 머리는 7대 3으로 갈라 포마드를 발랐다.

—뭔가 감추고 있어, 이 사람.

히카루의 '미처 감추지 못한 것 찾기'가 시작되었다. 남자 주위를 빙빙 돌면서 눈을 반짝거리며 그 열쇠를 찾고 다닌다.

—사키는, 갑자기, 어디가 아픈데요?

도오루가 머뭇거리며 물어보자 "응, 감기에 걸렸어"라고 남자는 변명하듯이 말했다. 그러자 히카루가 즉시 "이 사람, 눈을 똑바로 보고 말을 하지 않아, 뭔가 수상한 사람이야"라는 충고를 건네 왔다. 남자는 우물우물, 하지만 히카루의 말대로 도오루 쪽을 똑바로 쳐다보지 않은 채, 나이 지긋한 회사원이라고는 생각되지 않을 만큼 수줍어했다. 그리고 우스꽝스러울 만큼 쩔쩔매던 끝에 대충 생각나는 대로 둘러대는 듯한 말을 주워섬겼다.

—실은 사키가 어려서부터 큰 병을 앓고 있거든. 계속 자리에 누워서 살아. 도오루하고 나누는 메일만이 그 아이의 나날의 양식이었어. 그래서 고맙다는 인사를 하고 싶었어. 이렇게 만날 수 있어서 정말 영광이구나. 우리 딸아이 일이지만 이렇게 너를 만난 게 꼭 내 일처럼 기쁘다.

히카루가 "조심해! 이 사람, 공손한 말투에서 거짓스러운 냄새가 풍겨!"라고 큰소리로 말했다.

—사키는 중병이라 내가 그 애 대신 도오루에게 메일을 쓴 적도 많

았어. 때로는 딸애보다 내가 더 흥분해서 자판을 마구 두드릴 때도 있었고.

─아까는 감기라고 하셨죠?

─감기가 더쳐서 큰 병이 된 거야. 가엾은 애란다.

히카루가 남자의 입가를 가리키며 "히죽거리고 있어!"라고 외쳤다.

─이 아저씨, 가엾은 딸 이야기를 하면서, 저거 봐, 웃고 있잖아? 수상해, 너무 수상해! 이 사람, 틀림없이 거짓말을 하고 있어!

─나한테는 단 하나뿐인 딸이야.

─도오루, 이 아저씨, 딸 같은 거 없어. 속으면 안 돼.

─하지만 너를 만나서 다행이다. 사키도 분명 기뻐할 거야. 어떻든 나와 사키는 피가 이어진 부녀지간이고 마음은 항상 하나니까.

─도오루, 이 아저씨가 바로 사키야. 이 아저씨가 사키인 척 했던 거라고.

도오루는 갈팡질팡하면서도 가까스로 꾹꾹 참으며 남자의 얼굴을 빤히 들여다보았다.

─이 아저씨가 사키야! 사키야! 사키라고!

남자의 손이 가늘게 떨리는 것을 도오루도 알아보았다. 긴장과 흥분이 입술과 뺨, 무릎이며 발끝에까지 퍼져서 남자는 부들부들 떨기 시작했다.

─아저씨, 사키인 척하면서 메일을 보낸 거 아니에요? 사키라는 아이는 처음부터 없었죠?

도오루가 강한 어조로 따지자 남자는 입가에 어색한 웃음을 떠올렸다. "하아, 이거 참. 하지만 뭐, 이를테면 사키는 히카루 같은 거 아니겠니?"라고 슬쩍 능쳐보였다. 도오루가 발길을 돌리려고 하자 남자는 잠깐, 하며 굵직한 목소리로 불러 세우더니 가방에서 만화책을 꺼내 "이건 사키가 너한테 주는 거야"라고 말했다. 만화책 외에도 축구 선수의 브로마이드 같은 게 수십 장, 그리고 벌거벗은 여자가 실린 사진집도 있었다.

—도오루, 가지고 싶은 거 있으면 말해. 사키와 사이좋게 놀아준 보답으로 뭐든 다 사줄게. 자, 걱정 말고 여기 앉아봐. 우리 둘이서 사키 이야기를 함께 만들어보자.

곁에서 히카루가 데굴데굴 구르며 웃었다. 도오루는 중년의 회사원을 노려보면서, 눈가에 눈물이 어리는 것을 필사적으로 꾸욱 참았다.

도오루는 컴퓨터 따위, 이제 만지기도 싫어서 내내 침대 속에 파묻혀 있었다. 화장실에 다녀오는 길에 부엌 식탁에 놓인 빵이며 도시락을 대충 쪼아 먹고 다시 침대로 기어드는 나날이었다. 그 동안에 유괴 살인사건은 어떻게 진전되었는지 알 도리도 없었다.

—도오루, 아까 수사자하고 딱 마주쳤어, 오랜만에.

무미건조한 방 안에 히카루의 목소리만 간간이 웅웅거렸다. 도오루는 담요를 머리까지 뒤집어쓰고 심통이 나서 계속 누워 있었다.

—지독하네 어쩌네 투덜투덜 잔소리를 하면서 내 세상이라는 듯 온

집 안을 설치고 다니더라.

히카루가 도오루의 담요를 들추며 주워섬겼다. 히카루는 점점 더 기세를 올려 실황 중계라도 하듯이 손짓발짓까지 하면서 집 안에서 수사자와 마주쳤을 때의 상황을 전하기 시작했다.

—암사자는 그자하고 말도 하기 싫은지 화장실에 숨어서 나오지도 않았어. 어휴, 참내, 지독하다니, 그자가 그런 말을 할 수 있어? 그나저나 수사자의 몬스터 같은 꼴, 정말 어이가 없더라. 잘도 그런 꼴로 이 현대사회를 살아간다, 그치? 시대착오가 심하다는 건 바로 그자를 두고 하는 소리지 뭐야.

도오루는 히카루의 수사자 목격담에 귀를 기울이면서, 한편으로 이 슬픔의 원인에는 마음이라는 기관이 깊이 관계되어 있다는 생각을 했고, 다시 또 한편으로는 어이없이 속아 넘어간 자신이 한심스러웠다. 사키가 실제로 존재하는 인물이 아니었다는 데 대한 낙담도 컸지만, 자신이 어째서 상처를 입었는지 뭔가 확실하게 인식하지 못하고 있었다. 채팅의 세계는 가짜투성이, 그런 곳에서 제 진심을 말하는 사람은 없다는 건 냉정하게 생각해보면 금세 알 일이었다. 그런데도 왜 사키라는 이름으로 접근해온 변태 중년 회사원의 거짓말을 미리 알아채지 못했을까. 지금에야 돌이켜 생각해보면 사키가 보낸 메일에는 이상한 부분이 너무 많았다. 생각하면 할수록 그자가 원하는 대로 실컷 휘둘린 자신이 한심스러울 뿐이었다.

어딘가 다친 것처럼 상처가 난 것도 아니었다. 그저 한없이 기운이 떨어졌다. 일 초 일 초가 마냥 슬프기만 했다. 마음이 어디에 있는 것인지는 모르지만, 명백히 자신 속에는 슬퍼하는 기관이 있었다. 그것이 아마도 마음이라는 눈에 보이지 않는 기관의 참된 모습일 것이라고 도오루는 추측해보았다. 한 번도 만난 적이 없는 사키라는 소녀에게 필요 이상으로 기대를 걸었던 것도 낙담의 이유 중 하나였다. 자신을 처음으로 인정해준 사람이 실은 이 세상에 존재하지도 않고, 그저 중년 회사원이 일하는 틈틈이 컴퓨터로 놀아대는 기분으로 사키라는 소녀인 척 도오루의 마음속에 기어들었다는 사실이 도오루에게는 마치 강간을 당한 것과 똑같은 정도의 비극을 몰고 왔다. 분석해보면 그저 그런 정도의 일인데도 도오루는 맥이 빠져 자리에서 일어서지도 못하고 있었다. 자신은 아무렇지도 않은데, 자신 속에 아무렇지도 않게 넘어가지 못하는 기관이 있었다. 사키는 정말 이 세상에 없었던 걸까. 도오루는 이해할 수가 없었다. 이 세상 단 한 명의 이해자인 사키가 그 아무렇지도 않게 넘어가지 못하는 기관 속에 아직도 존재하고 있었다. 그리고 그 아무렇지도 않게 넘어가지 못하는 기관이 곧 마음일 것이라는 데 도오루의 생각이 가닿았다.

점심때가 지나 수사자가 도오루의 방에 들어와 침대 앞을 가로막고 서서 "괜찮으냐?"라고 웬일로 다정한 말을 던져주었다. 도오루는 담요를 뒤집어쓴 채 "괜찮아"라고 대꾸했다.

—학교에서 카운슬러 선생님이 파견을 나왔는데, 지금 만날 수 있

겠어?

　―필요 없어.

　―이번 사건으로 아이들이 마음에 병이 든 것 같다는데. 너도 일단 상담을 받아보는 게 어때?

　―필요 없다니까. 나는 그냥 자고 싶어.

　―그래? 그럼 그냥 가시라고 해야지.

　수사자는 그 말만 남기고 방을 나갔다. 수사자가 도오루의 방에 들어온 건 처음 있는 일이었다. 히카루가 목소리를 낮추어 어이없는 듯 말했다.

　―흥, 대단하시네. 저걸로 걱정해주는 척하는 거야?

　히카루가 더 이상 공연한 소리를 떠들기 전에 도오루는 손바닥으로 귀를 막아버렸다. 여기서 더 마음에 상처를 입을 필요는 없었다. 도오루도, 도오루의 마음도 상처 입는 데 지칠 대로 지쳐 있었다.

　도오루는 확실한 꿈이라는 것을 꾸어본 적이 없었다. 잠이 깬 순간에는 그저 멍하기만 하다가 점차 의식이 또렷해지면 잠들기 직전의 일이 생각나고, 그때와 지금 막 일어난 순간 사이에 잃어버린 시간이 존재한다는 것을 탁상시계나 눈부신 아침 햇살이나 근육의 피로를 통해 발견하곤 했다. 한 번도 꿈의 내용을 제대로 생각해낸 일이 없었다. 그래서 꿈에서 깨어난다는 감각도 분명치 않고 또한 인식도 하지 못했다. 어쩌면 살아 있는 것 자체가 잠들어 있는 것인지도 모른다. 그게 아니면 계속 깨어 있는 듯한 감각으로 잠자리에 들기 때문일까. 꿈인지 현실인지 모르겠는 둔한 감각을 도오루는 스물네 시간 내내 품고 있었다. 그래서인지 살인사건 뉴스를 듣고서도, 잔인한 테러 영상을 보면서도, 뭔가 현실감을 가질 수 없었다. 현실감을 가질 수 없는 채 그렇게 하루하루를 보내다 보면 현실이라는 것이 실제로 별다른 아픔이 느껴지지 않는 것이라고 생각하게 되고, 나아가 단순한 정보로밖에는 지각할 수 없게 되어 상대의 아픔을 전혀 상상도 하지 못하는 인간이 되어버렸다.

하지만 전혀 꿈을 꾸지 않는지 어떤지는 알 수 없었다. 잠이 깨었을 때 땀에 흠뻑 젖어 있기도 하고 몸이 노곤한 때도 있었다. 뭔가 꿈을 꾼 게 틀림없는데 아마도 눈을 뜸과 동시에 잊어버리는 모양이었다. 도오루는 누군가 꿈에 대해 이야기할 때마다, 무슨 영문인지 자신만은 그 소중한 감정을 어딘가에서 깜빡 잃어버리고 태어난 듯한 외로움을 느끼지 않을 수 없었다.

사체가 발견되고 일주일 뒤에 학교는 다시 문을 열었지만 희생자가 나온 3반 아이들 대부분은 역시 학교에 나오지 않았다. 학교 주위는 거의 계엄령 비슷한 양상을 보였다. 역 앞에는 경찰 차량이 마치 이번 사건의 상징처럼 어마어마한 규모로 몇 대씩 대기하고 있고 학교로 이어진 언덕길은 학교 관계자며 교육위원회에서 나온 감시원들로 넘쳐났다. 사건 후에 정신에 이상이 발생한 학생들이 많아서 학교 측은 거기에 대처하기에 바빴다.

1학년 13반에도 결석한 아이가 많았다. 이미 전학 수속을 시작한 아이도 있었다. 에지리가 어떤 반에서는 몇 명이 전학하기로 결정했다는 등의 정보를 물어왔다. "전학할 수 있는 애들이 부럽다"라고 기노시타가 중얼거렸다. 가도노는 회장답게 "그렇게 비관적인 생각은 하지 말자. 경찰이 틀림없이 범인을 잡아줄 거야"라고 형식적인 희망을 늘어놓았지만 그런 말에 기대를 거는 아이 따위는 없었다.

—그래도 우리는 나은 편이야. 이 세상에는 훨씬 더 힘든 환경 속에서 학교에 다니는 아이들이 많아. 겨우 이 정도의 일에 풀이 죽어서는 안 돼.

별 설득력 없는 가도노의 열변이 홈룸 시간에 거듭되었다.

—알겠어? 먹을 것이 없어 굶어죽는 어린이가 하루에 4만 명이나 돼. 테러와 전쟁이 반복되는 지역의 학생들은 우리보다 훨씬 더 괴로울 거야. 주위가 온통 지뢰밭인 학교도 아주 많단 말이야.

에지리가 "왜 우리가 그런 곳하고 비교를 해야지?"라고 반발했다. 하지만, 이라고 가도노는 위엄을 가장하며 연설을 멈추지 않았다.

—무언가와 비교하지 않으면 지금 우리가 처한 환경이 너무도 괴롭기 때문이야.

차가운 비웃음이 일었다. 시라토가 나서서 말했다.

—그러니까 너는 자기보다 더 불행한 사람을 찾아내 그들과 비교하

118

면서 힘을 내라는 거냐?

"그건 말도 안 돼"라고 가도노는 즉석에서 반론했다.

—괴롭기는 하지만 극복해나가자는 말을 하려는 것뿐이야. 분명 신은 지켜보고 계실 거고 언젠가는 우리를 구해주실 테니까.

시라토가 머리를 가만가만 가로저으며 웃었다.

—하루에 4만 명의 아이가 굶어죽는다면서? 그렇다면 신은 매일 4만 명의 어린이를 무차별적으로 죽이고 있다는 이야기잖아. 그 애들도 모두 필사적으로 기도하고 있을 텐데 말이야. 아무리 기도를 해도 그토록 수많은 어린이들이 굶어죽고 마는 현실은 대체 뭐지? 굶어죽는 아이들은 우리하고 대체 뭐가 다르다는 거야? 그저 피부색이 다르고 자란 환경이 다를 뿐이야. 가난한 나라에서 태어난 아이는 살 권리도 없어? 그게 현실이라면 아무리 신에게 기도를 드려도 구원될 리가 없어. 우리의 불안은 끝끝내 사라지지 않아. 살해된 아이는 우리 대신 쓰러져간 희생양이야. 신은 피에 굶주려 있어. 4만 명의 어린이들이 지금 이 순간에도 희생되고 있잖아? 내일은 바로 내가 그 숫자에 또 하나 덧붙여질지도 모른다고. 이번에 희생된 3반 아이처럼.

반 아이들의 둘 데 없는 시선이 허공을 방황했다.

—굶어죽는 어린이를 구해내지 못하는 건 인간의 능력 부족과 사치 때문이야. 거기에 엉뚱하게 신이나 구원을 들고 나서는 건 번지수를 잘못 짚은 일이라고 생각해. 애초에, 설명할 수 없는 일을 모조리 영혼이니 신이니 악마의 탓으로 돌려버리는 건 유치한 사고방식이야.

수업 종이 울리고 홈룸 시간은 끝났다. 종소리 덕분에 궁지에 몰린 상황에서 풀려난 꼴이 된 가도노는 "의미 있는 토론을 할 수 있어서 다행이었다. 이 토론은 다시 다음 홈룸 시간에 하자"라고 능숙하게 정리해버리고 교단을 내려왔다.

오전수업만으로 학교가 끝나서 도오루는 시라토와 함께 귀갓길에 올랐다. 히카루는 영 재미없다는 얼굴로 두 사람의 뒤를 따라왔다. 경찰과 보도 관계자 차량이 언덕길을 온통 메우고 있었다. 사건의 충격은 그 여파가 강력해서 연일 보도가 거듭되었지만 일주일이 지나도 범인으로 연결될 만한 유력한 정보도 단서도 발견되지 않았다.

—저거 봐, 저 보도진 숫자. 이전보다 훨씬 많아졌어.

시라토가 병원 터 앞에 진을 친 보도 관계자들을 가리키며 말했다.

—저 사람들한테도 회색이 끼쳐 있군.

시라토의 말투가 우스워서 도오루의 입가에 저절로 웃음이 번졌다.

—전국에서 와아 주목하고 있는 거야. 재미있어 하는 사람들도 있을걸? 다들 우리를 엿보고 있어. 자기들의 호기심을 채우려고.

두 사람은 북새통을 빠져나와 학원에는 가지 않고 오래된 절에 들렀다. 항상 앉던 마루 복도에서 다리를 뻗고 키 큰 나무의 초록을 올려다보았다. 대화는 없었다. 그저 말없이 회색 하늘을 올려다볼 뿐. 그 구름의 찢어진 틈새에 아주 조금 푸른 하늘이 있었다.

바람이 두 사람의 뺨을 씻어 내렸다. 느긋하고 넉넉한 시간이 흘러갔다. 긴장했던 마음이 조금씩 풀어졌다. 시라토는 큰대 자로 누워버렸다. 금세 잠든 숨소리가 들려온다. 도오루는 흠칫 놀라 시라토의 얼굴을 내려다보았다. 빨리도 잠이 드는구나, 라고 생각하니 입가에 저절로 웃음이 번졌다. 햇볕에 그을린 거무스레한 얼굴에 닫힌 눈꺼풀, 왼쪽 눈 바로 아래에는 작은 점이 있었다. 도오루는 장난기가 발동해서 팔꿈치를 짚고 시라토의 잠든 얼굴을 더욱 가까이에서 들여다보았다. 입이 조금 벌어졌고 잠든 숨소리가 커져간다. 좁은 이마와 뺨 사이에 긴 속눈썹이 위를 향해 치켜서 있었다. 그것은 살짝 컬을 그리고 있어서 소년 같은 얼굴 가운데 유일하게 여성적인 분위기를 담고 있었다. 구름의 터진 틈새로 태양이 얼굴을 내밀고 일순 햇살이 시라토의 얼굴을 눈부시게 떠올렸다. 속눈썹 끝에 빛의 입자가 머물고 눈썹 끝이 반짝이는 것처럼 보였다. 도오루 속에 기묘한 마음이 들고 일어섰다. 밀려오는 파도 같은 것에 자칫 먹혀들 것 같아서 도오루는 저도 모르게 어금니를 꾸욱 깨물었다. 예상치 못한 마음의 출현에 놀라 도오루는 팔꿈치를 짚은 그대로 꼼짝도 할 수 없었다. 그러자 부드러운 바람이 불어와 시라토의 짧은 머리칼을 흔들었다. 그 바람은 도오루의 드러난 마음을 씻어주듯이 온화하게 스쳐갔다. 마치 깨끗한 계곡물에 손을 넣어 그 차갑고 맑은 흐름을 받아내는 듯한 기분이었다. 물의 매끄러운 입자가 살갗의 세포 하나하나를 어루만지는 기분 좋은 감각이 신경을 통해 자꾸만 머릿속으로 전달되었다. 가슴을 가만히 감싸 안는 듯한, 혹은 졸라매는 듯한, 숨 쉬기가 힘든데도 흥분되고 안타까운

데도 풍성한 듯한 이 기분은 무엇일까. 생각하고 또 생각해도 생각이 나지 않는, 그런데도 그립고 충동적이고 가만히 있을 수 없게 하는 이 기분은 대체 무엇일까. 도오루는 알 수가 없었다. 시라토의 얼굴을 응시하는 눈 속으로 반사된 햇살이 뛰어들고, 그것들은 눈동자 속의 이제껏 한 번도 사용한 적 없는 환상의 렌즈를 통과하여 일곱 색깔로 가닥가닥 나뉘어졌다. 그것은 눈동자 안쪽의 컴컴한 벽에 투영되어 그곳에 무한이라고도 할 색채의 동그라미, 이제껏 한 번도 본 적이 없는 풍성한 무지갯빛의 세계를 띄워 올렸다. 도오루는 더 이상 참을 수 없어 입을 크게 벌리고 폐 속에 고인 공기를 토해냈다. 그 안타까운 날숨이 시라토의 잠을 깨워서, 컬을 그린 속눈썹이 미세하게 깜빡거린 뒤에 그 자리에 동그란 눈동자를 출현시켰다. 두 사람의 시선이 하나로 맞닿았을 때, 도오루의 눈에서 송신되는 감정의 빛이 시라토의 눈동자 속 심지를 쿡 찔렀다. 도오루는 시라토의 커다랗게 뜨인 눈을 응시하면서도 거기서 무엇이 일어나고 있는지 알지 못한 채 제대로 숨조차 쉴 수 없어 꼼짝도 하지 못하고 굳어 있었다.

　―왜 그래?

　다정한 목소리로 시라토가 물었다. 정신을 차리기까지 꼭 그만큼의 시간이 필요했다. 도오루는 가까스로 자신을 되찾고 놀람을 감추지 못한 채 이렇게 말했다.

　―응? 왜 이러지?

　시라토가 미소를 지으며,

―깜짝 놀란 얼굴로 나를 처다봤잖아?

라고 대꾸했다.

―응, 뭔지 모르지만 깜짝 놀랐어.

도오루는 이윽고 움직일 수 있었다. 시라토도 몸을 일으켜 도오루의 얼굴을 들여다보았다. 도오루는 갑자기 눈을 맞출 수 없어 그 시선은 어디라고도 할 수 없는 곳으로 피난해버렸다. 가슴속에서는 아직도 수런거림이 넘쳐나 마치 땅바닥에서 느닷없이 솟구친 샘물처럼 마음속이 흥건한 물에 잠겼다.

―너 잠든 얼굴을 보고 있었는데 갑자기 이상한 느낌이 들었어.

―내 얼굴? 야, 도오루, 좀 알려줘 봐. 어떤 식으로 이상한 느낌이 들었는데?

도오루는 고개를 갸웃거리며 생각해내려고 했지만 어디서 나타났는지 모를 감정 때문에 문득 얼굴이 붉어져버렸다.

―네 감긴 눈꺼풀을 보고 있었더니 문득 이상한 기분이 들면서 왠지 가슴이 두근거렸어.

호기심 넘치는 표정으로 시라토가,

―정말?

이라고 말했다.

―굉장하다. 그런 걸로 가슴이 두근거려? 야, 도오루! 어떤 식으로 두근두근했어?

―말로는 설명을 못해, 그 기분은.

123

―내가 다시 눈을 감고 자면 생각해낼 수 있겠냐?

아니, 라고 도오루는 즉석에서 부정했다.

―그건 안 될 거야. 이미 기억 속으로 들어가버렸어.

그럼, 이라고 시라토가 천진하게 물었다.

―이렇게 하면?

시라토가 얼굴을 쑥 내밀어 도오루의 입술에 한 순간 자신의 입술을 맞대버렸다. 부드러운 감촉이 도오루의 몸속을, 구름 사이에서 얼굴을 내민 햇빛이 초원을 단숨에 내달리는 듯한 기세로 뚫고 지나갔다. 묘한 에너지가 온몸을 맹렬히 뚫고 달려간 탓에 신경이라는 신경의 모든 말단이 과부하를 견디지 못하고 번쩍 불이 튀었다. 호흡도 고동도 피의 흐름도 일시적으로 정지해버렸다. 시라토의 입술이 도오루의 입술에 닿은 그 순간, 무언가가 도오루의 마음을 뒤흔들었다. 아까보다 훨씬 더 강렬하게, 호흡도 눈 깜빡임조차도 불가능할 만큼 강렬하게. 시라토는 도오루의 입술에 제 입술을 댄 후에 빙긋 웃는 얼굴을 보였다. 도오루는 꼼짝도 하지 못하고, 반사적으로 안쪽으로 당겼던 턱에 힘을 주며 지그시 시라토의 눈동자를 응시할 수밖에 없었다.

―어때?

시라토는 실험이라도 하는 듯 흥미진진하게 물었다. 도오루는 몇 번이나 큰 숨을 들이쉬며 "응"이라고 대답해보기는 했으나 좀체 마음속은 정리가 되지 않았다.

―뭐든 좋아. 말로 표현해봐.

시라토는 금세라도 웃음으로 변해버릴 것 같은 얼굴로 말했다.

—음, 그러니까 그게, 지금까지 한 번도 느껴본 적이 없는 기분이라서…….

—굉장하다. 그거, 어떤 거야? 어째서 나는 그걸 느끼지 못하지?

—응? 느끼지 못했어? 나 혼자만 이런 기분을 느끼는 거야?

시라토는 고개를 끄덕이며 "그런 거 같다, 나는 아무렇지도 않아"라고 대꾸했다.

—너에게도 똑같은 기분을 느끼게 해주고 싶은데.

—그럼 해봐.

그렇게 말하더니 시라토는 다시 눈을 감아버렸다. 살짝 입술을 내밀고.

도오루의 귓속이 얼얼해지고 다음 순간에는 머리가 멍해져버렸다. 눈앞에 있는 무방비한 시라토의 얼굴을 빤히 바라보며 도오루는 꼼짝도 할 수 없었다.

—빨리.

시라토가 눈을 감은 채 재촉했다. 도오루는 혼란스러운 상태에서 부르르 떨며 무슨 일이 일어난 것인지 전혀 논리적으로 이해하지 못한 채 시라토의 작은 입술에 자신의 입술을 가져가 가만히 맞대버렸다. 그리고 두 사람은 꼼짝도 하지 않고, 조금 전보다 훨씬 더 오래도록 정지한 그대로 불어오는 바람을 맞으며 하나의 조각품이 되었다.

―내 정식 이름은 우지이에 도오루야.

―나는 시라토 유키.

두 사람은 저물어가는 절 경내를 바라보며 나란히 앉아 있었다.

―이름이 유키였구나?

―진짜 다행이지, 여자로도 남자로도 쓸 수 있는 이름이라서. 우연히 그렇게 붙여진 거지만, 만일 여자로만 쓰는 이름이었다면 아마 지금쯤 진짜 힘들었을 거야.

그렇게 말하더니 시라토는 천진하게도 하얀 이를 죄다 보여주려는 듯 어딘지 어수룩하게 웃어 보였다.

―그러니까 내가 너한테 감동했다는 건가? 그렇게 마음이 뒤흔들린 걸 보면.

시라토는 미소를 무너뜨리지 않은 채 "야, 도오루, 어째 말이 좀 이상하다?"라고 시원스럽게 대꾸했다. 그 말하는 투가 도오루는 약간 불만스러웠다.

―나는 전혀 흔들리지 않았어. 역시 내 마음속은 남자인가 봐. 그리고 너는 나를 여자로 본 모양이지, 아마?

시라토는 다시 웃었다. 이번에는 남자애처럼 호쾌하게. 그리고 뒤로 손을 짚더니 키 큰 나무를 올려다보았다. 다시 태양이 구름 속으로 숨어버렸다.

―너, 혹시, 나 사랑하냐?

시라토가 문득 웃음을 터뜨리며 장난기 가득한 얼굴로 그렇게 덧붙였다.

―사랑?

―그래, 분명 그건 사랑일 거야. 나도 옛날에, 전에 잠깐 말했었지? 네가 가졌던 것과 비슷한 감정을 여자에게 품은 적이 있었어. 그래서 잘 알아. 그게 쓸데없는 감정이라는 거. 가엾게도. 내 몸은 여자지만 나는 남자인걸? 도오루, 네 첫사랑은 아무래도 이루어지지 못할 거 같다.

도오루는 남의 일처럼 웃어대는 시라토를 흘겨보면서도 동시에 그 눈동자에 강하게 매혹되는 것을 깨달았다. 이것이 사랑? 도오루는 저도 모르게 흠칫 놀라며 시선을 떨구었다.

―아참, 히카루는 뭐하고 있지? 어디, 가까이에 있어?

시라토가 물었다. 도오루는 그제야 생각이 나서 다급하게 주위를 둘러보았지만 히카루는 어디로 갔는지 보이지 않았다.

―혹시 나한테 질투를 하는 건지도 모르겠네. 키스 같은 걸 해버렸으니.

시라토는 어이없다는 듯 미소를 지었다. 그 웃음에 도오루의 심장이 다시 한 번 터질 듯한 신음을 올렸다.

도오루는 집에 돌아온 뒤에도 시라토만 생각했다. 히카루는 뭔가 할 말이 많은 듯한 표정이었지만 도오루가 눈조차 맞춰주지 않는지라 불만을 토로할 기회를 잡지 못하고 있었다. 도오루는 책상 앞에 턱을 괸 채 꼼짝 않고 앉아 있었다. 히카루는 침대에 누워 복근운동을 시작했다. 복근운동이 끝나고는 체조를 했고 체조가 끝나자 옷장 안에 들어가 문을 닫아 걸어버렸다. 그래도 도오루는 멍하니 벽의 한 지점을 응시하며 생각에 잠겨 있었다.

뭔가 해보려 해도 또 다른 마음이 자꾸 방해를 해서 행동에 옮길 수가 없었다. 몸이 나른하고 답답하고, 하지만 마음의 중심에 정체를 알 수 없는 것이 자리 잡고 있다는 것을 느꼈다. 자신이 열심히 생각하는 게 다름 아닌 시라토라는 것을 깨달으면서 그와 동시에 큰 동요를 느꼈다. 시라토가 남자냐 여자냐 하는 문제 때문이 아니라, 단지 자신이 나 아닌 남을 지금껏 한 번도 없었을 만큼 강렬하게 생각하고 있다는 그 단순한 이유 때문에.

과연 이것이 시라토의 말대로 사랑이라는 것인지 그 판단 기준도 애매해서 미처 결론을 내리지 못하고 있었다. 식욕도 없고 아무것도 할 마음이 나지 않고 그런데도 어느 한 점을 향해 온 신경이 집중되는 기묘한 감각. 이게 사랑인 걸까. 눈을 깜빡일 때마다 시라토와 나누었던 입맞춤의 감촉이 떠올랐다.

도오루는 한숨을 내쉬었다. 그러자 옷장 안에서 히카루가 흉내를 내며 더 큰 한숨을 내쉬었다. 하지만 도오루의 귀에는 이미 그 소리조차 들리지 않았다.

도오루는 시라토만을 의식했다. 잔뜩 토라진 히카루는 누가 불러주는 일도 없고 딱히 나설 일도 없어서 교실 한구석에 웅크리고 있었다.

시라토도 이따금 도오루를 바라보았다. 문득 눈이 마주치면 빙그레 웃어버리는지라 도오루는 깜짝 놀라 쓴웃음으로 응하곤 했다. 쉬는 시간에도 도오루는 히카루 따위는 아랑곳할 것 없이 오로지 시라토만을 마치 연인처럼 마주보고 있었다. 3반 남학생이 살해되었다는데도 그토록 회색에 대해 고심하던 도오루의 눈이 온통 시라토만을 바라본다는 게 히카루로서는 영 재미가 없었다.

방과 후, 마침내 히카루의 분노가 폭발했다. 시라토와 함께 걸어가는 도오루 앞을 가로막고 "도오루, 이제 어지간히 좀 해!"라고 나무랐다. 도오루는 "뭘?"이라고 어리둥절한 얼굴로 대꾸했다. "너, 언제부터 남자를 좋아하게 됐어?"라고 히카루가 싸움을 걸어오는지라 도오루는 얼굴을 붉히며 "그런 천박한 말투는 이제 정말 지겨워"라고 차갑게 대꾸했다.

─하지만 시라토의 마음속은 남자야. 의사가 분명하게 진단을 내렸단 말이야!

─그런 거 상관없어. 남자건 여자건 상관없다니까.

─키스하는 거 봤는데, 진짜 재수 없었어.

─잔소리도 많네. 내버려둬, 좀. 내 자유야.

도오루가 히카루의 어깨를 툭 쳤다. 히카루는 얼굴이 굳어져서 돌진해왔다. 도오루는 몸을 휙 빼내고 그대로 히카루의 엉덩이를 걷어찼다. 주위에 있던 아이들에게는 도오루가 혼자서 날뛰는 것으로 보였을 터였다. 시라토는 교문 쪽에 멈춰 서서 도오루의 기묘한 행동을 응시하고 있었다.

─잘 들어, 도오루. 저 스커트 입은 미소년에게, 아니, 미소녀인가?
영혼까지 빼앗기기 전에 정신 차려.

─내 정신은 어느 때보다 말짱해. 시라토 덕분이야. 모르겠어, 히카
루? 나를 좀 봐, 완전히 바뀌었지? 이제 회색의 세계에서 벗어난 거야.
나한테 감정이 싹텄어. 풍성한 마음을 가질 수 있었고, 태어나서 처음
으로 해방감을 느꼈어. 부탁이니까 제발 방해하지 말아줘.

─방해는 내가 무슨 방해를 해? 그냥 정신 차리게 해주려는 것뿐이
야, 도오루!

─글쎄, 내가 정신을 차렸기 때문에 그걸 깨달은 거 아냐? 너야말로
그것도 몰라? 나는 회색을 몰아냈어. 내 마음에 색깔이 돌아왔다고.
인간이 되었어. 이제야 겨우 인간이 되었다고!

히카루는 어깨의 힘을 빼고 똑바로 도오루를 쏘아보다가,

─정말 불완전한 인간이군.

이라고 툭 내뱉었다.

─불완전하기 때문에 인간이야.

도오루가 분명히 말해주자 히카루는 더 이상 대꾸를 하지 못한 채
그저 혀를 끌끌 찼다. 그 등 뒤에 시라토가 서 있었다. 시라토는 걱정
스러운 표정으로 도오루에게 "괜찮아?"라는 말을 던져왔다.

─야, 도오루, 네 애인이 너를 걱정해주는데?

─히카루, 아무리 질투를 하고 샘을 내도 내 마음은 변하지 않아. 미

안하지만 너 같은 건 이제 더 이상 필요 없어.

그대로 돌아서려는 도오루의 팔을 낚아채더니 히카루는 "홍, 이제 필요가 없으서?"라고 되물었다. 도오루는 히카루의 손을 뿌리치며,

—나는 나야. 너의 도움 따위는 받지 않겠다는 뜻이야. 네 멋대로 오해하지 마라.

라고 서둘러 무마해놓고 그대로 교실을 나갔다. 남겨진 히카루는 작은 한숨을 내쉬며 치잇, 하고 내뱉었다.

—그래, 네가 바라는 대로 이제 그만 안녕이다!

도오루는 옆에서 걸어가는 시라토의 존재가 자꾸만 신경이 쓰였다. 두 번이나 키스를 나눈 관계를 머릿속에서 어떻게 정리해야 할지, 생각하면 할수록 마치 히카루처럼 혼란스럽기만 했다. 아무튼 시라토는 자신을 아무렇게도 생각하지 않는다는 것이 혼란에 박차를 가해왔다. 그렇다면 그 입맞춤의 의미는 무엇이었느냐고 차마 물어볼 수도 없었다. 물어봤다가, 자기에게 그런 마음은 눈곱만큼도 없었다고 깨끗이 내칠까 봐 두려웠다. 무언가가 마음을 뒤흔들어놓은 건 사실이지만 그것이 정말 사랑의 마음인지 어떤지 좀 더 확인해볼 필요가 있었다.

두 사람은 역 앞의 맥도날드에 들어갔다. 2층 창가에 자리를 잡고 콜라를 마셨다. 딱히 콜라를 마시고 싶었던 게 아니라 학원에 간다는 시라토를 잠시라도 더 붙잡아두려고 같이 가자고 한 것뿐이었다. 학교 관계자가 역 앞에 나와서 확성기로 귀갓길의 주의 사항을 반복하

여 전하고 있었다. "학교 책임은 여기까지니까 그런 줄 알라고 선언하는 소리로 들린다"라고 시라토가 말했다.

─도오루, 나를 쳐다보는 눈빛이 어째 이상한데? 왜 그래?

도오루가 지그시 시라토의 입술을 응시하고 있자 그렇게 물어왔다. 당황하여 애매한 웃음으로 대답했지만 시라토는 얼굴을 쓰윽 돌려버렸다.

─미안, 그런 거, 해본 것도 당해본 것도 처음이어서 나도 모르게 자꾸 내 눈이 기억을 더듬는 모양이야.

─아, 미안하다, 도오루. 근데 전에도 말했지만 나는 아무렇게도 생각하지 않아. 관심을 가져주는 건 기쁘지만, 이건 내 마음의 문제라서.

도오루는 마음을 굳게 먹고 "그럼 나는 어떻게 해야 좋을까?"라고 물어보았다. 시라토는 웃으며 "나는 네가 아니라서 몰라"라고 차갑게 말했다. 그 뒤로는 아무리 캐물어도 시라토는 그 이야기에는 응해주지 않았다. 30분이 지나갔고 시라토는 "이제 슬슬 학원에 가야겠다"라며 자리에서 일어서버렸다.

─우지이에, 마지막으로 분명히 말해둘게. 아마도 사랑이란 양쪽이 똑같은 마음이 아니면 성립되지 않을 거야. 너만 나를 좋아해서는 안되고 나도 너를 똑같이 좋아해야 돼. 정말 귀찮지만 그러지 않고서는 동등하게 마주할 수 없을 거야. 게다가 잘 생각해봐, 기껏해야 키스를 한 것뿐이잖아? 네가 나를 특별하게 생각한 건 그게 첫 키스였기 때문이고, 그러니까 이건 아마 일시적인 감정일 거야. 뭐랄까, 이건 진지한

사랑이 아니라 네가 경험이 없어서 잠시 놀란 것뿐이야. 좀 지나면 분명 다른 것들이 보일 거야. 그러니까 말이지, 이건 우리 둘만의 즐거운 추억으로 해두자. 됐냐? 약간 후회하는 중이야, 너와 키스해버린 거. 자, 그럼 내일 보자.

시라토는 말을 남기고 계단 밑으로 뛰어갔다. 잠시 후에 건물 밖으로 달려나왔고 네거리 한복판에서 한 번 돌아보며 손을 흔들었다. 도오루도 마주 손을 흔들었고, 시라토는 그대로 북적이는 역 안으로 망설임 없이 사라져버렸다.

도오루의 눈앞에 시라토가 마시다 남긴 콜라가 있었다. 도오루는 그 컵을 들고 스트로 끝을 가만히 쳐다보며 잠시 생각에 잠긴 끝에 그곳에 자신의 입술을 대보았다.

다음 날 아침, 도오루는 히카루가 없어졌다는 것을 깨달았다. 허겁지겁 찾아봤지만 어디에서도 보이지 않았다. 옷장 안에도 교실에도 학교 옥상에도 늘 가던 절 경내에도 세상 어디에도.

도오루는 점심 쉬는 시간에 학교 옥상에서 시라토에게 이 이야기를 했다. 시라토는 씨익 웃으며 "이제 히카루의 역할이 끝난 거 아니냐?"라고 말했다.

─무슨 소리야?

─이미 너는 히카루를 필요로 하지 않게 되었다는 거겠지?

─히카루가 나를, 이 아니고?

133

도오루가 되묻자 시라토는 코웃음을 치며 "글쎄다" 하고 어깨를 슬쩍 쳐들었다.

—그건 네 문제라서 나는 잘 모르겠어. 하지만 히카루가 없어도 너 혼자 살 수 있다고 생각한 거 아닐까?

—역시 너는 히카루가 내 마음의 분신이라는 거지?

시라토는 "모르겠어"라고 고개를 저었다. 어떻게 말해야 상대를 상처 입히지 않고 넘어갈 수 있을지, 열심히 머리를 굴리며 단어를 찾고 있는 듯한 느낌이었다.

—그건, 몇 번이나 말하지만 네가 결정할 일이라서.

도오루는 한숨을 내쉬었다. 철이 들 무렵부터 히카루가 곁에 없었던 날은 없었다. 히카루는 언제 어느 때건 반드시 도오루 곁에 있었다. 언제라도 두 사람은 함께 이야기하고 형제처럼 다투고 가족 이상으로 가까운 존재였다. 그런 히카루가 없어진다는 건 상상해본 적도 없었다. 막상 없어지고 나니 마치 중독환자처럼 어떻게 해볼 수도 없이 괴로웠다. 이런 상실감을 도오루는 지금껏 느껴본 적이 없었다. 시라토에 대한 사랑의 마음과는 완전히 반대 지점에 있는 또 하나의 감정의 표출이기도 했다.

도오루는 히카루가 없는 방 안 침대에 누워 며칠째 히카루가 돌아오기를 간절히 고대했다. 하도 히카루의 이름을 불러댄 탓에 목구멍이 칼칼하고 기분마저 바짝 말라버렸다. 시라토를 생각하면 얼마간 기분이 풀리기도 했지만, 일상의 소중한 한 부분이 빠져버린 상실감은 너무도 커서 아무리 틀어막아도 그 구멍이 메워지는 일은 없었다.

—히카루, 돌아와! 내가 잘못했다니까!

도오루는 어디라고도 할 수 없는 곳을 향해 외쳐보았다. 그래도 히카루는 돌아오지 않았다. 참다 참다 결국 분통이 터져 고함을 내지르고 말았다.

—빨리 돌아오라니까!

고막이 뒤흔들릴 만큼 큰소리로 도오루는 계속 외쳐댔다. 잠시 뒤에 문이 열리고 암사자가 얼굴을 내밀었다. 딱히 무슨 말을 하는 것도 없이 그저 겁에 질린 눈초리로 정신이 나간 듯한 아들의 상태를 멀리서 살펴보고 있었다. "아무것도 아냐, 저리 가!"라고 도오루는 성난 고함을 내질렀다. 암사자는 조용히 문을 닫았다.

밤, 이번에는 수사자가 방에 들어와 "카운슬링을 받아볼래?"라고 물었다. 도오루는 "나는 정상이야"라고 평정을 가장하며 대꾸했지만 수사자는,

—아무리 봐도 정상으로는 안 보이는데? 감정을 컨트롤하지 못하고 있잖아.

라고 잘라 말했다.

—나가. 내 방이야. 나가라고!

도오루는 자신이 왜 흥분하는지 이해하지 못한 채 소리쳤다. 말에는 날카로운 가시가 돋았고 무엇보다 말한 뒤에 몸이 바들바들 떨렸

다. 그것이 시라토에 대한 사랑 때문인지, 아니면 히카루를 잃은 상실감 때문인지는 알 수 없었다. 어쩌면 암수 사자의 뜻밖의 내습 때문인지도 모른다. 서둘러 문을 걸어 잠그고 도오루는 침대에 기어들었다. 그리고 모든 것을 잊어버리기 위해 잠을 잤다.

그날 밤, 도오루는 꿈을 꾸었다. 회색 눈이 쏟아지는 온통 회색뿐인 세계였다. 그곳이 어디인지, 어떻게 그곳까지 올라왔는지는 모르지만 그가 서 있는 곳은 높직한 탑 위였다. 우습게도 도오루는 자신이 꿈속에 있다는 것을 인식하고 있었다. '이게 꿈이야? 처음으로 꿈을 꾸고 있는 거야?' 라고 자문하는 여유까지 있었다.

눈에 보이는 온통 회색뿐인 눈경치, 있는 것은 자기 자신과 불안뿐이었다. 으슥한 회색 눈이 끊임없이 쏟아지는 세계. 그것은 자꾸자꾸 내려쌓여서 다양한 것을 감췄다. 모든 것을, 세계의 온갖 것들, 선도 악도 모두 완전히 회색으로 바꾸어 감춰버리는 것이었다.

그래도 이건 꿈이니까 현실 쪽의 내가 죽는 일은 없다는 건 이해하고 있었다. 그런 게 꿈이야, 라는 자각도 있었다. 깨어나면 모든 것이 허튼소리가 된다는. 눈이 내리는데도 춥지 않은 게 그 증거였다. 도오루는 문득 시험해보고 싶어 탑에서 몸을 던졌다. 의심 없이 몸을 내던질 수 있었다. 마치 절망을 검증하듯 낙하하면서 도오루는 기묘하게도 현실로 되돌아가는 자신을 느끼고 있었다.

눈이 뜨였을 때, 도오루는 울고 있었다. 눈물로 뺨이 젖어 있었지만 그것이 꿈 때문인지 또 다른 원인 때문인지 구별이 되지 않았다. 눈물에 젖은 뺨을 손등으로 닦으며 도오루는 홀로 아침을 맞이했다.

―히카루.

작은 소리로 불러봤지만 역시 대답은 없었다.

회색 눈이 뇌리에 찍혀 있었다. "그게 꿈이야? 정말 어처구니없는 거네"라고 중얼거린 뒤, 도오루는 망연자실하고 있는 것이었다.

도오루는 혼자서 학교에 다녔다.

곁에 시라토가 있었지만 기분이 풀리지 않아 그를 바라볼 수 없었다. 쉬는 시간에 시라토가 도오루의 얼굴을 들여다보며 "왜 그래? 얼굴이 무섭다?"라고 말했다.

―아무것도 아냐.

―설마, 나 때문에?

도오루는 고개를 저었다.

―무슨 힘든 일이나 안 좋은 일 있었어?

도오루는 자신이 시라토를 여자로 보고 있다는 것을 깨달았다. 하지만 시라토는 아마도 그것을 싫어하리라.

―히카루가 돌아오지 않아.

그렇게 말했더니 시라토는,

─뭐야, 그거였어?

라고 대답했다.

─익숙해지는 수밖에 없어. 아니면 잊어버리는 수밖에 없는지도.

시라토의 말은 퉁명스러웠고, 무게는 물론이고 가벼움조차 느껴지지 않는 무미건조한 대꾸였다. 마음이 이곳에 없고, 그저 수취인 부재 우편물처럼 오만하게 되돌아온 느낌이 있었다. 히카루를 잊어버리는 것도, 익숙해지는 것도 못해낼 것 같았다. 갑자기 슬퍼져서 다시 눈물이 고이기 시작했다. 시라토에게 들켜서 시선을 돌렸다. 시라토는 더 이상 아무 말도 하지 않았다.

도오루는 혼자서 귀갓길에 올랐다.

혼자서 절 경내에서 놀았다.

혼자서 거리를 돌아다니고 오랜만에 학원에서 공부를 했다.

혼자서 저녁 도시락을 찝쩍거렸다.

그리고 혼자서 잤다.

시라토에 대해 가졌던 사랑인 듯한 감정과 히카루를 잃은 상실의 슬픔이 물결처럼 밀려들었다. 그래서 도오루는 쉬는 시간, 시라토 곁에 있기도 괴로워 다음 수업 종이 울리기까지 매번 혼자서 교내를 걷기로 했다. 1학년 교실에서 2학년 교실로 그리고 3학년 교실까지 계단을 오르락내리락, 길고 긴 복도를 오락가락. 음악실, 시청각실, 도서관, 체육관을 빠짐없이 돌았다. 때로는 건물 밖으로 나가 안뜰을 걷고 직원실 뒤편을 걷고 혹은 이웃한 고등학교까지 들어갔다. 농담(濃淡)이 없는 복도 벽이며 그을린 천장, 혹은 콘크리트 바닥 같은 것을 골똘히 바라보며.

온통 회색의 지배를 받는 학교 안에도 희미하게 희망의 광채가 남아 있었다. 화단에 핀 꽃의 꽃잎 위에서 반짝이는 빗방울, 양동이에 고인 물에 반사되는 태양의 눈부신 빛, 혹은 창유리에 앉은 나비 날개의 만다라 무늬 같은 것들 속에서 희망의 한 조각을 찾아낼 수 있었다.

도오루는 옥상에 올라가 하늘을 올려다보았다. 흐르는 구름의 단 한 순간의 틈새를 뚫고 파란 하늘이 언뜻언뜻 내보이는 일이 있었다. 태양이나 푸른 하늘은 곧바로 구름에 의해 감춰지고 말았지만 그 두툼한 회색 건너편에 희망이 있다는 것을 도오루는 알고 있었다.

—히카루!

도오루는 철망에 손을 짚고 외쳤지만 학교 건물과 주변 빌딩에 부딪쳐 헛되이 울려 퍼질 뿐, 대답이 돌아오는 일은 없었다. 바람이 도오루의 귓속에서 팽창하여 일순 소리가 들리지 않았다. 도오루는 동서

남북을 내다보았다. 아득히 먼 곳까지, 계획성이나 통일성이 빠져버린 도쿄의 윤곽이 하염없이 우둘투둘 이어졌다. 전선과 콘크리트와 철근으로 이루어진 지평선 위에 신용카드 회사와 은행 간판만 우뚝 솟아 있었다. 주위와의 조화를 생각하지 않고 그저 자기들의 편의에 따라 쌓아올린 건물과 건물 사이를 전선만이 이어나가며 너저분한 이미지를 한층 더 너저분하게 만들었다. 이 통일감 없는 세계를 회색이 통솔하고 있는 것이다. 추하게 불통일적인 세계를 불통일이라는 혼돈으로 통일하여 도쿄라는 도시를 만들어내고 있었다. 저 먼 곳에서 무언가가 반짝 빛났다. 도오루는 찬찬히 시선을 모았다. 구름 틈새에서 비쳐든 빛이 뭔가 금속판에 반사된 것뿐이었지만 도오루에게는 희망의 별이 반짝인 것처럼 생각되었다. 이 똑같은 하늘 아래에 똑같이 싸우고 있는 누군가가 있을지도 모른다. 하지만 그렇게 느낀 것도 한 순간, 구름 틈새가 막히고 빛을 빼앗기자 갑자기 불안이 몰려오고 다시금 세계는 회색으로 돌아가고 마는 것이었다.

수업 종이 울렸지만 교실에 돌아갈 마음이 나지 않아 사당 옆 벤치에 앉아 있으려니, 한 번도 본 적이 없는 낯선 남자가 다가와 다정한 목소리로 "뭐하니?"라며 도오루를 불렀다. 남자는 몇 권의 책을 들고 있었지만 선생님인지 어떤지 도오루는 알아볼 수 없었다. 어떻든 1학년을 담당한 선생님이 아니라는 건 확실했고, 어쩌면 중학교 관계자가 아니라 이 학교 재단 전체를 관할하는 직원인지도 몰랐다.

─수업이 시작됐는데 교실에 안 들어가도 돼?

남자는 허리를 숙여 도오루의 얼굴을 들여다보며 물었다. 올려다보는 도오루의 시선 끝에 표정이나 각각의 부위를 인식하기 어려운 한 남자의 얼굴이 있었다.

─죄송해요. 지금 들어갈 거예요.

도오루가 일어서려고 하자 남자는 도오루의 팔을 잡으며 "아, 잠깐만"이라고 말했다. 남자는 도오루 옆에 앉더니 "네게 물어볼 게 있어"라고 침착한 음성으로 덧붙였다. 남자의 시선이 똑바로 도오루의 눈동자 속으로 들어왔다. 그의 눈은 너무 가늘어서 검은 눈동자가 어디 있는지 알 수 없었다. 무엇을 바라보는지 무슨 생각을 하는지 그 안에 감춰진 것을 얼른 간파해낼 수 없었다.

─이 학교 학생들의 행동을 조사하고 있어.

정체를 알 수 없는 공포감이 도오루를 덮쳤다. 도망치고 싶었지만 남자의 손은 도오루의 팔을 움켜쥔 채 놓아주지 않았다. 주위에는 아무도 없었다.

─몇 가지 질문을 하려는데 대답해주겠니? 지금은 수업 중이지?

좋다 싫다 말할 겨를도 없이 질문이 시작되었다. 도오루는 당황하여 "네"라고 대답했다. 남자는 선량한 듯한 목소리로 "좋아"라는 기계적인 대꾸를 했다.

─수업 중인데 이런 데서 돌아다니는 건 어째서일까?

─죄송해요.

—죄송하다고 해서는 알 수가 없지. 이건 행동 조사이기 때문에 죄송하다든가 모른다는 대답은 안 하는 게 좋아. 이유를 간결하게 대답하도록 해라.

—그게요, 수업이 재미가 없어서. 그리고 히카루를 찾고 있었어요.

—히카루?

—내 짝이에요. 어렸을 때부터 형제처럼 항상 함께 지냈어요.

—그런데 어쩌다 없어졌지? 네가 무슨 심한 말을 했다든가?

—아, 네…… 더 이상 필요 없다고 말한 건 사실이에요.

—그런 심한 말을 했어?

—하지만 히카루가 없어져도 무슨 문제가 생기는 건 아니에요. 히카루는 나한테만 보이는 아이거든요.

—너한테만 보여? 그러니까 그 애는 네가 만들어낸 환상 같은 거냐?

—그렇지 않아요. 분명하게 있기는 한데, 내 눈에만 보이는 거예요.

—아, 그거구나, 분신이라는 거. 즉 너는 분열되어 있다는 거군. 그런 아이들이 요즘 아주 많아졌어. 아무래도 너를 좀 더 철저히 조사할 필요가 있겠구나.

—잠깐만요. 나는 분열 같은 거 하지 않았어요. 분열된 건 내가 아니라 내 주변이라고 생각해요. 이 사회나 부모님이나 주변 사람들이야말로 분열되어 있죠. 히카루 덕분에 나는 회색이 이 세계를 지배하려고 한다는 것을 알았어요. 세계가 온갖 것을 감추면서 성립되었다는 것도 알 수 있었고 그리고……

—아, 잠깐. 회색이라니?

—아저씨는 아마 말해도 모르실 거예요. 애매하긴 하지만 아무튼 무서운 거예요.

—세계를 지배한다고 하는 걸 보니 악한 자인 모양이지?

—그렇게 단순하게는 말할 수 없어요. 왜냐면 현실적으로는 다양한 것들이 이 세계를 지배하고 있잖아요? 샐러리맨은 회사의 지배를 받고 학생은 교칙의 지배를 받고 개는 먹이의 지배를 받아요. 돈에 지배 당하는 사람이나 욕망에 지배당하는 사람도 있지요? 회색이 세계를 지배하려는 건 사실이지만 그들이 악한 자인지 어떤지는 아직 확실히 모르겠어요. 왜냐하면, 그러니까, 필요악이라는 게 있잖아요? 그런 거 예요. 출세욕이나 금전욕, 애욕 같은 것과 마찬가지예요. 결코 좋은 건 아니지만 그래도 인간은 그것을 발판으로 도약하잖아요? 회색이란 그런 식으로 애매모호한 것이기 때문에 더 무서워요. 분명하게 악이라 고 결론지을 수 없기 때문에 더 무섭죠. 그래서 나와 히카루는 세계가 감추고 있는 것을 계속해서 찾아내왔어요.

—호오, 재미있는데?

—그걸 우리는 '미처 감추지 못한 것 찾아내기'라고 해요. 우리 둘이서 만들어냈어요.

—하지만 약간 모순이 있는 것 같은데? 감추는 것, 감추려고 애쓰는 것이라면 거꾸로 말해 오히려 명쾌한 것이겠지?

—예? 아, 그런가요?

— '그런가요' 가 아니야. 감추고 있다는 건 애매한 게 아니야. 굳이 감춘 걸 보면 오히려 구체적인 것이지. 그렇지?

—아, 우리가 말하는 건 그러니까, 미처 감추지 못한 거요. 감추려고 했는데 미처 감추지 못하는 게 있잖아요? 약간 의미가 달라요.

—있잖아요, 라는 식의 말은 쓰지 마라. 부정인지 긍정인지 애매하고, 첫째로 어감이 우리말과 어울리지 않아. 어째서 요즘 사람들은 총리부터 시작해서 어린애들까지 죄다 그런 말을 쓰는지 모르겠어.

—저어, 우리는요, 감춰진 것을 찾기만 하는 건 아니에요. 잘 들어주세요. 미처 감추지 못한 것을 찾아내 폭로하는 거예요. 비어져 나온 것, 세계가 감추려고 했지만 미처 감추지 못해 비어져 나온 무언가를 찾는 거라고요.

—말대답을 하면 안 돼. 너는 아직 회색의 진정한 무서움을 알지 못해. 미처 감추지 못한 것이 아니라 회색은 애초에 감추는 게 불가능한 거야. 어디에도 감추지 못해 그대로 죄다 보인다고. 고스란히 다 보이는데도 혹도 백도 아니기 때문에 아무도 분간을 못하고 그냥 놓쳐버리는 게 현실이야. 저기 뻔히 있는데도 보지 못하는 건 단순히 식별하지 못하는 사회의 복잡한 코드 때문이기도 하지. 잘 생각해봐, 눈을 뜨고 둘러봐. 세상을 있는 그대로 똑똑하게, 어디에도 사로잡히지 말고 네 귀와 눈으로 확인하라고. 네가 찾고 있는 이 세계의 빈틈은 그냥 틈새가 아니야. 좀 더 무서운 것이 이 세계에는 당당히 군림하고 있어. 똑똑히 보면 누구라도 알아볼 곳에 있어. 아무도 감추려고 하지

않아. 그런 개똥같은 이론으로 빙빙 돌려 말하지 않아도 그냥 보기만 하면 다 알아. 대통령이나 총리나 온 세계의 권력자들, 아니, 네 부모나 학교 교사나 어린양처럼 순종하며 사는 놈들까지 모두 그걸 쳐다보지 않아. 혹은 보고도 못 본 척하지. 빤히 보면서도 제대로 바라보지 않기 때문에 이 세계는 영문을 알 수 없게 된 거라고. 모르겠니, 이 바보. 미처 감추지 못한 것 찾아내기 따위의 어린애 장난을 하는 사이에 이 어리석은 세상은 점점 더 애매한 것을 양산해내고, 정의를 위한 전쟁이니 사랑을 위한 투쟁이라느니 그럴싸한 말을 뇌까리면서 실제로는 범죄 혹은 그 이상의 짓거리를 해치우고, 그러면서도 웬만한 광고대리점 못지않은 홍보력으로 온 세계에서 회색을 정당화하고 있으니 무엇이 옳은지 그른지 다들 알 수 없게 되어서 저희들 좋을 대로 이것도 아니고 저것도 아니라는 무의미한 의견들만 인터넷적인 감각으로 좔좔 쏟아내는 거야. 그리고 그 비슷한 일이 네 어머니의 불륜 수준까지 도달한 거야. 무엇이 정의인지 이미 아무도 알 수 없는 게 이 세계의 실태야. 올바른 것이 사라져버린 탓에 모두 속아 넘어가고, 그리고 그런 것을 회색이라고 하지. 게다가 이런 회색을 정당화하는 자들까지 나타나기 시작했어. 그자들이 하는 말은, 흑백을 가릴 수 없기 때문에 더욱 인간적이라나? 홍, 진짜 신경질 나는군. 잘 들어, 도오루. 너 같은 멍텅구리가 아무리 애를 써봤자 회색에는 이길 수도 없고, 네 손이 닿을 만한 상대가 아니야. 이 세계를 아담과 이브의 시대로 되돌리는 일 따위는 도저히 불가능하단 말이야, 헹! 그래서 인간은 신을 들고 나와서 마냥 이용해먹고 여기저기 사방에 신의 전선을 확대하고 있지? 하지만 이참에 말해두지만 신이라는 건 네가 생각하는 것보다 훨씬 더 무서운 존재야. 너 같은 건 가까이 다가갈 수도 없을 만큼 신성하단 말이야. 내 말을 엉터리로 오해하지는 마라. 신성하다는 말의 참된 뜻은 원래 신은 그야말로 인정사정없이 무섭다는 거야. 이런 시대, 이런 정치는 엉망진창으로 불투명하고 돈은 점점 더 회색화하고, 사랑이라고? 홍, 사랑 따위는 돈을 벌기 위한 소도구로 떨어져버렸어. 이미 이 지구는 종말을 향하고 있어. 회색이 이제 곧 이 세계를 다 휘감고 모든 인간에게서 감정을 빼앗고 그러고는 이 별을 식육 랜드 같은 것으로 바꿔버릴 거야. 생각할 필요도 알랑거릴 필요도 없는, 그저 먹고 섹스하고 자식새끼 늘려가는 것밖에 없는 인간을 양산해내는, 하지만 새끼들이 늘어나는 건 가난한 나라뿐이지만 말이야. 선진국 인간들은 이 별의 미래를 조금은 내다볼 줄 아니까 자식새끼 같은 건 만들지도 않아. 그러니 점점 더 빈부의 격차는 심해지고, 중세가 아니니 노예 따위는 있지도 않을 텐데 노예 이하의 사람들만 이 지구에 우글거리는 건 어째서라고 생각하지? 그러고는 자폭 테러라고 하지? 침략전쟁이라지? 구원은 없어, 자, 어쩔 거야, 엉? 미래에 희망을 가질 수 없어서 어린애에게까지 폭탄을 안고 뛰어들게 하는 그런 종말적인 히에라르키(Hierarchie. 피라미드형 계층조직, 신분제도—옮긴이)가 말이지, 이 별을 비인간적인 식육 양산의 세계로 바꿔버렸다고. 그래, 여기서 이야기는 끝장났어. 알겠냐, 도오루? 그게 회색의 참된 정체야. 야, 뭐라고 말 좀 해봐. 하고 싶은 말이 있으면 해보라고.

　—저어, 어떻게 내 이름을 알지요?

　도오루는 정말로 무서워져서 남자의 얼굴을 마주볼 수가 없었다. 고개를 숙이고 발치로 시선을 피하자 남자의 구두 끝에 회색 진흙이 들러붙은 게 보였다.

　—뭐? 네 이름? 글쎄, 내가 뭐라고 불렀더라?

　도오루의 어깨에 놓인 남자의 손에 힘이 들어갔다. 도오루는 저도 모르게 눈을 감고 어서 도망쳐야 한다고 마음속으로 생각했다. 하지만 공포가 먼저 일어나 몸이 마음먹은 대로 움직여지지 않았다. 남자의 얼굴이 도오루의 뺨으로 쓰윽 다가들고 또 다른 손은 도오루의 어깨에 닿자마자 슬금슬금 조여들었다. 호흡을 할 수 없어 숨을 멈춘 채, 꼬나보는 곰을 만난 다람쥐처럼 몸은 한층 더 딱딱하게 오그라들었다. 세계에서 빛이 사라지기 시작했다. 금세라도 비가 쏟아질 듯한 기척이 다가들었다. 어슴푸레한 사당 앞이 한층 더 컴컴해졌다. 남자의 숨소리만 도오루의 귀에 와 닿았다. 비릿하게 식물이 썩는 듯한 냄새였다. 다음 순간, 문득 손이, 남자의 두 손이 도오루의 목을 졸랐다. 무슨 일이 벌어진 것인지 인식하기도 전에 남자의 손이 도오루의 목을 졸라왔다. 다급히 저항했지만 남자의 손끝이 목을 파고들어 소리도 나오지 않았다. 버르적거리면 버르적거릴수록 숨을 쉬기가 힘들었다.

─그 남자에게서 어서 떨어져!

의식이 가물가물 멀어지려는 때에 돌연 한 목소리가 튀었다. 남자가 당황하여 손을 뗐다. 사당 그늘에 기리시마가 서 있었다. 도오루는 켁켁거리면서도 작은 빈틈을 노려 남자의 손아귀에서 도망칠 수 있었다. 남자는 기리시마와 도오루를 번갈아 쳐다보며 벌떡 일어서더니 코웃음을 치고는 재빠른 동작으로 그 자리를 떠버렸다. 생각난 것처럼 도오루는 거센 기침을 했다. 뱃속이 뒤집힐 듯 격렬하게 몇 번이고 기침과 오열을 거듭했다.

─그러니까 내가 깊이 들어오지 말라고 했지? 그들이 너를 노리고 말았어.

─누구야, 지금 그 사람은?

─그는 견신빙(犬神憑)이야. 나는 그렇게 불러. 하지만 진짜 이름은 몰라.

도오루는 '견신빙'이라고 중얼거려보았지만 그 말만으로는 이미지가 또렷이 다가오지 않아 머릿속에 상이 맺히지 않았다. 바람이 불고 키 큰 나무의 잎사귀가 소리 내어 흔들리기 시작했다.

─수업 종이 울리면 교실에 돌아가야 해. 교실에 있으면 안전하지만 밖에 나와 있는 아이는 지금처럼 그들의 노림을 당해. 3반 아이도 그렇게 돌아다니다 붙잡혀서 그쪽으로 끌려가버렸어.

─그쪽?

─회색의 세계에.

도오루는 깜짝 놀라, 아아, 하고 소리를 지르고 말았다. 철썩, 하고 큼직한 빗방울 하나가 도오루의 뺨을 때렸다.

—왜 교실로 돌아가지 않았어?

도오루는 혼란에 빠져 눈만 데굴거렸다. 비가 얼굴을 적시기 시작했다.

—히카루가 사라졌어. 소중한 친구야. 그 애를 찾고 있었어.

—히카루? 항상 네 곁에 있고 너에게만 보인다는 그 아이?

—어디로 갔는지 짚이는 데가 있으면 알려줘.

기리시마가 그때 처음으로 도오루를 정면으로 바라보았다. 두 개로 갈라진 머리채 사이에 길쭉한 두 개의 눈이 있고 그 심지가 도오루의 눈의 중심을 붙잡고 있었다.

—나는 아마 히카루가 있는 곳을 알고 있을 거야.

목소리라기보다 바람 소리였다.

—어딘데?

—하지만 그걸 가르쳐주면 너는 회색과 싸워야 돼.

괜찮아, 라고 도오루는 몸을 긴장시키면서도 단호하게 말했다. 기리시마의 파르르 떨리는 눈동자가 많은 것을 말해주고 있었다.

—이 학교 아래 학교가 있어. 중학교 바로 아래 또 하나의 중학교가 존재해. 어쩌면 히카루는 그곳에.

일순 섬광이 내달렸고 몇 초 뒤에는 일대에 천둥소리가 울렸다. 바로 위쪽에서 구름과 구름이 맞부딪쳐 거센 낙뢰를 몰고 왔다. 다음 순간, 큼지막한 빗방울이 지면을 강타하기 시작했다. 눈도 뜰 수 없을 만큼 거센 비가 쏟아졌다. 시야는 흐려지고 기리시마의 모습이 애매해졌다.

제2부

　도오루와 기리시마는 뇌우(雷雨)를 피해 학교 건물로 뛰어들었다.
옷에 묻은 빗방울을 털어내는 도오루를 돌아볼 것도 없이 기리시마는
냉큼 걸음을 옮겼다. 도오루는 당황하여 손바닥으로 대충 얼굴을 씻
어내며 복도 끝을 응시했다. 섬광이 유리창을 푸르게 번쩍이게 하고
뒤따라서 천둥소리가 울려 퍼졌다. 축축하게 휘감겨드는 냉기를 가르
며 도오루는 서둘러 기리시마의 뒤를 따라갔다.

　남쪽 계단 층계참에서 기리시마의 모습이 사라졌다. 도오루가 계단
뒤쪽을 들여다보자 기리시마가 철문을 열어둔 채 기다리고 있었다.
대기실이라는 팻말이 걸려 있었다. 머뭇머뭇 다가가 들여다보니 좁은
계단이 지하로 통하고 있었다. 바닥없는 나락이 기다리는 것 같아 저
도 모르게 발이 흠칫 움츠러들었다.

　기리시마가 그 나락을 향해 내려가기 시작했다. 금세 문이 닫히려

고 해서 도오루도 황황히 뛰어들었다. 철문이 등 뒤에서 단단한 소리를 내며 닫혔다. 보조 등의 불빛이 발치를 엷게 비춰냈다.

—서둘러, 손잡이 잡고.

기리시마의 말에 따라 도오루는 급히 계단 오른편 손잡이를 붙잡고 조심조심 내려가기 시작했다. 보조 등의 불빛이 닿는 곳에서는 그나마 기리시마의 뒷모습이 보였지만 차츰 내려가다 보니 온통 암흑으로 칠해져서 몇 분 사이에 맨눈으로는 알아볼 수 없게 되고 말았다. 기리시마의 발소리만 규칙적으로 울려왔다.

빛이 전혀 존재하지 않는 암흑을 경험한 것은 태어나서 처음이었다. 아무리 어두운 곳이라도 완벽하게 캄캄한 일은 없어서 우주 맨 끝에서라도 별의 반짝임 하나쯤은 보였을 터였다.

소각로에 갇혔을 때조차 공기구멍을 통해 아주 작은 빛이 흘러들었다. 도시의 밤은 네온 불빛 때문에 오히려 밝았다. 완전한 어둠을 경험할 수 있는 장소는 드물었다. 덧문까지 꼭꼭 닫고 전깃불을 꺼버려도 전자제품이니 형광도료, 문틈으로 새어드는 어떤 빛이 있었다. 하지만 이 계단은 아래로 차츰 내려가는 동안 빛이 완벽하게 사라졌다. 손잡이를 잡은 손에 의식이 오롯이 집중되었다.

도오루는 한 계단 한 계단 신중하게 밟아나갔다. 발밑이 어떻게 생겼는지, 천장과 벽은 어떤지, 과연 그곳에 벽이 있기나 한지 도오루는 이미 알지 못했다. 빛을 전혀 감지하지 못한 채 몇 분이 지나자 우선

세반고리관이 이상해져서 계단을 내려가는데도 올라가는 듯한 착각이 들었다. 시력이 전혀 도움이 되지 않아 손잡이를 잡은 손과 팔 자체가 우주복에 붙은 생명줄 같은 느낌이었다.

기리시마의 기척은 느껴져도 그녀가 몇 계단이나 앞서가는지는 알지 못했다. 발소리에만 의지하고 있었지만 거꾸로 그것 외에는 아무 소리도 들리지 않아 귀는 한층 예민해졌다. 메트로놈처럼 발소리가 정확히 리듬을 새겼다. 게다가 그 소리가 점점 커져서 어느 순간부터 고막을 두드리기 시작했다. 신경이 과민해지는 데 반하여 몸의 감각이 둔해지자 이번에는 머릿속에 또 하나, 중력의 공상이라고나 할 다른 차원의 감각이 일어났다. 하늘과 땅의 개념이 사라지고 감각이 완전히 마비되어 우주 공간을 유영하는 듯한 환상이 들었다. 마치 양수 속에서 탄생을 꿈꾸는 태아처럼.

도오루는 어렸을 때부터 자신이 살아 있는 것을 이따금 무섭다고 생각하는 일이 있었다. 구체적인 무언가가 두려운 게 아니라 늘 가까이에 있는, 극히 흔해빠진, 막연한 것에 두려워 떠는 것이었다.

언젠가 암사자가 갑작스레 도오루를 낳던 때의 이야기를 꺼냈다. 혼자 웃어가며, 도오루가 자궁으로부터 비비 틀듯이 떨어져 나오던 때의 광경을 처음부터 끝까지, 양수의 색깔이며 선혈의 냄새, 피부의 미끈거림이며 머리통에 들러붙은 머리카락에 이르기까지 상세하게. 그렇게 힘들었는데, 라는 식으로 말하는 어머니의 사랑 강매(強賣)에 도오루는 저도 모르게 귀를 막고 눈을 감아버렸다.

부모를 사자라고 부르는 건 약간의 멋쩍음 때문이기도 했지만 그것과는 별도로 자신에게 부모가 있다는 것—항상 남남 같은 얼굴로 살아가는, 이제는 서로에 대해 털끝만큼도 사랑을 품고 있지 않은 부모가 과거에 성적인 행위를 했던 결과가 자신이라는 것을 상상하는 것만으로도 도오루는 무서워졌다. 도오루는 그들이 자신의 인생에 관여하는 게 싫었다. 같은 지붕 아래 살면서도 되도록 마주치지 않도록 한 것은 철이 들면서부터였다. 웬일인지 아버지가 사회적으로 대단하면 할수록, 어머니가 나이에 비해 젊고 아름다우면 아름다울수록, 그들이 무서웠다.

그런 부모에게서 생일 축하를 받는 것만큼 도오루를 두렵게 하는 일도 없었다.

이런 막연한 공포는 그 밖에도 굉장히 많아서 가까운 것으로는 웃는 얼굴—, 갑작스레 자신에게 던져지는 미소 같은 것에 도오루는 늘 혼란을 느꼈다. 물론 도오루는 예의상 웃는 일 따위는 전혀 하지 못했고 대개는 딱딱한 얼굴로 마주 쏘아보는 일이 많아서 자신을 향해 웃어준 상대도 곧바로 입가가 딱딱해져서 둘 사이에는 그저 어색한 뒷맛만 남았다.

그리고 울고 있는 인간의 슬픔도 무서웠다. 위로하려 드는 인간의 위선도 마찬가지였다. 경멸이나 동정에 대해서도 똑같은 두려움을 느졌다. 휴머니즘이라는 말은 가장 두려운 것 중의 하나였다. 그 단어의 의미를 배웠을 때, 도오루는 저도 모르게 얼굴을 찡그리고, 대체 무슨 마음으로 그 같은 위선을 품고 남을 대할 수 있는 걸까, 하고 의아하게 생각했었다.

초등학교 때, 도오루는 다양한 것에서 도망치고 싶었고 다양한 규칙이니 약속, 친구 관계가 귀찮아서 등교거부를 되풀이했다. 설명하는 것도 부정하는 것도 그저 피곤할 뿐이어서 그냥 방에 틀어박혀 문을 꼭꼭 잠가두었다. 도오루를 학교에 다시 불러낸 것은 인생의 파트너인 히카루가 아니라 매일처럼 급식 빵을 전해주러 오던 옆자리 짝꿍 여자애였다. 도오루는 그 아이를 '빵 아이'라고 불렀다.

도오루가 다니던 초등학교에서는 누군가 결석을 하면 그 옆자리 아이가 결석한 아이의 집에 급식 빵을 가져다준다는 규칙이 있었다. 빵 아이는 하루도 빠짐없이 학교에서 돌아오는 길에 결석한 도오루에게 급식 빵을 가져다주었다. 그리고 그녀에게서 빵을 받아드는 순간만이 도오루가 공포에서 해방되는 한때이기도 했다.

—별로, 아무 일도 없었어.

빵 아이는 날마다 담담하게 그날 하루를 보고해주었다. 도오루는 고개를 끄덕이며 "웅"이라고 대답했다. 사실 이런저런 일이 있었을 텐데도 빵 아이는 그것을 한데 뭉뚱그려 "별로, 아무 일도 없었어"라고 잘라 말하곤 했다. 이상하게도 그 말을 들으면 용서받은 듯한 기분이 들었다. 온 세상에서 일어나는 온갖 다양한 사건을 이 소녀는 단 한마디로 용서해버리는 마법을 갖고 있었다.

히카루는 빵 아이가 학교 규칙 때문에 어쩔 수 없이 빵을 갖다주는 거라고 비웃었다. 도오루도 처음에는, 어쩔 수 없이 가져다주는 거라고 의심했다. 하지만 비가 오는 날도 바람이 부는 날도 빵 아이는 한번도 빠짐없이 빵을 가져와 주었다.

그녀는 왜 결석했느냐고 캐묻는 일도 없었다. 빵을 건네주고는 가만히 고개를 끄덕이며 "또 보자"라는 말을 남기고 돌아갔다. 그리고 다음 날도 또 정확히 시간을 맞추어 찾아왔다. 다시 다음 날도, 다시 그다음 날도 소녀는 집에 찾아와 도오루에게 빵을 건네주었다. 한 달씩이나 그런 일이 거듭되자 역시 도오루도 그녀를 은근히 기다리게 되었고 그녀가 전혀 싫은 내색 없이 가져다주는 그 '마음'이라는 것을 믿을 수 있었다. 타인을 믿는다는 둥의 무서운 일을 할 수 있었던 것은 도오루에게 분명코 처음 있는 일이었다.

친구들끼리 와아 놀러나가는, 아주 짧지만 귀중한 오후 시간을 도오루를 위해 써주는 빵 아이가 점점 마음에 걸리기 시작했다. 등교거부라는 것을 해보기는 했지만 집 안에서 아무 할 일이 없어 히카루하고만 놀고 있던 도오루에게 빵 아이는 특별한 빛을 주었다. 그 희미한 빛은 그의 인생에서도 예외적으로 눈부시게 빛났다. 차츰차츰 빵 아이를 보고 싶어 견딜 수 없게 되었다.

─학교에 나와.
어느 날 빵 아이가 말했다. 그다음 날 도오루는 학교로 돌아갔다.

그렇다고 빵 아이가 학교에서 도오루에게 특별히 다정하게 대해준 것은 아니었다. 오히려 학교에서는 빵을 건네줄 때에 보여주던 미소조차 없었다. 그저 곁에 있을 뿐이었다. 이따금 지우개를 빌려주거나 혹은 떨어진 연필을 주워주는 것, 그런 것뿐이었다.

그래서 도오루는 불안해지면 일부러 학교에 나가지 않았다. 그러면 빵 아이는 학교 규칙이라고는 해도 싫은 내색 한 번 하는 일 없이 다시 빵을 가져다주러 찾아오는 것이었다.

─여기, 빵.
이라고 빵 아이는 말했다.
─별로, 아무 일도 없었어.
도오루는 "고마워"라고 말했다. 물론 도오루가 '고맙다'는 따위의 말을 남에게 건넸던 것도 빵 아이, 단 한 사람뿐이었다. 당연히 히카루는 옆에서 마구 놀려댔지만 도오루는 만족스럽게 그 놀림을 받아넘길 수 있었다.

자신의 방에 틀어박혀 지내는 동안 도오루는 내내 빵 아이를 기다렸다. 그리고 결론부터 말하면 그 기대가 배신을 당한 일은 한 번도 없었다. 도오루가 끝까지 학교를 포기하지 않고 인생에 자포자기하지 않았던 것은 빵 아이의 무상의 노력 덕분이기도 했다.

자리가 바뀌면서 빵 아이가 약간 떨어진 자리로 옮겨간 뒤로 도오루는 등교거부를 하지 않았다. 도오루가 학교를 쉬면 새로 짝이 된 아이가 빵을 갖다주러 올 터였지만 도오루는 그것을 바라지 않았다. 빵 아이만을 유일한 추억으로 남겨두고 싶었던 것이다.

도오루는 교문 근처에서 빵 아이를 기다리게 되었다. 마주치는 순간, 빵 아이는 역시 도오루에게 웃는 얼굴을 보여주었다. 언젠가는,

―또 보자.

라고 말해준 적도 있었다. 도오루는 "잘 가"라고 손을 흔들었다. 히카루는 곁에서 입을 꾹 다물고 있었다. 히카루로서는 도오루가 상처 입는 것을 지켜보고 싶지 않았을 것이다.

―너무 기대하지 않는 게 좋을걸?

히카루는 딱 한 번, 진지한 얼굴로 도오루에게 충고한 적이 있었다. 도오루는 "나도 알아"라고 대답해두었다.

차가운 수영장에 들어가 한동안 꾹 참고 있으면 서서히 체온이 차가움에 익숙해져 오히려 따스하게 느껴진다. 마찬가지로 어둠을 보통

의 일로 인식할 수 있게 되면 점차로 보이지 않는 암흑세계의 풍성함 쪽으로 마음이 돌아서서 메트로놈처럼 들리던 발소리도 서서히 온화한 파도 소리로 변하고 암흑세계 그 자체가 무서운 장소가 아니라 영혼이나 정신의 내부처럼 변해간다.

빵 아이의 일을 떠올린 탓도 있었다. 그 아이의 웃는 얼굴이 공포를 쫓아주었던 것이다. 어둠 속에 있으면 빵 아이가 바로 곁에 있는 듯한 생각이 들었다.

발은 쉬지 않고 움직였지만 계단을 내려간다기보다 정지 위성처럼, 이동을 해도 계속 한 점에 머물러 있는 듯한 느낌이었다. 도오루의 뇌세포는 지구 주위를 한없이 빙글빙글 돌고 있었다. 내려다보이는 지구는 파랗고 아름다웠다. 그곳에는 무진장한 기억이 잠들어 있었다.

빵 아이가 저만치 떨어진 자리로 옮겨갔을 때, 도오루는 바로 뒷자리로 옮겨온 다른 여자애에게 사랑 고백을 받았다. "너를 좋아해"라는 말을 듣는 순간에는 정말로 무서웠다. '어떻게 이 아이는 겁도 없이 거짓말을 술술 할 수 있을까' 하고 고개를 갸웃거렸을 정도다.

―도오루, 너를 좀 더 깊이 알고 싶어.

건네준 편지는 단정한 문장이었지만 막상 도오루 앞에서는 오만한 말투를 쓰는 여자애였다.

―그러면 어때? 원래 난 그런 사람이야.

남을 좋아했던 일도 없을 뿐더러 물론 교제 따위는 해본 적이 없는 도오루에게 그 아이의 태도는 조숙한 여자애의 변덕으로밖에는 보이지 않았다.

—누구, 따로 좋아하는 사람이라도 있니?

라는 무서운 말도 거침없이 해댔다.

한 순간, 빵 아이가 머릿속에 떠올랐지만 입에 올리는 건 삼갔다.

도오루는 뒷자리로 옮겨온 여자애를 '자의식 아이'라고 불렀다. 자의식 아이가 자신의 어떤 점을 좋아하는지, 도오루는 우선 그것부터 알 수가 없었다. 변변히 이야기해본 적도 없는데, 함께 하교를 했던 일 역시 없는데 어떻게 분명하게 자신을 좋아한다고 단언할 수 있는지, 도오루는 정말 의아했다. 자의식 아이의 기준이나 세상을 바라보는 방식, 일의 추진 방식, 나아가 인생관이며 삶의 방식까지 죄다 무서워서 견딜 수가 없었다.

—그냥 좋아.

자의식 아이는 그런 말을 넉살도 좋게 쑥쑥 내뱉었다. 히카루가 그때마다 와하하 웃어대며 "얘, 바보 아냐?"라고 비꼬았다.

—왜냐면 도오루 너는, 음, 굉장히 고독한 거 같아서.

도오루는 깜짝 놀라서 나한테는 히카루가 있노라고 급하게 설명해 주었다. 저학년 때에 몇몇 아이들에게 히카루에 대한 이야기를 했다가 반 아이들에게 따돌림을 받았었다. 그 이후로 누구에게도 그 이야

기는 한 적이 없었다. 자의식 아이는 어디랄 것도 없는 곳을 빤히 바라보며,

—안녕, 히카루? 사이좋게 지내자.

라고 옷 갈아입히는 인형의 테이프 목소리처럼 서슴없이 말했다. 문득 오싹했지만, 공포라는 게 바로 이런 것이다, 라고 깨달은 도오루는 이 자의식 과잉의 소녀에게 되도록 다가가지 않도록 조심하고 반쯤은 무시하기로 마음먹었다. 그러자 기묘하게도 소녀는 자의식에 상처를 입었다고 생각했던지 갑작스레 도오루를 이유 없이 미워하면서 이 사람 저 사람에게 마구 나쁜 말을 퍼트리기 시작했다.

—쟤, 머리가 돌았어. 유령이 친구라나? 정말 바보 같지 않니?

도오루는 자신에 대해 설명할 수 있는 방법을 갖고 있지 못했다. 현실과 환상을 구별할 방법도 역시 갖고 있지 못했다. 참된 너를 알고 싶다, 라고 자의식 아이가 따지고 들었을 때도 그는 눈앞에 있는 히카루를 설명하지 못하는 것과 똑같은 이유로 그 구별이 고통스러울 만큼 힘들었다. 살아 있는 것인지 죽은 것인지, 의학적인 해석은 별도로 하고, 자신이 살아 있다고 확실하게 단언할 수 있는 인간 따위는 없다고 도오루는 생각했다. 낙하하는지 상승하는지 알 수 없는 우주 공간 같은 것이 인간의 마음속에도 존재하고 그 애매한 장소에 자신은 그저 존재하는 것뿐이었다.

죽음을 두려워한 일은 없었다. 오히려 죽음이 아니라 죽음에 의해 초래될 여파나 반향, 오해가 도오루를 두렵게 했다. 초등학교 5학년 때, 자의식 아이가 여름 해수욕장에서 어이없이 익사했다. 그녀가 죽었다는 소식이 온화한 여름 저녁나절에 도착했지만, 매미의 울음을 일시적으로 다물게 한 소나기 후의 조용함과 비 걷힌 뒤에 퍼지던 흙 냄새의 좁은 틈새에서 잘 아는 사람의 죽음은 그저 멍하니, 우두커니 서 있었다.

　그리고 자의식 아이가 익사한 뒤, 죽음에 관한 다양한 날조가 아이들 사이에서 참말인 것처럼 숙덕숙덕 오고 갔다.

　―그 애는 악령이 데려간 거야.

　이런 이야기를 수군거리는 아이들이 미처 감추지 못하고 드러낸 악의, 그리고 순진성을 가장한 그 무지함에 도오루는 아연 겁에 질렸다. 함께 수영을 하러 갔던 친구들이 찍었다는, 자의식 아이의 마지막 사진이 교실 안을 돌아다니고 그것은 얼마 뒤에 도오루의 자리에까지 건너왔다.

　앞자리 아이가 도오루를 돌아보며 "여기 봐"라고 말했다. 바위에서 바닷물로 뛰어드는 자의식 아이를 찍은, 몸이 물에 닿기 바로 직전의 별다를 것도 없는 평범한 사진이었다.

　―잘 봐, 다음 순간에 얘는 죽은 거야. 여기 봐, 여기! 여기 이 손목!

　도오루는 혐오감을 느끼면서도 호기심에 못 이겨 사진을 들여다보고 말았다. 그러자 바다 안에서 검은 팔 두 개가 똑바로 뻗어 나와 자의식 아이의 손목을 붙잡고 있었다.

　—악령이 애를 바다로 끌어들였어. 너무 무섭지?

　'우리는 어둠 속에 머무는 듯한 존재다'라고 그 무렵 도오루는 생각했다. 아무리 빛이 찬란히 쏟아져도 마음속에는 늘 어둠이 있었다. 현실과 환상이 구별되지 않는 가운데서 죽음에 대한 공포와 생에 대한 회의가 엉망진창으로 뒤섞였다. 그래서 죽음을 두려워하는 주제에 죽음을 무슨 출구처럼 취급했다. 여기저기서 같은 나이의 아이들이 태연히 죽음을 선택했다. 사는 게 귀찮아서, 라는 간단한 이유로.

　선생님들은 학생들의 어이없는 죽음에 '하멜른의 피리 부는 사나이'처럼 억지로 적당한 이유를 갖다 붙이기 시작했다. 하지만 각각의 죽음에는 각각의 이유가 있는 것이고 하물며 그것을 한 덩어리로 묶는 게 가능할 리가 없다.

　—별로, 아무 일도 없었어.

　빵 아이였다면 분명 그렇게 말했을 터였다.

　도오루는 어둠을 지그시 응시했다. 이미 육안으로는 자신의 몸뚱이, 눈앞에 쳐든 왼손조차 감지할 수 없었다. 고막도 희미하게 고동치는 듯한 일정한 발소리를 포착하고 있을 뿐, 그것이 기리시마의 발소리인지 자신의 발소리인지 이미 구별할 수 없었다. 기리시마에게 말을 걸어 그 존재를 확인하고 싶었지만 긴장한 탓에 목구멍이 바짝 말라 목소리 자체가 나오지 않았다.

계단을 내려가기 시작한 뒤로 얼마나 시간이 흘렀는지도 점점 알 수 없었다. 암흑에 익숙해진 탓도 있어서 표층적인 공포는 엷어져갔지만 여전히 불안은 남아 있었다. 그리고 불안이란 공포가 떠난 뒤에도 끈질기게 남아서 들러붙는 습성이 있었다.

도오루는 철이 들었을 때쯤부터 내내 불안 속을 살아왔다. 항상 바르르 떨곤 했지만 거기에도 익숙해지는 수밖에 없었다. 어둠에 익숙해지는 것처럼 섞여들 수만 있으면 그건 어려운 일은 아니다. 차가운 물만 해도 일단 들어가고 나면 따스한 물로 느낄 수 있다.

자의식 아이의 영혼이 맨 뒷자리 아이의 머리채를 잡아당긴다는 소문이 퍼지고, 공포로 겁에 질린 맨 뒷자리 여자애가 자리를 바꿔달라고 요구했을 무렵부터 도오루는 '유령'이라는 단어를 늘 귀에 담게 되었다. 히카루를 데리고 살아가는 도오루에게는 인간이 유령에게 겁을 내는 모습은 참으로 코미디 그 자체였다.

자의식 아이는 죽은 뒤에도 같은 반 아이들의 마음속에 살아 있었다. 살아 있을 때 말이 많은 아이였기 때문에 죽은 뒤의 그녀 역시 수다스러웠다. 그녀는 죽음의 홍보 담당으로서 아이들에게 죽음이란 특별한 것이 아니며 누구에게나 느닷없이 찾아드는 것, 나아가 기억 속에야말로 참된 생이 있다는 것 등을 전해주었다.

등교거부라는 현상이 일본이라는 나라에만 국한된 것인지 어떤지 도오루는 알지 못했지만, 도오루 주변에서는 크게 유행될 조짐이 보였다. 한 반에 한두 명은 등교거부를 하는 아이가 있었고, 부모에게 학대를 받는 아이도 적지 않았다. 정말인지 어떤지는 모르지만 6학년 중에 미성년 매춘을 하는 아이가 있다는 소문도 있었다. 소문은 진실보다 훨씬 과장되고 왜곡되고 그러다가 수많은 아이들의 마음에 둥지를 틀었다.

인터넷에서는 자살 사이트가 갑작스레 활기를 띠고, 고등학생과 대학생이 렌터카를 빌려 연탄 자살을 꾀했다는 등의 뉴스가 끊이지 않았다. 그 영향 때문이 아니냐는 논의는 제쳐두고라도, 도오루가 다니던 초등학교에서도 인생에 대한 냉소적인 분위기가 지배적이었고 장래에 대한 밝은 화제는 거의 들려오지 않았다. 그렇다고 학교가 황폐해지기만 한 것은 아니었다. 비관적인 분위기와는 별도로, 특별히 눈에 띄는 불량학생은 없었고 아이들의 말투도 지극히 모범적이었다.

마음에 품고 있던 빵 아이와는 고학년에 올라가서도 다시 같은 반이 되었다. 몇 차례의 자리바꿈 끝에 다시 도오루와 짝꿍이 되었을 때, 드물게도 빵 아이가 먼저 입을 열었다.

—도오루, 이제 등교거부는 하지 마.

자신에게 웃음을 내비치는 그녀에게 실망하거나 무서워한 일은 없었다. 나쁜 마음에서 한 말이 아니라는 것쯤은 도오루도 충분히 알 수 있었다. 오히려 그 말에 제압되어 마음대로 등교거부를 할 수 없게 되었다.

그런데 어느 날, 빵 아이가 결석을 해버렸다. 도오루는 빵 아이에게 급식 빵을 가져다주지 않으면 안 되었다. 겉으로는 냉정한 척했지만 내심으로는 미칠 듯이 기뻤다. 시들해하는 히카루를 데리고 도오루는 빵 아이의 집에 찾아갔다.

강변의 몹시 어수선하고 너저분한 지역, 거대한 시민아파트단지 17층에서 그녀는 가족과 함께 살고 있었다. 건물은 낡아빠졌고 전구가 끊긴 탓도 있어서 복도는 어둑어둑했다. 벨을 누르자 그녀가 직접 나왔다. 도오루가 빵을 내밀자 빵 아이는 받아들더니,

─고마워.

라고 중얼거렸을 뿐, 그대로 입을 다물어버렸다. 뭔가 말을 해야 한다는 생각에 도오루는 마음이 급해져서,

─무슨 일 있었어?

라는 얼간이 같은 질문을 해버렸다. 빵 아이는 메마른 목소리로,

─별로, 아무 일도 없었어.

라고 늘 하던 말을 할 뿐이었다.

조금 지나자 안쪽에서 "언니, 배고파"라고 어린 남자애가 누나를 불렀다. 빵 아이는 문을 닫았고, 도오루는 그 자리에서 한참이나 제자리걸음으로 맴맴 돌았다.

다음 날도 빵 아이는 학교에 나오지 않았다. 도오루는 집에 돌아오는 길에 빵을 가져다주러 갔다. 그런데 빵 아이는 나오지 않고 한참 지난 뒤에야 아버지인 듯한 사람이 얼굴을 내밀었다. 급식 빵을 가져다주러 왔다고 말하자 남자는 주위를 둘러보며 무뚝뚝하게 "수고했다"라고 대꾸하더니 빼앗듯이 빵을 받아들고는 문을 닫아버렸다.

그다음 날도 빵 아이는 학교에 나오지 않았다. 벨을 눌러도 아무도 나오지 않았다. 근처에서 30분쯤 시간을 때우다가 다시 한번 가봤지만 여전히 반응이 없었다. 다시 그다음 날도, 그다음 날도 여전히 응답은 없었다.

일주일째 되던 날, 도오루가 히카루와 단지 입구에 있는 고양이 이마빡만 한 어린이공원에서 기다리고 있으려니 시장바구니를 든 빵 아이가 훌쩍 밖으로 나왔다. 몇 번이나 벨을 눌렀던 뒤였기 때문에, 그녀가 사실은 집 안에 있었다는 사실이 도오루를 경직시켰다. 빵 아이도 놀란 얼굴을 해보이고는,

—여기서 뭐하고 있어?

라고 거친 소리를 올렸다.

—아까 벨을 눌렀는데…….

—그래? 자고 있어서 못 들었어.

도오루는 가방에서 빵을 꺼내 건네주었다.

—고마워. 하지만 내일부터는 가져오지 말아줄래?

뜻밖의 대답에 도오루는 저도 모르게 목구멍에서 말이 막혀버렸다.

─응? 저, 저기, 내, 내일도 학교 안 올 거야?

─응, 계속 안 갈 거야.

도오루는 슬퍼졌다. 그래서 예전에 빵 아이가 했던 말, "학교에 나와" 라는 말을 그대로 건네보았던 것이다. 그러자 빵 아이는,

─너처럼 등교거부를 하는 게 아냐. 나는 등교할 수가 없는 거야.

라고 어른스러운 대답을 해왔다. 도오루는 "노력하면 할 수 있잖아" 라고 태평한 제안을 해버리고 말았다. 그러자 빵 아이는 코웃음을 친 뒤에 한마디로 거절했다.

─그건 무리야.

도오루는 집에 돌아와 곧바로 사전을 꺼내 '무리(無理)' 라는 말의 뜻을 조사해보았다. 그곳에는 '도리가 아닌 일' 이라고 한 줄로 퉁명스럽게 적혀 있었다.

이제 가져오지 말아달라는 말을 들은 뒤에도 도오루는 날마다 싫증내는 일도 없이 급식 빵을 들고 빵 아이의 집을 찾아갔다. 벨을 눌러도 아무도 나오지 않았다. 그래도 일단은 어두워질 때까지 아파트 단지 앞 어린이공원에서 기다렸다. 이런 때면 도쿄의 저녁노을은 언제라도 콘크리트 빌딩 벽을 안타까운 분홍빛으로 물들여 훌륭하게 슬픔을 대변해주곤 하는 것이었다.

도오루는 빵 아이에게 무언가를 꼭 전해주고 싶었다. 히카루는 전해줘 봤자 아무 소용도 없다고 곁에서 수없이 도오루를 나무랐다.

―하지만 그 애에게 감사할 일이 너무 많아. 그 애가 날마다 빵을 가져다준 덕분에 지금의 내가 있어.

―칫, 과장이 심한데?

히카루가 입가를 느슨하게 풀며 내뱉었다.

―게다가 좋은 추억이 많아.

―홍, 그 애하고? 어떤 추억인데?

―지우개를 빌려줬고 떨어진 연필도 주워줬어. 교과서를 깜빡 잊고 갔을 때는 함께 보게 해주고 모르는 한자(漢字)도 알려줬어. 무엇보다 항상 곁에 있으면서 뭐랄까, 나를 안심하게 해줬어. 그래, 그 애가 있어서 학교에 가고 싶었고 그 애가 옆에 있어서, 특별히 뭘 해주는 것도 아닌데 마음이 놓였어. 지금까지 그런 마음을 느끼게 해준 타인은 그 애밖에 없었어. 그러니까 최소한 내가 할 수 있는 것을, 그녀가 지금 곤란하다면 내가 할 수 있는 뭔가를 해주고 싶어.

헤헹, 하고 히카루는 코웃음을 치더니 "마음도 착한 도오루 씨"라고 비웃었다.

―사람이 사람을 구원하는 일 따위, 안 되는 거야.

―구원하려는 생각 같은 건 안 해. 그저 뭔가 할 수 있는 게 없을까 하는 것뿐이야.

―그냥 내버려두는 게 제일 좋다니까 그러네.

―그래도.

말이 이어지지 않았다. 자신의 내면에서 무언가가 움직이고 있었다. 그것이 무엇인지 알 수 없어 도오루는 필사적으로 떨림을 꾹꾹 참아가며 호흡을 거듭했다. 답답하고 안타까운 무언가 감정의 떨림 같은 것이 가슴 안쪽에서 자꾸 커졌다 작아졌다 하고 있었다.

단지 입구 어스레한 곳에서 누군가 슬쩍 빠져나가는 인기척이 느껴졌다. 도오루는 히카루를 밀쳐내고 냅다 뛰었다. 눈치를 챈 빵 아이는 입술을 꾹 다문 채 도오루를 흘깃 쏘아보더니 옆도 돌아볼 것 없이 전속력으로 내달렸다. 도오루는 필사적으로 그 뒤를 쫓았다. 100미터쯤 달려갔을 때, 빵 아이는 문득 달아나기를 포기하고 숨을 헐떡거리며 다시 도오루를 돌아보더니 강한 말투로 견제에 나섰다.

—제발 나를 가만히 내버려둘 수 없니?

도오루는 움켜쥐고 있던 빵을 쑥 내밀며,

—이거.

라고 말했다. 하지만 오래도록 꽉 움켜쥐고 있었던 데다 마구 뛰어온 탓에 빵은 가운데가 부러지고 납작하게 쭈그러져 있었다. 그 빵을 지그시 쳐다보던 빵 아이의 눈에 눈물이 차올랐다. 빵 아이가 울고 있다는 것을 깨닫고 도오루는 깜짝 놀랐다. 누군가의 눈물을 바라본 것은 처음이었다. 빵 아이는 잠시 자신 속의 무언가와 필사적으로 격투를 하던 끝에 그 바리케이드 같은 것이 사라지자 마침내 소리 내어 울음을 터뜨렸다. 터벅터벅, 마치 길 잃은 아이처럼 걸음을 옮기기 시작한 빵 아이의 뒷모습을 도오루는 조용히 따라가는 수밖에 없었다. 소녀는 상점가 중간쯤에 반쯤 셔터가 내려진 빵집으로 들어갔다. 그리고 몇 분 뒤에 빵 아이는 한 덩어리의 식빵을 안고 나왔다.

—미안해, 하지만 이제 빵은 가져오지 않아도 돼. 저기, 나, 이사 갈 거야.

—전학하는 거야?

빵 아이는 더 이상 흐트러지지 않았다.

—친구들에게 인사도 못하고 떠나는 게 너무 섭섭한데, 그 대신 도오루 너라도 만나서 다행이야……. 애들에게 인사 전해줘.

—언제 가는데?

—밤기차 타고 간다고 엄마가 그랬어.

—밤기차? 밤에 떠나는 기차?

도오루의 어리석은 질문을 무시하고 빵 아이는 식빵을 품에 안고서 돌아갔다.

이제는 급식 빵을 가져다줄 필요가 없다고 담임 선생님이 도오루에게 말했던 그 날, 빵 아이 일가가 밤도망을 쳐 아무도 모르는 세계로 여행을 떠났다는 소문이 퍼졌다. 밤도망이라는 말과 밤기차가 도오루의 머릿속에서 하나로 이어졌다. 빵 아이가 동생의 손을 잡고 자신의 짐을 등에 짊어지고 어둠에 섞여 밤도망을 치는 그림을, 마치 직접 본 것처럼 도오루는 그 뒤 기억 속에서 수없이 끄집어낼 수 있었다.

빵 아이를 태우고 어둠 속을 달려가는 밤기차를 상상하며 도오루는 한 걸음 한 걸음 내디뎠다. 계단을 내려가기 시작한 뒤로 얼마나 시간이 흘렀는지 알지 못했다. 시간이라는 개념도 무의미한 것이 되어갔다. 중력도, 존재도, 모든 것이 사라져가고 있었다.

기리시마의 존재도 차츰 의심스러웠다. 하나의 가설이 도오루의 머릿속에 떠올랐다. 계단 같은 건 처음부터 존재하지 않았던 게 아닐까. 빛이 와 닿지 않는 이 암흑공간도 기리시마도 내 머릿속 공상의 산물이 아닐까. 흐트러진 호흡도 심장의 고동 소리도 고막의 떨림도 종아리의 경련도 손톱 끝의 아픔도 모두 환상이 몰고 온 신경의 과민 반응이라고 생각하면 거꾸로 모든 것이 이해가 되었다. 어쩌면 나 자신도—, 컴퓨터를 마주하고 히카루와 대화를 나누고 도시락을 쪼아 먹고 학원에서 수학식과 눈싸움을 하고 편의점을 뒤적이고 만원전차에 흔들리고 수업 중에 끄덕끄덕 조는, 일상의 조종을 받는 자신이야말로 환상인 것이라고 생각하면 훨씬 더 이해가 갔다.

빵 아이가 앉았던 옆자리는 한참 동안이나 빈자리로 남아서 히카루가 늘 그곳에 똬리를 틀고 앉아 있곤 했다. 그러다가 전학생이 와서 그 자리를 차지했다. 새로 온 아이는 도오루에게 지우개를 빌려주지 않았다. 연필이 떨어져 그 아이의 발밑으로 굴러가도 결코 주워주는 일은 없었다. 물론 도오루가 교과서를 잊고 가도 함께 보게 해줄 리 없었다. 도오루는 웬일인지 새 짝꿍이 그런 아이여서 다행이라고 안도했다. 빵 아이 때처럼 남의 일을 걱정하느라 가슴 아픈 일 없이 지나갈 수 있기 때문이었다.

　그래서 도오루는 오랜만에 등교거부를 했다. 새로 온 짝꿍이 빵을 가져다줄 리 없다고 생각했는데 아니나 다를까 아무도 빵을 가져다주지 않았다. 일주일을 쉬어도 이주일을 쉬어도 완전히 잊혀져서 마치 무인도에 사는 조난자 같았다.

　빵 아이에게서 '조용한 안도감'을 배웠다면 이 새 짝꿍에게서는 '인간다움'을 배우게 되었다.

　자라라는 면에서 도오루에게 가장 큰 영향을 끼친 것은 틀림없이 이 새 짝꿍이었다. 그는 도오루에게뿐만 아니라 어느 누구에게나 똑같이 차갑게 행동했다. 예의상 하는 인사말은 결코 입에 올리는 법이 없었고 고맙다는 말조차 쉽게 하지 않았다. 남이 어쩔 줄 몰라 쩔쩔 매고 있어도 일체 도와주려고 하지 않았다. 소외된 그에게 동정심에서 손을 내미는 아이도 있었지만 그는 정확하고도 강력하게 고개를 가로저으며 모조리, 어떠한 다정함이나 동정이나 부름도 하나에서 열까지 거절해버렸다.

　그로 인해 그는 얼마 후에 완전히 고립되었고 반 아이들은 더 이상 이 전학 온 아이를 상대해주지 않았다. 체육시간에 그와 짝이 되어 체조를 하는 아이라고는 아무도 없었다. 그에게 공이 돌아가는 일도 없었고 그에게 학교에 대해—, 다양한 규칙이며 조직이나 시설 사용법 등에 대해 알려주는 아이도 없었다. 이상한 녀석, 이라며 히카루는 이

전학생을 아예 바보로 취급했지만 도오루는 약간 다른 느낌을 갖고 있었다. 다른 아이들이 하는 대로 따라서 움직이고, 힘 있는 아이가 오른쪽이라고 하면 의심할 것도 없이 그쪽으로 향해 가는 다수의 아이들보다 그에게 훨씬 더 믿음이 갔다. 물론 그 태도나 방식은 칭찬받을 만한 건 아니었지만 그가 거침없이 "싫어"라고 내뱉을 때면 악을 처단하는 텔레비전 드라마의 주인공을 보는 듯한 상쾌함을 느꼈다.

도오루는 이 전학생을 아무도 몰래 '자기 군'이라고 불렀다. '자기 군'의 행동은 도오루를 유쾌하게 해주었다. 그는 모두가 전체 의견을 정리하려고 할 때면 그 정반대의 행동을 취했다. "다수결로 하자"라고 누군가가 말하면 "소수를 무시하는 건 잘못이야"라며 손을 쳐들고 발언에 들어갔다.

—세상이 죄다 다수결로 문제를 해결해나가면 과연 어떻게 될 거 같아? 그럼 국민의 숫자가 적은 나라는 언제까지고 주장이 통하지 않겠네? 조직이나 자금을 가지지 못한 쪽은 언제까지고 이기지 못할 거잖아?

어떤 문제든 정면으로 대항하며 자기 주장을 관철시키려 드는 자기 군의 태도는 그때까지 도오루가 갖고 있던 인생에 대한 멍한 졸음 같은 것에서 번쩍 깨어나게 해주었다.

—그럼 다수결이 마음에 안 들면 어떤 식으로 결정을 내릴 건데?

누군가가 반론을 했다.

—철저히 토론을 하면 되지.

하지만 말은 그렇게 하면서도 막상 토론에는 참가하지 않아서 결국 다수결에 따라 결정이 나고, 그러면 자기 군은 멋대로 결정 사항을 보이콧하면서 철저히 자기다움을 주장하는 것이었다. 야외수업으로 강가에 소풍을 나갔을 때, 담임 선생님이 "좋아하는 친구끼리 둘씩 짝을 만들어요"라고 말했다. 도오루는 미리감치 어떤 일이 벌어질지 짐작이 갔기 때문에 혼자 빙긋이 웃음을 참고 있었다. 자기 군은 얼굴을 벌겋게 상기시키며 "그건 인권을 부정하는 짓이에요"라고 즉각 항의했지만, 담임 선생님은 인정하지 않았다. 아이들 모두가 행여 뒤질세라 우르르 짝을 만들어나갔고 마지막으로 자기 군과 도오루만 남았다. 자기 군은 어쩔 수 없이 도오루와 함께 식물 생태계 조사에 나섰다. 점심시간에 자기 군은 혼자 저만치 떨어진 자리에서 도시락을 펼쳤다. 도오루는 자기 군에게 다가가 옆에 앉아도 괜찮으냐고 물었다. 물론 자기 군이 순순히 그러라고 할 리 없었다.

전체라는 것에 맞서서 자기 군은 항상 개인을 주장했다. 그리고 아이들 모두가 의견 밝히기를 어려워하는 장면에서 그는 창이라도 내던지듯 자기주장을 펼쳤다. 우주에 전혀 새로운 은하가 불쑥 나타난 듯한 강력한 자아가 거기에 있었다.

어느 날, 자기 군이 지우개를 깜빡 잊고 왔다. 잘못 쓴 글씨를 지우지 못해 혼자 투덜거리고 있었다. 어떤 반응이 돌아올지 시험해보려고 도오루가 슬쩍 지우개를 내밀었더니 자기 군은 그 지우개를 보자마자 흥, 이라고 내뱉고는 잘못 쓴 글씨를 연필로 시커멓게 북북 그어버렸다. 자기 군의 그 강인한 정신의 윤곽을 도오루는 눈앞에 갑작스레 출현한 빙산을 바라보듯이 지켜보았다. 얘는 자살 같은 건 절대로 안 할 거야, 라고 도오루는 생각했다. 친구가 하나도 없어도 고독해하는 일이 없을 것이다. 고독을 두려워하는 대부분의 아이들 속에서 이 소년의 압도적인 개인주의에 도오루는 큰 영향을 받았다.

분명 모두가 고독을 두려워하고 있었다. 친구의 울타리 밖으로 떨려나는 것을 너무도 두려워한 나머지 자기를 버리고 집단에 아양을 떠는 것이 위에서 아래까지 모든 일본인의 법칙이었다. 그런 속에서도 자기 군은 변함없이 홀로 싸우고 있었다. 결코 집단에 속하려 하지 않기 때문에 따돌림을 받는 결과를 낳았지만 비판의 집중 포화를 받아도 힐난을 받아도 그가 거기에 무릎을 꿇는 일은 없었다.

아침에 학교에 가보면 자기 군의 책상 위에 비둘기 시체가 놓여 있고 그 곁에서는 자기 군이 "누구야, 이런 짓을 한 게?"라고 소리치고 있었다. 아이들은 모두 보고도 못 본 척했다. 그런 짓을 한 아이가 누구인지 도오루는 짐작이 갔지만 잠시 상황을 지켜보기로 했다. 체육시간에는 자기 군에게 공이 집중적으로 쏟아졌다. 같은 편에서도 상대 편에서도 자기 군을 향해 공을 던졌다. 이런 괴롭힘이 매일같이 이어졌지만 자기 군은 기가 죽지 않았다. 수그러들지 않는 자기 군에게

속이 탈 대로 탄 하이에나들이 마침내 방과 후에 그를 에워쌌다. 그러고는 일제히 "너는 저만 아는 놈이야!"라고 외치며 툭툭 치기 시작했다. 평소에는 결코 폭력에 기대지 않는 반 아이들의 표변한 모습에 도오루는 집단 심리의 무서움을 보았다. 역시나 자기 군도 이때만은 신상의 위험을 감지했던지 긴장된 얼굴로 몸을 웅크리고 있었지만 그렇다고 결코 울거나 도망치지는 않았다. 얼굴을 두들겨 맞아도 배를 차여도 하지 말라고 외칠 뿐이었다. 도오루는 교무실로 달려가 담임 선생님을 불러왔다. 모두가 구름처럼 산산히 흩어진 뒤, 코피를 흘리던 자기 군은 비틀비틀 도오루에게 다가오더니 유일한 아군을 향해 냅다 "이 위선자!"라고 고함을 내지르는 것이었다.

도오루는 인간 저마다에게 우주가 있다는 것을 생각하며 계단을 내려갔다. 도오루에게는 도오루의 우주가 있고 자기 군에게는 물론 자기 군의 우주가 있었다. 빵 아이나 바다에서 익사해버린 자의식 아이에게도 우주가 있었다. 빵 아이의 입버릇은 "별로, 아무 일도 없었어"였지만, 그것은 참으로 이 시대를 살아가는 아이들의 세계를 상징하는 명언이었다. 말로 하면 요란하기 짝이 없는 일이 곳곳에서 반복적으로 일어났지만 그것들은 대략 "별로, 아무 일도 없었어"라는 한 문장으로 정리되어버리는, 그저 사소하기 짝이 없는 일들이었다.

자기 군은 전학 온 뒤로 졸업을 할 때까지 하루도 빠짐없이 등교해서 교장 선생님에게 개근상을 받았다. 그는 힘 앞에 굴복하는 일 없이 지속적으로 다수결에 저항하였고 민주주의를 돼지의 사상이라고 밀어붙이며 단호히 개인을 주장했다. 도오루는 진심으로 그와 이야기를 나누고 싶었지만 그는 끝내 그것을 받아들이지 않았다. 어느 누구와도 시시해빠진 이야기를 나누지 않았고 누구와도 패를 짜지 않았으며 누구에게도 알랑거릴 것 없이 초등학교 생활의 막을 내렸다.

졸업식 날, 자기 군은 도오루 곁에 다가와 아마도 도오루가 아는 한 최초일 터인 우호적인 웃음을 입가에 띠운 후에 넌즘 이렇게 말하는 것이었다.

—너처럼 이상한 놈을 만난 건 난생 처음이었다.

시간이 얼마나 흘러갔는지 도오루는 알지 못했다. 단지 이제는 어둠에도 익숙해져 완전히 암흑에 편안함을 느꼈다. 눈에 보이는 것들의 불안에서 해방되고 손에 만져지는 것들의 불신에서 해방되고 중력의 불평등에서 풀려나 있었다. 이제는 내려가는 것인지 올라가는 것인지 허공에 떠 있는 것인지 빙빙 돌고 있는 것인지도 알지 못했다. 발소리도 자신의 것밖에 들려오지 않았다. 어둠 속에 타자의 존재는 느껴지지 않았다.

도오루의 마음속 화면에 빵 아이, 자의식 아이, 자기 군의 독립적인 얼굴이 떠올랐다. 그 밖의 수많은 아이들은 두루뭉술하게 스쳐지나가는 경치처럼 흐릿하게 사라져갔다. 나는 밤기차다, 라고 도오루는 생각했다. 어둠의 은하를 달려가는 밤기차.

―칙칙폭폭.

　침대차의 차창 너머로 우주를 감지하는 여행자. 세상은 어둡고 저 아득한 곳까지 한이 없다. 그리고 영원한 외톨이. 히카루는 이미 없다. 기리시마도 없다. 됐어, 그런 자들은 처음부터 없었어. 불안이나 공포가 보여준 환상에 지나지 않아. 그 완전한 고독 속을 도오루는 상상력의 증기기관으로 계속해서 나아갔다.

　―칙칙폭폭.

　어둠속을 달려가는 밤기차. 아무 일 없음.

　나는 어둠을 나아가는 밤기차다. 별로, 아무 일도 없음.

　―칙칙폭폭.

　고독은 당연한 것이고 태어난 순간부터 인간은 모두가 외톨이, 만났다 헤어지고 헤어졌다 다시 만난다. 일단 우주에 나섰다면 빛 따위는 없다. 영원히 이어지는 어둠만이 모든 것. 갈 수 있는 데까지 가보는 수밖에 없다. 나는 밤기차.

　―칙칙폭폭.

　갈 수 있는 데까지 가보는 밤기차다.

　저 앞쪽에서 변화가 생겼다. 어둠의 중심에 흐릿한 빛의 점이 나타나고 그것은 순식간에 물결치며 확산했다. 날이 새는 광경을 빨리 감기로 보고 있는 듯한 신기한 풍경이었다.

　―아아, 빛이다.

은하가 끝을 고했다. 도오루는 빛을 향해 마구 달려갔다. 위와 아래와 좌우라는 감각, 중력이 되돌아오자 갑자기 발이 가벼워졌다. 단숨에 도오루는 정면에 빼끔 입을 벌린 네모난 빛의 출구를 빠져나갔다.

원래 그 자리로 돌아왔나 하는 착각이 들 만큼 그곳은 모든 것이 평소와 하나도 다를 것 없는 중학교 복도였다.

형광등 불빛만이 푸르스름하게 교내를 비추고 있었다. 기리시마가 입에 올렸던 '지하에 있는 또 하나의 중학교'라는 말이 생각났다. 창가로 다가가 바깥을 내다보았지만 아무것도 보이지 않았다. 마치 정전된 거리처럼 빌딩이나 가로등 불빛도 꺼진 채 캄캄했다. 밤인지 어둠의 연장인지도 구별되지 않을 만큼.

기리시마는 어디에서도 눈에 띄지 않았다. 도오루는 냉정함을 되찾으려고 시간을 들여 주위를 찬찬히 둘러보고, 다시 한번 창밖으로 시선을 던졌지만 그곳에는 역시 암흑이 있을 뿐이었다. 자신이 있는 장소가 지하에 있는 또 하나의 학교일 것이라고 기리시마의 말을 통해 짐작은 했지만, 그런 비현실적인 것을 머릿속에서 만들어내기란 어려운 일이어서 지금 실제로 눈에 보이는 것과 지식으로 이해하고 있던 것들 사이에 거센 혼란이 일어났다. 기리시마를 따라 계단을 내려왔더니 이곳에 도착했다, 라는 것 이외에 아무것도 알지 못했고, 하물며 그 기리시마 역시 현실적으로 존재하는지 어떤지조차 판단이 가지 않을 만큼 이제는 애매모호할 뿐이었다. 꿈이 아닌지 시험해보기 위해

서둘러 볼을 꼬집어보았지만, 한심하게도 내내 손잡이를 움켜쥐고 있었던 탓에 악력이 떨어져 제대로 힘을 넣을 수가 없었다.

형광등이 켜진 복도를 도오루는 한층 더 경계하면서 나아갔다. 음악실이나 과학실험실이 있는 것을 보면 아무래도 1학년 건물인 모양이었다. 그렇다면 운동장으로 이어진 출구가 있을 것이라는 생각이나서 서둘러 돌아가 보았지만 문이 잠겨 있어서 밖으로 나갈 수 없었다. 교실은 계단 위에 있을 터였지만 암흑 계단을 내려왔을 때에는 그밖에 다른 출구는 없었다. 도오루는 머리에 둔한 통증을 느끼며 남쪽 계단을 올랐다. 2층, 3층을 지나쳐 그 위층, 옥상으로 통할 터인 폭 좁은 계단을 단숨에 뛰어올라갔지만 이곳도 마찬가지로 열쇠가 잠겨 있어 밖으로 나가는 건 불가능했다.

13반은 어떻게 되어 있을까, 하는 생각이 나서 한 층을 다시 뛰어 내려갔다. 맨 앞이 8반, 북쪽 막다른 곳에 있는 또 하나의 계단까지 차례로 9, 10, 11, 12, 13, 14반으로 이어져 있을 터였다. 8반 교실을 들여다보니 놀랍게도 보통 때 하던 그대로 수업을 하고 있었다. 학생들은 교단에 선 선생님과 칠판에 오른쪽으로 기울어 빽빽하게 적힌 수학식을 쳐다보고 있었다.

13반이라는 팻말이 걸린 교실까지 급히 달려가 유리창에 얼굴을 들이댔다. 바로 코앞에 에지리의 옆얼굴이 있었다. 평소의 13반 풍경과

한 치도 다르지 않은 풍경을 도오루는 기묘한 심정으로 바라보았다. 맨 앞자리에 가도노의 모습이 보이고 창가에는 기노시타, 뒤쪽에는 후지와라가 있었다. 자신의 자리는 비어 있었지만 그 옆에는 분명 시라토가 앉아 착실하게 필기를 하고 있었다. 보통의 수업 풍경과 전혀 다를 것은 없었다. 하지만 뭔가가 달랐다. 별다를 것도 없는 평범한 풍경인데도 뭔가가.

도오루는 뚫어져라 시선을 집중하여 그 이질감의 소재를 확인했다. 시라토까지 포함하여 모든 아이들의 눈에서 인간다운 광채가 사라지고 없었다. 마치 납 인형 전시관을 들여다보는 것만 같았다. 도오루는 마음을 굳게 먹고 교실 뒤편의 문을 열고 발을 들이밀었다. 그런데 선생님도 아이들도 누구 하나 돌아보는 사람이 없었다. 멈칫멈칫 반 친구들 곁으로 다가가 한 사람 한 사람의 얼굴을 들여다보았지만 누구도 반응이 없었다. 도오루는 이윽고 그들의 눈에 자신이 비치지 않는다는 것을 깨달았다.

도오루는 반 친구들의 눈이며, 꼭 다문 입가, 건조한 피부, 혹은 연필을 잡은 손가락 끝을 자세히 바라보며 그곳에 흐트러짐과도 같은 거짓이 섞여 있지 않은지 꼼꼼히 관찰했다. 시라토 앞에 다가가 몸을 숙이고 정면으로 바라보며 눈싸움을 했다. 하지만 잠시 긴장을 풀자마자 분명 이어져 있던 시선이 간단히 어긋나버렸다.

도오루는 비로소 히카루의 입장에서 세계를 바라보고 알고 느끼게 되었다. '아무도 자신을 인식하지 못하는 세계'라는 것 속에서 사는 고독을 맛보았다.

도오루는 자리와 자리 사이를 이동하며 마침내 교단에 올라가 히카루의 흉내를 내어 선생님 옆에 섰다. 바로 눈앞에서 가도노가 칠판과 노트를 번갈아 들여다보고 있었다. 그 또한 도오루를 알아보지 못했다. 부러진 분필 조각을 집어 가도노에게 던져보았다. 분필은 책상 모퉁이에 부딪쳐 마른 소리를 내며 떨어졌다. 가도노 옆 자리의 학생이 분필을 집어 올렸지만 그것으로 끝이었다. 분필의 부자연스러운 낙하도 그들에게는 벽에 세워져 있던 빗자루가 갑자기 넘어지는 것과 아무 차이가 없는 일, 혹은 들이치는 바람에 문이 갑자기 쾅 닫히는 자연 현상 같은 것이었다.

기노시타가 교과서를 가리개 삼아 창가 자리에서 끄덕끄덕 졸고 있었다. 도오루는 그 교과서를 손으로 밀쳐냈다. 교과서가 떨어지고 당황하여 눈을 뜬 기노시타의 무릎이 책상에 부딪쳐 큰 소리를 냈다.

도오루는 창밖으로 시선을 옮겼다. 회색이 깔린 어둠밖에는 보이지 않았다. 꿈속에 있는 것인지도 모른다고 생각해보았다. 혹은 자신의 머리가 멋대로 지어낸 공상의 세계를 엿보고 있는 것인지도 모르고, 그 공상의 세계에 자신이 들어오고 말았다고 생각할 수도 있지 않을까. 어둠의 계단을 기리시마와 함께 내려왔던 것이 아니라 사실은 자신의 의식 아래로 기어들어온 것뿐인지도 모른다.

—아니, 그게 아냐. 그런 일은 있을 수 없어!

그것을 인정해버리면 어린 시절부터 히카루와 함께 살아온 자신의 아이덴티티가 그 밑바탕에서부터 무너져버린다. 태어나면서부터 분열되어 있었다고는 도저히 인정할 수 없었다. 도오루는 다시금 교실을 둘러보았다. 공상 속이라고는 생각되지 않는 정교한 세계가 엄연히 눈앞에 있었다. 거짓이라면 반드시 파헤치고 말겠다고 마음속으로 뇌까리며 곁에 있는 여학생의 머리를 들여다보았다. 대나무 숲을 위에서 똑바로 내려다본 듯한 풍경. 모발의 뿌리까지 정묘하게 다 보였다. 형광등의 약한 불빛이 머리털 한 올 한 올의 끝부분까지 리얼하게 비춰냈다.

문득 어디선가 목소리가 들려오는 듯한 마음이 들어 도오루는 서둘러 주위를 둘러보았다. 하지만 아무도 소리를 내지 않았다. 그것은 도오루의 마음속에서만 들리는 또 하나의 목소리이기도 했다.

—도오루, 너의 혼란을 나만은 똑똑히 이해할 수 있어. 하지만 너는 어릴 때부터 나라는 존재를 아무 의심 없이 네 곁에 두고 있었잖아? 그렇다면 이런 정도의 혼란에 우왕좌왕할 건 없어. 괜히 고민하지 말고 마음 편하게 이 세계를 받아들이면 돼. 거짓이건 참말이건 별반 다를 것도 없어. 현실이라는 거, 사실은 잘 꾸며진 거짓인 거고, 이 세상은 미처 감추지 못한 것들 투성이니까. 환상과 현실의 구별 따위, 어느 누구도 할 수 없고, 이미 그 두 가지를 구별하려는 것 자체가 어리석은 헛수고야. 중요한 건 내가 어떻게 생각하느냐, 그것뿐이야. 환상이건 현실이건 그 속에서 진실을 찾아낼 수만 있다면 그건 그것대로 행복

한 거 아니야?

　도오루는 교단을 내려와 교실 안을 떠돌며 아이들의 얼굴을 하나하나 들여다보고 다녔다. 광채를 잃은 눈들은 반복되는 현실을 멍하니 바라보고 있었다. 감정을 빼앗긴 학생들의 마음을 눈동자 너머로 엿볼 수 있었다.

　도오루는 후지와라의 얼굴 앞에서 손을 흔들어봤지만 후지와라는 눈조차 깜빡이지 않았다. 손끝으로 가만히 그녀의 앞머리를 쓸어보았다. 부드러운 머리털의 감촉을 도오루는 감지해냈지만, 후지와라는 바람이 하는 짓이라고 생각하는지 흐트러진 앞머리를 손으로 냉큼 바로잡았다.

　귓속에서 메아리치는 소리가 일러준 대로 환상이건 현실이건 별반 다를 건 없었다. 실제로 살아 있는 현실 세계 역시 어디까지가 환상이고 어디까지가 현실인지 알지 못하는 것이므로. 인터넷을 들여다보는 것 같다고 도오루는 마음속으로 생각했다.

　─수업은 끝나지 않고 물론 종료를 알리는 종도 울리지 않아. 이곳은 한없이 게으른 시간만 거듭되는 세계라고 해도 좋겠지. 이곳에서는 모두가 영원히 거듭되는 수업을 받고 있어. 불안도 공포도 없어. 물론 미래도 희망도 없지만 그렇기 때문에 죽음도 없고 그저 영원만이 있어. 모두 지금이라는 순간만을 리피트하는 거야, 한없이. 레코드 바늘이 튀는 것, 혹은 CD의 스크래치 현상과도 같은 세계가 이곳에서 반복되는 거야.

선생님은 칠판에 계속해서 분필로 글씨를 썼지만 쓰는 족족 글씨는 사라지고 결국 처음부터 다시 쓰기 시작했다. 끄덕끄덕 졸고 있는 아이도, 노트에 칠판 글씨를 베껴 쓰는 아이도, 모두 똑같은 동작을 되풀이했다. 하지만 더욱 주의 깊게 관찰해보니 그 규칙적인 되풀이 속에 아주 작은 이변이 일어나고 있었다. 현실이 현실을 더듬어가는 속에서 생겨나는 오차, 그것이 사진의 핀트가 맞지 않는 것과도 같은 현상을 일으켰다. 아주 조금 어긋난 핀트가 다시 또 다른 어긋남을 초래해서 그 한없이 되풀이되는 흐름에 조금씩 다른 운동이 덧붙는 것이었다.

다시금 교과서가 떨어지고 기노시타가 당황하여 벌떡 일어선다. 그 순간 무릎이 책상에 부딪치지만 커다란 소리는 나지 않는다. 기노시타는 잽싸게 교과서를 집어 들고 다시 그것을 가리개 삼아 졸기 시작하는 것이다. 골똘히 지켜보지 않으면 자칫 놓쳐버릴 정도의 차이였지만, 그 차이가 계속해서 바늘이 튀는 이 세계에서 어떤 역할을 하는지 도오루는 알지 못했다.

선생님은 조금 전에 사라진 글씨를 칠판에 써넣고 글씨는 쓰는 대로 사라지고, 마치 되감기와 재생, 되감기와 재생이 반복되는 비디오 화상처럼 똑같은 글씨를 영원히 쓰고 있었다. 결국 계속해서 글씨를 쓰면서 다시 원래의 자리에서 쓰기 시작하는, 시간의 바늘이 튀는 일이 거듭되었다.

도오루는 교실 밖으로 나가보기로 했다. 이것이 현실인지 환상인지를 똑똑히 알아보기 위해.

1학년 14반 옆에는 기리시마가 말했던 대로, 있을 리 없는 1학년 15반의 팻말이 걸려 있었다. 그러나 이곳만은 넓은 교실 안에 학생이 겨우 한 사람밖에 없고 게다가 형광등은 꺼져 있었다. 단 한 사람뿐인 학생은 어디선가 본 듯한 얼굴이었다. 잠시 안타까움이 머릿속을 간질였지만, 곧바로 이 소년이 사체가 되어 병원 폐허에서 발견된 1학년 3반 남학생이라는 것을 깨달았다.

—15반은 죽은 자의 반이야.

돌아보니 기리시마가 서 있었다.

—네 자리는 이곳에 준비되어 있어.

도오루는 깜짝 놀라 "무슨 말이야?"라고 되물었다.

—너는 죽음의 세계에 한 발을 들이밀고 말았어. 그래서 너무 깊이 들어오지 말라고 내가 말했는데. 하지만 이미 때는 늦었어.

기리시마는 가슴까지 자란 긴 머리칼 틈새로 코와 그 주변을 아주 조금 내보이고 있었지만 창백한 얼굴 살갗 아래로 뭔가가 배어나왔다. 도오루가 눈에 힘을 주어 바라보니 그것은 곧 한 줄기 검은 피가 되어 콧방울 옆을 흘렀다. 기리시마의 눈동자도 색깔이 사라지고 회색으로 흐려져 있었다. 어떤 식으로 살해되어 기리시마가 이곳에 오게 되었는지, 도오루는 저도 모르게 상상을 하고 말았다. 어쩌면 3년 전에 유괴 살해되어 수영장에서 발견된 소녀가 기리시마의 정체인지도 모른다고 생각했다.

—네가 후 짱?

그렇게 물었더니 기리시마는 전보다 엄한 눈빛으로 도오루를 노려보며 말했다.

—잘 왔어, 회색의 세계에.

도오루는 놀라서 몇 발자국 뒷걸음질을 쳤다. 등 뒤에 창문 유리가 있고 그 반투명의 거무스레한 유리창 너머에서는 살해된 3반 남학생이 어디인지 모를 공허한 곳을 노려보고 있었다.

—미안하지만 나는 내 세계로 돌아가야겠어.

도오루가 말하자 기리시마는 흔들리는 초롱불 같은 느낌으로 힘없이 고개를 저었다.

—그러니까 내가 말했잖아. 이미 늦었다니까. 미안해.

—무슨 뜻이야?

—내가 너를 이곳에 데려왔기 때문이야. 너를 친구로 만들고 싶었어, 우리 반의……

도오루는 당황해서 되물었다.

—무슨 소리야? 어떻게 그런 일을 할 수 있어?

—저주(詛呪)로.

기리시마는 시선을 돌려버렸다. 돌아오지 않는 시간을 뒤쫓듯이 기리시마의 시선이 허공을 방황했다.

—나의 저주로.

목소리가 사라지려고 했다. 도오루는 강한 말투로 급히 되물었다.

—계단은 어디 있지? 위로 돌아갈 수 있는 계단이 어디 있는지 알려 줘!

—네가 죽으면 돌아갈 수 있어. 살아 있는 동안에는 안 돼. 그러다 분명 죽을 거고, 그렇다면 그때는 돌아갈 수 있어.

—죽고 난 뒤에 돌아가면 너처럼 다른 애들의 눈에는 보이지 않는 거지?

기리시마는 스르르 사라지며 고개를 끄덕였다.

—지금 당장, 내가 살아 있는 동안에 돌아가고 싶어. 계단은 어디 있어?

—네가 사용할 수 있는 계단은 없어. 미안해. 너는 죽을 거야. 죽어서 우리의 친구가 될 거야. 기다리고 있을게.

사라져가는 기리시마는 유리창을 지나 교실 안으로 들어갔다. 그리고 맨 뒷자리에 앉아 3반 남학생과 마찬가지로 머리를 쳐든 채 움직이지 않게 되었다.

기리시마와 함께 내려온 계단은 기계실 안쪽에 있었다. 도오루는 그 계단까지 가봤지만 계단 안쪽에는 소화전이 놓여 있을 뿐 기계실 따위는 존재하지 않았다. 1층에는 음악실, 과학실험실, 시청각실 등이 있었지만 어떤 교실도 모두 잠겨 있고 안을 들여다보려 해도 컴컴해서 사람의 모습은 확인할 수 없었다. 교실 밖에서 어슬렁거려서는 안 된다며 빨리 교실로 돌아가라던 기리시마의 목소리를 생각해냈다. 수업 중에 교실 밖을 어슬렁거리는 자는 회색에게 노림을 당한다는 것인가. 도오루는 기계실을, 아니면 위로 돌아갈 수 있는 계단을 찾기 위해 다시 걸음을 옮기기 시작했다.

계단참의 어둠 속에서 무언가가 꿈틀 움직였다. 몸을 숙이고 가만히 들여다보니 쥐였다. 인기척을 알아차렸는지 쥐는 벽과 바닥의 경계에서 꼼짝도 하지 않고 있었다. 도오루는 쥐가 다시 움직일 때까지 인내심 있게 기다렸다. 쥐의 수염이 미세하게 움직였다. 그다음 순간, 쥐가 갑작스레 벌떡 일어나 단추 같은 눈을 데굴데굴 굴렸다.

—이봐, 타지에서 온 녀석, 나를 자꾸 흘끔거리지 말란 말이야. 무슨 불만이 있다면 상대해주겠지만 행여 나를 밟으려고 했다가는 저주를 퍼부을 거야.

말하는 쥐의 출현으로 도오루는 긴장이 풀려 어깨에 들어갔던 힘이 스르르 빠지면서 저도 모르게 입가가 헤실헤실 풀어져버렸다.

—저주는 받고 싶지 않으니까 너를 밟지 않기로 할게.

도오루의 대답에 쥐는 원래의 쥐다운 자세로 돌아가 어둠 속에서 슬쩍 얼굴을 내밀더니 기계 장치가 된 장난감처럼 주위를 포르르 돌아다녔다.

—타지에서 오긴 했지만 현명한 녀석이군. 아무래도 바보는 아닌 것 같아. 내가 얼마나 무서운 존재인지 알아보는 능력이 있어. 그래,

저주는 걸지 않기로 하겠어. 고맙게 생각해라.

도오루는 미소를 지으며 "고마워, 너는 착한 쥐구나"라고 대답했다. 그러자 쥐는 다시금 뒷발로 벌떡 일어서서 마치 위협이라도 하듯 가슴을 쑥 내밀며,

—당연하지. 내가 이래봬도 이 학교의 관리인이거든.

이라고 허세를 부렸다.

—관리인? 와, 대단해. 아, 그러면 뭐든지 다 알겠구나?

쥐는 인간처럼 고개를 끄덕이더니 다시 원래의 자세로 돌아갔다.

—그렇다면 물어보고 싶은 게 있어. 나는 기리시마를 따라 이곳에 왔어.

—기리시마? 음, 잘 알지. 그 애가 이따금 위에 올라가 아이들을 놀라게 해놓고 혼자 좋아하는 것 같더군.

—살아 있는 동안에 위쪽 학교로 돌아가고 싶어. 하지만 아무리 찾아봐도 원래 세계로 돌아가는 계단을 찾아낼 수가 없어. 위쪽 학교의 기계실 문 뒤에 이곳으로 통하는 계단이 있었는데. 그곳을 찾아내기만 하면 나는 다시 위로 돌아갈 수 있을 텐데.

—그건 일방통행 계단이야. 위로 돌아가려면 죽는 수밖에 없어.

—나는 살아서 돌아가고 싶어.

쥐는 켈켈켈, 귀에 거슬리는 광석 라디오의 소음처럼 웃었다. 한바탕 웃음이 지나간 뒤에 쥐는 다시 뒷발로 벌떡 일어서서 도오루를 노려보았다. 팔을 휘두르며 연설이라도 하듯이 과장스러운 몸짓으로 말

을 하기 시작했다.

—필시 기리시마가 외로웠던 게야. 너를 길동무로 삼고 싶었는지도 모르지. 아무튼 가엾게도 너는 위의 세계로 돌아갈 수 없어. 죽는다면 얘기는 달라지지만.

—죽을 수는 없어. 쥐야, 어떻게든 위로 돌아갈 방법을 찾아주지 않을래? 너는 뭐든 다 알고 있는 이 세계의 관리인이잖아? 뭔가 방법이 있을 거야. 제발 부탁이니 알려줘.

흐흠, 하며 쥐는 신음 소리를 냈다.

—정말 돌아가고 싶어? 그런 끔찍한 세계로?

도오루는 슬며시 고개를 끄덕이면서도, 쥐가 말하는 대로 왜 위쪽 세계로 돌아가고 싶은지 모르겠다고 생각하고 말았다. 오히려 불쾌한 일들만 자꾸 생각났다. 자잘한 규칙이며 부모의 일, 복잡하고 기괴하게 얽힌 인간관계, 권력, 태만한 세계……

—더러운 곳을 은근슬쩍 가리고 있는 추악한 세계야. 겉으로는 깨끗한 것 같지만 뒤로는 증오와 질투와 권력 다툼으로 질퍽질퍽한. 그런 세계로 돌아가고 싶다는 게야?

도오루는 침묵하고 있었다.

—거짓만 난무하고 서로 속고 속이는 세계, 너희는 항상 움찔움찔 떨면서 살아가야 하지. 그런 세계로 돌아가겠다고?

—그래. 그래도 돌아가고 싶어.

—너희에게는 희망조차 없어. 있는 건 불안과 공포뿐이잖아. 그래

도 돌아갈 거야?

—분명 희망은 없지만 그렇다고 완전히 없는 건 아냐. 희망이라는
건 그리 많을 필요는 없잖아?

쥐는 그때까지보다 더 크게 웃기 시작했다.

—유괴에 존속살인에 집단 자살 따위가 만연하는, 저 구제할 길 없
는 도쿄에?

—그래도 돌아갈래. 그곳이 내 세계라면 돌아가고 싶은걸? 이런 말
은 지금까지 한 번도 해본 적이 없지만, 나는 희망만은 언제까지나 품
고 갈 자신이 있어. 내내 그저 있기만 하는 사람으로 살아왔지만, 이제
부터 그건 끝이야.

뭐야, 하며 쥐는 얼굴을 찌푸렸다.

—그저 있기만 하는 사람이라니, 그건 또 무슨 소리야? 대중을 가리
키는 말인가? 보통사람이라는 뜻이야?

—뭐, 대충 그런 거지.

제기랄, 이라고 쥐는 욕을 내뱉고 다시 큰소리로 웃었다.

—그러니까 회색과는 끝까지 싸울 생각이고, 없어진 것이 희망이라
면 그걸 다시 찾으면 돼.

쥐는 웃음을 멈추고 네 개의 발을 움직여 찌익찌익 귀에 거슬리는
소리를 내며 바닥을 기어 다녔다. 그리고 다시 네 번째로 뒷다리를 버
티며 벌떡 일어서더니,

—홍? 회색과 싸우겠다고?

라고 외쳤다.

─네가 저 회색과 싸우겠다는 거야? 죽어가는 인간 주제에, 그저 있기만 하는 사람이었던 주제에, 저 회색과 싸우겠다고?

광석 라디오가 최대 용량의 소리를 토해냈다. 도오루는 저도 모르게 귀를 틀어막았다. 쥐는 도오루 주위를 마구 뛰어다니며 "인간 주제에, 그저 있기만 하는 인간 주제에"라고 외쳐댔다. 틀어막았던 손을 내리고 도오루는 쥐를 빤히 내려다보며,

─나는 희망도 꿈도 버리지 않을 거야.

라고 뱃속에 힘을 꾸욱 넣은 채 선언했다.

쥐는 층계참의 어슴푸레한 구석에 숨어들어 그 어둠 속에서 검은 단추 같은 눈으로 지그시 도오루를 바라보았다.

─좋아, 그렇다면 그 용기가 진짜인지 시험해봐야겠군. 따라오셔.

쥐는 계단을 내려가기 시작했다. 도오루는 놓치지 않도록 서둘러 그 뒤를 따랐다. 어둠에서 어둠으로 쥐는 재빠르게 이동했다. 이따금 쥐의 애매한 모습이 복도의 회색이 끼친 바닥이며 벽에 뒤섞여 보이지 않기도 했지만 도오루는 몸을 낮추어 눈에 힘을 주고 필사적으로 그 뒤를 바짝 따라갔다. 쥐는 3학년 교실이 있는 1층의 북쪽 깊숙이, 팻말에 경비실이라고 적힌 곳의 5센티미터쯤 살짝 열린 문 틈새를 지나 안으로 사라졌다.

벽을 가득 채운 모니터 화면을 등지고 경비실 한복판에 누군가가

앉아 있었다. 도오루가 머뭇머뭇 실내에 발을 들이자,

—들어와. 얼른 문을 닫아줬으면 좋겠다.

라는 밝은 목소리가 튀어왔다. 도오루는 망설였지만 더 이상 어물거릴 수도 없어서 마음을 굳게 먹고 성큼 안으로 들어섰다.

실내에는 모니터 화면의 불빛 이외에 광원은 없었다. 역광이 비쳐서 잘 알 수는 없었지만 뒷모습을 내보인 그자가 문득 옆을 돌아보자 빛 속에 개의 실루엣이 떠올랐다. 기리시마가 말했던 '견신빙'이라는 말이 머릿속에 번쩍 떠올랐다.

인간인지 개인지 몬스터인지 알 수 없는 그자가 지켜보는 모니터는 벽을 가득 채우며 수십 개나 빈틈없이 박혀 있고, 교내에 설치된 감시 카메라가 잡아낸 흑백의 영상을 비추고 있었다. 1학년부터 3학년까지 각 반의 수업 풍경은 물론이고 복도, 체육관, 도서관 등의 실내와 운동장, 교문 앞, 학교 건물 뒤편의 울타리, 뒷문, 체육 도구실, 소각로와 수영장에 이르기까지 지금 현재의 중학교 모습을 온갖 다양한 각도에서 오려내고 있었다.

—여어, 잘 왔어.

견신빙이 의자를 빙그르르 돌려 도오루를 마주 바라보았다. 모니터 화면에서 뿜어져 나온 빛 때문에 개의 특징을 나타내는 윤곽, 이를테면 불룩 튀어나온 코와 그곳의 긴 수염 같은 것까지 모두 보였지만, 좀 더 자세한 부분, 피부의 느낌이나 그 빛깔, 얼굴 표정 같은 건 분명치 않았다.

195

중학교의 바로 지금을 시시각각 전해주는 영상에 도오루의 시선은 그대로 못박혀버렸다. 교실 칠판 위에 초소형 카메라가 설치되어 있었던 게 생각났다. 고성능의 크고 작은 카메라들이 교내 곳곳에서 학생들을 감시하고 있었다. 운동장에서 뛰어노는 학생들, 교문 앞의 보도진이며 옥상 위, 인적 없는 도서관 뒤편까지 카메라는 구석구석 상세하게 지금을 포착하고 있었다. 각 교실의 영상에 뒤섞여 1학년 13반 것도 보였다. 카메라는 거의 교실 전체를 비추고 있었지만, 그 한가운데 도오루의 자리만은 빈자리였다.

─너는 지금 여기서 예전에 살았던 세계의 지금을 보고 있어. 기묘한 느낌이 들겠지? 어쩌면 이건 환영인지도 모른다고 생각하겠지?

도오루는 아무 말도 하지 않았다. 견신빙은 뒤를 이었다.

─영혼이라는 건 그런 식으로 과거를 그리워하는 법이야. 정확히 말하면 보고 있는 게 아니야. 그러니까 기묘한 느낌이 드는 거지. 영혼에는 기관으로서의 눈은 없거든. 현실을 부감하고 있다고 하는 게 옳은 표현인지도 모르겠군. 너는 지금 육체에서 떨어져 나와 영혼의 상태로 세계를 바라보고 있어.

견신빙의 입은 전혀 움직이지 않았다. 도오루는 모든 것을 하나도 놓치지 않으려고 눈에 힘을 넣었다.

─내가 좋은 것을 보여주지. 좀 오래된 영상이지만 내가 가진 컬렉션 중에서 가장 뛰어난 걸작이야.

모든 모니터 화면에 한 교실의 수업 풍경이 영상으로 떴다. 1학년

13반이 아니었다. 낯익은 아이는 한 명도 없었다. 지금 막 수업이 끝난 참인 것 같았다. 학생들이 일제히 자리에서 일어섰다. 카메라는 해방감이 넘치는 학생들의 모습을 포착하고 있었다. 잠시 후에 카메라가 천천히 줌을 시작하여 한 소녀에게 조준을 맞추었다. 천진한 얼굴이 전 화면에 큼직하게 비춰졌다. 그 압도적인 영상에 도오루는 그대로 꽁꽁 묶여버렸다. 기리시마였다. 도오루가 알고 있는 소녀, 늘 고개를 떨구고 이마에서 검붉은 피를 흘리며 회색이 끼친 눈과 트릿하게 흐려진 창백한 피부를 가진 저 죽은 기리시마가 아니었다. 그곳에 있는 것은 방금 피어난 꽃처럼 귀엽고 아름다운 생명력이 넘치는 전혀 다른 소녀 기리시마였다. 긴 머리와 얼굴 윤곽, 턱 끝이며 눈이며 코며, 온통 모든 것이 고스란히 기리시마였다. 그렇건만 결정적인 차이가 그곳에 영상으로 드러나 있었다.

─네가 잘 아는 인간이야. 알아보겠지?

자리에서 일어선 기리시마는 옆자리 친구들에게 천진한 웃음을 던졌다. 어디에서나 볼 수 있는 일상적인 학교 풍경 그 자체였다. 천진난만한 웃음이 화면 가득히 통통 튀어 올랐다. 내면으로부터 광채를 내뿜는 듯한 압도적인 생(生). 신령스러운 천진무구함. 그녀가 웃는 것만으로도 세계가 깨끗하게 변화했다. 기리시마가 웃을 때마다 웃는 얼굴의 중심에 고운 이가 얼굴을 내밀었다. 동시에 생명력의 눈부심이 퍼져나갔다. 기리시마가 돌아보는 것만으로도, 기리시마의 눈초리가 부드럽게 휘어지는 것만으로도, 기리시마가 재빠르게 머리칼을 쓸

197

어 올리는 몸짓 하나만으로도 세계가 우아하게 쇄신되었다. 목소리는 들리지 않는데도 도오루의 마음속에 그녀의 건강하고 밝은 목소리가 날아들었다. 기리시마의 일거수일투족이 세계의 분위기를 바꾸었다. 친구들과 새끼 동물처럼 장난치는 그 모습은 도오루가 아는 유령 기리시마가 아니었다. 그곳에는 불안이라고는 없고 공포도 없고 아픔도 슬픔도 고통도 실의도 절망도, 마이너스의 요소라고는 전혀 아무것도 없었다. 그곳에는 희망이 있고 꿈이 있고 평온이 있고 기쁨과 평화 그리고 무엇보다 반짝이는 미래와 사랑이 있었다. 그녀는 살아 있었다. 누구보다 아름답게, 한눈에 홀려버릴 만큼 존엄하게, 안타까울 만큼 사랑스럽게, 다양한 것을 능가하며 존재하고 있었다.

　―도오루, 이제 알았겠지? 이 소녀가 누구인지.

　기리시마는 몇몇 친구들과 복도를 달렸다. 긴 다리를 마음껏 내뻗으며 달려갔다. 장난을 치면서 친구들과 계단을 내려갔다. 기리시마 주위에 상쾌한 바람이 일었다. 뒤를 쫓아온 친구가 층계참에서 기리시마를 뒤에서 껴안았다. 기리시마는 넘칠 듯한 행복감을 흩뿌리며 친구와 밀치락달치락 어린 소녀답게 까불어대고 있었다. 서로를 이로 깨물며 노는 강아지들처럼 천진하게 장난을 친 끝에 기리시마는 친구들을 뿌리치고 다시 계단을 달려 내려갔다.

　―나는 저 아이로 정했어. 이렇게 모니터 화면을 들여다보며 몇천 명의 학생들 가운데 저 아이를 최종적으로 선발한 거야.

　모니터 화면이 분할되고, 그 하나하나에 지난날의 기리시마가 등장했다. 어느 날인가, 학교 정원 화단에서 직원과 선 채로 이야기하는 기리시마, 진지하게 수업에 귀를 기울이며 필기를 하는 기리시마, 철봉에서 거꾸로 매달리기를 하는 기리시마, 빗자루로 바닥을 청소하는 기리시마, 휴대전화로 문자를 확인하는 기리시마, 공을 쫓아가는 기리시마, 벤치에서 친구들과 도시락을 먹으며 마주 웃는 기리시마, 벽에 기대어 책을 읽는 기리시마, 계단을 뛰어올라가는 기리시마, 책상에 엎어져 태평하게 자고 있는 기리시마, 교정 한복판에서 체육복 차림 그대로 큰대 자로 드러누운 기리시마, 하품을 하는 기리시마, 조회 때 줄에 선 기리시마, 선생님에게 꾸지람을 들으며 눈물을 꾹 참는 기리시마, 해를 올려다보며 눈을 감고 있는 기리시마가 있었다. 기리시마는 음악실에 들어가 피아노 앞에 앉아 악보로 보이는 것을 펼쳤다. 잠시 뒤에는 피아노를 연주하는 기리시마의 얼굴이 전 화면을 사용하여 한 장의 그림으로 경비실 벽을 색칠했다.

—원래 희생양은 대개 죄 없는 어린애가 선정되기 마련이야. 그 아이가 어리고 천진난만할수록 사회에 미치는 충격도 큰 법이지. 인간들을 때려눕힐 가장 유효한 방법이란 말이야.

학교 안을 걸어가는 기리시마의 모습이 각 화면에 차례로 비춰졌다. 건물 뒤편에서 누군가 기리시마를 불러 세웠다. 기리시마가 몸을 돌려 멈춰서는 영상이 그곳에 남아 있었지만 그녀가 누구와 무슨 이야기를 나누는지는 알 수 없었다. 다시금 기리시마의 얼굴이 화면 가득히 넘쳤다. 천진하고도 순수하게 이야기에 귀를 기울이는 생전의 기리시마의 마지막 영상이었다.

　—순수한 것을 살해하는 게 가장 손쉽고도 빠른 방법이거든. 존엄한 자가 무참히 살해되는 것으로 인간은 칠흑처럼 어두워져. 어리고 싱싱한 아이가 희생양이 될 때마다 세계는 조금씩 회색으로 변해가. 명색만 남은 신을 대신하여 내가 이 세계의 본질을 폭로하고 재판하고 말 거야.

　벽에 박힌 모니터 화면에 기리시마의 얼굴이 비춰졌다. 하지만 다음 순간, 화면 한 귀퉁이에 여객기가 초고층 빌딩으로 돌진하는 순간의 영상이 나타나고, 그것이 기리시마의 얼굴을 무너뜨려나갔다. 벽의 전 화면이, 온 세계에 순식간에 송신되었으며 그 이후로 온 세계를 점령해버린 저 상징적인 영상으로 서서히 바뀌었다. 여객기가 빌딩을 치고 들어가는 역학적인 순간을, 바늘이 튀어 같은 자리가 한없이 반복되는 레코드판처럼 거듭거듭 보여주고 있었다.

　—자폭 테러라는 말이 전면에 부각된 지 얼마 되지 않았어. 처음 자폭 테러라는 게 나왔을 때만 해도 사람들은 텔레비전 앞에서 누구든 그 순간을 상상하며 새파랗게 질렸었지. 하지만 그런 뉴스가 매일같이 보도되자 참으로 기묘하게도 인간은 자폭 테러쯤에는 놀라지도 않아. 날마다 참혹한 사건이 보도되고 사람들은 그런 것에 이미 마비되었어. 제 속마음을 쉽사리 내보이지 않는 인간이 불어났지. 바로 옆의 인간이 언제 자폭할지 알지 못하기 때문이야. 자신이 탄 전차나 버스나 비행기가 언제 폭발할지 모른다고. 사람들은 남들 일에 되도록 관

여하지 않게 되었어. 눈앞에서 사람이 쓰러져도 냉큼 일으켜주지 않아. 혹시 그 피해가 자신에게 미칠 수도 있고 어쩌면 덫일 가능성도 있기 때문에 되도록 그런 일에 관여할 것 없이 황황히 자리를 떠버려. 차츰 정이라는 것이 사라져가. 모두가 회색이 되어가고 있어. 자꾸자꾸 회색이 되어가. 그러는 게 편하거든. 무기력하고 무감동하고 무사상에 무능력에 무자비하게 되는 것으로 직접적인 아픔이나 공포, 슬픔이나 미래로부터 도망칠 수 있지. 인간이 이 세계에서 행복해지기 위해 남겨진 길이라고는 더 이상 고민할 것 없이 회색이 되는 것뿐이야. 그저 멍해진 채 현실에서 도피하여 망상이나 허구 속에서 사는 거야.

견신빙의 등 뒤에 있는 모니터 화면이 세계 각지에서 일어나는 분쟁의 영상을 내보내기 시작했다. 불타는 버스, 파괴된 모스크와 교회, 땅바닥을 뒹구는 벌거숭이 소년, 총을 겨눈 병사, 돌을 던지는 사람들, 타오르는 석유시설, 검은 연기가 뭉클뭉클 솟구치는 고층 빌딩, 지뢰로 다리를 잃은 소녀, 구원의 손길을 기다리는 난민 텐트, 대통령 관저로 향하는 몇십만 명의 성난 군중……. 분쟁지역의 단편적인 영상이 눈이 어지러울 만큼 빠른 속도로 모니터 화면에 떴다가 사라졌다. 어두운 실내에 영상이 명멸하고 있었다. 도오루는 꼼짝도 하지 못한 채 시선만이 벽에 가득히 들어찬 모니터 화면에 못박혀 있었다.

—그래서 나는 좀 더 잔혹한 방법으로 희생양을 살해했어. 나로 하여금 그렇게 하게 만든 것이 곧 이 세계의 본질이라는 것을 알아둘 필요가 있어. 온 세계의 무관심이 나를 비호해주는 거야. 인간 누구의 마

음에나 사악함이 있고 그것이 나로 하여금 이 같은 행동으로 내달리게 몰아세웠어. 내가 살해한 게 아냐. 선량한 얼굴을 하고 있는 거짓에 찬 온 세상 인간들의 악의가 사실상 그렇게 하게 만들었지. 가십거리 좋아하고 험담하기 좋아하고 걸핏하면 남의 다리를 걸고넘어지는 자들의 마음속에 자리한 악의가 나를 낳은 거야. 그런 마음은 도오루, 네 안에도 있어. 현실에서 매번 도망치기만 하는 네 마음속에 바로 지금 이 세상에서 일어나는 슬픈 사건의 원인이 감춰져 있어. 즉 이 세계가 이토록 잔혹하고 어리석고 슬픈 건 도오루, 네 탓이기도 하단 말이야. 이제 곧 살해될 너 역시 아무 죄도 없이 깨끗한 건 아니라고.

모든 화면이 다시 상쾌한 햇빛 속에 웃는 기리시마의 얼굴을 내보였다. 빛의 입자가 기리시마의 풍성하고도 생생한 얼굴 여기저기서 통통 튀어 올랐다. 천진난만하게 웃는 기리시마의 얼굴이 전 화면에 떠올랐다.

사당 앞에서 도오루에게 말을 걸었던 남자, 행동을 조사한다면서 목을 졸랐던 그 남자가 지금 눈앞에 있는 견신빙임에 틀림이 없다는 생각이 들었다. 이 남자를 폭력으로 넘어뜨리는 것 외에 이 세계를 구할 길은 없다고 도오루는 확신했다. 법률이나 도덕률로 재판할 수 없는 일이 있다고 생각했다. 그래서 강대국은 역사 깊은 나라를 재판에도 회부하지 않고 침략하여 지도상에서 없애버렸던 것이다. 그래서 테러리스트는 죄 없는 사람이 일하던 초고층 빌딩을 파괴했던 것이다. 그래서 세계는 희생을 바탕으로 성립되어 있는 것이다, 라고 처음으로 알게 되었다.

견신빙이 의기양양하게 말하는 사이에 도오루는 입구 옆 벽에 세워진 플라스틱 쓰레받기를 발견하고 그것을 잡아 단단히 움켜쥐었다.

—유감스럽다만 네가 나를 쓰러뜨리는 건 불가능해.

견신빙은 말했다.

—너의 용감한 태도는 참으로 감동스럽지만, 그러나 도오루, 너는 나를 쓰러뜨릴 수 없어. 왜냐하면 너는 나이기 때문이야. 나는 너의 나쁜 마음에서 태어난 거야. 이 세계가 이토록 비참한 것은 네가 마음에 그렇게 그려버렸기 때문이란 말이야.

"거짓말!"이라고 도오루는 외쳤다. 스스로도 놀랄 만큼 큰 소리가 튀어나왔다.

—아니, 거짓말이 아니라니까. 세계가 이토록 불행한 건 자기 자신만 소중하게 생각하는 인간이 너무 많기 때문이야. 남의 아픔 따위는 조금도 생각하지 않는 인간이 너무 많기 때문이라고. 너 역시 사실은 너 하나만 행복하면 그걸로 좋다고 생각하는 수많은 사람들 중의 하나지. 그저 있기만 하는 사람 중의 하나라고. 너의 정의감 따위, 도금칠을 한 왕관 같은 거야. 값싸고 시시해빠진 위선이란 말이야.

다음 순간, 모니터 화면이 일제히 카메라 플래시 같은 섬광을 내뿜었고 의자에 앉아 있던 견신빙이 덤벼들 듯한 기세로 벌떡 일어섰다. 도오루는 당황하여 대항 태세를 취했지만 시야의 초점이 맞지 않았다. 시선을 집중하여 바라보자 그 눈부신 빛 속에 익숙한 얼굴이 나타났다. 하지만 처음에는 그것이 누구인지 알지 못했다. 알지 못하면서도 알고 있었다. 저건 나야. 다른 누구도 아닌 나 자신이야. 도오루는 강한 동요와 함께 움켜쥐고 있던 쓰레받기를 떨어뜨리고 말았다.

—오옷, 도오루, 오랜만이다!

개 히카루가 환하게 외쳤다. 개인지 인간인지 히카루인지 수사자인지 암사자인지 사키인지 빵 아이인지 전혀 분간이 되지 않는 거대한 점 모양의 개는 새빨간 혀를 축 늘어뜨린 채, 신이 나서 손을 까불며 말하는 것이었다.

—뭐야, 이거, 아주 좋아 보이는데?

도오루는 머릿속 회로에 불꽃이 튀면서 아무런 생각도 할 수 없었다. 감정의 퓨즈가 끊기고 세계는 다시 암흑으로 반전했다.

도오루는 붕 떴다.

도오루는 가라앉았다.

의식이 돌아왔을 때, 도오루는 병원 침대에 누워 있었다. 왜 자신이 그곳에 와 있는지, 자신의 몸에 무슨 일이 일어났는지 짐작도 가지 않았다. 하루 밤 내내 컴퓨터 게임을 하고 난 뒤에 느끼는 탈력감과도 같은 둔한 감각과 방심(放心)뿐이었다.

도오루는 초점이 흐려진 채로 무언가를 멍하니 바라보았고 잠시 뒤에 그곳이 실내라는 것을 깨달았다. 시선 끝에 있는 희미한 빛이 형광등이라는 것도 알았다. 조금씩 현실이라는 것이 도오루의 머릿속에서 형태를 만들어갔다.

주위에 인기척이 있었지만 단번에 인식된 것은 아니었다. 형광등이나 무기질의 벽, 혹은 벽에 걸린 의미 없는 그림 등의 윤곽을 조금씩 더듬으며 도오루의 시선은 세계라는 것을 머릿속에 재구축하고 있었다. 하얀 옷차림의 여자인 듯한 인물이 도오루를 위해 바삐 돌아다니는 것을 보았다. 그곳이 병실이라는 것을 알기까지 도오루는 다시 긴 시간이 필요했다.

곧바로 의사가 다가와 도오루의 눈 속을 들여다보고 말을 걸고 맥을 짚기도 했다. 그 배후에는 낯익은 얼굴이 있었다. 걱정스럽게 도오루를 들여다보던 그 얼굴이 문득 미소를 지었을 때, 도오루는 비로소 암사자라는 것을 깨달았다. 자신의 마음을 불쾌하게 만드는 것이 무엇인지 알 수 없어 도오루는 시선을 돌려버렸다. 의사가 "형사들이 이야기를 하고 싶다는데 괜찮겠니?"라고 물어왔다. 도오루는 "네"라고 순순히 대답했다. 스스로도 놀랄 만큼 또렷한 음성이었다.

—그러니까 체육관 뒤편 사당 앞에서 낯선 남자가 도오루 군을 불러 세웠다는 말이지? 그 남자가 도오루 군의 목을 졸랐다. 그런데 기리시마라는 소녀가 구해줘서 도오루 군은 그 아이와 함께 지하에 있는 또 하나의 중학교에 갔다, 그런 얘기로군. 거기서 쥐의 안내를 받아 경비실에 갔더니 개 같기도 하고 인간 같기도 하고 몬스터 같기도 한

남자가 있었고 도오루 군에게 살인의 동기라고 여겨지는 말을 했다, 그런 얘기지?

형사는 도오루가 말한 것을 수첩에 받아쓴 메모를 읽어가며 다시 확인했다. 그들이 무엇을 알아내려고 하는지 도오루는 잘 알 수 없었지만 일단은 "맞아요, 그렇습니다"라고 대답해두었다. 도오루는 많은 것들, 기억나는 한 모든 것을 배설이라도 하듯이 이야기했지만—자신을 관리인이라고 하던 쥐, 살해된 남학생의 영혼, 경비실에서 본 생전의 기리시마의 영상, 지하에 존재하는 또 하나의 중학교 등등—그중 어느 하나도 현실적인 것이 없어서 말을 하면서도 이건 있을 수 없는 일이구나, 하고 저도 모르게 쓴웃음을 짓고 말았다.

—도오루 군, 이건 몹시 중요한 일이야. 생각나는 대로라도 괜찮으니까 어떻든 알고 있는 건 빠뜨리지 말고 아주 작은 일까지 정확히 말해주면 좋겠다. 우리는 너에게 무슨 일이 일어났었는지, 되도록 자세히 알고 싶어. 그리고 그건 지금 우리 앞에 닥친 힘든 사건을 해결할 수 있는 실마리가 될 거야. 우리는 되도록 많은 정보를 수집하고 네가 어떤 사건을 겪었는지 조사할 필요가 있거든.

형사는 두 사람이었다. 둘 다 엇비슷한 얼굴이고 메모를 하면서 도오루의 얼굴을 빤히 들여다보았다. 도오루는 졸렸다. 아무 생각 없이 그저 편안히 자고 싶었다. 눈꺼풀이 닫히려고 하면 목소리가 도오루를 흔들어 깨웠다.

—도오루 군이 사당 옆 벤치에 쓰러져 있는 것을 학교 직원이 발견

했어. 의식이 없어서 곧바로 구급차를 타고 병원에 데리고 왔단다. 꼬박 하루 동안 의식이 돌아오지 않았어. 이대로 깨어나지 못할 가능성도 있다고 의사는 말했어. 그런데 기적이 일어났어. 물론 의사 선생님들이 여러 가지로 애써주신 덕분일 거야. 어제, 도오루 군은 중환자실에서 의식을 되찾았어. 누군가에게 목이 졸리고 그렇게 오래 의식을 잃었는데도 말이지. 아저씨가 추측하기로는 사당 앞까지의 기억은 현실일 거야. 그 뒤에 기리시마라는 여학생이 나타났다는 부분부터는 아무래도 네가 의식불명 중에 꾼 꿈속 세계의 일 같구나.

도오루는 힘없이 고개를 좌우로 흔드는 것밖에는 할 수 없었다. 그 기억들은 너무도 리얼하게 도오루 속에 남아 있었다. 또 한 명의 형사가 입가에 다정한 웃음을 보였다. 도오루를 들여다보며 그는 속삭이는 듯한 목소리로 말했다.

―의식을 되찾기 직전에 너는 "히카루!" 하고 외쳤어. 누군가의 이름인 거 같은데, 무슨 짚이는 거라도 있니?

도오루는 고개를 저으며 "아니오"라고 대답해두었다. 하지만 히카루라는 말의 여운이 도오루를 경직시킨 것은 사실이었다. 자신의 의지와는 달리 그 놀람은 도오루를 부르르 떨게 했다. 형사 중 한 사람이 뭔가 생각이 났느냐고 물어왔다.

―아뇨, 아무것도 생각 안 나요. 히카루가, 뭐지요?

맥을 짚고 있던 의사가 "이쯤에서 끝내주세요"라며 끼어들었다. 암사자가 "그 이름이라면 짐작이 가는 게 있어요"라며 형사에게 귀엣말을 했지만 도오루는 굳이 반론을 하지 않은 채 눈을 감고 다양한 현실에서 도피하기 위해 잠을 잔다는 최선의 길을 선택하기로 했다.

퇴원 후, 도오루가 가장 먼저 한 일은 컴퓨터를 켜고 자신 속에 남아있는 기억과 기억나지 않는 현실에서 일어났던 사건, 그 두 가지의 차이를 비교해보는 것이었다. 눈을 감으면 아직도 머릿속에 그때의 기억이 생생히 떠올랐지만, 냉정하게 생각해볼수록 형사의 말대로 그건 현실적으로는 거의 일어날 수 없는 일들이었다.

도오루는 즉시 인터넷 뉴스를 검색하여 자신이 의식을 잃고 있었던 동안의 기사를 찾아 읽었다. 몇몇 기사에 '중학교 1학년 학생, 의식불명의 중태. 범인은 계엄태세의 교내에서 백주에 당당히 소년을 습격하였다' 라는 제목이 춤을 추고, 충격을 받은 경찰과 학교, 지역 자치단체의 대처 등이 소개되어 있었다. 하지만 활자로 나타난 사실과 자신이 경험한 사건 사이에 어떻게도 메울 수 없는 엄청난 격차가 있어서 기사들을 읽어갈수록 도오루는 당황하지 않을 수 없었다.

형사들이 빈번하게 도오루의 집에 찾아왔기 때문에 덩달아 매스컴까지 밀려들어 아침부터 밤까지 안팎이 소란스러웠다. 평소에는 집에 있지도 않던 암수 두 사자가 거기에 대응하기에 바빴고, 여태껏 도시락으로 대충 때웠으면서 이제는 거의 날마다 접시에 담긴 번듯한 요리가 식탁을 장식했다. 히카루가 있었다면 신이 나서 뛰어다녔겠구나, 라고 생각하며 도오루는 저절로 입가에 웃음이 번지고 말았다.

도오루는 범인의 몽타주 작업에도 협력했다. 몽타주 수사원이라는 나이 많은 형사가 도오루가 말해주는 범인의 특징과 인상을 바탕으로 초상화를 그렸다. 사당 앞에서 말을 걸어온 중년남자의 얼굴을 생각해내려고 애를 썼지만 그 얼굴이 아무래도 개 몬스터와 겹쳐져 수염이 보이거나 귀가 뾰족하기도 했다. 결국에는 개는커녕 히카루의 얼굴이 되고 말아서 도오루는 저도 모르게 웃음이 터지곤 했다.

몽타주 수사원이 최종적으로 그려낸 것은 히카루의 얼굴 그대로였는데, 지적을 받을 때까지 도오루는 그게 자신의 얼굴과 붕어빵처럼 닮은 얼굴이라는 것을 알아보지 못했다. 몽타주 수사원은 완성된 그림을 차마 어느 누구에게도 보여주지 못하고 "이거 참, 난처하군. 이건 도오루 군, 자네잖아?"라고 중얼거리며 어쩔 줄을 몰랐다.

그 뒤로 다시 몇 차례나 몽타주 작업을 했지만 보통 한 시간이면 끝나는 작업이 세 시간을 넘기기 일쑤였고, 이것도 아니다 저것도 아니다 하고 중언부언하는 동안에 도오루는 완전히 녹초가 되어 마지막에는 그림을 제대로 들여다보지도 않고 "맞아요, 이 사람이에요"라고 대답해버렸다.

학교에서는 도오루를 대하는 태도와 대우가 크게 달라졌다. 도오루는 지금까지처럼 많은 학생들 중의 한 명인, 그런 존재가 아니었다. 선생님이나 학교 관계자가 일부러 교문 앞까지 마중을 나왔다. 수사자가 손수 운전하는 자동차에서 도오루가 내려서자마자 진을 치고 있던 보도 관계자들이 떼로 몰려들어 술렁거렸다. 함께 내려선 암사자는 여기저기 인사를 하기에 바빴고 그 혼잡 속에서 누군가는 도오루의 팔을 잡아당기기도 했다. 사람들의 시선에는 전에 없이 삼엄한 긴장감이 넘실거렸다. 담임 선생님의 눈은 빨갛게 핏발이 섰고 교감 선생님의 입술은 피곤으로 바짝 말랐으며 카메라맨들이 움켜쥔 망원렌즈는 찌르듯 도오루에게 조준을 맞추고 있어서 시선을 어디에 두어야 할지 난감했다.

교내에서는 살아 돌아온 도오루에게 박수를 보내는 아이도, 크게 웃으며 반기는 아이도 없었다. 담임 선생님의 부축을 받으며 복도를 걸어가는 도오루를 창문 너머로 가만히 쳐다보는 아이들의 얼굴에는 이다음에는 나일지도 모른다는 신경질적인 공포심만 배어나왔다.

1학년 13반 아이들은 마치 죽은 사람을 보는 듯한 눈빛으로 도오루를 바라보았다. 내내 겁에 질린 시선을 보내면서도 막상 눈이 마주치면 그들은 도오루가 웃음으로 답하기 전에 냉큼 시선을 돌려버렸다. 도오루는 어쩔 수 없이 풀어졌던 입을 다시 꾹 다물고 머뭇머뭇 모여든 반 아이들의 울타리 속에 우두커니 서 있었다. 옆자리에 앉아 있는 시라토를 차마 똑바로 바라볼 수가 없었다. 다른 아이들과 똑같은 변화를 시라토에게서까지 발견하는 건 싫었다.

담임 선생님이 일단 교무실로 돌아가자 곧바로 에지리가 "뉴스에

210

서 날마다 네 이야기만 했어"라고 떨리는 목소리로 말해주었다. 예전의 기세등등하던 에지리가 아니었다.

—범인은 어떤 놈이었어? 그놈이 뭐라고 하면서 네 옆으로 왔어?

도오루가 미처 대답하기도 전에 기노시타가 다그쳐 물었다. 그들의 공포를 누그러뜨릴 만한 말을 찾아보았지만 얼른 찾아낼 수 없어 도오루는 그저 고개를 저을 뿐이었다. 가도노까지 평소의 위세와 허영심, 정의감을 어딘가에 잃어버린 채,

—뭐든 좋으니까 무슨 일이 있었는지 말해줘.

라고 호소해왔다.

—정말 너무 무서워서 우리는 밤에도 제대로 잠을 못 잤어.

후지와라가 히스테릭한 목소리로 외쳤다. 반 친구들의 동요가 도오루를 겹겹이 에워싸고 그 포위망이 슬금슬금 조여드는 통에 도오루는 꼼짝도 할 수 없었다.

—범인은 어떤 놈이야?

에지리가 추궁하고 들었다.

—뭐든지 말 좀 해봐.

호소하는 눈, 눈, 눈. 도오루는 그제야 그 속에서 시라토를 발견했지만, 시라토는 조용히 입을 다문 채 도오루를 응시할 뿐이었다. 단지 다른 아이들처럼 죽음에 겁을 내는 표정은 아니었다. 창백한 얼굴들 속에서 시라토만이 입가에 다정함을 띠고 있었다.

—도오루, 의식불명의 중태에 빠졌었다면서?

아이들 속에서 목소리가 날아왔다. 누가 던진 말인지 알지 못했지만 그것은 반 아이들의 마음을 가장 잘 대변하는 목소리이기도 했다.

—죽음의 경계선을 헤매다 온 거야, 그렇지? 근데 거기는 어떤 곳이었어?

술렁술렁 교실이 흔들렸다.

—의식이 없는 동안에 너는 어디 있었어? 거기는 어두웠어? 아니면 환했어?

—추웠어? 더웠어?

—좋았어? 슬펐어?

—죽는다는 게 뭐야?

도오루가 대답하기도 전에 여기저기서 질문이 날아왔다. 억누르고 있던 공포가 일제히 튀어나온 꼴이었다.

반 아이들이 도오루 주위로 밀려들었다. 의자 위에 올라가 내려다보는 아이까지 있었다. 도오루는 낮은 목소리로 그날의 일을 떠올리며 말하기 시작했다. 목이 졸렸을 때의 생생한 감촉이며 의식이 가물가물하던 때의 감각을 이야기하자 아이들 속에서 신음 소리가 터져나왔다.

그들의 불안을 씻어줄 방법을 도오루는 알지 못했다. 어떤 식으로 진실을 이야기해야 할지, 어떻게 전달해야 할지 알지 못했다. 그들이 도오루에게 기대하는 것은 이 세계를 부정하는 것은 아닐 터였다. 하지만 자신이 겪은 일을 모조리 말한다면 그들을 더욱 더 불안의 나락으로 밀어내는 일이 될 것이었다. 이 이상 그들의 불안을 부채질하는 건 용서받을 수 없는 일이었다.

그래서 도오루는 자신의 기억은 모조리 덮어두고 새롭게 그들을 위한 이야기를 만들어냈다.

—내 영혼은 그때 내 몸을 떠나서 또 하나의 나를 바라보고 있었어.

아이들의 호기심이 일제히 집중되었다. 예전에 잡지나 인터넷에서 읽어본 사후세계를 참고해가며 도오루는 뒤를 이었다.

—신기한 광경이었어. 내 마음은 이쪽에 있는데 또 다른 내가 내 몸을 내려다보고 있었으니까. 텔레비전 같은 데서 자주 나오는 임사(臨死) 체험 같은 건지도 모르겠다.

임사 체험, 이라고 아이들이 저마다 한마디씩 따라했다.

—응, 내 영혼은 지구에서 자꾸 멀어져갔어. 근데 괴롭지도 않고 고독하지도 않아. 그때 나는 성층권을 넘어 지구 밖으로 나가서 우주에 있었어. 분명 그곳은 캄캄한 우주공간이었지만 너희가 물어본 것처럼 슬프지도 않고 좋지도 않고 춥지도 덥지도 않은 곳이었어. 좀 더 말하면 그곳에는 불안도 공포도 절망도 없었어. 나는 지금까지 안고 있던 안 좋은 일을 전부 다 잊어버렸어. 괴로운 일이나 고민거리, 슬픔을 전부 버렸어. 나한테 있었던 것은, 그래, 이를테면 평화로운 기분이나 착한 마음. ……그래서 나는 그때 죽음을 받아들이려고 마음먹었어. 죽음이 이렇게 편안한 것이라면 계속 여기서 떠돌아도 좋겠다고 생각했을 정도야. 괴로운 게 하나도 없으니까 싫다는 마음도 들지 않았어. 이

대로 모든 생명이 돌아가게 될 장소에 나도 가려고 했어. 그랬는
데……

도오루는 그 뒷이야기를 궁리하지 않으면 안 되었다. 생각나는 대
로 대충 둘러대 아이들을 끌어들인 것까지는 좋았지만 제대로 안전한
장소에 착지할 수 있을지는 알 수 없었다.

―그랬는데, 어떻게 됐어?

기다리다 못해 누군가가 외쳤다. 도오루는 당황하여 응, 이라고 고
개를 끄덕이고 다시 말하기 시작했다.

―그랬는데 갑자기 빛이 보였어. 뭐였을 거 같아?

반 친구들은 눈을 크게 뜨고 도오루를 바라보았다. 모두가 그 대답
을 기다리고 있었다. 도오루는 거꾸로 눈을 꾹 감고 잠시 생각한 끝에
천천히 눈을 떴다.

―우주공간에는 빛이 있었어. 그건 아마 태양 빛일 텐데, 하지만 반
사할 벽 같은 게 없으니까 빛은 그냥 그대로 통과해버려. 나는 영혼이
니까 빛은 나를 그냥 통과해 가. 세계가 해가 떠 있는 동안에 환한 것
은 거기에 빛을 반사하는 여러 가지 대상물, 이를테면 땅바닥이나 숲
이나 집이나 사람 같은 게 있기 때문이야.

도오루는 이미 생각해가며 말을 하는 게 아니었다. 무언가에 들씌
운 것처럼 말이 저절로 입 밖으로 튀어나왔다.

―문득 쳐다보니 내 아래 쪽에 지구가 있었어. 새파란 별이었어. 상
상해봐. 암흑의 우주에 새파랗고 아름다운 지구가 떠 있는 거야. 도쿄

는 회색이지만 이 세상, 즉 지구는 새파랗더라. 태양 빛은 지구라는 혹성에 부딪치는 것으로 빛으로서의 의미를 발견하고 있었어. 굉장하지? 그냥 지나쳐가는 빛이 지구라는 별 때문에 의미를 갖게 된 거야. 거기에 물과 초록의 은총이 떠 있었어. 말로는 설명할 수 없을 만큼 아름답게 그곳만 반짝였어. 나는 존귀한 누군가의 목소리를 들은 것만 같았어. 괴로움이나 슬픔이 있기 때문에 인간은 생생하게 존재할 수 있는 거라고 그 목소리는 말했어. 하지만 아름답게 빛나기 위해서는 쏟아져 내리는 모든 것을 지구처럼 다시 튕겨주어야 한다고 했어. 그렇게 하면 사람은 그 내면에서 푸르게 빛날 수 있을 거라고 했어.

도오루는 거기까지 단숨에 말했다. 말은 처음부터 준비되어 있었던 것처럼 저절로 도오루의 입에서 튀어나왔다. 자신이 내뱉는 말에 의해 차츰 신이 올랐다. 자신의 이야기가 완전한 날조가 아니라 자신이 경험했던 것과 고스란히 하나의 짝인 것만 같았다.

수업이 시작되고 아이들의 집요한 주목에서 해방되기도 해서 도오루는 그제야 시라토의 얼굴을 차분히 바라볼 수 있었다. 자신의 이야기를 시라토가 어떻게 생각했을지 마음에 걸렸다. 도오루의 시선을 느끼고 시라토가 돌아보았다. 몇 초 동안 서로의 눈동자 깊은 안쪽을 마주 바라보았다. 잠시 뒤에 시라토의 입가에 희미하게 웃음이 감돌았다. 겁에 질린 아이들 속에서도 그 부드러운 미소는 짧은 순간 도오루에게 위로를 주었다.

시라토는 종이쪽에 뭔가 적더니 그것을 도오루 쪽으로 쓰윽 밀어주었다. 그곳에는 '무사해서 다행이야. 보고 싶었다'라고 금세 사라질 듯한 글씨체—묘하게 여성스럽고 사라질 것 같으면서도 또한 용솟음치는 듯한, 시라토의 의지가 느껴지는 글씨—로 적혀 있었다.

며칠이 지나자 반 아이들도 차츰 마음이 가라앉아서 도오루를 불안한 눈빛으로 쫓아다니는 일은 줄어들었다. 학교 주변은 여전히 바쁘게 돌아갔지만, 선생님들도 평소의 리듬과 표정을 되찾았다. 한동안 집이 가까운 아이들끼리 그룹을 지어 함께 등하교하는 것이 의무사항으로 정해졌다. 도오루와 시라토는 집이 같은 방향이었기 때문에 재빨리 한 팀이 되어 내내 함께 행동했다.

방과 후, 두 사람은 항상 다니던 통학로를 피해, 그리고 학교 관계자와 매스컴의 눈을 피해 뒷문으로 빠져나왔다. 비탈길에 펼쳐진 묘비 틈새를 몸을 잔뜩 숙인 채 달려 나가서 오랜만에 절에 찾아갔다. 절 경내가 내다보이는 늘 앉는 자리, 마루가 깔린 복도에 나란히 앉아 연둣빛 새 잎사귀가 무성한 키 큰 나무를 올려다보았다.

—이제 슬슬 진짜 이야기를 해봐.

시라토가 먼저 입을 열었다.

—무슨 이야기?

—네가 애들에게 말했던 임사 체험, 그것도 뭐 나름대로 재미는 있

었지만, 사실은 뭔가 다른 일을 겪었지?

도오루는 시라토가 이미 눈치를 챘다는 것이 기뻤다. 응, 이라고 중얼거리며 미소를 지었지만 그다음에 어떻게 이야기해야 할지 모르겠어서 곧바로 말이라는 형태로 나오지는 않았다.

눈앞에 펼쳐지는 나무들의 푸른빛이 눈부셨다. 바람이 지나가자 어린잎들이 마주 속살거렸다. 지금 눈에 보이는 세계가 현실인지 아닌지 분명하게 알아보고 싶었다. 바람이 잎을 들추고 빛은 잎사귀를 반짝이게 했다. 이름도 모르는 새가 나뭇가지와 잎사귀 사이를 재재거리며 돌아다녔다. 그때마다 버석버석 마른 소리가 절 안에 퍼졌다. 번잡스러운 시끄러움은 멀리 있고 이곳에서는 소리가 낱낱이 독립적으로 생겨나고 확실한 윤곽을 지녀 각각의 존재를 또렷하게 전해주고 있었다. 쏟아지는 햇빛은 나무들을 통과하면서 절 마당에 잔가지들이 만들어내는 추상화가 되었다. 바람이 일자 잎사귀와 함께 나뭇가지를 지나온 빛도 뒤흔들려 땅바닥에 그 움직임이 싱싱하게 떠올랐다. 도오루는 시라토의 옆얼굴을 다시 한번 바라보았다. 실제로는 여자인 시라토, 하지만 남자애 같은 분위기와 억센 고집이 담긴 그 옆얼굴에도 다정한 초여름 빛이 와 닿아 있었다.

회색의 지배가 지속되는 도쿄에서 이 자그마한 땅에 최후의 낙원이 남아 있구나, 라고 도오루는 생각했다. 세계는 처음에는 이처럼 아름답고 정결하고 평화로운 곳이었겠지, 하고 상상했다. 새가 지저귀는 소리와 나무들의 술렁임 그리고 힘차게 뛰노는 햇빛만이 가득한 온화한 세계였으리라.

빛이 시라토의 입술 끝에서 요염한 춤을 추었다. 시라토가 숨을 내쉬고 들이쉴 때마다 그가 그곳에 분명코 존재한다는 정보가 도오루에게 전달되어왔다. 그것은 환상이 아니고 꿈도 망상도 아니었다. 피부의 세포 하나하나까지 똑똑히 눈에 보이는 진실의 세계 그 자체였다. 아직도 뇌리에 남아 있는 시라토와의 입맞춤의 기억이 강물의 졸졸거림처럼 도오루의 마음속을 조용히 흘러갔다. 도오루는 그 흐름에 손을 담그고 물의 차가움과 반짝임을, 현실이 아니면 가질 수 없는 섬세하고도 대담한 존재감을 느꼈다. 시라토의 입술이 준 부드러운 기억만이 자신을 이 세계와 연결해주는 유일한 것이었다.

―분명 그 이야기는 내가 경험했던 것과는 달라. 내 안에 남아 있는 그때의 기억은 좀 더 리얼하고 좀 더 거짓말 같은 거야. 하지만 그때 내가 느꼈던 것들이 전부 그 이야기 속에 들어 있는 것 같기도 해. 암흑 속에 있었기 때문에 빛의 위대함을 더 잘 알 수 있었다는 의미에서는 말이야.

시라토는 침묵하고 있었다. 도오루는 잠시 틈을 두어 마음을 가라앉힌 뒤에, 목이 졸린 다음에 자신에게 일어났던 일들에 대해 찬찬히 시간을 들여 자세히 이야기했다. 기리시마 이야기, 지하에 있는 또 하나의 중학교에 대한 이야기.

도오루는 계단 층계참에서 쥐를 만났던 이야기도 했다. 그 쥐가 했던 말들을 전해주며 자신이 체험했던 것이 현실과는 너무도 동떨어진

일이라는 것을 새삼 인식했다. 말이 막혀 그만 입을 다물어버리자,

　—계속해봐.

라고 시라토가 다정하게 재촉했다.

경비실에 있던 견신빙에 대한 이야기가 나오자, 그 이야기와 지금 눈앞에 펼쳐진 자연, 절의 키 큰 나무들 사이에 메우려야 메울 수 없는 명백한 격차가, 기억과 사실의 괴리가 있다는 것을 깨달았다.

　—왜 그래?

도오루가 갑자기 입을 다물어버리자 시라토가 물었다.

　—너무 바보 같은 이야기라서.

도오루는 괴로워져서 툭 내뱉었다. 시라토는 침묵하고 있었다.

　—나를 거짓말쟁이라고 생각하겠지? 그렇지?

도오루는 그렇게 말하며 깊은 한숨을 내쉬었다.

　—히카루는 내 마음이 만들어낸 환영일 거라고 전에 네가 말했었지? 만일 그 말이 맞는다면 회색도 내가 만들어낸 거겠지? 어쩌면 이번 살인사건도 전부 내가 원했기 때문에 일어났다고 생각할 수도 있지 않을까…….

시라토는 눈도 깜빡이지 않고 도오루를 빤히 쳐다보며 마음속에서 자신의 생각을 정리하기 위해 몇 초의 시간을 들인 뒤에 분명하게 고개를 저어 보였다.

　—그렇게 생각하지는 않아. 근거를 댈 수는 없지만 너는 네가 말했던 대로 정말 지하에 있는 학교에 갔었다고 생각해. 그곳에 견신빙이

라는 인물이 있어서 이쪽 세계를 감시하고 있는 거지? 거기서 네가 보았다는 기리시마의 생전의 영상이 사실은 가장 중요한 사건인지도 몰라. 기리시마라는 여학생이 바로 후 짱이야. 하지만 유감스럽게도 지금 나한테는 후 짱의 목소리가 들리지 않아. 그녀의 목소리가 전혀 들리지 않게 된 것이 거꾸로 네 이야기가 옳다는 증거가 되기도 해.

　—이제는 목소리가 안 들려?

　—응, 도오루 네가 견신빙의 습격을 받았을 거라고 생각되는 때부터 계속······.

　"그래?"라고 도오루는 고개를 끄덕였지만 분명하게 이해할 수 없는 무언가가 마음속에 남았다.

　—왜 너에게 후 짱, 아니, 기리시마의 목소리가 들렸던 거지?

　시라토는 도오루의 눈을 응시했다.

　—친척이기 때문일까? 어렸을 때는 자매처럼 늘 함께 놀았거든.

　도오루는 생각지도 못한 시라토의 고백에 다음 말을 잇지 못하고 있었다.

　—언젠가 친척 아주머니가 갑작스럽게 돌아가셨어. 그 장례식 때, 후 짱이 내게 재미있는 제안을 했었어. 사람이 죽으면 그 영혼은 한참 동안 죽은 육신 주위에 머물며 슬퍼하는 친족 등을 멍하니 바라보는 것이라나? 그러니까 후 짱과 나, 둘 중 누군가가 먼저 이런 식으로 갑자기 죽는다면 살아남은 쪽에서는 장례식 때 꼭 천장을 올려다보며 영혼이 된 다른 한 쪽을 찾자, 죽은 쪽에서는 남은 쪽에게 신호를 보내

자…… 그런 약속을 했었어. 후 짱이 그 사건으로 죽었을 때, 나는 당장 그녀의 영혼을 찾았지. 하지만 영혼이 된 후 짱이 분명 내게 보내주었을 신호를 나는 찾아낼 수가 없었어. 정말 크게 실망했었어.

시라토는 키 큰 나무를 올려다보며 말을 이었다.

—그런데 이 중학교에 입학하면서 갑자기 후 짱의 목소리가 들리게 된 거야.

—후 짱이라는 건 그럼, 별명이야?

시라토는 고개를 끄덕였다.

—기리시마 아유미[霧島步]가 후 짱의 본명이야. 나는 어렸을 때는 '보(步)'라는 한자를 '아유미'라고 읽는다는 걸 알지 못해서 장기 말을 읽듯이 '후'라고 해버렸어. 친척들이 다 웃었지만, 후 짱은 그 이름이 마음에 든다고 해서 그 뒤로 나 혼자서만 그녀를 후 짱이라고 부르게 되었어.

지하의 중학교에서 보았던 기리시마의 명랑한 모습이 도오루의 뇌리에 되살아났다. 화면 가득히 통통 튀던 웃음이 잊히지 않았다. 사후의 어슴푸레하고 창백한, 회색이 끼친 얼굴과는 비교도 할 수 없을 만큼 건강하고 총명한 소녀였다.

—도오루 네가 지하의 중학교에서 보았다는 기리시마의 얼굴, 그건 내가 잘 아는 후 짱의 얼굴하고 똑같아. 그래서 네 이야기가 사실이라는 걸 나만은 믿을 수 있어.

도오루는 반사적으로 고개를 끄덕이고 말았다. 그렇다면 그건 역시 정말로 경험했던 일이었구나. 마음속에서 중얼거렸지만 그것을 말로 하는 건 불가능했다. 조금 힘이 센 바람이 불어와 절 경내가 술렁거렸다. '사라라락'이 아니라 '차라라락' 하고 일대의 나뭇가지와 잎사귀가 소리를 내며 흔들렸다. 바람이 스커트를 들추려고 해서 시라토가 손으로 덮어 눌렀다. 바람이 멎을 때까지 두 사람은 침묵했다. 도오루는 시라토의 옆얼굴을 물끄러미 바라보았다. 여기서 입을 맞추었다…… 몸의 안쪽에서 무언가가 꿈틀거렸다. 도오루는 시라토가 건네주었던 쪽지를 호주머니에서 꺼냈다. 시라토가 쑥스러운 듯한 미소를 보내왔다.

—고마워, 이 쪽지. 정말 기뻤다. 내 수호 부적으로 삼을 거야.

—응, 네가 무사히 돌아와서 정말 반가웠다.

시라토의 부끄러운 듯한 미소가 도오루의 마음을 간질여 저도 모르게 얼굴이 붉어졌다. 그것이 어떤 마음에서 나오는 것인지 도오루는 차츰 깨닫고 있었다. 생각나는 건 시라토의 입술의 감촉이고 그 따스함이고 둘의 얼굴이 가까워졌을 때 자신의 심장의 두근거림이었다. 동시에 기리시마의 생전의 영상이 거기에 겹쳐졌다. 싱싱하고 어리고 활기찬 그 모습이야말로 생명의 본래의 모습일 것이다. 광채와 싱싱함을 빼앗긴 시라토를 상상하는 건 무엇보다 고통스러운 일이었다.

—나는 아마 너를 좋아하는 거 같아. 이런 마음은 이제 어떻게도 할 수 없는 거라고 생각해.

도오루가 다시금 사랑을 고백하자 시라토는 미안하다는 듯 입술을 비틀며 엎드려버렸다.

　—미안하다. 애써 나를 좋아해주는데 그 마음에 응할 수가 없어서.

　도오루는 시라토의 심정을 생각하지 않고 말을 내뱉은 것을 곧 후회했다.

　—그렇지 않아. 나야말로 미안해. 잊어버려.

　—잊어버리다니, 그럴 수야 없지.

　시라토가 천진하게 웃었다.

　—도오루 너하고는 계속 이렇게 사이좋게 지냈으면 좋겠어.

　고마워, 라고 도오루는 중얼거렸지만 그 이상의 말은 이어지지 않았다. 그리 신이 나지 않는 도오루의 얼굴빛을 알아보고 시라토가 다급하게 말을 정정했다.

　—곁에 있어줘서 정말 고마워. 네가 있는 것만으로도 나는 하루하루가 즐거워. 네가 없는 날들은 정말 힘들었어.

　예전에는 '그저 있기만 하는 사람'이었던 도오루가 얼굴을 들었다. 그곳에는 다정한 시라토의 웃는 얼굴이 있었다.

　도오루가 협력에 나섰던 몽타주 때문에 수사는 도리어 혼란에 빠졌다. 몽타주와 꼭 닮은 얼굴이라는 이유로 오래도록 두부 가게를 해왔던 상점가의 젊은 부회장이 의심을 받아 매스컴이 한때 그 선량한 시민을 끈질기게 쫓아다녔다. 하루도 빠짐없이 영업을 해온 것이 큰 자랑거리였던 그 오래된 두부 가게는, 도오루가 그의 사진을 보고 이 사람은 아니라고 증언할 때까지 불가피하게 두부 가게의 문을 닫는 처지로 내몰렸다. 더불어 매스컴에서는 학생에게 체벌을 가했다가 처벌을 받았던 교사의 과거를 들춰내고, 교감 선생님이 이전 학교에서 저지른 성추행 의혹을 다시 끄집어내는 바람에 혼란이 가라앉기는커녕 날이 갈수록 학교와 그 관계자들을 휩쓸며 생각지 않은 방향으로 번지기 시작했다.

경찰의 수사가 난항을 거듭하면서 학생들의 불안도 정점에 이르렀다. 홈룸 시간에 가도노가 돌연 "후 짱은 어떻게 됐어? 후 짱 같은 거, 처음부터 없었지?"라고 답답함의 창끝을 시라토에게 돌리는 장면도 있었다. 도오루가 자신이 의식불명 상태일 때 후 짱을 만났었노라고 거들고 나서서 가도노의 비판은 중간에 꺾였지만, 그의 말은 반 아이들의 불안을 대변한 것이나 다름없었다.

점심시간, 도오루는 교정에 나가 햇볕을 쬐었다. 시라토는 남학생들과 신나게 축구를 하고 있었다. 신체적으로는 여성이지만 남자애들에게 한 걸음도 지지 않고 오히려 남자 못지않게 공을 잘 다루어서 몇 차례나 상대 팀의 골문을 위협하고 있었다. 시라토가 슛을 날리자 스커트가 춤을 추었다. 시라토가 공을 빼앗으면 그의 친위대 여학생들의 낭랑한 응원 소리가 터졌다.

시라토가 날카로운 움직임으로 상대의 공을 가로채 골문을 향해 드리블을 하는데 그 앞쪽을 크고 검은 그림자가 막아서더니 아차 하는 사이에 시라토에게서 공을 빼앗아냈다. 점보는 솜씨 좋게 드리블을 하면서 이번에는 시라토 주위를 돌기 시작했다. 시라토는 처음에는 그런 식의 도발에 응하지 않았지만 점보가 재빠르게 내던진 몇 마디를 신호로 두 사람은 마치 싸움이라도 하듯이 교정 한가운데에서 공 뺏기 승부를 시작했다. 기민한 움직임의 시라토였지만 상대가 축구부 주장인지라 맞상대는 되지 못했다. 시라토는 공을 빼앗지 못해 성난 고함을 수없이 내질렀다. 점보가 어떤 말로 시라토를 자극했는지 모르지만 시라토는 험상궂은 표정으로 점보에게 덤비고 있었다. 결국 시라토는 공 한 번 만져보지 못한 채, 막판에는 너무 내달리다 넘어져 버렸다. 점보는 그대로 롱 슛을 걷어찼다. 공은 멀거니 서 있는 반 아이들을 뛰어넘어 철봉을 맞추고 튕겨져 나왔다. 점보가 웅크리고 있는 시라토에게 손을 내밀었지만 시라토는 차갑게 거절하고 스스로 일어나 도오루가 있는 곳으로 돌아왔다.

─뭐래? 점보가 뭐라고 했는데?

─남자라면 한번 덤벼보래. 자기를 이기면 남자라고 인정해준다나? 제기랄, 저놈.

시라토는 얼굴이 빨개져서 혀를 찼다. 점보는 잠시 시라토를 쏘아보고 있었지만 곧바로 발길을 돌려 호주머니에 손을 넣고 거대한 몸집을 흔들며 3학년 건물 쪽으로 돌아갔다.

수업 종이 교정에 울려 퍼졌다. 부드러운 기계음이었지만 그것은 동시에 회색이 다가온다는 것을 알리는 경보이기도 했다.

―교실로 돌아가자.

시라토가 시합에 분패한 선수처럼 털털하게 내뱉었을 때, 도오루는 3학년 건물 앞쪽의 창립자 동상 옆을 지나가는 한 중년남자에게 눈이 멎었다. 기억이 뒤엉키며 머릿속에 둔중한 아픔이 내달렸다. 다음 순간, 목을 졸렸을 때의 숨 막히던 감각이 뇌리에 되살아났다.

―저 사람……

교실로 돌아가려던 시라토가 멈춰 서서 도오루를 돌아보았다.

―도오루, 왜 그래?

―저 사람이야.

"누군데?"라고 시라토가 되물었다. 내 목을 조른 놈이야!

―뭐? 누구?

견신빙은 교실로 들어가는 학생들 사이에서 움직이고 있었다. 도오루는 손끝으로 가리키며 "저 사람이야, 저놈이 견신빙이야!"라고 시라토에게 재차 말했다.

도오루와 시라토가 즉시 쫓아갔지만 견신빙이 교실에 들어가는 학생들의 물결에 섞여버린 탓에 놓치고 말았다. 견신빙이 환상이 아니라 실제로 존재한다는 사실이 도오루를 소스라치게 했다. 목을 졸렸을 때의 기억이 그때의 공포와 함께 생생하게 되살아났다. 시라토가 경찰에 신고하자고 했지만 도오루는 아무래도 망설여졌다.

도오루는 시라토와 함께 전차에 탔다. 빌딩 틈새에 태양이 있어서 전차가 속도를 올리자 햇빛이 명멸을 거듭했다. 그 사건 이후로 세상이 전혀 다르게 보였다. 무엇이 어떻게 달라졌는지는 잘 모르지만 낯익은 풍경도 늘 듣던 모국어도, 모든 것이 예전과는 어딘가 달라져 있었다.

―휴대전화 번호 알려줘, 내가 문자 보낼 테니까.

도오루는 자신의 휴대전화 번호를 알지 못했다. 시라토가 버튼을 눌러 도오루의 번호를 알아냈다. "이 휴대전화, 한 번도 울린 일이 없어"라고 말하자 시라토는 고개를 끄덕이고는 "내 것도 웬만해서는 안 울려"라고 어깨를 으쓱 쳐들며 대꾸했다.

―정말 괜찮겠어? 함께 내리지 않아도?

―이제 괜찮아, 역에서는 가까우니까. 항상 고맙다. 아침만으로도 충분해. 사실은 내가 너희 집까지 바래다줘야 하는데, 미안.

―무슨 뜻이야? 나는 그렇게 물렁하지 않아.

시라토가 손을 흔들며 웃었다. 도오루는 슬며시 고개를 끄덕이고 전차에서 뛰어내렸다. 홈에 자신의 기다란 그림자가 뻗어 있었다. 크게 손을 흔들어 시라토를 배웅했다.

곧바로 집에 가지 않고 잠시 더 걸음을 옮겨 예전에 빵 아이가 살던 강가의 아파트 단지로 향했다. 이제 그곳에는 빵 아이가 살고 있지도 않건만 단지 앞 어린이공원 벤치에 앉아 저녁 해를 받아 붉게 빛나는 단지 입구를 올려다보았다. 밤기차를 타고 멀고먼 다른 동네로 가버

린 빵 아이가 지금 어디서 무엇을 하고 있는지 도오루는 상상도 할 수
없었다. 어째서 상상도 못하는지, 도오루는 알 수 없었다. 어째서 인간
은 자신의 일밖에는 알지 못하는 걸까, 라고 생각했다. 시라토가 지금
어디서 무엇을 생각하는지도 알지 못한다. 우주는 도오루의 머릿속에
만 있는 모양이었다.

예전에 빵 아이가 살았던 집 창가에 빨래가 널려 있었다. 분명하게
보이지는 않았지만 빵 아이가 입었던 셔츠와 비슷했다. 문득 정신을
차리고 보니 도오루는 엘리베이터 안에 있었다. 대체 어떤 감정에 의
해 자신이 움직여지는지도 알지 못한 채. 예전에 빵 아이가 살았던 층
에 내려 그 문 앞에 서서 마침내 벨까지 눌러버렸다. 잠겨드는 듯한 부
저 소리가 들려온 순간, 도오루는 문득 자신이 하는 행동의 부조리를
깨달았다. 누구세요, 라고 인터폰에서 중년여자의 굵은 목소리가 들
려와 도오루는 당황하여 발길을 돌렸다.

단지의 비상계단을 뛰어 내려가면서 도오루는 문득 지하 중학교로
향하는 암흑 계단을 떠올렸다. 암흑 계단에는 아무것도 없는 것이 아
니라 오히려 눈에 보이지 않는 물질과 에너지가 충만한 것 같았었다.
암흑 물질과 암흑 에너지가 어둠을 만들고 있었는지도 모른다. 지금
뛰어 내려가는 비상계단에는 빛이 넘쳐서 눈이 부셨지만, 눈에 훤히
보이기 때문에 거꾸로 보이는 것 이상의 상상은 불가능했다.

도오루는 계단 중간에서 멈춰 서서 계단참 너머로 도쿄를 내려다보
았다. 회색의 지배를 받는 도쿄가 저녁나절의 이 한 순간만은 엷게 붉

은색으로 물들었다. 푸른 하늘의 위쪽으로는 우주가 바짝 다가들었고 그새 성급한 별이 반짝 떴다.

낯익은 골목길을 걸었다. 달랑 혼자서 터벅터벅 도오루는 걸었다. 그 곁에 인생의 파트너는 없었다. 도오루는 골목길 끝에서 그야말로 지금 막 떨어지려는 태양을 발견했다. 돌아보니 자신의 그림자가 몇 십 미터나 늘어져 네거리까지 뻗어나간 것이 보였다. 혼자였다. 아무리 시라토를 생각해도 도오루는 달랑 혼자였다.

눈에 익은 편의점 앞을 지나가는 길에 잡지 코너에서 선 채로 책을 읽고 있는 자기 군을 발견했다. 말을 붙일까 말까 망설이고 있으려니 그쪽에서도 도오루를 알아보고 '어?' 하는 얼굴을 했다. 도오루가 재빨리 손을 쳐들었다. 하지만 그것뿐이었다. 자기 군이 놀란 얼굴을 한 것은 이번 사건을 알고 있었기 때문일 거라고 도오루는 짐작했다. 자기 군은 자기 군답게 그렇다고 동정하거나 남을 걱정하는 등의 행동은 하지 않고 다시금 손에 든 잡지로 마음을 돌려버렸다. 너무도 짧은, 몇 초 동안의 해후였다. 자기 군에게 걸었던 기대가 어떤 것이었는지, 도오루는 자신의 마음을 분석해보고는 부끄러워졌다. 마침 빵 아이에 대한 생각에 잠겨 있던 참이라서 이 우연에 마음이 들썩거린 것에 지나지 않았다. 실상 졸업한 지 얼마 되지도 않은 터라 보고 싶고 말고 할 정도는 아니었다. 도오루는 머쓱한 마음을 얼버무리려고 휘파람을 불며 그 자리를 떠났다.

집 바로 가까이, 한 블록 앞쪽의 주차공간에 은빛으로 빛나는 낯익은 고급 세단이 정차되어 있었다. 운전석에 앉은 남자는 암사자와 포옹을 거듭했던 그 잘생긴 사내와 비슷한 얼굴이었다. 눈에 띄는 장소였지만 운전석에 앉은 남자는 슬그머니 숨는 기색도 없이, 오히려 그 자리에 있는 것을 과시하듯이 당당하게 도오루의 집 쪽을 노려보고 있었다.

집에 돌아오자 한껏 차려입은 암사자가 거실에 있다가 도오루를 보자마자 자리에서 일어나 급히 식당 쪽으로 사라졌다. 저 세단에 탄 남자가 암사자의 숨겨놓은 애인이라고 도오루는 확신했다. 향수의 잔향이 실내에 감돌아 문을 연 순간부터 콧구멍 안쪽이 참을 수 없이 근질거렸다.

─잠깐 시장에 갈 건데, 도오루, 뭐 먹고 싶은 거 없니?

벽 너머에서 암사자가 묘하게 경쾌한 소리를 냈다.

─없어!

도오루는 마주 소리를 질러주었다.

그날 밤, 히카루가 아무 예고도 없이 불쑥 돌아왔다. 도오루가 자기 방에서 시라토가 보내준 문자를 받아보던 참의 일이었다. 문득 기척이 느껴져 돌아보았다가 뒤에서 휴대전화를 넘어다보는 히카루와 눈이 마주쳤다.

—이게 뭐야, 둘이 함께 견신빙을 잡겠다고? 쳇, 여전히 유치하시군. 너희한테 붙잡힐 정도라면 경찰이 무슨 필요가 있겠냐?

평소와 전혀 다름없는 모습으로 그곳에 히카루가 와 있었다. 놀라움, 어떻게 된 거냐고 나무라고 싶은 마음, 그리고 다시 만난 기쁨 등이 도오루의 마음속에서 복잡하게 뒤엉켰다.

—내가 없으면 외로워할 거라고 걱정했더니만, 뭐야, 시라토하고 아주 러브러브한데? 쳇, 괜히 걱정했네.

히카루는 어이없다는 듯 내뱉고는 그대로 침대에 벌렁 드러누웠다. 매트 위에서 데굴데굴 뒹굴며 "역시 도오루네 집이 좋구나!"라고 소리를 질렀다.

물어보고 싶은 게 산더미 같았지만 생각이 정리되지 않아 도오루는 까불거리는 히카루를 그저 쏘아볼 수밖에 없었다. 견신빙의 정체는 분명 히카루였다. 도오루의 마지막 기억은 거기서 끝이 났었다.

—히카루, 어디 갔었어?

—내가 어디에 갔건 무슨 상관이야? 네가 필요 없다고 해서 잠깐 여행을 다녀왔을 뿐이야. 필요 없다는 데야 내가 어쩌겠냐?

—그게 아냐. 그건 그런 뜻이 아니었어. 그저 내 인생을 방해하지 말라는 말이었지.

—칫, 그게 그거지.

히카루가 피식 웃으며 내뱉었다. 의심은 전혀 풀리지 않았지만, 한

편으로는 히카루가 돌아온 것에 대해 도오루의 마음은 순수하게 기뻐하고 있었다.

—아, 배고파, 뭐 좀 먹자.

히카루는 도오루의 어깨를 툭 치며 방을 나섰다. 식당 테이블 위에 켄터키 치킨 봉투 하나가 덜렁 놓여 있었다. 아직도 따스했다.

—와, 굉장하다, 켄터키 치킨인데? 암사자가 사왔어. 자, 먹자, 도오루, 실컷 먹자고.

도오루는 히카루가 재촉하는 대로 자리에 앉았다. 프라이드치킨을 덥석 베어 무는 히카루를 바라보며 무슨 일이 일어나려는 것인지 이해해보려고 도오루는 미간에 힘을 주었지만 사태의 추이를 파악할 수 없었다. 욕실로 통하는 문이 반쯤 열려 있어서 파우더 룸에 있는 세면 화장대가 내다보였다. 안쪽에서 샤워하는 소리가 희미하게 들려왔다. 벗어던진 원피스 등속이 빨래바구니에서 삐죽 얼굴을 내밀었다. 암사자의 핸드백이 세면화장대 위에 놓여 있었다. 집에 돌아오자마자 샤워실로 뛰어든 게 틀림없었다.

—저치, 목욕하는 거야?

—응, 그럴 거야.

히카루가 자리에서 일어나 "저거 봐"라고 말했다. 도오루는 히카루의 행동을 관찰하면서 '이 녀석은 과연 누구일까?' 하고 의아한 마음이 들었다. 몽타주 수사관이 그려낸 것은 히카루의 얼굴이었다. 하지만 몽타주 수사관은 그것이 도오루의 얼굴이라고 일방적으로 단언했었다.

　─어이, 속옷이 바닥에 어질러져 있어. 뭐야, 칠칠찮게.

　히카루가 파우더 룸에서 암사자가 입었던 것으로 보이는 속옷을 집
어냈다. 손끝으로 쳐들어 도오루 쪽으로 내밀었다.

　─크윽, 여기 한가운데가 젖었어. 야, 이거, 뭐라고 생각해?

　도오루는 시선을 돌리며 "나도 몰라!"라고 소리쳤다.

　─저치, 어디서 바람피우고 온 거 아니야?

　─그만해! 듣고 싶지 않아.

　─하지만 여기에는 미처 감추지 못해 비어져 나온 게 있어. 이봐, 도
오루, 소지품을 검사해보자.

　히카루가 세면화장대 위에 놓인 핸드백을 뒤지기 시작했다. 저런
짓을 하는 것이 히카루가 아니라 자기 자신인 듯한 기분이 들었다. 집
가까이에 정차된 차를 목격한 것 때문에 도오루는 암사자를 규탄하고
싶었다, 하지만 자신의 의지로는 할 수 없었다, 그래서 히카루를 다시
불러들였다, 그런 생각이 들었다. 세면화장대의 거울 속에, 암사자의
자그마한 핸드백을 뒤지며 히쭉거리는 히카루의 얼굴이 비쳤다. 그
거울 속의 거울에도 히카루가 있었다. 그야말로 몽타주 수사관이 그
렸던 바로 그 얼굴이었다. 도오루는 벌떡 일어서서 "하지 마!"라고 소
리를 질렀다. 그러자 히카루가 마치 보물이라도 발견했다는 듯한 얼
굴로 핸드백 안에서 작은 상자를 꺼내 들었다.

　─콘돔이야. 어이, 왜 이런 게 들어 있지?

도오루가 당황하여 자리에서 일어나 히카루에게서 핸드백을 낚아 채려고 했다. 히카루가 "콘돔이다, 콘돔"이라고 외치며 저항하는 바람에 두 사람은 좁은 파우더 룸 안에서 빙빙 돌며 밀치락달치락했다. 암사자가 누구와 연애를 하건 상관없었다. 하지만 그것을 누군가에게 들키는 건 싫었다. 알고 싶지 않은 일, 듣고 싶지 않은 일도 있다. 구덩이에 꽁꽁 파묻어버리고 언제까지나 감춰두고 싶은 일도 있는 법이다.

　—내놔!

　도오루가 세게 당기자 핸드백은 히카루의 손을 떠나 루주며 콤팩트 등을 흩뿌리며 샤워 룸 유리문에 부딪쳐 요란한 소리를 냈다. 샤워 룸의 문이 열리고 물에 젖은 암사자가 얼굴을 내밀었다.

　—도오루, 거기서 뭐하니?

　—내가 한 게 아냐! 히카루가 그랬어!

　도오루의 목소리는 스스로도 놀랄 만큼 요란했고 게다가 붕 떠 있었다.

　—히카루가 엄마 가방에서 콘돔을 찾아냈어. 내가 아냐, 히카루가 찾아낸 거야!

　도오루는 콘돔 상자를 집어 암사자에게 내던졌다.

　—도오루, 진정해. 잘 들어봐, 이건 어른들에게는 필요한 물건이야.

　—야, 도오루, 이 여자가 이런 판국에도 저런 바보 같은 변명을 하고 있네? 그럼 어째서 핸드백 속에 들어 있지? 뭔가 이상하잖아?

　—그럼 어째서 핸드백 속에 들어 있어!

─조금 전에 사온 길이라서 그래.

─거짓말이야, 도오루. 속으면 안 돼. 숫자를 헤아려보라고. 틀림없이 사용한 흔적이 있을 거야.

─그럼, 세어봐. 사용한 흔적이 있을걸?

─얘가 무슨 소리를 하는 거야? 그러지 마!

도오루가 콘돔 상자를 집어 들자 암사자가 곧바로 덤벼들어 콘돔 상자를 빼앗으려고 했다. 도오루는 반사적으로 암사자의 팔을 움켜잡고 그대로 벽에 밀어붙였다. 눈앞에 김이 오르는 암사자의 폭신한 가슴이 펼쳐졌다.

─히야, 굉장하다. 도오루, 굉장한 장면이야. 너희 엄마, 배꼽이 톡 튀어나왔어.

주춤 망설이는 한순간의 틈을 타 암사자가 도오루를 밀어붙였다. 도오루는 당황하여 암사자를 끌어안았고 두 사람은 그대로 몸싸움에 들어갔다. 어머니의 몸은 따스하고 촉촉이 젖어 있었다. 암사자는 눈을 치뜨고 콘돔 상자를 다시 빼앗으려고 정신없이 손끝으로 쥐어뜯었다. 샤워를 틀어놓은 채여서 파우더 룸이 수증기로 자욱했다.

─이 콘돔, 틀림없이 그 남자하고 썼어. 저기 언덕길에 서 있던 세단 안에서 이 여자가 그 남자하고 키스를 했었잖아? 나이도 먹을 만큼 먹은 주제에 아주 잘 놀아나는군.

─그 남자 맞지? 항상 집에 데려다주는 그 잘생긴 남자하고 쓴 거지!

―도오루, 그게 무슨 소리야? 빨리 이리 내!

―아까 집 앞에 그 세단이 서 있었어. 안에 있던 남자하고 엄마가 키스하는 거, 내가 전에 봤단 말이야!

―바보 같은 소리도 어지간히 해라. 도오루, 너 좀 이상해. 그 사건 때문에 머리가 이상해진 거야. 됐으니까, 그거 이리 내, 도오루!

두 사람은 밀치락달치락하던 끝에 바닥에 쓰러졌다. 암사자가 의미를 알 수 없는 소리를 부르짖기 시작했다. 도오루는 여기저기 냄새를 맡으며 비누의 방향 속에서 남자의 땀 냄새와 향수 냄새, 무스 냄새가 남아 있지 않은지 찾아다녔다. 묶고 있던 암사자의 머리채가 풀어져 물방울이 사방으로 튀면서 도오루의 얼굴도 물에 젖었다. 암사자가 도오루를 덮어 눌렀다. 도오루의 코와 눈과 입이 어머니의 가슴 안으로 파묻혔다. 부드러운 냄새가 불경한 상상을 환기시켰다. 암사자가 저 운전석의 남자와 거칠게 포옹하는 그림이 머릿속에서 명멸했다. 그 그림은 곧이어 히카루와 암사자가 포옹하는 그림으로 변해 갔다.

―도오루, 뭐야, 너? 혹시 제 엄마를 상대로 흥분하는 거야? 히익, 진짜 변태 엄마에 변태 아들이네!

머릿속이 회색이 되었다. 와와 떠들어대는 히카루의 목소리도, 샤워 소리도, 날카로운 소리를 내지르는 암사자의 부르짖음도 차츰차츰 멀어져갔다.

장마가 끝났다는 뉴스가 나왔는데도 여전히 꾸물거리는 날씨가 이어졌다. 시라토와 도오루는 쉬는 시간에 옥상에 나란히 누워 멍하니 하늘을 올려다보고 있었다. 여름이 바로 저만치까지 와 있는데 맑은 하늘은 좀체 얼굴을 내밀지 않았다.

―7월이라는데, 어떻게 된 거야, 이 썰렁한 날씨는?

시라토가 졸음에 겨운 목소리로 중얼거렸다.

―이대로 빙하기에 들어가려나 보다.

구름을 올려다봐도 바로 가까이에 있는지 아득한 상공에 있는지, 그 고저가 뚜렷하지 않았다. 거대한 회색이 여름과 푸른 하늘과 태양을 가리고 있었다. 시라토가 몸을 일으켜 천천히 주위를 둘러보았다.

―그러고 보니, 히카루는?

도오루도 하품을 씹으며 일어나 앉아 철망 위쪽을 올려다보았다.

―없어. 아까까지 저기 올라가 있었는데.

―보이지 않을 때는 어디에 있는 거지?

도오루는 무릎에 이마를 대고 가만히 머리를 가로저었다.

―감당을 못하겠어. 돌아온 건 좋은데, 요즘 정말 갈피를 못 잡게 날뛰는 통에. 이대로 히카루와 함께 살아가기는 어려울 거 같아.

―하지만 히카루가 없으면 외롭지?

도오루는 시라토의 눈에 빨려들었다. 거울 같은 눈이라고 생각했다. 자신의 마음이 고스란히 비치는 것 같아 똑바로 바라볼 수 없었다.

―전에는 함께 있어도 힘들지 않았는데. 대충 무시하고 넘어가려

해도 그냥 넘어갈 수 없을 때가 있어. 게다가……

말을 하려다 자기도 모르게 꿀꺽 삼켰다. 시라토가 조용히 도오루의 뒷말을 기다리고 있었다. 도오루는 괴로웠지만 마음이 가라앉기를 기다린 다음에 말을 이었다.

─만일 히카루라는 존재가 내 마음의 또 다른 부분이라면……

시라토가 시선을 아주 조금 다른 곳으로 돌렸다.

─만일 그게 내 반쪽 모습이라면 이대로 계속 살아가도 괜찮을지, 고민이야. 그런 걸 품은 채로 어른이 된다면 나는 범죄자가 되고 말아. 그렇다면, 그래, 아예 죽어버릴까? 그런 방법도 있었어. 정말 편안해질 거야.

시라토가 혀를 찼다.

─도오루, 그런 말, 간단히 하는 거 아니야.

─하지만 다들 간단히 죽어버리잖아? 대학생들도 그렇고. 혼자 죽기 무서우니까 인터넷 같은 데서 쉽게 친구를 모아서 자동차로 어딘가 먼 시골로, 그래, 이를테면 바닷가 절벽 같은 데서 차 안에 연탄불을 피워놓고 일산화탄소 중독으로 죽는 거. 그런 게 유행하는 나라는 일본뿐이지? 그것도 일류대학 학생들이 맥없이 죽어나가던데…….

시라토는 슬픈 표정으로 말없이 듣고만 있었다. 도오루는 장난스럽게 웃어 보였지만 시라토는 거꾸로 어금니를 질끈 물었다.

─그 심정이 이해가 되더라, 어쩐지. 이런 세상에서 사는 거, 피곤하기도 하고. 게다가 나 같은 경우에는 히카루까지 딸려 있으니. 하지만

그렇게까지 해가면서 죽고 싶을까, 생각하면 아무래도 믿어지지 않아. 그렇게 번거로운 짓까지 하면서 죽는 거, 훨씬 더 귀찮잖아? 나라면 그런 짓은 포기해버릴 거야. 하지만 귀찮아서 죽지도 못하다니, 정말 너무 한심해…….

시라토가 문득 도오루의 어깨를 잡았다. 커다란 눈을 한층 더 크게 뜨고, 마침내 증거를 찾아냈다는 듯한 얼굴을 했다.

—회색이야! 도오루, 회색 때문이야. 네가 그런 말 하는 거, 아무래도 이상해.

시라토가 도오루의 어깨를 붙잡고 세게 흔들었다.

—그거, 절대로 네가 해낸 생각이 아니지? 분명 회색이 하는 짓거리야. 도오루, 정신 차려. 지금 그건 조종당하는 인간의 생각이야. 간단히 죽음을 선택해버리는 사람들은 모두 회색에 감염되었기 때문이야. 도오루, 그래, 너는 회색에 감염되어버렸는지도 몰라.

—감염? 회색에?

—이 세상은 회색의 지배를 받고 있다고 했지? 네가 그렇게 말했었어. 근데 바로 네가 지금 그들에게 말려들었어.

—회색에?

—도오루 너, 눈이 탁해졌어. 회색은 인간의 감정을 제일 좋아한다고 했지? 너도 모르는 사이에 마음을 파먹혔는지도 몰라. 완전히 지배당하기 전에 어떻게든 해야 해.

시라토는 말을 하자마자 도오루의 품에 안겨왔다. 시라토의 가슴이 도오루의 가슴에 맞붙었다. 시라토는 두 손으로 도오루의 등을 쓰다 듬어 그곳에 피를 통하게 하려고 했다. 겨드랑이 아래로 손을 넣고 힘 껏 끌어당겼다.

생기를 잃은 도오루 곁에 시라토가 마치 간호사처럼 붙어 다니며 매사에 격려를 해주었다. 부정적인 말을 하면 "그거, 그게 바로 회색 이야"라고 충고를 했다. 방과 후에도 빈번하게 문자를 보내주었다.

—희망을 잃으면 안 돼. 희망이야말로 인간의 존엄이야.

시라토에게서 그 같은 문자가 매일처럼 날아왔다. 어째서 그토록 자신을 구해주려고 애쓰는지 도오루는 알 수 없었다. 염세에 빠진 나 날 속에 시라토의 목소리만이 유일하게 도오루를 격려해주는 것이었 다. 히카루가 "쳇, 남의 일에 웬 극성이야"라고 투덜거렸다.

—그런 사람이 어디에나 꼭 있더라니까. 자원봉사 같은 걸 겹치기 로 해가면서 카타르시스에 젖는 자기도취형 인간. 도오루, 죽고 싶은 놈은 그냥 죽게 놔두면 되는 거야. 그게 바로 도태(淘汰)라는 거지. 어 쩔 수가 없다고, 죽고 싶다는 것도 인간의 권리 중의 하나잖아. 나는 오히려 그쪽을 지지해. 존엄한 죽음, 만세! 인간답게 죽는 것이야말로 지금 같은 시대에는 가장 중요한 일이라고.

시라토는 도오루에게 자신이 지닌 모든 정열과 기력을 쏟아 부으려 고 했다. 시간이 허락하는 한, 늘 도오루 곁에 머물며 그가 행여 잘못 을 범하지 않도록 감시했다. 그 보람이 있어서 도오루도 이 염세적인 생각이 회색에 의해 감염된 것이라고 자각하기에 이르렀다. 아닌 게 아니라 어쩌다 부정적인 생각에 빠져들면 금세 죽고 싶다는 마음이 치밀곤 했다. 무슨 일을 해봐도 재미가 없고 이전보다 감수성이 눈에 띄게 둔해졌다.

　―저기, 왜 그렇게까지 나를 도와주는 거야?

　의심을 하는 건 아니지만 그래도 배신당하는 게 두려워 도오루는 확인하려 들었다. 시라토의 행동을 순수하게 받아들일 수 없었다. 시라토는 다정하게 웃으면서도,

　―소중한 친구니까.

　라고 시원하게 대꾸했다.

　도오루는 태어나서 처음으로 타인에게서 '친구'라는 말을 들었다. 그 순간, 그 말의 신선한 여운에 마음이 꿈틀 움직이려고 했지만 그다음 순간, 마음은 다시 축 늘어져버렸다. 어떻게 해도 순수하게 기뻐할 수가 없었다. 기쁘다고 생각하는 한편에서 '이건 거짓말이야'라고 마음속으로 생각하고 마는 것이었다.

　―친구……, 좋은 말이다.

　―응, 친구니까 네가 죽으면 나는 슬플 거야.

　―정말?

　도오루는 시라토의 눈을 들여다보았다. 시라토는 "응"이라고 중얼거리고 미소를 지어 보였다. 나긋한 두 눈에는 생명의 광채가 가득했다. 하지만 도오루는 미소로 답할 수가 없었다. 무언가가 자신의 마음

에 검은 천을 뒤집어씌우려고 하는 것이 생생하게 느껴졌다.

─친구는 무슨? 바보, 그런 달달한 말에 깜빡 속아서는.

그날 밤, 히카루는 방 안에서 마구 날뛰었다.

─그런 남자 같은 계집애가 하는 말을 그대로 믿어버려? 진짜 눈 뜨고 못 보겠다. 완전 싸구려 멜로드라마야. 네가 죽으면 나는 슬플 거야, 라고? 야야, 어떻게 그런 소리를 술술 할 수 있어? 내가 창피해서 들어줄 수가 없다, 정말.

히카루가 침대에서 책상으로 풀쩍풀쩍 뛰어다니며 교과서니 노트를 손에 잡히는 대로 집어던지기 시작했다. 연필깎이가 문짝에 내동댕이쳐져 큰소리를 냈다. 도오루는 방 한가운데 우두커니 서 있었다. 잠시 뒤에 문을 두드리는 소리가 났다.

─도오루, 뭐하는 거야? 큰소리가 나던데, 괜찮니?

암사자의 목소리가 도오루를 불쾌하게 만들었다.

─내가 날뛰는 게 아니라니까!

반사적으로 소리를 질러버렸다. 그러고는 바닥에 어질러진 교과서며 필통이며 연필깎이며 사전 등을 내려다보았다. 누가 어떻게 보든 자신이 했다고 생각할 게 틀림없다고 도오루는 생각했다. 아니, 어쩌면 자신이 한 짓인지도 모르는 것이다.

─도오루, 암사자다. 조심해! 저 여자, 너까지 유혹하려는 거야. 이번에는 아들까지 노리고 있다니까?

히카루가 천박하게 웃어젖혔다. 더 이상 참을 수 없어 도오루는 의자를 집어 높이 쳐들었다.

—윽, 뭐야, 그걸로 어쩔 건데? 그냥 한번 쳐들어본 거야? 아니면 그걸로 암사자의 머리통이라도? 아, 혹시 요즘 한창 유행하는 친부모 살해?

스스로도 영문을 알지 못한 채 도오루는 의자를 힘껏 내던져버렸다. 이런 짓을 할 마음이 아니었는데, 라고 후회를 한 다음 순간에 의자는 보기 좋게 유리창에 맞았고, 도오루 스스로도 화들짝 놀랄 만큼 요란한 소리를 내며 길 쪽으로 난 창유리가 산산이 부서졌다.

—우와, 대단한데, 도오루! 하니까 되잖아! 오오, 다시 봤어!

히카루가 와와 부르짖었다.

—도오루, 왜 그래? 뭐하는 거니, 어서 이 문 열어!

손잡이를 돌리는 소리가 났다. 베란다에 흩어진 유리 조각이 가로등 불빛을 받아 보석을 점점이 박아 넣은 것처럼 반짝였다. 부서져서 빛나는 것도 있구나, 라고 도오루는 깨달았다. 그리고 그대로 침대에 쓰러져 웃음을 터뜨려버렸다.

밤, 수사자가 뭔가 단단한 도구를 가져다 문을 뜯어내려고 덤볐다. 도오루는 침대에 걸터앉아 문이 부서져나가는 꼴을 조용히 바라보았다. 물론 히카루는 온방을 날뛰고 다녔다. 수사자는 간간이 험한 말을 토해가며 계속해서 문을 때려 부쉈다. 아들을 걱정하는 게 아니라 이런 귀찮은 일을 떠맡아야 하는 자신의 처지에 분통이 터지는 듯한 기색으로.

우지끈, 문 판자가 떨어져나가는 박력 있는 소리가 메아리쳤다. 자물쇠를 바깥에서 열 수 없었기 때문에 수사자는 아예 문짝 자체를 부수려 하고 있었다. 깊숙이 파고든 쇠막대가 억지로 나무판을 잡아 뜯었다. 수사자 뒤에는 숨을 죽이고 상황을 지켜보는 암사자가 있을 터였다. 웬일인지 도오루는 암사자가 악마처럼 아무도 몰래 웃고 있을 것만 같았다.

—도오루, 암사자가 바람을 피운다는 얘기, 수사자에게 말해버리자. 집안이 한층 더 혼란에 빠지겠지? 미처 감추지 못한 것들을 죄다 쏟아내는 거야.

히카루가 부서져가는 문 따위는 아랑곳없이 눈을 반짝이며 말했다.

—그러면 과연 어떻게 될까? 수사자는 미친 듯이 분노해서 암사자를 죽여버릴까? 아니, 아예 이 집을 전부 때려 부술지도 몰라.

닮지 않았어, 라고 도오루는 히카루를 올려다보며 마음속으로 생각했다. 너는 나하고는 전혀 안 닮았어.

—하지만 그런 짓을 했다가는 수사자의 캐리어에 큰 흠집이 나겠지? 다른 무엇보다 출세를 먼저 생각하는 사람이니까 어쩌면 보고도 못 본 척할지도 모르겠네. 왜냐면 저치들 사이에 더 이상 사랑이 없다는 건 분명한 사실이니까. 그래, 어쩌면 전부 다 쓱싹 감춰버릴지도 모르겠어. 아아, 싫다, 싫어, 어른들의 세계란 완전 거짓투성이야.

괴상한 히카루의 목소리에 신경질이 났다. 도오루가 어금니를 악물며 필사적으로 참고 있으려니 '우지직'이라기보다 '빠지직' 하는 소리가 방 안에 튀었다. 문짝이 갈라졌다. 빠직빠직 소리를 내며 나무판이 차례차례 쪼개졌다. 구멍이 뚫리고 복도의 불빛이 어스레한 방 안에 꽂혀들었다. 뒤를 이어 그 구멍으로 손목이 쑥 들어와 열쇠를 돌리려고 했다.

―제기랄, 손이 안 닿아!

수사자의 목소리가 들렸다. 그의 손이 손잡이 조금 아래에서 멎어버렸다. 손가락이 거미의 발처럼 꿈틀거렸다. 어휴, 호러 영화 같네, 라고 히카루가 소리를 질렀다.

―하지만 사실 알고 보면 저치도 피해자야. 마누라는 바깥에 딴 남자를 두고 실컷 놀아나고 아들은 노상 방구석에 틀어박혀 있잖아. 직장 일로 파김치가 되어 집에 돌아왔는데 이번에는 문까지 때려 부숴야 하다니, 에그, 엎친 데 덮친 격이네. 가엾다, 가엾어.

수사자는 그만 포기하고 손을 거둬들였다. 구멍으로 방 안을 들여다보며,

―도오루, 문 열어!

라고 고함을 쳤다.

도저히 인간의 것이라고 생각되지 않는 데굴데굴한, 영락없이 소 같은 눈으로 뚫린 문구멍을 통해 방 안을 둘러보고 있었다.

―대체 무슨 짓을 한 거야? 창유리가 깨졌잖아! 이 바보야, 그렇잖

아도 바빠 죽겠는데, 뭐하는 거야, 대체!

말을 마치자마자 수사자는 다시 쇠막대로 더욱 세차게 문을 뚫기 시작했다. '우지직' 하는 소리에 이어 '빠지직' 하고 판자가 떨어져 나가는 소리가 났다. 그때마다 도오루는 머리를 구성하는 몇 개인가의 피스가 문득문득 어디엔지도 모르게 상실되어가는 듯한 공허한 기분을 느꼈다. 우지끈, 빠직, 빠지직.

—잘한다! 전부 다 부숴버려라!

히카루의 외침 소리가 마음에 거슬렸다. 도오루는 더 이상 견디지 못하고 두 손으로 힘껏 귀를 막아버렸다. 땅울림처럼 나지막한 소음이 머리를 휘감았다. 다음 순간, 물결이 쓰윽 빠져나가듯이 마음을 포위하고 있던 무언가가, 몸을 온통 뒤덮고 있던 막 같은 것이 소음과 함께 어딘가로 사라지는 것을 느꼈다.

수사자는 성질이 뻗치는 대로 끝장에는 문짝을 걷어차기 시작했다. 여보, 집이 무너지겠어, 그만해요, 라고 울먹이며 부르짖는 암사자의 목소리가 그 사이사이를 채웠다. 하지만 이런 소동도 도오루에게는 몇백 킬로미터쯤 떨어진 머나먼 동네를 공습하는 소리일 뿐이었다.

—굉장하군, 이게 바로 가정 붕괴야! 자꾸자꾸 부숴, 자꾸자꾸 부숴버려!

더욱 큰 구멍이 문에 뚫리자 수사자의 두툼한 팔뚝이 들어와 마침내 자물쇠가 열려버렸다.

물밀듯이 수사자가 방 안으로 뛰어들었다. 암사자가 "너무 심하게 나무라지 말아요"라며 수사자의 팔을 잡아당겼다. 수사자는 암사자를 팔에 매단 채, 침대에 걸터앉은 도오루 앞으로 달려들더니 우뚝 버티고 서서 금세라도 때릴 듯한 기세로 노려보았다. 도오루는 고양이처럼 등을 동그랗게 말고 양손을 털썩 허벅지에 떨어뜨린 채 멍하니 자신의 발치를 응시하고 있었다. 놀랄 일도 없었고 슬플 것도 답답할 것도 없었다. 그리고 지극히 냉정한 태도로 고개를 갸우뚱하며 수사자에게 말했다.

─저기요, 도오루는 여기 없는데요?

도오루는 웃고 있었다. 수사자가 얼굴이 벌개져서 고함을 내지르건 말건 태연하게, 상대를 바보로 여기는 듯한 얼굴로 내내 웃고 있었다. 눈의 초점이 맞지 않았고 시선은 오직 그에게만 보일 터인 다른 세계를 헤매고 있었다. 암사자가 수사자와 도오루 사이를 가로막으며 들어섰다. 수사자는 그런 암사자를 힘껏 밀쳐냈다.

─흥, 당신들 진짜로 웃겨. 그렇게까지 집안의 체면을 유지하고 싶어? 진짜 웃겨 죽겠다니까.

도오루는 곁눈으로 수사자를 흘겨보며 욕을 퍼부었다.

─당신은 사람만 좋은 멍텅구리야. 자기 아내가 다른 남자하고 놀아난 것도 모르잖아. 정말 불쌍한 사내라고. 하지만 자업자득이란 게 바로 이런 거지. 다 당신 탓이야. 당신이 그런 집을 만들었단 말이야. 불쌍하다, 불쌍해, 아아, 불쌍해.

─이놈이, 무슨 소리야?

—여보, 어린애가 제멋대로 하는 망상이에요.

도오루는 입가를 야비하고도 외설스럽게 비틀며 천박하게 키득키득 웃었다.

—내가 봤는데? 도오루하고 학교에서 돌아오는 길에 이 근처에서, 저기 상점가에서 학교 쪽으로 빠지는 언덕길에서 봤다고. 당신 마누라가 은색으로 반짝이는 세단 안에서 잘생긴 남자하고 입을 맞췄어. 나이도 먹을 만큼 먹은 주제에 둘 다 아주 모럴(moral)을 깨는 재미에 잔뜩 열이 올랐더군. 그걸 모르는 건 당신뿐이야. 우리가 목격했을 정도니 아마 온 동네 사람이 다 알걸? 당신, 완전 웃음거리라고.

—여보, 나는 모르는 소리예요. 얘가 지금 정상이 아냐. 망상에 빠져 있는 거야.

—헹, 그런 수로 나오셔? 망상이라고? 뭐, 좋지, 망상이라도. 흥, 나도 이게 망상이라면 좋겠어. 거짓말인지 참말인지 애매한 지점에서 사는 게 마음도 편하고 즐겁거든. 다정한 가족을 연기하면서 실제로는 산산조각이 나 있는 집이라는 게 요즘 시대에 어울리기도 하고 말이지. 망상 가족, 아, 좋네, 그게 좋아. 도오루도 애초에 당신들에게 사랑이 없다는 거, 다 알면서도 그냥 받아들였어. 그 녀석도 클 만큼 커서 이제 새삼스럽게 놀라지도 않아.

수사자는 미간에 주름을 잡은 채 움직이지 않았다.

—도오루가 지난번에 이 여자 핸드백에서 콘돔을 찾아냈어. 여섯 개들이 작은 상자였는데 안에 다섯 개밖에 들어 있지 않았어. 그날 오

후에 저기 바깥에 그 은색 세단이 서 있었고 늘 보던 그 남자가 타고 있었거든. 이 여자, 잠깐 시장에 다녀온다고 나가더니 밤늦게까지 돌아오지 않았지. 그러고는 입막음으로 켄터키 프라이드치킨을 사들고 돌아왔고. 당신이 가족이라는 허울을 떠받치려고 열심히 일하는 동안에 이 여자는 시간이 남아도는 중년남자랑 하고 다닌 거야. 도오루가 분명히 세어봤다고, 그 콘돔. 한 개가 비어 있었어. 콘돔을 집에까지 들고 오는 그런 여자야. 그럴 만큼 당신을 바보로 본 거라고. 바람을 피워도 절대 눈치 챌 리가 없다고 생각했겠지. 당신을 완전히 만만하게 봤어. 아니, 어쩌면 처음부터 들키려고 일부러 그랬는지도 모르겠군. 백주에 집 근처에서 당당히 입을 맞췄으니, 이건 뭐, 정상이 아니지. 처음부터 가정을 붕괴시키는 게 목적이었는지도 모르겠어. 자포자기야. 완전 마비되어버렸어. 아예 무너져버리면 편안해질 거라고 생각했겠지? 퉤엣. 사실은 아예 의도적으로 볼 테면 보라고 마구 놀아댔을 가능성도 있어. 저거 봐, 벌써 포기한 얼굴이지, 봐, 보라고, 당신마누라, 성질났어. 드디어 본성이 나오네. 오옷, 무섭다. 당신이 모르는 아내의 얼굴이야. 하지만 저게 진짜 저 여자의 맨 얼굴이라고. 몰랐지? 딱하기도 하시지. 하지만 자업자득이잖아? 책임은 당신들 모두에게 있어. 당신에게도, 당신 마누라에게도 그리고 도오루에게도.

시라토의 노력도 헛되이 도오루는 회복되지 않았다. 기력을 잃은 채 그저 물끄러미 책상 위를 응시하고 있었다. 이따금 기력을 되찾으려고 어금니를 깨물어보지만 투쟁심은 곧바로 구름처럼 흩어지고 다시금 침울한 늪으로 한없이 가라앉았다.

거꾸로 교단 위에 뛰어올라간 히카루는 전에 없이 기염을 토하고 있었다. 한사코 고개를 떨구고 있는 아이들 앞에서 저 하고 싶은 말을 마구 지껄여댔다. 히카루의 독무대, 그곳은 마치 고대 그리스 원형극장의 무대 같은 느낌이었다. 히카루는 그곳에서 춤추고 노래하고 칠판에 낙서를 하고 고개 숙인 아이들을 향해 거만하기 짝이 없는 말들을 함부로 토해냈다.

─너희는 어리석은 어린양이야. 어린양은 양치기가 이르는 말을 얌전히 들어야지. 가엾은 어린양들이여, 너희의 행복이란 이렇게 지배를 당하는 것이란다. 그리고 던져주는 먹이를 먹고 행여 인간성이니 뭐니 하는 말은 입에 올리지도 말고, 평생 고개를 숙인 채 살아야 해. 그곳에는 너희가 대충 먹고살 만큼의 잡초가 있어. 맛이고 뭐고 따질 것 없이 그냥 그거나 먹으면서 사는 거야. 양치기가 너희를 인도해줄 테니 조용히, 괜한 생각은 하지도 말고 고분고분 그 뒤를 따르면 되는 거야, 알겠어?

도오루는 분했지만 반론을 펼칠 수 없었다. 공연한 풍파를 일으키지 않는 게 더 편한 일도 있었다. 이대로 지배를 당하고 마는 편이 히카루의 말대로 괜한 고민 없이 지나갈 수 있을 듯한 마음도 들었다. 무엇보다 우선은 잠을 자고 싶었다.

─도오루, 똑똑히 바라봐.

목소리가 들렸다. 어디에선가.

—도오루, 똑똑히 너 자신의 마음을 바라봐.

그 목소리는 머리 안쪽에서 다정하게 말을 걸어왔다. 고개를 숙이고 있던 도오루는 다시 한번 얼굴을 들었다. 눈두덩에 힘을 꾹 주고 흐릿한 시야를 노려보았다. 신기루 같은 세계의 저 끝에서 목소리가 온화하게 내려왔다.

—시선을 피하지 말고 세계를 똑똑히 응시해. 회색에 지지 말고.

도오루는 옆에 앉은 시라토를 돌아보았다. 시라토는 교과서에 시선을 떨구고 있었지만 도오루의 시선을 깨닫고는 곧 얼굴을 들어 "왜 그래?" 하며 쳐다보았다.

—목소리가 들렸어. 회색에 지지 말라는.

—어떤 목소리?

도오루는 소리를 낮추어 "다정한 목소리였어"라고 대답했다.

—후 짱?

—모르겠어. 후 짱일까? 하지만 아닌 듯한 느낌도 들어.

앞자리 남학생이 돌아보았다. 시라토는 입을 다물었다. 도오루는 눈을 감고 어디에서 목소리가 들려왔는지, 그 원천을 더듬어보려고 애를 썼다.

방과 후, 시라토는 도오루를 데리고 학교 뒤의 오래된 절로 향했다.

도오루는 늘 다니던 절의 마루 복도에 앉아 다리를 뻗었다. 벗겨졌던 마음의 표피가 조금씩 치유되고 조용히 아물어 재생되는 듯한 기분을 느꼈다.

—심호흡을 하자. 코로 크게 들이쉬고 입으로 토해내는 거야.

시라토가 이르는 대로 도오루는 따라했다. 공기를 천천히 코로 들이쉬어 폐의 안쪽 깊은 곳까지 담아 들인 뒤, 이번에는 그것을 천천히 입으로 토해냈다.

—기가 온몸에 돌지? 어떤 책에선가 읽었는데 명상을 할 때는 이렇게 한다더라.

구름 사이에서 태양이 일순 얼굴을 내밀었다. 빛의 파문이 발치를 내달렸다. 시라토의 손이 갑자기 도오루의 손을 잡았다. 도오루가 내려다보았다. 시라토의 가느다란 손가락 끝이 도오루의 손을 감싸고 있었다. 온기가 느껴졌다. 살아 있는 자의 온기였다.

시라토는 다른 한 쪽 손을 고개 숙인 도오루의 뺨에 댔다. 도오루는 깜짝 놀라 겁 많은 작은 동물처럼 일순 턱을 당겼다. 시라토는 다정하게 미소를 짓더니 진지한 표정으로 얼굴을 가까이 댔다. 바람이 일고 나무들이 흔들리고 두 사람은 나무 사이로 흘러드는 햇살의 파문에 먹혀들었다. 구름 사이에서 얼굴을 내민 태양 빛이 시라토의 젖은 입술 끝을 반짝이게 했다. 천천히 시라토의 얼굴이 접근해왔다.

도오루는 처음 입맞춤을 했을 때의 그 고양된 기분을 생각해냈다. 자신의 몸속을 흐른 무수한 자극, 빛의 방사, 감정의 솟구침과 방열. 여태까지 경험한 것 중에서 가장 멋진 감각이었다.

시라토의 눈은 다정하고 큼직하고 깊게, 바다의 밑바닥이 저런 것이리라고 상상되는 깨끗하고도 맑고 깊고 한없는 것으로 가득했다. 팽팽하게 당겨졌던 무언가가 마음이라고 불리는 보이지 않는 기관 속에서 스르르 풀리기 시작했다. 시라토의 손이 도오루의 머리 뒤로 돌아가고 그 손끝이 목덜미를 잡았다. 그리고 도오루의 머리는 천천히 시라토 쪽으로 당겨져 갔다.

　눈을 깜빡인 다음 순간, 시라토의 입술이 다시 도오루의 입술에 맞닿았다. 매끈하면서도 탱탱한, 부드러운 탄력. 1초, 2초, 3초, 시간이 흘러갔다. 이대로 시간이 영원히 멈춰버리면 좋겠다고 도오루는 기도했다. 풍요롭고 매끄럽고 새콤한 시라토 입술의 감촉. 시라토의 에너지가 입술을 통과하여 도오루의 육체로 흘러들었다. 시라토의 손끝에 다시 힘이 들어가고 도오루는 시라토 안으로 초대되어 들어갔다. 시라토가 얼굴의 위치를 아주 조금 비낀 탓에 두 사람의 입술은 더욱 친밀하게 맞닿고, 거의 틈새 없이 하나로 겹쳐졌다. 도오루는 호흡을 할 수 없었다. 그리고 귓속 깊은 곳은 열기로 후끈거렸다. 동시에 갇혀 있던 감정의 입자들이 어두운 감옥에서 차례차례 해방되는 듯한 자유를 맛보았다. 시라토는 다시금 손에, 손목에, 팔에 힘을 주어 도오루의 입을 끌어당겼다. 풍염한 시라토의 입술 안에 단단한 이가 있었고 그 이가 마주친 순간 도오루는 시라토의 마음을 발견한 듯한 신선한 기쁨을 느꼈다. 두 사람은 숨도 쉬지 못하고 움직이지도 못하고 다시금 한 쌍의 조각품이 되었다.

오래도록 숨을 멈추느라 힘이 들어서 시라토가 저도 모르게 팔의 힘을 풀자 그 아주 잠깐 떨어진 틈을 타 물 위에 얼굴을 내민 해녀처럼 두 사람은 동시에 숨을 쉬었다. 그 순간, 도오루는 눈앞에서 시라토의 살아 있는 얼굴을 발견했다. 빛을 받은 얼굴 가장자리는 엷게 불그레한 빛을 띠고, 게다가 부끄러움과 흥분 때문에 한껏 요염했다. 암갈색 검은 눈동자의 중심에 빛 한 점이 떠 있고, 그곳을 향해 혹은 그곳에서 빛이 엄청난 기세로 드나들었다. 검은 눈동자는 자세히 바라보면 미세하게 떨렸고 그 떨림 자체가 살아 있다는 것을 강력하게 말해주고 있었다. 시라토는 필사적으로 호흡을 이어가며, 말 따위는 한 마디도 내비치지 않고 다시 바다에 뛰어드는 느낌으로 숨을 멈추더니 풀었던 팔에 힘을 넣어 도오루의 얼굴을 꾸욱 끌어당겼다. 마음을 말로 변환할 틈도 없이 도오루는 다시 시라토의 입술에 자신의 그것을 맞댔다. 시라토의 입술이 도오루의 입술을 덮쳐 거칠게 빨아들였다. 마치 확인이라도 하려는 듯, 살짝 깨물듯이 입술이 입술을 촉촉하게 감쌌다. 섬세하고도 대담하게 입술이 입술을 먹어 들어갔다. 도오루는 가만히 시라토를 받아들였다.

—어때? 마음이 돌아왔어?

시라토는 재빠르게 숨을 들이쉬며 물었다. 달콤한 날숨이 도오루의 얼굴에 훅 끼쳤다. "눈을 떠!"라는 말을 들은 듯한, 살아 있는 자의 따스한 날숨을 도오루는 흠뻑 쐬었다.

—응. 근데 한 가지 물어보고 싶어.

―뭐야?

―너는 내게 연애 감정은 품을 수 없다고 하지 않았어?

―모르겠어. 하지만 정말 싫었다면 이런 일은 못 했을 거야.

시라토는 말하자마자 다시 한 번 도오루를 세게 끌어안았다. 도오루의 팔에도 힘이 더해져서 두 사람은 그대로 바다 밑에 잠겨들었다. 흔들흔들 움직이는, 나뭇가지 사이로 비쳐든 햇빛 속에서 호흡을 멈추고 두 사람은 선 채로 헤엄이라도 치듯이 물속에서 키스를 거듭했다. 바다 밑바닥은 어두웠지만 저 위의 바다 표면에는 빛이 있었다. 반점 무늬의 청청한 해원(海原)이 두 사람의 바로 위에 펼쳐져 있었다.

도오루는 시라토 입술의 감촉을 기억했다. 그것은 참으로 살아 있는 것의 감촉, 그것은 참으로 사랑스러운 것의 따스함이며 또한 참으로 존재하는 것의 증거이기도 했다.

두 사람은 기나긴 수중 유영 끝에 육지로 올라서자 바닷가에 큰대자로 누웠다. 유영 구역을 빠져나가 금지된 지역의 깊숙한 안쪽까지 헤엄쳐 들어갔었다는 신비한 흥분과 성취감에 휩싸여 있었다. 도오루는 서서히 마음을 되찾고 있었다.

―정말이야?

도오루는 호흡을 가다듬으며 되물었다.

―응, 전부 정말이야.

시라토도 숨을 토해내며 말했다. 시라토는 사랑스러운 것을 바라보

는 얼굴로,

—이게 어떤 기분인지는 모르겠어. 하지만 거짓은 없는 것 같아.

라고 말했다.

—말이 이상한데? 거짓은 없는 것 같다, 라니.

도오루가 웃으며 말했다.

—근데 그게, 나도 잘 모르겠다니까. 너를 구해내고 싶었고, 그랬더니 이것밖에는 방법이 생각나지 않았어. 마음을 담지 않으면 구해낼 수 없잖아. 저절로 마음을 기울일 수 있었어. 이건 사실인데 뭐. 분명 내 안에 조금쯤 존재하는 여성적인 부분 때문일 거야.

두 사람은 지그시 서로를 바라보며 서로의 눈동자 속에 거짓이 섞여 있지 않은지 오래도록 마주 확인하였다. 그리고 거기에 한 점의 흐림도 없다는 것을 발견하고 다시 한번 서로 웃음을 나누었다.

—어느 쪽이라도 좋아. 네 마음이 남자건 여자건 나는 너를 좋아하는데 뭐.

—고마워. 그렇다면 나 역시 성별에 관계없이 사람을 좋아할 수 있을 거야.

도오루는 시라토의 눈동자 속에 있는 자신을 똑똑히 응시할 수 있었다. 그것은 히카루가 아니라 우지이에 도오루 자신이었다.

—나는 네 눈동자 속에 있어.

—나도.

—그곳에 있는 나는 반짝여.

256

—나도.

두 사람은 얼굴을 맞대고 서로의 눈동자를 들여다보았다. 다음 순간, 시라토가 무언가를 알아냈다는 표정을 지어 보였다.

—혹시 회색을 이겨낸 거 아니냐?

시라토의 그 한 마디는 도오루의 마음에 승리의 빛을 던지는 전령(傳令)이었다.

—아, 진짜네.

도오루의 마음이 편안해졌다.

—이겼어. 나는 기력을 되찾았고, 이거 봐, 살아갈 희망도 미래도 갖고 있어. 우리는 회색을 이긴 거야.

두 사람은 앉음새를 바로잡고 천진하게 마주 웃었다. 한바탕 웃고 난 뒤에는 사랑스러운 듯 서로의 몸을 끌어안았다. 시라토의 가슴이 도오루의 가슴과 맞붙으며 한 쌍이 되었다. 도오루는 눈을 감았다.

—고맙다. 어떻게 감사해야 좋을지 모르겠어. 하지만 몹시 행복하다. 이런 기분이 있는 한, 나는 더 이상 회색의 지배를 받는 일은 없을 거야.

따스함이 도오루의 마음에 와 닿았다. 도오루는 코로 공기를 빨아들였다. 그리고 숨을 멈추고 폐 속 가득히 산소가 가득 차기를 기다린 다음에 이번에는 천천히 토해냈다.

—시선을 피하지 말고 세계를 똑똑히 응시해. 회색에 지지 말고.

문득 시라토가 도오루의 귓가에 속삭였다. 도오루는 깜짝 놀라 흠칫 시라토에게서 떨어졌다. 그것은 교실에서 들려왔던 다정한 목소리, 바로 그것이었다. 이 순간을 예지했던 것인지도 모른다고 그제야 도오루는 생각했다.

도오루는 더 이상 히카루의 폭언에 들까불리는 일이 없었다. 히카루는 전보다 더 못된 말을 내뱉었지만 도오루는 어떠한 중상에도 동하지 않는 강한 정신을 되찾았다. 불안에도 공포에도 위협당하는 일은 없었다. 집안이니 가족 문제를 내세워 화를 내는 일도 없었다. 뭔가 불길한 일이 일어나면 도오루는 시라토를 생각해내려고 했다. 시라토가 있는 한, 자신은 지지 않는다고 강하게 믿을 수 있었다.

한편으로 도오루의 주변 상황은 결코 낙관할 만한 상태가 아니었다. 학교를 옮기는 아이들이 끊이지 않았고 남아 있는 아이들 중에도 심리적인 장애를 앓는 아이들이 점점 많아졌다. 학교 주변에서 다시 경찰에 의한 대규모 수색이 전개되었는데도 여전히 범인으로 이어질 만한 어떠한 정보도 발견되지 않는 상황이었다. 교문 앞에 진을 치고 있던 보도 관계자들의 얼굴에 피곤한 기색이 역력하고, 체념과도 같은 분위기가 학교와 그 주위를 점거하고 있었다.

시라토는 자습 시간에, 다시 한 번 순찰대를 만들어 학교를 돌 생각이라고 반 아이들에게 참여를 호소했다. 이대로 가다가는 소리 없이 살해되기만을 기다리는 꼴이라는 그 목소리는 낭랑하게 울려 퍼졌다.

─쳇, 잘난 척하는 녀석이 또 나서서 설치는군.

히카루가 비웃었지만 도오루는 존엄한 자를 바라보는 눈빛으로 시라토를 보고 있었다.

—하지만 그래봤자 우리가 뭘 할 수 있다는 거야?

에지리가 지극히 현실적인 견해를 큰 소리로 늘어놓았다. 시라토는 물러서지 않았다.

—그러면 이대로 말없이 경찰에 맡겨두기만 하면 되겠냐? 이제 곧 여름방학이야. 근데 우리는 마음대로 뛰어놀 수도 없을 거라고. 사건이 장기화되면 점점 더 범인에게 유리해져. 우리가 모두 나서서 범인을 잡는 거야.

—나는 실제로 범인을 봤어. 그리고 지난번에 그자와 닮은 놈을 교정에서 봤어.

시라토를 옹호할 마음으로 내놓은 도오루의 발언은 거꾸로 반 친구들을 크게 뒤흔들었다. 말없이 바라만 보던 가도노가 벌떡 일어나 놀란 얼굴로 도오루를 돌아보았다.

—뭐라고? 너 지금 뭐라고 했어?

—범인은 놀랄 만큼 가까운 곳에 교묘하게 모습을 감추고 있어. 그래서 경찰이 발견을 못하는 거야. 우리가 눈을 반짝이며 한 덩어리로 뭉쳐서 범인을 찾아내는 게 가장 좋은 방법이라고 생각해. 발견하면 곧바로 경찰에 신고하면 돼.

—잠깐, 우지이에. 그런 얘기가 아냐. 너는 지금 범인을 봤다고 했잖아? 그런 얘기를 경찰에 분명하게 말했어?

가도노가 떨리는 목소리를 던져왔다. 도오루는 고개를 저었다. 교실 안이 소란스러워졌다. 가도노가 "다들 조용히 해"라고 크게 소리쳤다.

　—빨리 경찰에 말해야지.

　—말해도 그 사람들은 잡을 수가 없어.

　—왜?

　—왜냐면 회색이 배후에서 조종하고 있기 때문이야.

아이들이 저마다 한꺼번에 의견을 토해내는 바람에 교실은 와글와글 떠들썩해졌다. 가도노는 교단에 올라가 책상을 내리쳤다. 그리고 다시 한 번 "조용히 해"라고 고함을 내질렀다.

　—냉정해, 다들 냉정해지라고.

아이들이 입을 다물었다.

　—우지이에, 회색이란 게 뭐야?

　—전에도 말했잖아. 잊어버렸어? 이 세계를 지배하려는 존재야.

가도노는 책상을 치며 "잠깐, 다들 조용히!"라고 외쳤다.

　—어떻게 알았어? 그자가 세계를 지배하려고 한다는 것을?

　—나한테만 보이는 히카루라는 아이가 있는데, 잘 설명할 수는 없지만, 아무튼 철들 무렵부터 나는 그 애와 함께 자랐어.

"후 짱 같은 유령이냐?"라고 기노시타가 말참견을 했다.

　—음, 그럴지도. 아니, 후 짱과는 달라. 그런 건 아니야. 유령 같은 게 아니라고 생각해. 나도 잘은 몰라. 하지만 아무튼 유령은 아니야.

히카루는 이 세계가 점점 회색의 지배를 받는다고 아주 오래전부터 말했어. 그리고 실제로도 세계는 점점 회색에 먹혀들고 있어. 그래, 놈들, 즉 회색들은 인간의 감정을 먹어. 아주 좋아해.

가도노 곁에 히카루가 서 있었다. 양팔을 펼쳐들고 이겼다는 듯 의기양양한 표정이었다.

―지금도 히카루는 가도노 네 곁에 있어. 오른쪽 바로 옆이야.

가도노가 깜짝 놀라 한 순간 히카루 쪽을 바라보았다. 도오루에게는 두 사람의 시선이 마주친 것처럼 보였다. 가도노는 미간에 주름을 잡으며 다시 도오루를 노려보았다.

―민심을 어지럽히지 마!

―정말로 있다니까! 마찬가지로 이 세계에는 회색도 분명히 있어. 그리고 지난번에는 말하지 않았지만, 이 학교 아래에 또 하나의 중학교가 있고 거기서 이곳을 감시하고 있어. 저 카메라를 통해서.

도오루가 칠판 위에 붙은 소형 카메라를 가리키며 외쳤다. 아이들의 시선이 그곳에 쏠렸다. 술렁거림은 더욱 커져가고 개중에는 비명소리를 내는 여학생도 있었다.

―다들 입 다물어. 조용히! 조용히 하지 않으면 이야기를 못해!

가도노가 양손으로 책상을 치자 그제야 아이들의 목소리가 낮아졌다. 모두가 지그시 카메라를 올려다보았다.

―지하에 있는 중학교 경비실에, 벽 전부에 모니터 화면이 있었어. 그곳에서 전교생의 움직임을 낱낱이 감시하고 있어.

─너는 망상에 빠진 거야.

에지리가 가도노를 대신하여 비판에 나섰다.

─지하에 학교 같은 건 없어. 너는 지난번에 의식을 잃었을 때, 네 멋대로 망상을 한 것뿐이야. 선생님이 그렇게 말했어.

아이들이 저마다 각자의 의견을 말하기 시작했다. 가도노는 책상을 내리쳤다.

─얘들아, 내 말 들어봐!

시라토가 아이들을 하나하나 돌아보며 외쳤다. 물결이 빠져나가듯 고요해졌다.

─확실히 우지이에의 의견은 엉뚱하긴 해. 하지만 우지이에의 내면에서는 실제로 경험한 일이고 전부가 만들어낸 이야기는 아니야. 오히려 나는 우지이에의 말이 어떤 의미에서 전부 진실이라고 느껴져. 하지만 우리 냉정하게 생각해보자. 나는 뭔가 정체를 알 수 없는 것이 이 학교에 숨어들었다고 생각해. 후 짱이 내게 경고했던 것이 곧 우지이에가 방금 말한 회색, 그것이라고 생각해. 후 짱은 내게 '저주'라고 말했어.

─시라토, 나는 이제 후 짱 같은 건 믿지 않아. 요즘에는 통 소식도 없잖아?

기노시타가 분연히 항의했다. 동조하는 아이들의 소리도 들렸다.

─아니, 후 짱은 있어. 그 애의 진짜 이름은 기리시마야. 바로 3년 전에 유괴 살해된 여학생의 본명이야.

도오루가 사이에 끼어들었다.

—나는 그 애의 영혼을 지하에서 만났어. 나를 지하 중학교까지 안내해준 게 바로 그 후 짱이었어. 잘 들어봐, 시라토는 후 짱과 사촌 간이었어. 자매처럼 함께 자란 사이야. 그래서 시라토에게만 후 짱의 목소리가 들렸던 거야.

도오루가 설명을 마치자 떠들썩해지려던 교실이 다시금 일시에 고요해졌다. 시선만이 망령 그 자체처럼 허공을 헤매고 있었다.

—정말이야?

후지와라가 부르르 떨며 시라토에게 물었다. 시라토는 가만히 고개를 끄덕이며,

—아무튼.

이라고 냉정한 어조로 교실 분위기를 바로잡았다.

—우지이에는 알 수 없는 어떤 자의 공격을 받고 하마터면 살해될 뻔 했어. 그 범인은 우리들 가까이에 있어. 뭔가 정체를 알 수 없는 힘에 의해 조종당하는 인간이 있다는 건 틀림없는 사실이야. 우선 그자부터 잡아야 한다고 생각해. 하지만 그것으로 문제는 해결되지 않아. 우리는 희망을 되찾을 때까지 싸우지 않으면 안 돼. 우지이에는 분명 그런 말을 하고 싶었을 거야. 물론 후 짱도 그렇고.

—무슨 얘긴지 도통 모르겠어.

가도노가 정적을 깨뜨렸다.

—너무나 불안한 이 세계를 바꿔야 해.

―어떻게?

에지리가 질문을 던졌다.

―방법은 모르겠어. 하지만 그저 도망만 쳐봤자 아무것도 변하는
건 없어.

웅성거림이 교실 안을 휘감았다. 희망이 담긴 목소리가 아니라 어
떻게 해야 좋을지 모르겠다는 강한 동요의 목소리이기도 했다.

―잠깐, 이야기를 바꿔보자.

가도노가 아이들을 향해 회장답게 말했다.

―우선, 아까 우지이에는 범인을 목격했다고 말했지?

도오루가 고개를 끄덕였다.

―점심시간이 끝났을 때, 아이들 틈에 섞여서 걸어가고 있었어. 하
지만 선생님은 아니야. 적어도 1학년을 담당하는 선생님은 아니었고
학교 직원도 아니었어.

―자, 그럼 우리끼리 해결하려고 하기 전에 우선 경찰에 신고부터
해야지.

―하지만 나는 그자는 이 세계의 인간이 아니라고 생각해.

다시 교실이 시끄러워졌다. 가도노가 책상을 쳤다.

―그래도 반드시 신고해야 해. 너는 이 현실 세계에서 습격을 받았
어. 지금은 현실 세계의 이야기로 돌아가지 않으면 안 돼. 나는 네가
말하는 영혼이니 회색이니 하는 건 믿지 않아. 내가 믿는 건 눈에 보이
는 것뿐이야. 너는 눈에 보이는 것에 목을 졸렸어. 그렇다면 우선 이

세계를 관장하는 경찰에 알려야지. 첫째로, 우리에게는 보이지 않는 것과 싸울 수 있는 능력 같은 건 없어. 어떻게 해야 좋을지, 중학교 1학년인 우리로서는 전혀 아는 게 없잖아.

공감을 표하는 많은 아이들의 목소리가 가도노에게로 향했다.

—그럴지도 모르지. 그렇다면 우지이에는 일단 경찰에 신고하는 게 좋겠다. 하지만 동시에 우리도 뭔가 행동을 하자.

시라토가 온화한 어조로 설득했다. 그때, 칠판 위의 카메라가 아주 조금 움직였다. 그 순간을 목격한 도오루가 당황하여 시라토를 돌아보았다. 시라토는 반 아이들을 향해 한 걸음 나서서 더욱 힘차게 말하기 시작했다.

—순찰대를 만들고 여럿이 뭉쳐서 학교 안을 둘러보자. 그러면 상대를 조금이나마 흔들어놓을 수 있어. 우리 쪽도 점점 기운이 날 거고. 중요한 건 우리가 한 덩어리로 뭉치는 거야. 절대로 겁내지 말자. 힘을 합쳐서 범인을 잡는 거야.

시라토가 말을 마치기도 전에 히카루가 큰소리로 웃어젖혔다. 카메라가 마치 시라토에게 조준을 맞춘 듯 스르르 움직였다. 히카루가 가도노의 어깨를 잡으며 고함을 내질렀다.

—뭐가 한 덩어리야? 양들이 한 덩어리로 뭉쳐봤자 도대체 뭘 할 수 있겠어? 너희는 양떼야. 목초를 먹고 우르르 몰려다니는 것밖에는 아무 능력도 없는 동물이라고. 양치기는 너희보다 몇 배는 머리가 좋아. 양이 떼로 뭉쳐봤자 양은 어차피 양이야. 너희 같은 것들이 뭘 할 수

있어!

　도오루는 칠판 위의 카메라를 노려보았다. 교실 안에는 히카루의 웃음소리만 음산하게 울려 퍼지고 있었다.

제3부

잠이 깬 것인지 아직도 꿈의 연장선상에 있는 것인지 알지 못한 채 도오루는 침대 안에서 잠에 취해 있었다. 나른한 사고의 중심에 의식의 기둥이 일어서는 것을 까막까막한 감각 속에서 인지했다. 마치 종점 없는 제트 코스터에 올라탄 듯 거센 피로와 무력감에 휩싸여 있었다.

꿈인가 하고 도오루는 마음속으로 생각했다. 그 순간, 각성은 명백한 것이 되어 도오루에게 밀려왔다. 의식을 에워싸고 있던 뭉클뭉클한 안개가 서서히 걷히면서 도오루는 와락 끌려나오듯이 분명하게 눈을 떴다.

두서도 없는 꿈이었던 건 틀림이 없지만 생각해내려고 하는 끝자락에서부터 마치 모래성이 바람에 무너지듯 아슬아슬하고 어이없이, 깨끗하게 지워져갔다. 꿈의 꼬리는 붙잡자마자 연기로 변해버렸다. 눈을 깜빡일 때마다 꿈의 여운은 기억의 지평선 끝에서 신기루처럼 흐려져서 흐물흐물 흔들렸다.

잠을 자는 동안에 머릿속에서 엄청난 일이 일어난 것 같다는 건 알고 있었지만, 그것이 얼마나 엄청난 꿈이었는지는 전혀 짐작도 가지 않았다. 단지 잠이 깨고 나면 언제나 머릿속이 자고 있는 동안 힘껏 주물려진 듯한, 알지 못하는 사이에 방 안의 가구 배치가 바뀌어버린 것처럼, 혹은 거울을 들여다보니 거기에 전혀 다른 사람이 있는 것처럼, 놀라움만이 어째서 놀라는지조차 모르는 채 그곳에 덩그러니 남아 있었다.

그날 아침, 자리에 누운 채로 벽의 한 점을 멍하니 응시하고 있던 도오루는 문득, 하루하루 경험했던 것을 매일 밤 꿈속에서 마치 비디오를 재생하는 듯한 느낌으로 되풀이해서 보고 있는 게 아닐까, 하고 생각했다.

낮 동안에 도오루는 자주 기시감을 느꼈다. 하루에 수차례, 많은 때는 몇십 번씩, 문득 어느 순간 무언가를 보거나 하거나 느끼거나 누군가를 마주칠 때면 그리움과도 같은 감각에 휩싸였다. 어디서 봤는지 생각나지 않는 그 '데자부' 야말로 현실이 꿈을 되풀이해서 더듬고 있다는 증거가 아닐까. 그리고 나아가 나날이 경험한 것을 다시 한 번 꿈속에서 반추하기 때문에 아침에 일어났을 때 녹초가 되어 있는 건 아닐까. 뻔히 알고 있는 것을 되풀이하는 일만큼 두려운 것도 없다.

생각이 나지 않는데도 의식 속에는 또렷이 남아 있는 꿈. 그 기묘한 감각을 안은 채 도오루는 침대에 일어나 앉아 얼굴을 쓱쓱 문질렀다. 눈 속에 아직도 꿈의 잔상이 남아서 희끗희끗 명멸을 거듭했다. 하지만 그것은 신기루, 붙잡는 일 따위는 할 수 없었다. 서두르지 않고 천천히 눈을 떴다. 책상을 마주하고 히카루가 앉아 있었다. 딱히 무엇을 하는 것도 없이 그저 그곳에 앉아 있었다. 그 등판을 도오루는 바라보았다. 얌전하게 도오루에게 등을 향한 채 멍하니 앉아 있는 저 히카루라는 존재야말로 어쩌면 또 다른 꿈인지도 모른다.

인생이란 모두가 말하듯이 멋진 것일까, 아니면 나쁜 꿈일까.

대체 무엇이 현실일까 하고 도오루는 자신에게 뇌까리며 집을 나섰다. 주택가의 그저 그런 평범한 풍경이 평소 그대로 펼쳐져 있었다. 이층집, 삼각형의 지붕, 허공을 가르는 전선, 전봇대, 벽돌 담, 쓰레기 하나 없는 아스파트 길. 마치 컴퓨터 그래픽 같은 동네. 오른쪽으로 돌아 건널목에 멈춰 서서 차가 지나가기를 기다렸다가 네거리를 건너간다. 도오루는 교통량이 많은 십자로 한 귀퉁이에 서서 정확하게 억제된 자동차며 사람의 흐름을 내다보았다. 지금 바라보는 세계가 환상이 아니라는 증거 따위는 어디에도 없었다. 신호등이 빨간 불로 바뀌고 한쪽 편의 흐름이 멎었다. 그러자 이번에는 또 다른 편이 일제히 흐르기 시작했다. 오고 가는 자동차의 흐름을 눈으로 쫓으며 도오루는 거듭 눈을 깜빡였다. 눈이 건조해서가 아니라 위 눈꺼풀과 아래 눈꺼풀로 순간이라는 것을 붙잡아보려고.

사거리 맞은편에서 히카루를 발견했다. 왜 저런 데 가 있는지, 늘 그렇지만 도오루는 알지 못했다. 단지 히카루도 도오루와 마찬가지로 십자로 한 귀퉁이에 서서 오고 가는 자동차며 사람들을 응시하고 있었다. 몰래 카메라를 찍는 듯한 기묘한 풍경이었다. 버스나 트럭이 눈앞을 지나칠 때마다 시야에서 히카루가 사라졌다. 하지만 다음 순간, 다시 불쑥 나타났다. 누군가 자신을 바라본다는 것을 깨닫지 못한 사람의 방심한 얼굴로 어디라고도 할 수 없는 곳을 멍하니 바라보고 있었다. 나도 저런 식으로 이곳에 서 있으리라, 도오루는 문득 깨닫고 당황하여 저도 모르게 주위를 둘러보았다. 수많은 사람들이 횡단보도를 건너거나 신호가 바뀌기를 기다리고 있었다. 누구 한 사람, 도오루의 존재를 알아차리지 못했다. 도오루는 유쾌해졌다.

시라토와 함께 형사들을 만나고 온 직후에 도오루는 다시 한 번 몽타주 수사관과 작업에 들어갔다. 하지만 아무리 기억을 더듬어도 그림으로 나오는 건 히카루의 얼굴, 즉 도오루 자신의 얼굴이었다.
　―역시 이건 누가 보든 도오루 군인데?
　초로의 몽타주 수사관은 난처해서 어쩔 줄 모르는 얼굴로 목소리를 낮추어 말했다. 몇백 장씩 인쇄해서 배부했던 몽타주를 회수하는 일도 엄청난 수고였는데 새로 작업한 몽타주가 이전과 별 차이가 없으니 수사관은 어찌해야 좋을지 몰라 머리를 싸쥐었다.

—도오루, 그때 교정에서 목격했던 남자의 어떤 부분을 보고 아, 저 사람이다, 하고 생각했어?

시라토가 곁에서 도움을 건네 왔다. 몽타주 수사관은 "그래, 거기서부터 다시 한번 생각해보자"라고 이마의 땀을 닦으면서도 별로 기대하지 않는 듯한 기색으로 동의했다.

—문득, 왠지, 거기에 시선이 갔어요. 그리고 서서히 알아차렸어요.

기억을 더듬으며 설명했지만 곧바로 말은 끊기고 입은 반쯤 열린 채 움직이지 않았다.

—도오루 군, 그 남자를 범인이라고 깨달았을 때, 뭐랄까, 가장 큰 계기는 어떤 부분이었지? 뭔가 있었을 텐데, 바로 저거다 싶은 게?

몽타주 수사관이 기다리다 못해 말을 꺼냈다.

—저어, 그러니까……

도오루는 눈을 감고 몇 초 동안 생각에 잠겼다.

—역시 분위기인가? 머리형하고 얼굴 표정 같은 게……

—어떤?

—머리형요? 보통이었어요. 표정은, 그게, 별다른 특징이 없는, 하지만, 그렇지, 독특한 분위기가 있었어요. 한 번 보면 잊을 수 없는 어떤 느낌.

—그러니까 그게 어떤 거였어?

─그러니까 으스스한 느낌이라니까요. 어쩐지 수상하고, 위압적인 느낌.

"허어 참, 도오루 군, 그래서야 너무 추상적이지"라고 말하며 수사관은 미간에 주름을 잡은 채 연신 고개를 갸웃거렸다.

─눈썹은?

─눈썹은 굵고, 아니, 그게 아닌데. 에에 또, 옆으로 길고⋯⋯

결국 이야기는 한 바퀴 맴돌아 다시금 어딘가 도오루를 닮은 얼굴이 나오고 말았다. 도오루는 완성된 그림과 거울에 비친 자신을 견주어봤다. 시라토도 "이건 도오루 너야"라고 단언했다. 그 그림을 지그시 노려보고 있는 동안, 도오루는 스스로 확신하는 것, 신념 그리고 머릿속에 있는 기억, 의지, 추억, 그런 것들을 포함한 이 세계 전부가 다시금 뒤흔들리는 것을 느꼈다.

시라토가 결성한 순찰대에는 결국 에지리, 기노시타, 후지와라가 참가했다. 도오루를 포함한 다섯 명은 점심시간과 방과 후에 교내를 돌았다. 1학년 건물이 순찰의 중심 장소였지만 때로는 운동장 구석이나 체육관 뒤, 도서관 책상 아래까지 살피고 다녔다. 2학년, 3학년 쪽 건물까지 나가는 일도 있었다. 순찰대의 선두에 선 것은 시라토였다. 팔뚝에는 여학생들이 만들어준 '순찰대'라는 완장을 차고 팔을 휘두르며 힘차게 돌아다녔다. 물론 범인을 찾고 교내의 이변(異變)을 알아내는 게 주된 목적이었지만 그것과는 별도로, 씩씩하게 돌아다니는 모습을 보여줌으로써 겁에 질린 아이들에게 용기를 심어주자는 것도 있었다. 때로는 큰소리로 말을 주고받고 일부러 천진하게 웃어가며 계단을 뛰어오르기도 했다.

3학년 건물을 돌아볼 때 점보가 앞을 가로막았다. 항상 보던 위압적인 눈빛이 아니었다. 호주머니에 손을 넣은 채 쿨한 미소를 던지며 점보는 말했다.

—너희들, 조심해라. 무슨 일이 생기면 우리가 금세 뛰어갈 테니까 큰소리로 알려줘.

잔뜩 긴장했던 시라토가 어깨 힘을 스르르 풀어냈다.

—고맙습니다! 그런 때는 꼭 도와주십시오!

시라토는 점보 옆을 지나쳐갔다. 에지리와 기노시타는 점보에게 인사를 하고 시라토의 뒤를 따랐다. 도오루는 영락없이 히카루처럼 헤실헤실 입가가 풀어져 있었다. "무슨 일이 생기면 선배들이 뛰어와서 도와주겠대"라고 몸짓을 섞어가며 자못 자랑스럽게 떠들었다. 시라토도 웃음을 보였다. 하지만 잠시 긴장이 풀렸던 그 입가는 책임감 때문에 다시금 팽팽히 당겨졌다.

소년들 특유의 정의감에 휩싸여 학교 안을 돌아다니는 순찰대를 유리창 너머로 창백한 얼굴의 학생들이 지켜보았다. 성원을 보내는 것도 아니고 지나친 기대나 비판을 하는 것도 없이 그저 가만히 상황을 지켜보고 있었다.

어느 날, 옆 반 아이가 찾아와 순찰대에 참가하겠다고 신청을 해왔다. 순찰대의 얼굴이 일제히 환해졌다. 후지와라가 흥분한 기색으로 당장 새 완장을 만들어주겠다고 약속했다. 그리고 그 뒤로도 서서히 동지들이 불어났다. 어떤 불안이나 공포 속에서도 소년 특유의 정의감이 완전히 소멸되는 일은 없었다. 참가자들이 하나둘 불어날수록 순찰대의 사기도 점점 높아져갔다.

─저기, 나도 할래!

누군가가 계단 층계참에서 순찰대에 말을 붙여왔다.

─저어, 나도 같이 순찰해도 돼?

방과 후, 수업 종이 울림과 동시에 몇 명의 아이들이 우르르 다가와 말했다.

도오루는 가슴이 뿌듯했다.

─순찰은 무슨 순찰? 쳇, 완전 골목대장이구나, 너희들?

히카루가 비웃었지만 도오루의 귀에 그 말은 괜한 억지소리로만 들릴 뿐이었다.

─도오루, 순찰대라는 촌스러운 데 참가하는 거, 정말 한심해보여. 제발 관둬. 코흘리개 어린애들처럼 유치해서 정말 못 봐주겠다고.

순찰대의 맨 앞에 서서 걸어가는 건 시라토였다. 치마를 펄럭이는 남학생이 아이들을 이끌고 순찰하는 것이라서 보도 관계자들이 가장 먼저 관심을 가지고 몰려들었다. 인터넷에서도 다루어졌다. 순찰대가 화제에 오르면 오를수록 시라토의 존재가 부각되고 일부러 시라토를 보러 찾아오는 구경꾼도 불어났다. 그렇게 시라토가 두드러질수록 도오루는 왠지 질투심과도 같은 불안감이 들었다.

도오루는 시라토의 강력한 충고를 발판으로, 히카루를 완전히 무시하려고 애썼다. 말을 걸어와도 전혀 귀를 기울이지 않았고 행여 심각하게 받아들이지 않도록 조심했다. 히카루의 망나니짓은 예전보다 더 격렬해졌지만, 시라토의 충고대로 적당히 흘려듣는 것으로 더 이상 거기에 휘둘리는 일은 없었다.

─도오루, 암사자가 또 샤워를 하고 있어. 틀림없이 밖에서 또 나쁜 짓거리를 하고 왔을 거야. 어휴, 정말 지겨운 여자다.

도오루는 스스로에게 말하듯이 "뭐, 아무려면 어때? 다들 고독해서 그런 건데"라고 중얼거렸을 뿐이다. 히카루의 어떠한 도발에도 "그저 사람이란 다 제각각인 거야"라고 대충 넘어가고 그 말에 휘둘리지 않도록 주의했다.

─그럼 저 여자가 샤워하는 동안에 핸드백을 들여다보자. 뭔가 엄청난 것이 나올지도 몰라.

도오루는 더 이상 참을 수 없을 때면 시라토의 말대로 자신의 마음을 침착하게 가라앉힌다는 의미에서 휴대전화를 마주하고 문자를 보냈다. 언제든 꼭 답장을 보내줄 거라고 시라토는 말했었다. 그리고 그 약속대로 언제든 시라토는 곧바로 답신을 보내주었다.

―이 시간에 누구한테서? 아, 그 남자 같은 계집애구나? 그런 애하고 놀다가는 너까지 치맛바람으로 나다니게 될걸? 집어치워, 그런 애하고는 사귀지 말라고.

문자에는 '히카루가 혼자서 개그하는 거야. 웃고 넘어가는 게 최고'라고 적혀 있었다. 저도 모르게 도오루의 뺨에 웃음이 번졌다.

―뭐야, 그 웃음? 기분 나쁘네. 뭐라고 써 있는데 그래? 야, 도오루, 나한테도 좀 보여 달라니까.

히카루는 도오루 옆을 빙빙 돌며 떠들어댔다. 도오루는 시라토에게 다시 문자를 보냈다.

―익숙해질 때까지 시간이 좀 걸리겠지만 이거 꽤 효과가 있을지도. 녀석의 독설이 한밤의 텔레비전 방송쯤으로 느껴진다.

―그렇지? 좋아, 그렇게 하는 거야. 분명 네가 이길 거다. 만일 또 다시 히카루에게 휘말릴 것 같으면, 정말 언제든 괜찮아. 꼭두새벽이라도 좋으니까 나를 깨워. 전화를 해도 좋고. 24시간 휴대전화를 들고 있을게.

하루 스물네 시간 나를 걱정해주는 사람이 있다. 꼭두새벽이건 한밤중이건 답신이 돌아온다. 우리 둘은 강하게 맺어져 있어, 라고 도오루는 생각하며 가슴께에 치미는 뭉클한 열기를 느꼈다.

―뭐야, 제기랄. 재수 없어. 나를 무시하겠다는 거지? 도오루, 너는 지금껏 나하고 살아왔어. 내가 사라졌을 때는 무지하게 외로워했으면서. 큰 소리로 엉엉 울었으면서. 그 고독이 다시 너한테 떨어져도 좋

아? 나 없이 사는 것을 상상할 수 있어? 지금은 일시적인 기분에 그 남자 같은 계집애의 도움을 받는지도 모르지만, 설마 그 애가 평생 네 곁에 있을 거라고 생각하는 건 아니겠지? 그 애는 어차피 타인이야. 언젠가 좋아하는 여자가 생기면 너 따위는 싸악 잊어버릴 거라고. 그 애의 마음속은 남자니까. 그리고 여자건 남자건 어차피 평생 그 애하고 살 수는 없잖아? 그때 당황해서 징징 울어봤자 이미 때는 늦어. 도오루, 그래도 좋아? 엉?

도오루는 히카루가 사라졌을 때의 외로움을 머릿속에 떠올리고 말았다. 이렇게 시끄럽고 귀찮은 히카루라도 막상 사라지면 마치 불이 꺼진 것처럼 마음이 컴컴해지리라, 지금은 곁에 있기 때문에 귀찮게 느껴지는 것뿐인지도 모른다, 라고 생각했다. 히카루가 갑자기 안절부절 못하는 도오루의 얼굴을 지그시 들여다보며 헤헹, 하고 놀렸다. 도오루는 의도하지도 않았는데 저도 모르게 시선을 돌려버렸다. 그건 그야말로 적에게 약점을 잡힌 자가 어물어물 시선을 피하는 것과 똑같은 꼴이었다.

─이거 봐, 도오루.

히카루가 달콤한 목소리로 속삭였다.

─나만큼 너를 알아주는 사람은 없어. 내 행동이나 말은 모조리 네가 바라는 것이거든. 네가 나와 헤어지기를 원해도 나와 너는 결코 떨어질 수 없어. 알겠니?

히카루가 도오루의 귓가에 후욱 숨을 끼얹었다.

―나는 곧 너니까.

뾰족한 무언가가 도오루의 마음을 찔렀다. 자신이 큰 타격을 받았다는 것을 알면서도 도오루는 필사적으로 아무렇지도 않은 척했다. 웃고 넘어가는 게 최고, 라던 시라토의 문자를 마음속에서 수없이 되뇌며 히카루의 눈을 똑바로 노려보았다. 하지만 그곳에는 부르르 떠는 자신이 비치고 있었다. 웃고 넘어가려고 했지만 한심하게도 자신의 풀어진 입가는 그대로 얼어붙었다.

―거봐, 나를 무시하지 못하겠지? 나는 너인걸. 네가 아무리 그 남자 같은 계집애하고 사이좋게 지내봤자, 키스 따위를 해봤자, 어차피 그 애와 너는 남남이야. 하지만 나와 너는 달라. 너는 나야. 내가 너인 것처럼.

―하지만 지난번에 너는 내가 아니라고 했었잖아.

히카루가 대어를 낚아 올린 어부 같은 얼굴로 헹, 코웃음을 치며 하얀 이를 내보였다. 도오루는 아차, 하고 생각했지만 이미 때는 늦었다.

―그랬지! 내가 그랬었어!

히카루를 그냥 무시하지 못한 자신의 실수를 깨닫고 도오루는 겁이 나서 다급히 목을 움츠려버렸다.

―도오루, 그래, 나는 네가 아니라고 분명 말했어. 하지만 그건 잘못 말한 거였어. 정정할게. 나는 너야. 그리고 너는 나야.

―히카루, 너는 비겁해!

히카루가 마침내 사냥감을 제압했다는 얼굴을 했다. 늑대처럼 날카로운 이가 그대로 드러났다.

—비겁하다고? 이런 멍청한 녀석!

도오루가 부르르 떨었다.

—네가 아무리 나를 미워하고 싫어해도 나는 너에게서 떠나지 않아. 그럴 수밖에 없지, 나는 너거든. 나는 또 하나의 너거든.

—또 하나의 나? 거짓말. 히카루 너는 내가 아니야. 나는 너처럼 나쁜 생각을 한 적이 없어. 난 분열된 게 아니란 말이야.

—그럼 어째서 나는 다른 사람들에게는 안 보이지?

—그, 그건 네가 나한테 씌었기 때문이야.

재미있는 소리를 하는구나, 하고 중얼거리자마자 히카루가 코웃음을 쳤다. 도오루는 턱을 당기고 내내 시선을 피하고 있었다. 시라토에게 도움을 청해야 한다고 생각했다. 하지만 손가락이 떨려 마음먹은 대로 휴대전화 버튼을 누를 수가 없었다.

—씌었다고? 그러니까 내가 악령 같은 거라고?

—나도 모르겠지만 틀림없이 그런 거야. 아니, 이참에 분명하게 말해주지. 히카루, 네가 바로 회색 아냐? 무서워서 지금껏 차마 말을 못했지만 네가 모든 일을 배후에서 조종하고 있는 거야.

말을 하다가 도오루는 그만 입을 다물었다. 지나치게 말을 많이 했다는 것을 문득 깨달았기 때문이다. 그토록 주의를 받았는데도 도오루는 완전히 히카루의 페이스에 말려들고 있었다. 히카루는 턱을 쑥 내밀며 아하, 하고 다시금 이를 번뜩였다. 히카루의 손이 도오루의 어

깨를 움켜쥐었다. 도오루는 부르르 떨며,

―지하 학교 경비실에 있었잖아. 네, 네가 바로 견신빙이야.

하고 소리쳤다. 그 순간 손에 쥐고 있던 휴대전화가 울려 문자가 도
착했다는 것을 알려주었다. 도오루는 필사적으로 손가락을 움직여 메
시지를 읽었다. '괜찮아? 벌써 자냐?' 시라토에게서 온 것이었다.

―뭐, 그건 어쩌면 나인지도. 하지만 그 학교도 기리시마도 전부 실
제로는 네 머릿속에서 조립해낸 환상이야. 회색은 바로 네 안에 있다
는 얘기야.

―거짓말!

―거짓말이 아니지. 초등학교 때, 너는 학교가 무너져버렸으면 좋
겠다고 했었지? 흥, 잊어버렸다는 말은 못할걸?

도오루는 히카루의 한 마디에 돌연 생각이 나고 말았다. 아이들에
게 따돌림을 받던 무렵에 히카루가 말한 대로 학교가 무너지기를 원
했던 일이 있었다. 학교가 없어지면 이런 고통을 겪지 않아도 될 거라
고 생각했다. 히카루와 함께 '회색놀이'라는 게임을 만들어내고, 학
교 여기저기에 회색 크레용으로 ×표시를 하고 다녔다. 화장실 문 안
쪽에, 체육 도구실의 도약대며 매트에, 복도의 벽은 물론이고 교무실
유리창에도, 교문이며 뒷문의 쇠 울타리에도, 신발장 안쪽이며 화단
벽돌에도 ×표시를 했다. ×표시를 한 곳은 수백 군데에 이르렀지만,
물론 그 크레용에 의한 공격은 색깔이 회색이어서 그다지 눈에 띄지
않았고 다양한 것과 동화되기 쉬운 색깔이기도 해서 선생님이나 직원

들에게 발견되거나 문제화되는 일은 없었다. 도오루는 ×표시를 휘갈겨 쓰면서 마음속으로 부서져버리라고 내내 외쳤었다.

필사적으로 휴대전화를 조작했다. 문자를 써넣을 수 없어 아무것도 쓰지 않은 채 송신 버튼을 눌렀다. 그것을 몇 차례나 거듭했다.

─저거 봐, 역시. 도오루, 네가 범인이었던 거 아니냐? 후 짱이랬지? 그 얼간이 같은 영혼이 말한 것처럼 이 학교에는 저주가 걸려 있어. 그건 너의 저주야. 네가 이 학교에 저주를 건 거 아냐? 네가 이 학교를 회색으로 만들었어. 온 학교에 회색 ×표시를 하고 다녔다고. 네가 원했기 때문에 저 희생자들이 나왔어. 그러니까 네가 죽인 거야. 도오루, 네가!

─아냐!

─좋겠네 뭐, 네 소원이 전해졌으니.

─어디에?

─글쎄, 어딜까? 뭐, 그런 나쁜 소원만 전문적으로 받아주는 곳에 전해졌겠지, 분명. 서양인이 말하는 악마의 세계라든가 아니면 동양식으로 도깨비 나라 같은 곳에.

휴대전화가 울렸다. 문자가 아니라 호출음이었다. 시라토가 걸어온 것이었다. 도오루는 통화 버튼을 누르고 서둘러 휴대전화를 자신의 귀에 갖다 댔다.

─도오루, 괜찮아? 무슨 일이야?

─히카루하고 이야기를 해버렸어.

―안 되지, 이야기하면.

히카루가 귀를 바짝 세운 채 입 꼬리 양옆을 아래로 늘어뜨렸다.

―히카루가 자기는 자기래. 아니, 그게 아냐. 히카루가 나라고 하고 있어. 어릴 적에 내가 세계의 파멸을 기원했던 일이 있었어. 그것 때문에 지금 희생자가 나왔다고, 내가 학교가 무너졌으면 하고 바랐던 탓이래.

―진정해, 도오루. 녀석의 덫에 걸리면 안 돼.

금세라도 덤빌 듯한 기세로 히카루가 도오루에게 한 걸음씩 다가들었다. 사냥감을 궁지에 몰아붙인 사냥꾼의 눈이었다. 입가에는 희미한 웃음을 띠었다. 도오루는 겁에 질려 목을 한껏 움츠리고 벌벌 떨 수밖에 없었다. 그러자 다음 순간, 히카루가 돌연 덤벼들었다. 도망치려 했지만 품 안에 끌어들여 억지로 입술을 들이댔다.

―도오루, 똑똑히 봐.

―하지 마!

도오루는 필사적으로 저항했다.

―도오루, 똑똑히 네 마음을 응시해.

―시끄러워! 하지 마! 입 다물어!

히카루가 도오루의 입술을 빨았다. 도오루는 눈을 크게 뜨고 눈앞에 다가든 히카루의 눈을 응시했다. 호흡이 멈췄다. 맥을 치는 고동만 툭툭 머릿속을 뒤흔들었다.

―시선을 피하지 말고 세계를 똑똑히 응시해. 회색에 지지 말고. 회

색에 지지 말고. 회색에 지지 말고!

도오루의 부르짖음에 암사자가 뛰어왔다. 방문은 부서진 그대로였다. 샤워를 하다 막 뛰쳐나온 암사자는 몸의 앞부분을 타월로 감춘 모습으로 퉁탕퉁탕 방으로 뛰어들더니 귀에 거슬리는 소리로 외치는 것이었다.

―왜 그래! 도오루!

히카루는 웃음을 터뜨리며 외쳤다.

―저거 봐, 네 어머니야! 음란한 여자! 집안의 수치!

도오루는 더 이상 견딜 수 없어 바닥에 주저앉아버렸다. 복도에서 비쳐드는 빛을 받아 김이 피어오르는 암사자의 벗은 몸이 요염하게 떠올랐다. 휴대전화 스피커에서 시라토의 걱정스러운 목소리가 들려왔지만, 이미 도오루는 휴대전화를 다시 집어들 수도, 벌어진 입을 다물 수도, 얼굴을 돌릴 수도 없었다.

이건 나쁜 꿈인 걸까.

그게 아니면.

어린 도오루는 양지 쪽에 무릎을 안고 앉아 있다.

동그랗게 말고 있는 등에 햇살이 와 닿고 따스한 봄기운에 홀려 까막까막 졸려온다. 그곳이 어디인지 어린 도오루는 알지 못하고 굳이 알 필요도 없다. 무르팍에 뺨을 얹고, 양지쪽을 헤매고 다니는 개미를 내려다본다. 개미는 제가 있는 자리를 확인해가며 부지런히 옮겨 다니지만 오락가락하는 그 지그재그의 발자취가 무질서하면 무질서할수록 거꾸로 미리 누군가 그렇게 하라고 지정해준 행동처럼 보인다. 어린 도오루는 눈을 깜빡였지만 눈꺼풀 끝에 남아 있던 눈물 때문인지, 안구에 파문이 번지는 것처럼 내다보이는 것들이 아주 조금씩 흔들린다. 다시 한 번 도오루는 눈을 깜빡인다. 개미는 그 사이에 물동이 발치의 침침한 그늘 속으로 기어들어가 어디 있는지 더 이상 분간해 낼 수 없다. 어린 도오루는 하품을 씹으며 천천히 일어나 물동이 앞에 선다. 생각했던 것보다 몸집이 퉁퉁한 물동이가 양지쪽에 서 있다. 어린 도오루는 자신의 키보다 높은 물동이 주위를 태양과 함께 돌기 시작한다. 반쯤 돌아가자 나무 발판이 있고, 도오루는 그다지 망설일 것도 없이 그곳에 올라선다. 물동이 가장자리에 손을 짚고 태양을 바로 위로 느끼며 어린 도오루는 끌려들듯이 물동이 안을 들여다본다. 그 안쪽 면은 어둡고 우둘투둘한 인상이지만 바로 밑에 햇빛을 받은 수면이 있어서 반짝반짝 눈을 찌르듯이 강하게 빛난다. 동시에 수면 아래는 무섭도록 어둡고 깊어서 그곳에 있는 것이 무엇인지 알 수 없다. 수면에는 투명한 파란 하늘이 비쳤고 그것은 푸르디푸른 파란색이 아니라 흑의 성분이 많이 포함된 짙은 감청색 세계로 마치 거울을 보는 것 같다. 잘디잔 진동이 수면을 미세하게 흔들었다. 그리고 이따금 그 진동 위를 빛의 일렁임이 스르륵 눈이 깜빡이듯이 이동해간다. 어린 도오루는 물동이 가장자리에 기어올랐다. 수면에 자신이 나타나, 들여다보는 자신을 올려다본다. 등 뒤에서 비쳐드는 햇빛이 수면에 비치는 도오루의 윤곽을 그려내며 반짝거리게 한다. 어린 도오루는 자신을 만져보려고 물동이에 다리를 걸고 거기에 몸을 내밀어 손을 뻗었지만, 수면에 손이 닿을락말락한 그다음 순간 균형을 잃고 그대로 물동이 안으로, 밤의 바다에 내던져지듯이 어둡고 깊은 물속으로 낙하한다. 무수한 물거품에 햇빛이 반사하고 어린 도오루는 물속에서 그 거품의 무리를 올려다본다. 자신의 입에서 토해지는 거품 덩어리가 마치 육체에서 빠져나가는 영혼처럼 수면을 향해 떠오른다. 가라앉으면 앉을수록 물거품의 수는 점점 줄어들고 빛은 점점 좁아져서, 이제는 물동이의 둥그런 가장자리만 암흑 물속 아득한 저 끝에서 청정한 물을 가득 채운 별처럼 푸르게 빛났다. 어린 도오루의 몸뚱이는 어디라고도 할 수 없는 곳에 둥실 떠오른 채, 이미 낙하도 가라앉음도 움직임도 없이 그저 멍하니 그 푸르디푸른 둥근 것을 응시하며 떠돌기 시작한다. 문득 어디선가 자장가가 들려온 것 같다고 느꼈지만 그건 생각 탓인지도 모른다. 누군가가 다정히 쓰다듬어주는 듯한 부드러운 감촉이 되살아났지만 그것 역시 생각 탓일 것이다.

올려다보는 시야의 끝에 시라토의 얼굴이 있었다. 언제부터 시라토가 거기에 있었는지 도오루는 알지 못했다. 드러누운 도오루의 축 늘어진 머리며 이마며 뺨이며 목덜미를 시라토는 다정하게 쓰다듬고 있었다. 도오루는 시라토의 팔 안에 있었다. 입을 반쯤 벌린 채 천천히 숨을 들이쉬고 내쉬고 있었다. 무슨 일이 일어났는지, 아니면 일어나고 있는 것인지, 혹은 일어나버린 것인지, 도오루는 전혀 알지 못했다. 그저 곁에 시라토가 있었다.

—제가 옆에 있을게요. 일이 생기면 깨워드릴 테니 그만 주무세요.

시라토는 그렇게 말하며 암사자를 내보낸 뒤에 도오루를 품에 안았다. 도오루는 시라토를 올려다보았지만 말을 잇지 못했다. 뭔가 말을 하려고 하면 머리 안쪽이 지끈지끈 아팠다. 하지만 자신이 정상이 아니라는 것을 인정하지 않을 도리가 없어서 그 생각을 하면 분함으로 눈물이 번졌다.

—아무 생각도 하지 마. 마음 푹 놔, 내가 여기 있을 테니까.

시라토가 목소리를 낮추어 말하며 도오루의 손을 꼭 쥐었다. 거기에는 피가 통하는 인간의 온기와 다정함이 있었다.

—내 머리가 이상해져버린 거지? 나는 정상이 아니지?

도오루는 눈을 감은 채 가물가물한 의식 속에서 물었다.

—그렇지 않아. 나한테도 그런 시기가 있었으니까 잘 알아. 내가 남자인지 여자인지 알 수 없어서, 정말 정신이 이상해진 게 아닌가 고민했던 적이 있었어. 하지만 나는 전혀 이상하지 않아. 이런 식의 정상이라는 것도 있는 거야. 도오루, 너도 마찬가지야. 조금도 이상할 거 없어.

도오루의 감은 눈꺼풀에서 눈물이 방울방울 뺨을 타고 흘러내렸다.

시라토가 다정하게 도오루의 머리를 쓰다듬었다.

　—정상 같은 건 없다더라. 다들 정상이 아니고, 또 어떤 의미에서는 지나치게 정상이야. 그런 것에 일일이 신경 쓰면 안 돼.

　시라토는 도오루 곁에 누웠다. 처음에는 가만히 도오루를 내려다보고 있었지만, 도오루가 깊이 잠든 것을 확인한 뒤에는 도오루의 등에 꼭 붙어 뒤에서 끌어안는 모습으로 나란히 잠을 잤다.

　창문으로 비쳐드는 아침 햇살에 도오루는 잠에서 깨어났다. 꿈을 꾸었던 것 같은데 늘 그렇듯이 그것이 형태를 맺는 일은 없었다. 그저 몽롱하게 정체를 알 수 없는 것이 머리 안쪽에 똬리를 틀고 있었다. 마치 토라져서 털퍼덕 주저앉은 히카루 그 자체 같은 꿈.

　게다가 그것은 아침 햇빛에 서서히 지워져갔다. 어떤 꿈이었는지 이미 생각나지 않았다. 무서운 꿈임에 틀림이 없지만 뜻밖에도 머릿속은 상쾌했다. 똬리를 틀고 있던 꿈도 의식이 맑아지면서 신기루처럼 어딘가로 사라져가는 것이었다.

　몽롱한 가운데서 도오루는 부드러운 무언가가 자신을 떠받치고 있다는 것을 깨달았다. 그것은 마치 쿠션처럼 도오루의 몸과 마음을 부드럽게 받아주었다. 밤새 자신을 내맡겼던 것이 시라토의 몸이라는 것을 도오루는 잠시 뒤에 깨닫고 뺨이 붉게 물들었다. 천천히 몸을 일으켜 자고 있는 시라토의 얼굴을 내려다보았다.

　너무도 무방비하게 잠든 얼굴이었다. 눈꺼풀은 꼭 감겨 있고 기다란 속눈썹 끝에는 아침 해가 머물러 움찔움찔 빛났다.

도오루는 사랑스러운 마음에 몸을 틀어 시라토를 끌어안는 포즈를 취했다. 왼손으로 시라토의 어깨를 안고 그 이마에 자신의 뺨을 대보았다. 도오루의 발끝이 시라토의 다리에 닿자 이번에는 시라토의 발끝이 마주 비벼왔다. 사랑스럽다는 생각이 어디선가 샘물처럼 솟구쳐 도오루의 마음을 후끈 달아오르게 했다. 오른손으로 시라토의 왼손을 쥐었다. 왼손으로는 시라토의 등을 쓸어내렸다. 뼈와 살갗 틈새에까지 속속들이 따스하고 부드러운 피가 흐르고 있었다. 도오루는 시라토의 머리칼이며 살의 향기, 시라토의 안쪽에서 배어나오는 냄새를 맡았다. 그의 왼손은 시라토의 잘록한 허리 언저리에서 명백하게 남자와는 질이 다른 매끄러운 여자의 피부와 조우했다. 형태를 맺지 못하는 상상에 마음이 흐트러져서 도오루는 저도 모르게 이마를 시라토의 이마에 부딪쳐버렸다. "아!" 하는 작은 소리를 내며 시라토가 눈을 떴다. 자고 있었다고는 생각되지 않을 만큼 반짝 눈꺼풀이 열리고 도오루를 빤히 쳐다봤다.

—야, 일어났어?

시라토의 말투는 남자애의 것이었다. 그 당돌하고도 어이없다는 듯한 말투에 도오루는 허를 찔려 뭐라고 대꾸해야 좋을지 모른 채 "응"이라고 웅얼거리고 말았다.

시라토는 도오루와 자신이 손을 맞잡고 누워 있다는 것을 깨달은 듯, 잠시 말문이 막혀 발끝만 꼼지락거리고 제 손을 어떻게 해야 좋을지 모른 채로 마주 쥐어왔다. 그러고는 머리를 조금 움직여 그 동그란 눈으로 도오루를 응시했다.

—깜빡 잠이 들어버렸네.

—응, 봤어.

—으, 싫다. 자는 얼굴을 봤구나?

—미안. 내내 보고 있었어.

시라토는 웃음을 터뜨렸다. 그러고는 갑작스럽게 쥐고 있던 손을 떼더니 미소를 지으며 도오루의 목에 팔을 둘렀다. 시라토의 몸이 도오루에게 찰싹 달라붙었다. 시라토의 얼굴이 도오루의 어깨에 와 있었다. 도오루는 어떻게 해야 좋을지 알 수 없었다.

—으, 춥다, 진짜.

시라토가 불퉁불퉁 말했다. 도오루는 당황하여 시라토를 끌어안았다. 상상했던 것보다 훨씬 시라토의 몸은 가늘었다.

—야, 좀 더 꽉 안아봐.

명령조의 말이었다. 도오루는 팔에 힘을 넣었다.

—뭔가 느껴져?

너무 가까워서 시라토의 얼굴이 보이지 않았다. 시라토가 숨을 내쉴 때마다 도오루의 어깨에 따스함이 내달렸다. "응"이라고 도오루는 대답했지만 그다음 말을 잇지 못하고 머뭇거렸다.

—야, 어떤 식인데?

짓궂은 장난을 치듯이 시라토가 물었다.

―어떤 식? 음, 이상한 기분이야.

―어떤 식으로 이상하냐고.

―잘 모르겠는데, 아무튼 얼얼해. 뜨거워, 몸속이.

―그건 어떤 건데?

―지금까지 느꼈던 적이 없는 거. 좋은 건지 뭔지도 모르겠어.

―싫어?

―그런 건 아닌데, 약간 무서워. 앞으로 좀 더 나가보고 싶은 기분…….

―앞으로? 어디까지?

―해서는 안 될 듯한 일을 하고 싶어져.

―어떤?

―몰라, 경험한 적이 없어서. 하지만 분명 이건, 이 개운치 않은 기분은, 분명……

도오루는 당황하여 입을 닫았다. 시라토가 도오루의 목덜미에 제 입술을 갖다 댔다. 의식적인 것인지, 우연히 닿은 것인지는 알 수 없었다. 하지만 도오루는 깜짝 놀라 눈을 감아버렸다. 도오루는 시라토와 나누었던 포옹의 감촉을 고스란히 기억해낼 수 있었다.

―분명, 뭐?

―그거, 있지, 욕망이라는 거라고 생각해.

시라토가 놀라서 쓰윽 턱을 빼냈다. 그 얼굴에는 뭔가 멋진 것을 발견한 사람의 놀람이 넘치고 있었다.

―욕망? 나한테 욕망을 느낀다는 거야?

―응, 아마도. 이런 기분은 분명 그런 것인지도. 게다가 굉장히 무서워.

―뭐가 무서운데?

―앞에 뭐가 있는지 알려고 하는 내 마음이.

시라토는 침묵했다. 그러고는 다시 도오루의 품에 안겨들더니 견갑골 언저리에 얼굴을 들이대고 물어왔다.

―정말 알고 싶어?

도오루의 귓속에 열이 고이고 그 직후에는 이명이 울렸다. 시라토가 자세를 취하려는 듯 슬쩍 턱을 당겼다. 장난치는 아이 같은 얼굴이어서 왜 그러나 하고 들여다보았더니 그대로 느닷없이 입을 들이댔다. 시라토의 팔에 힘이 들어가고 도오루는 그에게 바짝 당겨졌다. 도오루의 마음속에 확고히 자리 잡고 있던 무언가가 너무도 쉽게 무너져버렸다. 시라토의 입술은 지금껏 없었을 만큼 열정적이고 게다가 열기를 띠고 있어서 마치 흡반처럼 도오루의 입술에 달라붙었다. 그곳에서 대량의 에너지가 도오루의 몸으로 주입되기 시작했다. 차례차례 뒤를 이어 대량의 무언가가 도오루의 내부로 쏟아져 들어왔다.

욕망이다, 라고 도오루는 생각했다.

하지만 그 욕망을 도오루는 어떻게 컨트롤해야 좋을지, 정력이나 활기에 의해 탄생된 욕망의 에너지를 어떻게 다루어야 좋을지, 너무도 혼란스러웠다. 무슨 영문인지도 모른 채 있는 힘껏 시라토를 끌어안았다. 어머니에 대해 품었던 사악한 욕망과는 다른, 순진하고도 투명한 에너지에 의해 지금껏 한 번도 경험한 적이 없을 만큼 강렬하게 도오루의 마음과 몸을 뒤흔들렸다. 자신의 몸속을 한없는 에너지가 휘돌았다. 시라토는 여느 때의 시라토가 아니었고 그 본능을 정면으로 부딪쳐오는 열 덩어리였다. 시라토가 어떤 마음으로 이런 행동을 하는지 도오루는 알지 못했다. 알아보려는 마음보다 먼저 동물적 감각이 도오루를 움직이게 했다. 하지만 그 야성의 행동 조금 더 깊은 안쪽에는 무언가 강한 두려움이 있었다. 단단해지려던 육체는 다음 순간에는 위축되었다. 하지만 그다음 순간에는 다시 단단해지고, 또 다시 그다음 순간에는 위축되었다.

무엇을 어디서부터 어떻게 손대야 할지 알지 못하는 탓에 도오루는 혼란스러웠지만, 그 혼란 속에는 욕망이 있었다. 엄청난 힘이 도오루의 내부에서 급속히 용솟음쳤지만 그것을 컨트롤하지 못한 채로 도오루는 시라토를 끌어안았다. 쓸모없는 에너지만 생산되고 거기에 공연한 힘이 더해져 스스로를 제어하기조차 불가능했다. 분출하는 마그마 속에 작지만 사랑스러운 빛의 싹을 찾아냈다. 분명하게 이해할 만한 여유는 없었지만, 붉디붉게 흐르는 마그마 틈틈이, 아주 조금 남아 있는 땅 위에 피어오르는 꽃의 존재를 도오루는 알아볼 수 있었다.

도오루는 사랑한다고 생각했다.

구체적으로는 어떤 행위를 사랑이라고 하는지는 알지 못하지만 그냥 시라토를 사랑하고 있다고 감지했다. 빙글빙글 맴돌기만 하던 마음은 그 깨달음 때문에 스르륵 마음의 밑바닥으로 가라앉아 정리가 되었다.

시라토가 도오루 위에 올라타고 그 손을 위에서 눌렀다. 흥분한 얼굴은 발갛게 상기되어 평소에는 냉정하던 시라토가 입술을 벌리고 필사적으로 아침 공기를 들이쉬고 있었다. 그 숨결이 도오루의 얼굴에 와 닿았다. 뜨겁고 싱싱한 숨결이었다.

―이대로 마지막까지 해버리면 어떻게 되는 거지?

시라토는 자신이 한 행동에 당황을 감추지 못한 채 부르르 떨며 말했다.

―넘어서는 안 되는 선이 있고, 분명 우리는 지금 그 앞에 와 있는 거지?

도오루는 필사적으로 숨을 들이쉬고 내쉬며 시라토의 말을 이해하려고 했다.

―이 선 너머에는 뭐가 있지?

눈앞에 다가든 시라토의 얼굴에 아침 해가 비쳤다. 하지만 그 빛나는 윤곽을 도오루의 몽롱한 의식은 미처 다 파악하지 못했다. 호흡을 할 때마다 몸 안쪽에서 아직 단단해지지 못한 무언가가, 컴컴한 무언가가 자신의 의사와는 달리 꿈틀거리는 것을 느꼈다.

―내 마음은 남자인데 나는 너랑 무슨 짓을 하려는 거지?

도오루는 필사적으로 고개를 좌우로 흔들었다.

―안에 있는 무엇이 열린 거지?

도오루는 모르겠어, 라고 마음속으로 중얼거렸다.

—도오루, 이 기분은 뭘까?

기쁜 마음이 들었다.

—그게 너한테도 있어?

시라토는 마주 고개를 끄덕여왔다. 두 사람은 서로의 손을 세게, 세게 맞잡았다. 그래도 두려움이 도오루의 결심을 방해하고 있었다.

—할 수 있어?

—모르겠어.

—하지만 만일 이 선을 넘는다면 회색을 이기는 거 아니야?

"회색을?"이라고 도오루는 되물었다.

—그래, 이건 사랑이잖아.

아마도, 라고 도오루는 시라토의 생각에 망설임 없이 동의했다. 자신이 느꼈던 마음을 말로 표현하기에 가장 적당한 말이 바로 사랑이었지만, 도오루는 동시에 이 사랑이라는 말만큼 이해하기 어렵고 진부하고 거짓스럽고 의미 파악이 힘든 말도 없다는 것을 잘 알고 있었다.

—이 선을 넘어서면 히카루는 더 이상 나타나지 않는 거 아니야?

도오루는 자기도 모르게 빳빳이 굳어서 눈을 깜빡이는 것조차 잊고 시라토를 빤히 바라보았다.

—그래, 틀림없이 히카루를 추방할 수 있어. 회색을 이 세계에서 산산이 흩어지게 할 수 있어. 그래, 이건 바로 사랑이니까.

그 순간, 도오루는 두려워했던 것이 무엇인지 알아차리고 말았다.

―히카루가 없어진다고? 없어진다고⋯⋯?

―그래, 회색을 이기는 거야.

―히카루가⋯⋯?

도오루의 마음이 다시금 불안에 빠지고, 결집하려던 힘은 급속히 흐트러지고 휘청거렸다. 도오루의 눈 속에 담긴 빛을 붙잡으려고 시라토가 다시 도오루의 입술을 빨았다. 씩씩하고도 주도적인 입장에서 도오루의 입술을 공격해댔다.

팽창하던 열에너지가 이번에는 급속히 시들어가는 것을 느꼈다. 하지만 이대로 물러서는 것은 불가능했다. 어떻게든 일으켜 세워야 해, 라고 도오루는 스스로를 타일렀다.

두 사람은 보이지 않는 선을 넘기 위해 서로의 마음을 격려했다. 하지만 넘으려고 하면 선은 엷어지고, 넘었는가 싶으면 선은 다른 곳으로 이동하고, 마치 도오루가 매일 밤 꾸었던 어이없는 꿈의 연장선상인 것만 같았다.

회색을 이기기 위해서는, 회색을 이 세계에서 몰아내기 위해서는, 마음과 몸을 하나로 만드는 수밖에 없다. 입맞춤을 하며 도오루는 스스로에게 강력히 말했다. 부드러우면서도 심지가 들어 있는 시라토의 입술이 도오루의 입을 막았다. 그리고 시라토는 도오루의 입 속에 자신의 숨결을 불어넣었다. 마치 풍선처럼 도오루의 구강이, 정신이, 육체가 팽창하는 것만 같은 느낌이었다.

시라토가 다시 한 번 몸을 일으켰다. 두 사람은 황급히 공기를 보급

했다. 시라토의 눈동자가 도오루를 내려다보았지만, 그 눈 속에서 눈동자가 미세하게 떨리고 눈의 초점은 침착성을 잃고 여기저기로 휘청거리고 있었다. 그곳에도 망설임이 있었다. 시라토 역시, 자신 속에 극복해야만 하는 선을 몇 가닥이나 안고 있었다. 자신이 남자인지 여자인지 알지 못하는 탓에, 그다음에는 어떻게 해야 할지 알지 못했다. 도오루를 구해야 한다고 생각했지만 시라토 역시 복잡한 선을 미처 건너지 못한 채 어쩔 줄 모르고 있었던 것이다. 도오루는 시라토에게 이 사랑을 갚아주고 싶다고 생각했다. 시라토의 성을 해방시키고 시라토라는 유일무이한 존재에 자유를 주고 싶었다.

이대로는 일이 진척되지 않겠다고 생각했는지 시라토는 셔츠의 단추에 손을 얹고 망설이면서도 하나하나 풀어내기 시작했다. 단추를 전부 풀어헤치자 시라토는 당당히 그 셔츠를 벗어던졌다. 사랑스러운 가슴이 나타났다. 가슴의 작은 봉긋함은 근육과는 다른 자연스러운 언덕 모양을 만들고 그 돌기에서 분홍빛 유두가 수줍어하고 있었다.

—이게 나야. 똑똑히 봐.

아침 햇빛을 휘감고 시라토는 도오루의 눈앞에 우뚝 솟아 있었다. 아낌없이 그 몸을 도오루에게 내보였다. 부드러운 여성의 곡선이 도오루의 마음을 자극하고 온몸에 다시금 새로운 피를 흘려보냈다.

—나는 여자의 마음은 갖고 태어나지 못했어. 줄곧 남자라고 생각하며 살아왔어. 하지만 너를 대하면서 품게 된 이 사랑의 마음이 그중 어느 쪽의 것인지 지금은 판단할 수가 없어. 그래서 나는 네게 전부 보

여주기로 했어.

　—어느 쪽이라도 좋아. 남자든 여자든.

　—정말이야?

　—어느 쪽이건 너는 넌데 뭐. 유키, 나는 네가 좋은 거야.

　—유키?

　시라토의 입가와 눈초리가 문득 나긋하게 휘어졌다.

　—내 이름을 불러준 건 처음인 거 같은데? 늘 '너'라고 했었지? 성별이 마음에 걸려서 이름을 불러주지 않는 거라고 내내 생각했었어.

　—유키.

　—고맙다, 도오루.

　시라토가 도오루를 덮쳤다. 도오루의 가슴에 시라토가 뺨을 비볐다. 도오루는 머뭇머뭇 시라토의 등을 껴안았다. 두 사람은 서로의 마음과 타협하려고 애쓰면서도 망설임과 욕망의 틈새에서 머뭇거리고 있었다.

　노크 소리가 정적을 깼다. 문득 정신을 차린 두 사람은 서로의 눈을 마주보았다.

　—도오루, 일어났니? 도오루!

　문 너머에서 암사자의 목소리가 들려왔다. 시라토는 깜짝 놀라서 벌떡 일어났고 벗어던진 셔츠를 찾아 급히 걸쳤다.

　—학교 갈 시간이야. 둘 다 일어나라.

등을 향하고 셔츠의 단추를 채우는 시라토를 도오루는 변함없는 마음으로 지그시 바라보고 있었다. 그렇지만 여느 때와는 다른 아침이었다. 종이상자를 뜯어다 막아둔 창문 윗부분을 통해 햇살이 무미건조한 방 안에 쏟아졌다. 부서진 문 너머에 새로운 세계가 기다리고 있는 것만 같았다.

서늘한 공기 속에 학교 학생들이 펭귄처럼 몸을 좌우로 잘게 흔들며 행진한다. 아침의 이 낯익은 풍경조차 도오루에게는 여느 때와는 다르게 보였다.

무언가가 자신과 시라토를 강하게 맺어주었다고 도오루는 강하게 확신하고 있었다. 헤아릴 수 없이 많은 사람들 중에서 오로지 시라토와 만날 수 있었다. 이것을 기적이라고 하는 것이리라. 자신의 마음을 타인이 이해해준다는 것은 얼마나 멋진 일인가. 스물네 시간 자신을 걱정해주는 사람이 있다는 것은 얼마나 마음 든든한 일인가. 도오루는 하늘에 붕 떠오를 듯한 기분으로 걸음을 옮기면서 저도 모르게 자꾸만 시라토 쪽을 돌아보았다. 눈이 마주치면 시라토는 부드러운 웃음을 되돌려주었다. 그때마다 어디에 있는지는 모르지만 분명코 존재하는 어떤 감정 기관이 찌르르 당겨왔다.

정문 앞 인도를 점거하고 있던 보도진이 반으로 줄어들었다. 어딘가에서 또 다른 큰 사건이 터진 모양이었다. 남아 있는 기자와 카메라맨도 들고 온 간이의자에 걸터앉아 따분한 표정들이었다. 드물게도 태양이 머리 위에 떠 있었다. 이런 때만은 회색도 힘을 쓰지 못했다. 상쾌한 아침 바람이 지나갔다. 커피를 마시던 카메라맨이 하품을 했다. 그 하품이 도오루에게도 전염되었다.

교실 중간쯤에 학생들이 둥그렇게 원을 그리고 있었다. 도오루와 시라토가 얼굴을 내밀자 아이들의 시선이 일제히 시라토에게 집중되었다. 에지리가 가져온 주간지에 사건 이후의 학교가 특집으로 실려 있었던 것이다.

속표지에는 무슨 이유에선지 학교를 대표하는 형식으로 시라토의 전신사진이 실렸다. 팔에 완장을 차고 배경에는 학원 창립자의 동상과 건물 일부가 보이는 걸 보면 교정을 순찰하던 때에 망원 카메라로 촬영한 모양이었다.

—굉장하다, 이렇게 큼직하게.

기노시타가 흥분한 기색으로 말했다.

—하지만 사진이 별로야. 시라토는 훨씬 더 잘생겼는데.

후지와라가 불만스럽게 툴툴거렸다.

눈에 검은 선이 있었지만 누가 보더라도 시라토라는 건 한눈에 알아볼 수 있었고, 그 사진 아래에는 '사건 이후의 학교, 그들의 불안한 나날'이라는 캡션이 달려 있었다. 그다음 페이지에는 도오루의 사진이 몇 장 실려 있었다. 의식불명 상태로 발견된 직후 구급차로 병원에 실려 가는 과정을 연속으로 찍은 것으로, 당시 학교 관계자의 당황한 모습이 선명하게 잡혀 있었다. 도오루는 체육 선생님 품에 안겨져 있어서 다리밖에 보이지 않았다. 마치 총탄이 쏟아지는 전쟁터에서 병사의 품에 안겨 안전한 장소로 후송되는 어린 부상자 같았다. 곁에 함께 따라가는 담임 여선생님의 얼굴은 공포와 경악으로 심하게 긴장되어 있어서 그 당시의 황망함이 눈에 선히 떠올랐다.

  ─이게 나야? 다리밖에 안 나왔네.

  도오루의 말에 아이들에게서 와아 웃음이 일었다. 자신의 기억에는 없는 현실이 그곳에 선명히 기록되어 있어서 도오루는 쓴웃음을 지으면서도 혼란을 느꼈다. 실려 나가는 그 사진들은 동시에 지하 학교의 존재를 부정하는 것이고 자신이 보았다고 생각했던 것이 역시 혼수상태 속에서 본 환영이었다는 것을 뒷받침하는 증거처럼 생각되어서 마냥 웃을 수만은 없었다.

  뒷장에는 3년 전, 기리시마의 사체가 발견된 직후의 수영장을 공중에서 찍어낸 사진이 실려 있었다. 경찰서에서 나온 사람들이 현장검증을 하는 장면을 바로 정면 상공에서 찍은 것으로, 이미 기리시마의 사체는 다른 곳에 옮겨진 뒤였고 그것을 대신하는 인형의 하얀 윤곽만 생생하게 떠올랐다. 페이지 귀퉁이에는 작은 박스 사진 같은 느낌으로 생전의 기리시마의 얼굴─역시 가늘게 검은 선을 쳐놓은─이 나와 있었다. 도오루는 그 웃는 얼굴을 금세 알아보았다. 약간 흐린 사진이었지만 분명하게 웃고 있었고 지하 경비실 화면에 비쳤던 생전의 기리시마의 얼굴 그대로였다. 그 기억은 거꾸로 도오루가 지하에 갔었다는 것을 말해주는 것이어서 다시금 혼란스러웠다. 사진 아래에는 '무참히 살해된 당시 중1이던 기리시마 아유미' 라는 캡션이 달려 있었다.

우르르 몰려 있던 아이들 사이에서 웃음이 사라졌다. 아직도 폐쇄된 수영장 사진, 그리고 사체 발견 현장의 냉혹한 장면은 반 아이들을 부르르 떨게 하였다.

—후 짱은 나한테는 언니 같은 존재였어. 늘 함께 놀았는데.

시라토가 불쑥 말했다. 수면에 떨어진 물방울처럼 그 말의 파문은 교실 안에 겹겹이 동그라미를 그리며 퍼져갔다. 아이들은 침묵에 잠겨 눈으로만 시라토에게 동정을 보냈다.

—사건이 일어났던 날은 정말 힘들었어. 그토록 생생하던 후 짱이 갑자기 이 세상에서 사라졌다는 게 도저히 믿어지지 않아. 벌써 3년 전 일이야. 범인은 아직도 잡히지 않았고, 우리는 아직도 두려움에 떨고 있어.

후지와라가 "저어" 하고 말을 끼웠다.

—저기, 왜 요즘에는 목소리가 들리지 않을까?

—모르겠어. 뚝 그쳐버렸어. 어째서일까? 이따금 불러보는데 응답이 없어.

도오루는 지하 학교에서 기리시마에게 들었던 말이 생각났다.

'내가 너를 이곳에 데려왔기 때문이야. 너를 친구로 만들고 싶었어,

우리 반의······'

그간 잊고 있었던 말이지만, 분명 중요한 메시지를 담고 있다고 도오루는 되짚어 생각했다. 죽음의 세계를 방황하는 기리시마는 친구를 갖고 싶었으리라.

'나의 저주.'

기리시마는 분명히 그렇게 말했었다. 시라토에게 더 이상 말을 건네지 않게 된 기리시마의 심리적 변화를 도오루는 어렴풋이 상상할 수 있었다. 자신이 저지른 일에 대한 후회와 충격을 안고 괴로워하고 있다고 생각해볼 수 있지 않을까. 살해된 3반 아이가 기리시마의 저주에 의한 희생자라면 기리시마야말로 회색이라는 이야기가 된다. 우리와 한편이라고 생각했던 후 짱이 우리의 가장 큰 적일 가능성이 새롭게 부각되었다. 하지만 기리시마가 생전에 누구보다 반짝반짝 생기 있게 살았던 것을 생각하면 그 원한과 외로움은 얼마든지 동정의 마음을 기울일 수 있었다.

국어수업 중에 도오루는 곁눈으로 시라토를 흘끔흘끔 쳐다보았다. 시라토도 알아차리고 도오루를 바라보았다. 다시 한 번, 우리는 이어져 있다고 생각했다. 보고 느끼고 만졌던 일들이 생생하게 마음에 각인되어 도오루는 시라토의 시선을 받을 때마다 그 기억의 스위치가 켜지면서 후끈 달아올라 기쁘기도 하고 괴롭기도 했다.

─히카루는?

─응, 괜찮은 거 같아. 요즘은 얌전해.

선생님이 머리를 긁적이며 고전소설을 낭독하는 곁에서 히카루는 늘 하던 대로 그 선생님의 흉내를 내고 있었다. "어휴, 저 녀석"이라고 도오루는 탄식을 내뱉었다. 하지만 히카루의 행동에는 평소와는 달리 독기가 없어 마치 기억 속의 그리운 광경을 바라보는 것 같았다.

도오루는 행복하면서도 한편으로 불안이 동거하는 듯한 기묘한 감각에 빠져 있었다. 인생이란 모두가 말하듯이 멋진 것일까, 아니면 나쁜 꿈일까. 어디선가 목소리가 들려왔다. 당황하여 시라토 쪽을 바라보았지만 묵묵히 칠판 글씨를 노트에 베껴 쓰고 있을 뿐이었다. 히카루는 여전히 교단에서 선생님을 흉내 내고 있었다.

집에서 히카루가 말을 걸어와도 도오루는 시라토의 충고를 가슴에 새기며 강인한 태도로 계속 무시했다. 그러다 보니 히카루 쪽에서 말을 걸어오는 횟수도 줄어들고, 뭔가 말을 하더라도 차츰 혼자 중얼거리는 넋두리, 혹은 틈새를 뚫고 들어오는 바람의 번잡스러움으로밖에는 느껴지지 않았다.

도오루에게는 시라토만 보였다. 잠자리에서도 시라토만을 생각했다. 히카루는 옷장 안에서 콧노래를 불렀다. 도오루가 시라토와 휴대전화로 문자를 주고받아도 더 이상 훔쳐보는 일도 없었다. 항상 곁에 있기는 했지만 마치 말 잘 듣는 남동생 같은 존재로 변해 있었다.

스물네 시간 내내 도오루는 시라토를 생각했다. 예전에 이렇게까지 타인을 생각하며 살았던 적이 없었는지라 이 행복이 갑작스레 꺼지는 게 아닐까 하는 두려움에 오금이 저리는 일도 있었다. 하지만 대개는 둥실둥실 뜬 듯한 기묘한 흥분상태에 빠져 있었다. 하늘에 붕 떠 있는 듯한 이 기분이 바로 행복이라는 것이구나. 도오루는 곁에 있는 시라토를 바라보며 그렇게 단정을 내렸고, 자기 주변에만 색채가 되돌아온 것 같다는 착각에 취해 있었다. 무슨 일을 하건 즐겁고 유쾌하고 저절로 입가에 웃음이 번졌다. 주위의 친구들이 웅크리고 있는 모습이나 미처 감추지 못한 불안을 품고 살아가는 모습과는 대조적으로 도오루는 경쾌함과 명랑함과 적극성을 되찾고 있었다.

시라토가 도오루를 흘끔 쳐다보더니 손을 내밀어 도오루의 지우개를 집어갔다. 다 쓰고는 말없이 돌려준다. 한마디 양해의 말도 없었지만 거기에는 분명하게 말로 할 필요가 없는 관계가 존재하고 있었고, 바로 그 무언의 이해 때문에 도오루의 마음은 두근거렸다.

이 넓은 세상에 서로 마음이 통하는 사람이 존재한다는 기적에 도오루는 새삼 놀랐다. 몇십 억의 사람이 있어도 서로 이해하지 못하는 사람이 압도적으로 많은 이 세상, 부모조차 무엇을 생각하는지 알 수 없는 이 세상에서 피가 다른 인간과 서로 통하고 공유하는 기쁨을 가질 수 있고, 더구나 서로를 배려하고 존중하는 것이라면 그것은 도오루에게는 참으로 기적 그 자체였다.

별로 하는 일이 없는데도 공연히 들썽거리고 가슴이 설레고 도저히 가만 있을 수 없고 온갖 상상이 머릿속을 스치고, 생생한 맨몸의 시라토가 얼마나 아름다웠는지, 머릿속에서 수없이 반복적으로 재구성하는 통에 기분 좋은 현기증으로 곧 쓰러질 것만 같았다. 이 기묘한 약동감이 바로 사랑임에 틀림이 없었다. 어디에선지 솟구치는 사랑의 환상에 취하고, 그 도무지 컨트롤할 수 없는 힘에 휘둘려 무슨 일을 하건 기분 좋게, 무슨 일을 하건 즐겁게, 무슨 일을 하건 인생의 싱싱하고 깊은 맛을 마음껏 맛볼 수 있었다.

　도오루는 구름 한 점 없는 절경이 360도로 펼쳐지는 산꼭대기에 와 있는 것 같았다. 그곳에는 맑은 공기와 시야를 가로막는 것이라고는 하나도 없는 풍경만 존재했다. 그런 행복의 절정에 올라섰으면서도 동시에 그곳이 정상이기 때문에 언제까지나 이곳에 머물 수는 없을 것이라는 불안을 문득문득 감지했다. 올라온 산의 험난한 길을 내려다보며, 그 산꼭대기의 한 지점에 언제까지나 서 있는 건 불가능한 게 아닐까 하고. 행복하면 할수록 도오루는 느껴본 적이 없는 새로운 불안에 휩싸였다. 그것은 행복감 속에서만 느끼는 불행에 대한 예감이었다. 그러자 지금까지 한 점도 보이지 않던 구름이 먼 산봉우리에 흔들흔들 나타나고 그것은 슬금슬금 퍼져서 세계의 한 귀퉁이에 자리를 잡기 시작했다. 도오루는 산꼭대기에 오래도록 서 있는 것에 피로를 느꼈다. 세계는 이처럼 광대한데 자신이 서 있을 수 있는 지점은 산꼭대기의 아주 작은 일부. 게다가 그곳은 불안정하고 뾰족하게 솟아 있었다. 산꼭대기 바위에 앉아 언젠가는 여기서 내려가지 않으면 안 된다는 것도 깨달았다. 행복이란 원래 그런 것이라고 누군가 귓가에 속삭이는 것만 같아 주위를 둘레둘레 둘러보았다.

　—인생이란 모두가 말하듯이 멋진 것일까, 아니면 나쁜 꿈일까.

　여기저기 산봉우리에는 이미 구름이 가로로 길게 뻗치기 시작했다. 행복의 절정을 잃고 싶지 않다고 도오루는 생각했다. 이 행복한 기분을 누구에게도 빼앗기고 싶지 않다고 생각하며 저도 모르게 바위를 부여잡고 거기에 매달렸다.

　도오루는 수업 중에 시라토에게 들키지 않게 곁눈으로 그 당당하고 고귀하고 아름다운—이라고 도오루가 믿어 마지않는—옆얼굴을 응시했다. 어째서 마음이 한사코 시라토에게로만 향하는지, 도오루 스스로도 이해할 수 없었다. 무서울 만큼 강하게 도오루는 시라토에게 의존하고 있었다. 사랑이라는 것을 말로 표현할 수도 설명할 수도 없었지만, 심상치 않은 힘에 쭉쭉 끌려가고 있었다. '나는 시라토에게 사랑받고 있다'라고 마음속에서 되뇌었다. 그러면 신기하게도 불안은 한 순간에 씻겨나가고 도오루는 행복감을 되살릴 수 있었다. 서로 강렬하게 사랑하는 사람이 이 광대무변한 세계에 오직 한 사람 존재한다. 이것을 기적이라고 하지 않고 무엇을 기적이라고 할까, 라고 도오루는 자신을 북돋았다. 그러자 다시금 시야가 활짝 트이고 새파란 경치가 펼쳐졌다. 시라토는 바로 곁에 있었다. 그곳에 시라토가 있다는 것만으로도 도오루는 다시 행복한 기분에 감싸였다.

　기척을 알아차리고 시라토가 도오루를 흘끔 쳐다보았다. 눈이 마주
쳤다. 시선과 시선이 겹쳐졌다. 도오루는 흠칫 놀라 부끄러움에 그대
로 굳어버렸다. 그러자 시라토는 순간 입가에 웃음을 지었다. 그러나
그다음 순간에는 그것을 잘라내듯 자신의 노트로 시선을 돌려버렸다.
서로 마주 바라본 것은 겨우 1, 2초였고 시라토가 미소를 보인 것은 그
보다 더 짧은 시간이었다. 미소를 보내주었다는 사실을 의심할 마음
은 없었지만, 그 이상의 것을 기대했던 탓에 도오루의 얼굴과 마음은
급속히 굳어갔다. 그 이상의 것이 어떤 것인지 도오루는 알지 못했다.
하지만 시라토의 외면은 도오루가 품은 행복감을 한순간에 지워버릴
만큼 강렬한 것이었다. 시라토는 슬쩍 한쪽 뺨의 미소를 보여준 것에
지나지 않았다. 도오루의 기대와 시라토의 마음은 일치하지 않았다.
도오루는 그 사실이 놀랍고 당황스러웠다. 이건 나 혼자 너무 예민하
게 받아들여서 생긴 오해야, 라고 스스로를 타일렀지만 균열은 마음
속에서 자꾸만 커져갔다. 겉으로는 별다른 변화가 없는 관계지만 도
오루의 내면에서는 형태를 알 수 없는 이상한 공포가 소용돌이치기
시작했다. 기대가 예감에 패배하기 시작했다. 미래가 현재에 의해 붙
잡히려 하고 있었다. 초조해하지 말라고 도오루는 자신을 엄하게 꾸
짖어보았지만 어색함은 씻겨나가지 않았다. 수업이 끝나고, 시라토가
딱딱한 얼굴의 도오루를 돌아보며 "왜 그래?"라고 물어왔다.

—아니, 아무것도 아냐.

쓴웃음을 섞어 대꾸하면서도 불안을 뿌리칠 수 없었다. 너무 행복
해서 그런 거야, 라고 도오루는 생각했다. 이토록 타인에 의해 휘둘리
는 자신이 우습기도 하고 또한 슬프기도 했다.

도오루는 꿈을 꾸었지만 여전히 눈이 뜨이자마자 그 꿈의 대략적인
부분은 뿔뿔이 사라져버려 어떤 꿈이었는지 좀체 생각해내지 못했다.
단지 이번만은 머나먼 기억처럼 한 장의 희미한 꿈의 흔적이 남아 있
어서 도오루는 그것을 얕은 잠 속에서 필사적으로 붙잡으려고 했다.
하지만 붙잡아도 붙잡아도 그 꿈의 흔적은 손안에서 녹아버렸다. 아
무래도 그것은 눈[雪]의 꿈이었다.

도오루가 눈을 본 것은 13년에 달하는 인생 가운데 두세 차례밖에
없었다. 그것도 쌓일 정도의 눈이 아니라 비와 뒤섞인 허술한 것뿐이
었다. 그런데도 꿈속에서 도오루는 조금은 휘날리는 눈의 세계에 있
었다. 그곳이 어디였는지는 알지 못했다. 장대한 꿈의 두루마리 그림
의 마지막 장면인 것 같은데, 왜 그곳에 자신이 와 있는지조차 알 수
없었다. 비탈진 땅이 계곡까지 이어졌고 그 한가운데를 돌계단이 길
게 내려가고 있었다. 눈이 뿌리기 시작한 지 얼마 안 되었는지 돌계단
위에서는 가루눈이 춤을 추었다. 목초지처럼 경사진 지역 여기저기에
오래된 기와를 얹은 집들이 점점이 자리 잡고 있었다. 무엇보다 상징
적인 것은 비탈진 땅 주위에 우뚝 솟은 산맥이었다. 하늘을 가릴 만큼

거대한, 마치 드러누운 신을 올려다보는 듯한 신령스러운 산들의 정상이 도오루의 눈앞에 바짝 다가들었다. 경사진 지역은 아직 눈에 덮인 것은 아니어서 군데군데 마른 풀들이 보였다. 하지만 산 정상은 물론이고 그 중턱까지 눈에 덮여 있었다. 지나칠 만큼 선명한 흰 산과 푸른 하늘의 대비가 도오루를 압도했다. 눈은 구름에서 쏟아지는 게 아니라 그 푸른 하늘에서 생겨나는 듯한 느낌으로 내려오고 있었다. 그래서 눈 조각은 빛을 반사하여 반짝반짝, 마치 살아 있는 것처럼 반짝이는 것이었다.

어째서 이런 곳에서 눈경치를 바라보고 있는지, 혹은 어떤 꿈의 세계를 방황하다 이곳에 닿았는지, 짐작도 가지 않았다. 곧이어 정적 저 너머에서 매미의 울음소리가 들려왔다. '어라?' 하고 도오루는 생각했다. 휘날리는 눈과 매미의 태평한 울음소리가 일치되지 않았다. 사고가 혼란에 빠지면서 스르르 잠이 깼다. 한 번도 찾아간 적이 없는 곳에 서서, 기억에 없는 경치를 올려다보며, 그다음 순간에 도오루는 완전히 눈을 떴던 것이다.

7월의 세상은 서서히 밝음과 여유를 되찾아갔다. 태양을 가리는 것은 없었다. 빛은 똑바로 지면에 도달했다.

시라토와 도오루는 오래된 절 경내에서 우뚝 솟은 나무를 올려다보며 늘 하던 대로 둘만의 한때를 보냈다. 손과 손이 마주 닿는 일은 있었지만 서로 맞잡는 일은 없이, 무심코 닿고 무심코 손가락을 마주 끼고는 그것으로 끝이었다. 도오루는 좀 더 세게 맞잡고 싶었지만 잡으려고 하면 시라토가 쓰윽 손을 빼냈다. 이상하다 싶어서 시험해볼 요량으로 억지로 시라토의 손을 잡아보기도 했다. 역시 시라토는 응하지 않았고, 하지만 뿌리치는 것도 아니고 힘이 담기지 않은 채 영 반응이 없었다. 그래서 그 이상 도오루 쪽에서 적극적으로 청하지도 못하고 시라토가 다시 손을 잡아주기를 기다리는 수밖에 없었다.

입맞춤은 더욱 더 망설여졌다. 도오루는 순간순간, 농후하게 나누었던 입맞춤의 감촉과 온기를 떠올리고 혼자 얼굴을 붉혔지만, 시라토는 한층 더 소년답게 행동하며 껄껄 웃거나 다리를 쩍 벌린 채 큰대자로 벌렁 드러눕고, 도오루를 들이받기도 하면서 마치 개구쟁이 사내애처럼 행동하여 과거의 농밀한 사건을 깨끗이 밀쳐내는 것이었다.

—아아, 여름이다, 벌써.

시라토는 여전히 다리를 덜렁 내던지고 뒤로 손을 짚은 채, 얼굴을 태양으로 향하고 부신 듯 눈을 감으며 말했다. 도오루의 시선은 그 입술과 목덜미와 가슴, 기억에 남아 있는 다양한 부위를 헤매며, 그런 시라토를 태양보다 더 눈부시게 바라보았다. 동시에 자신이 원하는 것이 시라토의 여성적인 부분이라는 것을 깨닫고 자신 속에 자리한 차별적인 남성적인 시점에 크게 한 방 얻어맞았다. 분명 자신이 그런 마음이라는 것을 뻔히 알기 때문에 시라토는 이제 입을 맞춰주지 않는 것이라고 도오루는 생각했다. 서로 응시할 때에도 먼저 시선을 돌리는 건 언제나 시라토였다.

서로 이어져 있다고 굳게 믿고 둥실 떠올랐던 그 몫만큼 시라토의 변화는 도오루에게 큰 두려움을 안겨주었다. 그저 내 지나친 생각 탓인지도 모른다고 주의 깊게 시라토의 눈치를 살펴보았지만 일단 불신감이 싹트자 이번에는 모든 것이 죄다 부정적으로만 느껴졌다.

　둘 사이에 느낌의 차이가 명백히 존재한다는 것을 도오루는 번번이 발견하고 말았다. 어차피 남남 사이니까 느낌에 약간의 차이가 나는 건 당연한 일이라고 스스로를 타일러보지만, 한편에서는 사랑에 있어 느낌이 서로 다르다는 건 결정적인 파국일지도 모른다는 생각에 크게 당황하여, 언제 어떤 순간부터 어긋나버렸는지 필사적으로 기억을 더듬으며 사랑의 부조리에 현기증을 느끼는 것이었다. 따지고 보면 모두 지극히 사소한 일이었고 별것도 아닌 일이었고 아무려나 상관없는 일들뿐이었지만, 그것은 곧바로 중요한 일로 바뀌어 결코 사소하거나 별것 아닌 일이라고 단언할 수 없는 것이 되었다. 한번 신경이 쓰이기 시작하자 온갖 일들이 어떻게 수습해볼 수 없이 마음에 걸리기 시작하고, 마침내는 확고하게 존재하고 있었을 터인 행복감에 큼직한 균열이 보란 듯이 내달리는 판국이었다. 도오루는 당황하여 그 균열을 막아보려고 이리 뛰고 저리 뛰어보았지만 그러면 그럴수록 도오루의 눈에는 핏발이 서고 말투마저 어딘가 나무라는 듯한 투가 되었다. 시선은 전보다 더욱 엄격해지고 말은 그 즉시 맞물리지 않고, 나아가 마음을 확인하려고 하는 행위는 물론이고 무심코 하는 행동까지 오해를 낳아 두 사람 사이의 거리는 크게 벌어지고 마는 것이었다.

도오루는 문득 시라토의 마음이 변했는지도 모른다는 회의에 빠졌다. 서로 잘 통하던 것이 갑자기 통하지 않게 된 것에 '왜?'라는 의구심이 솟구쳤다. 무엇 때문에 자신이 이처럼 허망한 거부의 느낌을 맛보아야 하는지 알 수가 없었다.

　어떻게 해야 시라토의 마음을 좀 더 내게로 돌릴 수 있을까, 도오루는 생각하기 시작했다. 어떻게 하면 이 작은 어긋남을 극복하고 시시한 오해를 씻어내고 울퉁불퉁 패이고 튀어나온 곳을 원래의 세계로 되돌릴 수 있을까, 혹은 좀 더 강하게 맺어질 수 있을까, 고민했다. 문득 어느 순간, 히카루가 예전에 말했던 대로 시라토가 타인으로 돌아가는 게 아닐지 두려웠다. 도오루는 사랑에는 두려움이 수반된다는 것을 태어나서 처음으로 깨달았다.

　아직껏 깨어나지 않는 사랑 속에 있으면서도 도오루는 새로운 불안을 품었다. 그러자 시야의 한 귀퉁이에서 얌전히 놀고 있던 히카루의 존재가 갑자기 마음에 걸리기 시작했다. 고분고분 남동생처럼 굴던 히카루가 다시금 의식의 첨단에 뛰쳐나와 도오루를 위협하게 되었다. 시라토는 선의 건너편으로 훌쩍 넘어가더니 좀체로 그 선을 다시 넘어오지 않았다. 더 이상 손을 잡는 일도 키스를 하는 일도, 서로를 마주 바라보는 일까지, 다양한 사랑의 행위가 마음 뒤편으로 숨어버렸다. 도오루도 머릿속에서나 이성적으로는 그렇게 하는 것이 옳다고 생각하면서도 그 벽이 위압적으로 우뚝 솟아 있었기 때문에 이제 막

싹이 튼 자유로운 마음이 거꾸로 심하게 짓밟힌 것만 같은 형국이 되었다. 그래서 이번에는 무슨 일을 해도 즐겁지 않고 숨을 쉬는 것마저 괴롭게 느껴졌다.

—유키, 지금 무슨 생각 하고 있어?

도오루는 한밤중에 불안에 떠밀려 시라토에게 문자를 보냈다. 지금도 여전히 스물네 시간 하루 온종일 자신을 생각해주고 있는지 알아보기 위한 것이었다. 답신은 오지 않았다. 이렇게 애를 태우며 답신을 기다리고 또 기다리는 동안에 돌연 히카루가 옷장에서 뛰어나와 "거봐, 뻔하잖아"라고 비웃을까 봐 도오루는 두려웠다. 결국 참지 못하고 30분 뒤에 다시 한 번 문자를 보내고 말았다. 그러자 얼마 안 되어 다음과 같은 문자가 돌아왔다.

—잔다. 내일 보자.

도오루는 잠들지 못하는 밤을 보냈다. 피곤으로 축 늘어져 얼핏 잠이 들면 어디에서랄 것도 없이, 멀리 사라져가는 시라토의 뒷모습이, 고개 숙인 얼굴이며 눈을 맞추려 하지 않는 완전한 타인 같은 시라토의 환영이 나타나 잠을 쫓아냈다. 밤새도록 도오루는 온몸이 딱딱하게 긴장된 채 체력과 정신력이 완전히 소모되기만을 기다렸다. 새벽녘에야 겨우 육체적인 한계가 찾아와 의식이 끊기는 듯한 잠에 빠졌다. 하지만 깊이 잠들 수가 없었다. 가위에 눌려 눈이 번쩍 떠지고 그때마다 도오루는 수없이 소스라쳐 벌떡 일어났다. 엄청나게 무서운 꿈을 꾼 게 틀림없는데 언제나 그렇듯 또렷하지 않았다. 막연한 공포만이 악마의 잔상처럼 머릿속에 붙어 있었다. 마치 암흑 속에 피어오른 연기처럼 눈에 보이지 않는데도 불길의 냄새만 스멀스멀 다가드는 듯한 공포였다.

아침 해와 자명종 시계의 시끄러운 소리에 도오루는 혼수상태에 가까운 잠에서 화들짝 놀라 깨어났다. 침대 아래로 손을 넣어 자명종 시계를 찾았다. 시계를 찾고 있다는 것은 이미 잠이 깼다는 것이었지만 어느 순간부터 깨어 있는 것인지 알 수 없었다. 문득 정신을 차리면 자명종 시계를 찾고 있고, 벨을 꺼버렸을 때는 자신이 어느 샌지도 모르게 잠을 잤었다는 것을 가까스로 깨닫는 그런 상태였다. 역시 꿈속에서의 일은 기억나지 않았다. 그것이 고통스러운 꿈이었다는 것은 심장의 거친 고동을 통해 알았다. 도오루는 베개에 얼굴의 땀을 닦으며 큰대 자로 누웠다. 저도 모르게 "아아" 하는 커다란 한숨이 튀어나왔다. 마치 가까스로 숨이 돌아온 사체처럼 커다란 날숨이었다. 도오루는 필사적으로 호흡을 정리하고, 자신이 아직 살아 있다는 것을 확인했다. 천천히 몸을 일으켜 침대에 앉은 채 다시금 손바닥으로 얼굴을 문질렀다. 통증이 느껴지는 눈동자를 손끝으로 가볍게 문지르며 얼굴을 들었다. 책상 앞 의자에 히카루가 앉아 있었다. 히카루는 밤새도록 그곳에 앉아 있었던 것처럼 동그랗게 몸을 만 포즈로 가만히 있었다.

세계는 일견 온화했다. 담벼락 위를 이동하는 고양이며 현관 앞의 화분, 흐려진 색깔의 팻말들, 장의사 간판, 자동판매기 등이 평소 그대로 그곳에 자리 잡고 있어서 오늘이 어제의 연장이라는 것을 알게 했고, 건축 중인 집이 하루하루 완성되어가는 것을 목격하면서 오늘이 내일로 가고 있다는 것을 확인할 수 있었다. 자신이 이토록 괴로워하고 있는데 어째서 세계는 이토록 평정하고 온화하고 보통 그대로인 것일까. 주택가의 여느 때와 다를 것 없는 풍경 속을 걸으며 도오루는 생각했다.

　네거리에서 신호가 파란불로 바뀌기를 기다리고 있다가, 정확히 대각선 건너편에 히카루가 우두커니 서 있는 것을 알아보고 말았다. '저 녀석, 뭘 하는 거야?' 라고 생각했지만 그다음 순간에 신호가 바뀌고 누가 떠밀기라도 한 것처럼 횡단보도에 내몰렸다.

　도오루는 시라토에게 좀 더 가까이 다가가고 싶었다. 하지만 날이 갈수록 몇 개나 되는 선이, 선뿐만 아니라 벽이, 벽뿐만 아니라 계곡처럼 깊은 균열이 두 사람 사이에 생겨나고 있었다. 도오루는 오래된 절의 경내에서 시라토의 마음을 시험할 결심으로 다시 한 번 힘껏 손을 잡아보았지만, 시라토는 역시 거부하는 태도로 스윽 몸을 일으키더니 미리 외워둔 대사를 읽듯이 이렇게 말했다.

　―오늘은 오랜만에 학원에 가야겠다. 가끔씩 공부도 해줘야지.

　시라토와 그렇게 헤어진 후, 도오루는 무엇을 어떻게 해야 할지 알 수 없었다. 개운하지 않은 마음 그대로 도오루는 혼자서 집에 돌아왔다. 오는 길에, 늘 얌전하게 있던 히카루가 전봇대 그늘에서 얼굴을 쑥 내밀며 도오루를 불렀다.

─도오루, 같이 놀자.

도오루는 화가 뻗치는 대로 "시끄러워, 내 옆에서 어슬렁거리지 마!"라고 거절했다. 히카루는 혀를 차며 맞고함으로 응수했다.

─뭐야, 기껏 다정하게 대해줬더니!

시라토의 마음과 접속이 안 되는 원인이 무엇인지, 도오루는 매일 밤 생각해보려고 했다. 이제는 걸려오지 않는 휴대전화를 손에 쥐고 액정화면을 응시하며 어째서 갑자기 이어지지 않게 되었는지, 마음에 짚이는 것들을 마구 헤집으며 찾아다녔다. 도오루는 수없이 시라토에게 보내는 문자를 두들겼지만 결국 한 번도 송신하지 못했다.

─유키, 우리는 뭔가 헛돌고 있어.

점심시간에 순찰대의 집합장소인 철봉 앞으로 향하는 길에 도오루는 주위에 아무도 없는 것을 확인하고 재빠르게 시라토에게 말했다.

─우리, 뭔가 어색하지 않아?

─도오루, 그거, 우리 사이가 그렇다는 말이야?

─그래, 뭔가 서로 맞물리지 않는 거 같은데…….

─그건 다 네 생각 탓이야. 좀 더 여유 있게, 길게 내다보는 마음으로 서로를 바라보자.

다정하게 대답해주는 시라토의 말도 도오루에게는 완전 타인을 대하는 듯한 형식적인 말처럼 들렸다.

—그게 아냐. 나는 좀 더 유키랑 다정하게 지내고 싶은데…….

도오루의 부주의한 말에 시라토가 피식 웃었고, 도오루는 그 웃음에 상처를 입었다.

—아차, 미안. 너 보고 웃은 거 아냐. 그런 건 아닌데, 뭔가 이상하지 않냐? 유키랑 좀 더 다정하게 지내고 싶다니, 이 이상 더 어떻게?

시라토의 마음이 멀어져간다고 도오루는 그 순간 느꼈다. 어떻게든 그 마음을 잡아두고 싶었다. 그 바람에 의미도 없는 힘이 들어가 도오루가 내뱉는 말에는 가시가 돋치고, 시라토의 다정한 대꾸는 오히려 거절하는 것으로 보여서 더욱 더 분위기가 어색해졌다.

—나도 잘은 모르겠는데 네 마음이 이곳에 없는 게 슬퍼.

—마음은 있어.

—하지만 전 같지 않게 자꾸 어긋나잖아? 눈을 피하고 손도 잡아주지 않고, 키스도 그렇고.

—야, 좀 그만해. 키스 같은 거 안 해! 그렇게 매번 되는 것도 아니고, 그런 얘기 너무 비릿하게 자꾸 늘어놓으면, 뭐랄까, 지독히 싫다고.

—그럼 그때 유키의 마음은 뭐였어?

—그때라니?

도오루는 두 사람이 똑같은 것을 보고 있지 않다는 것을 깨닫고 깜짝 놀랐다.

―그렇군, 우리는 서로 다른 곳을 보고 있어.

시라토가 혀를 찼다. 나를 싫어하는구나, 라고 도오루는 느꼈다.

―도오루, 내가 좀 피곤한 것뿐이야.

시라토는 내던지는 말투가 아니라 마음을 써서 다정하게 말하려는
의도였겠지만 그것은 도오루에게는 충분히 찔리는 말이 되었다. 말다
툼까지는 가지 않았다. 시라토가 도오루를 남겨두고 계단을 내려갔
다. 도오루는 그제야 아차 싶었지만 이미 때는 늦었다. 뒤쫓아 가고 싶
었지만 그런 짓을 하면 더욱 더 미움을 살 터였다. 잠시 망설인 끝에
도오루는 발길을 돌렸다. 그러자 계단 위에 히카루가 서 있었다. 히카
루는 도오루를 보는 것 같으면서도 보고 있지 않았다. 웃는 것 같으면
서도 웃고 있지 않았다. 뭔가 할 말이 있는 기색이었지만 아무 말도 하
지 않았다.

도오루는 "제기랄" 하며 혀를 차고는 교실에 돌아가는 대신 그 길
로 시라토를 뒤쫓고 말았다.

시라토의 모습은 교정에 없었다. 축구와 터치 볼로 와와 떠들어대
는 아이들 틈을 헤집으며 찾아보았지만 찾아낼 수 없었다. 순찰대 멤
버들이 철봉 주위에 벌써 다 모였는데 거기에도 시라토는 없었다.

―오늘은 어떻게 하지?

에지리가 도오루에게 의견을 물어왔다.

―순찰대장이 없으니 아무래도 오늘은 관둬야겠지?

기노시타가 한숨을 흘리며 말했다. 아무리 기다려도 시라토는 오지 않았다.

─오늘은 나가지 말자.

도오루가 시라토 대신 말했다. 아무도 대답을 하지 않은 채, 그대로 해산했다. 수업 종이 울리고 쉬는 시간은 끝이 났다. 도오루는 별 수 없이 혼자 교실로 돌아왔지만 5교시 과학 시간에도 시라토는 돌아오지 않았다. 도오루는 불안해져서 다시 한 번 찾아 나서기로 하고 자리에서 벌떡 일어섰다.

─어디 가? 얘, 우지이에!

과학 선생님이 큰소리로 불렀다.

─수업 중이야, 네 멋대로 자리를 뜨면 안 되잖아!

과학 선생님 흉내를 내면서 히카루가 과장스러운 손짓을 해보이며 외쳤다.

도오루는 잰걸음으로 시라토를 찾아다녔다. 복도를 가로지르고 계단을 오르고 교정과 운동장을 둘러보았다. 2학년과 3학년 건물도 뒤졌다. 묘하게 햇빛이 허옇게 보였다. 평소에는 칙칙하게 회색의 지배 아래에 있던 교실 건물 벽이 비쳐드는 7월의 햇빛 때문에 온통 페인트를 칠해놓은 직후처럼 눈부시게 번들거렸다. 가슴에 술렁임이 내달렸다. 뭔가 예감이 좋지 않은 불안이었다.

3학년 건물의 옥상까지 올라갔을 때 철망 저 너머로, 키 큰 나무가 걸려서 분명하게 보이지는 않았지만 시라토인 듯한 인기척을 사당 옆 벤치에서 발견했다. 도오루는 잘 보이는 곳까지 몇 미터쯤 자리를 옮겨 철망에 얼굴을 들이대고 찬찬히 바라보았다. 시라토 옆에 그 남자가 있었다. 어쩌다 시라토가 견신빙과 이야기를 하고 있는지 상상이 가지 않았지만, 그곳에 위험이 닥쳐들었다는 것만은 분명히 알 수 있었다. 그날 그 순간의 자신을 내려다보는 듯한 풍경이라고 도오루는 생각했다.

　─유키!

　있는 힘껏 부르짖었다. 견신빙의 손이 시라토의 어깨로 돌아갔다. 그때까지 찬란히 빛나던 태양이 갑작스레 구름 사이로 숨었다. 빛의 양이 급속히 줄어들면서 일대가 온통 회색의 지배 속에 들어가고 말았다.

　─유키, 그놈이 견신빙이야!

　도오루의 목소리는 바람에 지워졌다. 몇 번을 외쳐도 시라토의 귀에는 가 닿지 않았다. 강한 바람이 불어와 키 큰 나무가 뒤흔들렸다. 나무들이 수런거리는 소리가 학교 안을 휘감았다. 도오루의 눈에 세계를 구성하는 온갖 분자가, 학교 건물과 교정을 구성하는 분자가 한꺼번에 물결치고, 또한 방해전파의 영향을 받은 화면 영상처럼 바람에 흔들리는 나무 잎사귀들이 단속적으로 나타났다가 사라지고, 지면과 벽의 일부분이 뒤틀리고 흐릿해지기도 했다. 도오루에게는 그렇게 보였다. 정체를 알 수 없는 힘에 의해 세계가 뒤집어지는 듯한 상태. 그런데도 그 어수선한 전쟁터에서 송출되어오는 뉴스 비슷한 영상의 중심에서 견신빙의 손만은 느리고도 착실하게 시라토의 목덜미로 다가갔다.

—아악!

도오루는 저도 모르게 큰 소리를 내질렀다.

—유키!

이건 꿈이라고 도오루는 자신을 타일러보았지만 철망을 움켜쥔 손은 물론, 바람을 받는 살갗과 손톱 끝에까지 분명하고도 명확한 감촉이라는 게 있었다. 견신빙은 상체를 일으켜 있는 힘껏 시라토의 목을 졸랐다. 그제야 상황을 알아차린 시라토가 급하게 저항에 나섰지만 견신빙은 찍어 누르는 듯한 기세로 덤벼들었고 둘은 그대로 몸싸움을 벌이며 벤치 아래로 떨어져서 도오루가 서 있는 자리에서는 더 이상 보이지 않았다.

도오루는 허둥지둥 계단을 뛰어 내려갔다. 자칫 쓰러져 구를 뻔하면서도 전속력으로 사당 쪽으로 달렸다. 시야가 출렁거렸다. 복도도 계단도, 온갖 사물이 우르르 트고 갈라지고 무너지고 부서져갔다. 어째서 시라토가 견신빙과 함께 있는지 알 수가 없었다. 어째서, 왜, 라고 부르짖으며 도오루는 흥분 속을 계속 달렸다.

우뚝 솟은 한 그루 키 큰 나무가 빛을 차단하고, 그곳 역시 영상은 치직거리며 선명하지 않았다. 이미 벤치에는 아무도 없었다. 도오루는 뒤를 돌아보았다. 아무도 없었다. 다시 한 번 돌아보았다. 아무도 없었다. 시라토도, 견신빙도, 히카루도, 기리시마도.

—유키!

꿈속에 있는 것처럼 현실감 없는 몽롱한 세계였다. 공기를 들이쉬고 내쉬는 소리와 심장의 고동만이 귀 안쪽에서 교차했다. 현실인지 꿈인지 또렷하지 않은, 어느 쪽도 아닌 세계가 그곳에 펼쳐져 있었다. 항상 보던 낯익은 교내였지만 보이는 것 모두가 바깥쪽에서부터 뒤틀려 안쪽을 향해 압축되는 것처럼 보였다.

—유키!

도오루는 부르짖었다.

—유키!

사당 아래로 다리가 보였다. 키 큰 나무 아래 어둠 속에 시라토가 쓰러져 있었다. 과학 선생님과 담임 선생님이 뛰어왔다.

—우지이에, 네 마음대로 교실을 나가면 안 돼!

웬만해서는 흥분하지 않는 담임 선생님이 드물게 날카로운 소리로 꾸짖었다.

두 사람은 도오루의 시선을 더듬어가다 쓰러진 시라토를 발견했다. 과학 선생님이 달려들어 시라토 곁에 몸을 숙이고, 도오루가 선 자리에서는 보이지 않는 시라토의 얼굴을 들여다보았다.

—아앗, 이게 무슨 일이야, 숨을 안 쉬어!

도오루의 귓속이 순식간에 마비되었다. 소리가 가물가물 멀어지다가 사라져버렸다. 담임 선생님이 도오루의 팔을 잡으려고 했다. 도오루는 그 손을 뿌리치며 부르짖고 말았다.

—안 돼! 만지지 마!

날뛰는 도오루를 담임 선생님이 등 뒤로 양팔을 꺾어 붙잡았다. 뛰어나온 직원도 거들어서 도오루는 그 자리에서 격리되어버렸다. 무슨 일이 벌어진 것인지, 혹은 이미 벌어져버렸는지 도오루는 알 수 없었다. 단 한 순간의 빈틈을 노려 지금까지의 세계가 뒤집혀버렸다. 도오루는 모든 것이 자기 책임이라고 생각하며 극심한 후회에 시달렸다. 바로 내가 시라토를 회색이 쳐놓은 덫 쪽으로 몰아붙였다. 행복했던 세계가 단 한 순간 마음의 긴장을 풀어놓은 탓에 뒤집혀버렸다. 도오루는 자신의 눈에 찍힌 시라토의 다리를 떠올렸다. 스커트 아래로 삐죽 나온 다리에 신발은 없었다. 하얀 양말만 보였다. 과학 선생님이 떨리는 목소리로 말했다.

—죽었어.

온갖 색채가 벗겨져나가고 신경이 거꾸로 곤두섰다. 세계를 구성하는 분자가 더욱 거세게 뒤흔들렸다. 화상은 식별하기 어려울 만큼 낱낱이 쪼개졌다. 도오루는 마구 날뛰었다. 부서졌다. 무너졌다.

교사들이 우르르 덤벼들어 도오루를 부여잡고 양호실로 데려갔다. 기껏 몇 분 동안의 일이었지만 도오루에게는 몇 주, 몇 달로 느껴지는 긴 시간이었다. 마구 날뛰는 도오루에게 교사들이 물어왔다.

—시라토에게 무슨 일이 있었지? 우지이에, 똑똑히 대답해봐!

사이렌 소리가 다가왔다.

―죽었어.

과학 선생님의 목소리가 도오루의 귓가에 수없이 되살아나 메아리
쳤다.

도오루는 잠깐의 빈틈을 노려 양호실에서 도망쳐 나왔다. 양호실로
들어서는 창백한 얼굴의 담임 선생님 옆을 뚫고 그 등 뒤에 서 있던 교
감 선생님을 밀쳐내고 계단을 뛰어올랐다. 여기서 붙잡힐 수는 없다.
무슨 수를 써서라도 시간을 되돌려야 한다, 라고 도오루는 생각했다.
교실 건물 안을 이리저리 도망치고 복도로 쏟아져 나온 아이들 틈을
비집고, 오로지 시라토만을 생각하며 도오루는 내달렸다.

교정으로 뛰어나갔을 때, 구급차가 도착했다. 경찰차의 사이렌 소
리도 들려왔다. 어디에서랄 것도 없이 사람들이 몰려들어 교문 앞에
는 사람들의 울타리가 생겼다.

교사들이 도오루를 발견하고 불러 세웠다. 도오루는 다시 달렸다.
사당 앞에는 이미 아무도 없었다. 빛이 약해져 있었다. 키 큰 나무 옆
의 사당은 어슴푸레한 어둠 속이었다.

―기리시마!

도오루는 외쳤다. 최대한 목청을 높여 부르짖었다.

―기리시마, 제발 부탁이야! 유키를 살려줘!

나무 아래 어둠 속에서 희미하게 기리시마의 윤곽이 떠올랐다. 하

지만 표정 같은 건 알아볼 수 없었다. 그저 희미한 선 같은 윤곽뿐, 어둠에 뒤섞여 구별이 되지 않을 만큼 미약하게 현실과 비현실의 경계에 기리시마는 우두커니 서 있었다. 도오루는 몸을 빳빳이 세우고 어금니를 악물며, 여기서 물러서면 안 된다고 스스로를 타일렀다.

—기리시마. 유키를 죽이면 안 돼. 그쪽 세계에 데려가지 말아줘.

기리시마가 보이지 않았다. 그곳에는 어둠만이 남아 있었다.

—우지이에! 우지이에!

멀리서 경관들의 목소리가 들려왔다. 도오루는 서두르지 않으면 안 되었다.

도오루는 다시 한 번 죽음의 경계선을 넘기로 했다. 그러나 1학년, 2학년, 3학년 각 건물의 계단 뒤를 헤집고 다녔지만 어디에도 지하로 통하는 문은 없었다. 제멋대로 눈물이 흘러내렸다. 그 눈물 때문에 앞이 보이지 않았다. 도오루는 눈물을 닦으며 지하로 통하는 문을 찾아 마구 달렸다.

—기리시마!

달렸다.

—기리시마!

다시 달렸다. 넘어지고 쓰러지면서도 계속 달렸다.

그리고 돌아온 1학년 건물 층계참에서 도오루는 저도 모르게 무릎을 꿇고 쓰러져버렸다. 얼굴을 바닥에 부딪쳤지만 아픔은 느껴지지 않았다. 아픔보다 좀 더 강렬한 슬픔에 휩싸여 있었기 때문이다. 벌렁 누워 뒹굴며 필사적으로 숨을 들이쉬었다. 머릿속에 시라토의 하얀 양말이 보였다. 영혼이 부르르 경련을 일으켰다.

—죽었어.

"제기랄" 이라고 도오루는 부르짖으며 머리를 쥐어뜯었다.

—기리시마, 죽이면 안 돼!

도오루는 죽을 둥 살 둥 몸을 일으켜 계단 뒤의 어둠을 노려보았다. 어둠은 꼼짝도 하지 않고 그곳에 있었다. 빨간 소화기까지 검게 보였다. 경계를 늦추지 않으며, 벌떡 일어서서 손등으로 눈물을 닦고 그 어둠을 향해 한 걸음을 내디뎠다. 막다른 곳, 벽인지 계단인지 경계가 분명치 않은 자리에 철문 비슷한 윤곽이 떠올랐다. 더욱 더 조심스럽게 다가서자 거기에는 기계실이라는 팻말이 걸려 있었다.

—하아.

도오루는 크게 숨을 토해냈다. 손잡이를 잡아당기려고 했지만 문은 잠겨 있어 열리지 않았다.

—기리시마, 제발 문 좀 열어줘.

매달리다시피 손잡이를 마구 돌려댔다. 둔한 금속음이 울렸다.

—기리시마, 문 열어!

도오루가 부르짖었다. 목소리가 복도에 메아리쳤다. 멀리서 누군가 다가오는 인기척이 있었다.

—우지이에, 어디 있니? 우지이에 !

도오루를 찾는 형사들의 목소리였다. 도오루는 당황하여 몸을 최대한 문에 찰싹 붙였다.

—기리시마, 부탁이야. 이 문 좀 열어줘.

계단을 내려오는 경관들의 구두 소리가 등을 때렸다. 도오루는 빙그르르 몸을 돌려 문을 마주한 채 다시 한 번 간절히 빌었다.

—기리시마, 제발 부탁이야. 유키를 죽이는 짓, 너는 할 수 없어. 그런 짓 하면 안 돼. 저주해서는 안 돼.

—우지이에!

목소리가 바로 저기까지 닥쳐왔다. 몇 개나 되는 구두 소리가 차례차례 계단을 달려 내려왔다. 빛을 완전히 빼앗긴 채 형광등의 푸르스름한 빛만이 약하게 도오루의 발밑을 비추고 있었다. 형사와 경찰들이 큰소리를 울리며 복도를 달려갔다. 도오루는 소화기 옆의 어둠 속에서 한껏 몸을 움츠리고 그들이 지나가기를 기다렸다.

—저쪽을 찾아봐! 잡으면 도망치지 못하게 단단히 붙들어서 어떻게든 질질 끌어서라도 데려와!

푸르스름한 형광등 불빛 아래로 형사들이 들어왔다. 도오루가 선 자리에서는 형사의 발밖에 보이지 않았다. 그들은 도오루에게 등을 보이고 있었다.

—제기랄, 이 녀석, 대체 어디로 갔어?

—아무튼 빨리 찾아내야지.

도오루는 마음속으로 내내 빌고 있었다.

—기리시마, 부탁이야. 이 문 좀 열어줘.

형사 한 사람이 발을 돌렸다. 지그시 어둠을 쏘아보았다. 그러고는 쓰윽 한 걸음을 내밀었다. 도오루는 몸을 세워 벽에 더욱 찰싹 붙었다.

—저기, 누군가 있어!

또 다른 형사도 돌아보았다. 도오루는 들키지 않도록 최대한 벽에 몸을 붙이고 눈을 꾹 감았다. 이제 틀렸다고 포기한 바로 그 순간, 철문이 안쪽을 향해 스르륵 열렸다. 도오루의 몸이 기우뚱 기울어졌다.

—거기, 우지이에냐?

형사의 목소리가 들렸다. 도오루의 몸은 어둠과 동화했다. 몸에서 무언가 벗겨지는 듯한 느낌으로 계단 뒤편으로 스르륵 스며들었다.

—어이, 방금 누군가 있었어.

—어디? 아무도 없는데?

—아냐, 여기 있었다니까.

철문은 빛을 밀어내며 소리도 없이 닫혔다. 형사들이 두런거리는 소리가 멀리서 들려왔다. 하지만 그 소리도 금세 사라졌다. 도오루는 어슴푸레한 곳에 서 있었다. 발밑을 보조 등의 불빛이 비추고 있었다. 기리시마와 함께 내려갔던 계단이 나락을 향해 뻗어 내려갔다. 발치를 확인하며 도오루는 한 걸음을 내디뎠다. 다시 또 한 걸음, 다시 또 한 걸음. 어둠이 달려들고 순식간에 완전한 암흑에 감싸였다.

빛을 감지할 수 없게 되자 다시금 세반고리관의 감각이 서서히 마비되고 우주 공간에 홀로 내던져진 듯한 고독감, 동시에 동굴 속에 거꾸로 처박힌 듯한 압박감이 느껴졌다. 지난번에는 기리시마가 있었지만 이번에는 혼자였다. 어두운 꿈의 힘에 의해 도오루는 숨이 답답하고 심장의 거친 두근거림에 휘말렸다. 조심이 지나쳤던 탓인지 도리어 발밑이 위태로워서 몇 번이나 계단을 헛짚을 뻔하고 그때마다 손잡이에 매달리는 상황이었다. 잠시 매달려 마음을 가라앉히고 다시 계단을 내려갔다. 그래도 두 번째 온 것이라 지난번보다는 얼마간 여유가 생겼다. 지하의 중학교에 도착하게 된다는 것을 이미 알고 있는 탓도 있었다. 이따금 멈춰 서서 손을 뻗어보았다. 대체 이 암흑은 무엇일까. 하지만 아무리 손을 뻗어봐도 손잡이 말고는 아무것도 없었다.

열다섯 계단을 내려가 층계참의 반원을 돌아서고 다시 열다섯 계단을 내려가 층계참의 반원을 빙 돌았다. 그것을 수없이, 미처 헤아릴 수도 없을 만큼 되풀이하는 것이었다.

목소리가 들려왔다.

인생이란 모두가 말하듯이 멋진 것일까, 아니면 나쁜 꿈일까.

지금 도오루는 또 한 번 지하 계단을 내려가고 있었다. 빛이 없는 세계는 도오루의 의식을 한층 애매한 것으로 만들었지만, 또 다시 계단을 내려간다는 것이 거꾸로 시라토를 구출하기 위한 유일한 희망이기도 한 듯한 마음이 들었다.

도오루는 머릿속 어딘가에서 한 순간, 시라토를 구해낼 수 있을지도 모른다고 생각했다. 그 한 순간의 섬광에는 어떤 근거나 증거도 없었지만, 단 한 가지, 희망이 있었다. 그것은 회색이 인간에게서 빼앗아 간 것이며, 인간이 인간다움을 회복하는 데 무엇보다 소중한 것임에 틀림이 없었다. 결코 포기하지 말고 희망을 품고 있어야 한다, 라고 도오루는 생각했다. 희망이 있는 한 나는 언제까지고 인간으로 존재할 수 있어, 라고도.

주위는 완전한 어둠이었다. 그 어둠 속을 도오루는 묵묵히 스스로를 믿으며 내려갔다. 나는 밤기차다, 라고 도오루는 생각했다. 희망의 선로 위만을 달릴 수 있는 밤기차.

─칙칙폭폭.

도오루는 소리 내어 말해보았다. 어둠의 공간에서는 메아리로 돌아오는 것이 없었다. 목소리는 어딘지도 모르는 곳으로 스윽 삼켜져 사라져갔다.

이미 발걸음은 단호했고 휘청거리는 일도 없었다. 계단을 굴러 떨어질 것 같은 느낌도 더 이상 없었다. 단지 한 점의 희망이 그곳에 보였다. 도오루는 희망만을 의지하며 계단을 내려가고 또 내려갔다.

어둠의 스크린에서 어린 시절의 자신을 본 듯한 생각이 들었다. 명확하게 보이지 않는 암흑 속에서 물동이에 비친 자신의 얼굴을 보는 것처럼, 어린 시절의 자신, 의식의 밑바닥에 사는 자신, 미래를 향해 걸어가는 자신을 본 듯한 생각이 들었다. 물동이 속의 어두운 물이 흔들리고 도오루도 흔들렸다. 그런 자신의 기억을 마음의 거울이 비춰내고 있었다.

묵묵히 계단을 내려가는 동안, 도오루는 어둠이 자신의 의식과 동화한다는 기묘한 착각에 휩싸였다. 발을 한 걸음 내디딜 때마다 이미지가 또 다른 이미지를 불러들여 어둠 속에서 점차 무언가가 보이기 시작했다. 어쩌면 그것은 늘 생각해내려 해도 생각나지 않던 꿈의 단편일까.

도오루는 눈이 쏟아지는 가운데 비탈진 땅의 돌계단을 내려간다. 내쉬는 숨이 눈앞에 하얗게 뻗어나간다. 경사지가 온통 눈으로 뒤덮였고, 띄엄띄엄 벽돌집들이 서 있지만 그 집들도 눈에 파묻혀 붉은 벽돌의 일부분이, 그리고 굴뚝에서 피어오른 연기만이 그곳에 인공의 건축물이 있다는 것을 일러주었다. 시선을 들어 바라보니 경사지를 둥그렇게 에워싸는 모양새로 산이 바짝 다가들었다. 하늘을 반쯤 가린 높직한 산들은 구름을 둘러쓰고 그 위에 펼쳐진 푸른 하늘과 고요히 등성이를 함께 나누고 있다.

돌계단은 경사지의 저 끝까지, 저 아래 계곡까지 이어졌다. 바람이 불 때마다 가루눈이 날아올라 금가루처럼 빛난다. 도오루는 허둥거리지 않고 조용히 공기를 들이쉬었다. 차갑게 찌르는 듯한 공기가 폐를 가득 채우고 그때마다 등이 쑥쑥 커가는 듯한 기분을 맛보았다.

도오루는 눈 덮인 계단을 한 단 한 단 확인하며 내려갔다. 얼마 후에 한 청년과 조우했다. 키가 크고 단정한 얼굴의 젊은이는 하얀 숨을 리드미컬하게 토해내며 돌계단을 올라왔다. 도오루 앞에까지 오더니 가늘게 실눈을 뜨고서 "너는?" 이라고 말했다. 도오루도 놀라서 입을 헤벌린 채, 웬일인지 반갑게 느껴지는 그 얼굴을 빤히 바라보았다. "어디 가니?"라고 청년은 말했다. 나이가 좀 더 많은 쪽이 자기보다 어린 사람에게 던지는 투박한 말투였지만 도오루는 반가웠다. 저 밑의 막다른 곳까지, 라고 대답하자 청년은 가만히 고개를 끄덕였고 그러고는 줄줄이 서 있는 산들을 올려다보았다. 혈색 좋은 뺨이 인상적이었다. 짧은 머리, 예리하고도 씩씩한 입술, 늠름한 어깨가 야성적인 강인함을 전해주었다. 강한 의지가 깃든 저 검은 눈동자 속에 내가 있구나, 라고 도오루는 생각했다. 청년은 허리에 손을 짚고 가슴을 젖히며 자신이 올라온 길을 천천히 돌아보았다. 조금 센 바람이 불어와 민가(民家)의 지붕에 쌓인 눈을 말아 올렸다. 청년이 눈을 가늘게 떴다. 도오루는 손등으로 눈을 가리고 바람이 멎기를 기다렸다. "조심해서 내려가" 하고 청년이 짧게 말했다. "네"라고 도오루는 순진하게 응했다. 청년의 왼손이 도오루의 어깨를 두어 번 툭툭 쳤다. 두 번째는 힘이 들어가 있었다. 옆을 지나가는 겨를에 청년이 씨익 웃었다. 목소리는 들리지 않지만 하얀 이가 보였다. 무엇 때문에 웃었는지는 알 수 없지만, 그것은 앞서서 인생을 올라가는 자의 여유 있는 위로의 미소였다. 도오루는 그 등을 돌아보았다. 자신이 힘들게 내려온 비탈길 한가운데를 청년은 씩씩한 걸음으로 올라가고 있었다. 도오루는 미소를 지었고 빙그르르 주위를 둘러보았다. 우뚝 솟은 산들의 꼭대기에서 세계의 초록을 본 듯한 생각이 들었다. 예리한 봉우리 끝에 이따금 눈 깜빡임 같은 빛이 춤추었다. 도오루는 어금니를 악물며 다시금 계단을 내려가기 시작했다.

청년과 헤어지고 조금 내려가자 눈으로 뒤덮인 구역의 경사가 한층 심해졌다. 도오루는 조심조심 한 계단씩 신중하게 나아가지 않으면 안 되었다. 산 건너편에 태양이 있는 모양이었다. 봉우리 한 귀퉁이가 다시금 반짝, 마치 칼날이 빛을 내듯 환해졌다. 하늘이 푸른데도 다시 희끗희끗 눈이 내리기 시작해서 우아하게 허공에서 춤을 추었다. 도오루는 손을 내밀고 기다려 눈 한 조각을 받아들었다. 손바닥을 움직여가며 그 눈을 들여다보았다. 각이 진 꽃의 이미지가 보였다. 그렇게 미묘한 것 속에도 빛의 생명이라는 것이 있었다. 손을 움직여 약간 각도를 바꾸기만 해도 눈은 그 표정이 미묘하게 변하며 반짝이고 창백해지고 안에 숨기도 하고 신이 난 듯 부르르 떨거나 고집을 피우기도 했다. 도오루가 내쉬는 숨결과 손바닥의 온기 때문에 더 이상 견디지 못하고 눈꽃이 녹아내리자 어디에선가 목소리가 들려왔다. 고개를 들자 눈앞에 중년남자가 서 있다가 "저런, 허망하구나" 하고 말했다. 반짝이는 산봉우리가 남자의 머리 위쪽에서 용해되는 금 같은 모습을 내보였다. '왕관이다'라고 도오루는 생각했다. 눈에 반사된 빛을 받은 중년남자의 얼굴 또한 왠지 반가운 느낌이 들었다. "허망해서 아름답지"라고 남자는 다시 한 번 말하고는 청년이 그랬듯이 고개를 들어 곧바로 우뚝 솟은 산맥 쪽을 응시했다. 청년의 야무지고 강인하던 팽팽한 얼굴과는 다르게, 더욱 오래 인생을 살아온 사람만이 가질 수 있는 풍성한 편린 같은 것을 그 남자의 얼굴은 가지고 있었다. 눈초리에는 웃음으로 생긴 깊은 주름 한 줄기가 부드럽게 호를 그려서 남자가 걸어온 인생이 풍성했다는 것을 전해주었다. 미소를 짓는 것도 아닌데 주위의 산봉우리를 올려다보는 남자의 얼굴에는 부드러운 여유와 온화한 관록이 있었다. 중년남자의 그 눈동자에도 빛이 깃들었고 청년의 검은 눈동자보다 좀 더 깊고 복잡한 광채를 내뿜었다. 입가가 벌어지기는 했지만 쉽사리 말이 튀어나오지는 않았다. 흩뿌리는 눈의 입자가 커지면서 그것은 함박눈처럼 살랑거리는 움직임으로 변해갔다. 소리 없이 내리는 눈이 두 사람 사이에 화해와도 같은 조용한 시간을 가로놓았다. 침묵 끝에 남자는 "어디까지 가지?"라고 어딘가 걱정스러운 듯한, 하지만 지나치게 신경 쓰는 것 같지는 않은 절도 있는 태도로 물었다. 도오루는 "아래까지"라고 말했다. 중년남자는 그 이상의 말은 하지 않은 채 고개를 가만히 끄덕이고는 도오루의 머리를 다정하게 쓰다듬고 나서 계단을 오르기 시작했다. 남자와 스쳐지나가는 순간, 무언가를 건네받은 듯한 느낌이 들었고 그 덕분에 마음이 한결

편안해졌다. 도오루는 중년남자를 돌아보았다. 청년 같은 경쾌함은 없었지만 듬직하고도 확고한 발걸음이었다. 도오루가 선 자리에서 그 얼굴은 보이지 않아도 왠지 남자가 미소를 지으며 올라가고 있을 것 같았다. "안녕, 힘내세요"라고 도오루는 중얼거리고 다시금 경사 길을 내려가기 시작했다.

경사는 더욱 급해지고 동시에 산봉우리들은 한층 높직하게 솟아서 이미 하늘의 거의 대부분을 감추고 있었다. 주위에는 민가도 수목도 없고, 도오루는 몸을 비스듬히 젖히며 조심조심 내려갔다. 내려가는 일에만 집중하느라 노인이 올라오는 것을 미처 알아보지 못했다. 인 기척을 느끼고 눈길을 던지자, 입을 한껏 벌리고 적잖이 괴로운 표정 으로 계단을 올라오는 노인과 눈이 마주쳤다. '어라?' 하는 표정을 보 이더니 꽃이 피듯이 온 얼굴에 웃음이 번졌다. 역시 몹시도 그립고 반 가운 얼굴이었다. 등은 굽고 어깨도 약간 처졌으나 발걸음은 분명했 다. 머리털은 거의 빠지고 남은 것은 대부분 흰머리였지만 그 가느다 란 머리털에도 빛이 숨결을 쏟아 붓고 있었다. 도오루는 입가에 웃음 을 가득 머금은 노인과 오래도록 마주 서 있었다. 색소가 옅어진 눈의 중심에 하나의 확실한 핵이 있었다. 그것은 잘 닦여진 구슬 같은 것으 로, 눈동자의 정확히 한가운데에 맺힌 듯이 아른아른 흔들리고 있었 다. 주름진 피부에는 몇 개나 되는 큼직한 반점이 있고, 입가에는 세로 주름이 몇 줄기나 내달렸다. 귀는 얼굴의 좌우에 불룩 튀어나와 마른 버섯을 연상시켰다. 도오루는 손을 내밀어 노인을 끌어올리려고 했다. 오오, 라는 얼굴로 노인이 그 손에 매달렸다. 도오루는 끌어당겼다. 마침 그때, 두 사람 사이에 강한 바람이 들이쳤다. 그 탓에 계곡 밑에서 눈이 날아올라왔다. 곁에 선 노인이 비탈길 아래를 굽어보며 "하아!" 하고 소리를 질렀다. 눈이 무언가에 붙들린 듯 크게 뜨여져 있었다. 도오루는 그 시선을 더듬어 따라갔다. 계곡 바닥의 빛이 닿지 않는 어두운 곳에서 반짝반짝 빛나는 눈 조각이 떠올랐다. 눈이 내리는데도 떠오르고 있었다. 그곳에는 위도 아래도 없었다. "아하" 하고 노인은 다시 한 번 웃는 소리를 냈다. 산봉우리들이 하늘을 막아서려 하고 있었다. 노인은 두 손으로 도오루의 어깨를 잡고, 천천히 도오루를 품에 안았다. 그 품에 안기면서도 도오루는 떠오르는 눈 조각들을 내내 바라보았다. 그 하나하나의 결정체에 마지막 빛이 반짝 반사되고, 눈은 살아 있는 영혼처럼 하늘을 향해 올라갔다. 노인은 도오루의 등을 툭툭 치더니 다시 비탈길을 오르기 시작했다. 굽은 허리에 손을 얹고 한 계단씩 정성껏 올라가는 노인의 뒷모습을 도오루는 오래도록 바라보았다. 시야의 아득한 끝, 저 높은 곳까지 이 노인은, 그 중년남자는, 그리고 그 청년은 분명 올라갈 터였다. 그들에게서 건네받은 것이 무엇인지 도오루는 알지 못했지만, 하지만 아주 조금 용기가 생겼다.

주위에서 색채가 사라지기 시작했어도 도오루는 두려워하는 일 없이 어둠과 대치할 수 있었다. 잠시 후에 세계는 복잡한 색이 뒤섞인, 저 암흑의 우주로 돌아갔다. 발밑을 확인하면서 도오루는 한없는 계단을 내려갔다.

넓디넓은 강을 헤엄쳐 건넌 뒤의 탈력감과도 같은 피로에 휩싸여
도오루는 지하 중학교의 복도로 나섰다. 아무래도 1학년 건물인 것 같
았다. 벽에는 미술대회에 입상한 학생의 수채화 몇 점이 나붙었고 그
중에는 도오루와 같은 반 아이의 이름도 있었다.

숨을 내쉬고 들이쉴 때마다 고막이 후르르 떨렸다. 물속에 있는 듯
한 기묘한 감각이 뒤를 이었다. 창밖은 여전히 암흑이 지배하고 유리
에 반사하는 형광등 불빛만이 눈에 두드러졌다. 복도 끝을, 계단 쪽을
지그시 노려보았지만 아무도 없었다.

―기리시마!

있는 힘껏 큰소리로 불러보았다. 도오루의 높직한 목소리는 아무도
없는 복도의 공기를 진동시켰지만 반응은 돌아오지 않았다. 1학년 15
반 교실이 있는 3층까지 도오루는 계단을 단숨에 뛰어올랐다.

어떤 교실에도 학생들의 모습은 없었다. 도오루는 15반까지 달려가
창유리 너머로 안을 들여다보았다. 죽은 자들의 교실은 불이 꺼져 어
둠침침해서 창 너머로 들여다보는 것만으로는 확실하게 보이지 않았
다. 도오루는 교실 앞쪽의 문을 열고 이내가 서린 교실 안에 발을 들였
다. 몸에 휘감기는 안개 상태의 냉기를 헤치듯이 중간쯤까지 들어가
주위를 둘러보았지만 역시 아무도 없었다. 천장에서 방울방울 떨어지
는 물방울이 책상 위를 적시고 있었다.

―기리시마, 유키를 죽이지 말아줘.

도오루는 푸르스름한 형광등 불빛이 비쳐드는 교실 뒤쪽을 지그시 응시하며 달래는 듯 간절한 목소리로 말했다.

―기리시마, 제발 유키를 돌려줘.

바로 곁에 기리시마가 다가온 것 같은 느낌이 들었다. 하지만 어디에 있는지 알 수 없었다. 물방울이 도오루의 손을 때렸다. 천장을 올려다보니 다시 몇 개의 물방울이 떨어져 도오루의 이마와 뺨을 내리쳤다. 손으로 물을 털어내며 뒷걸음질을 쳤다. 물방울이 낙하하는 속도가 빨라졌다. 뚝뚝뚝, 여기저기서 물방울이 책상을 두드리기 시작했다. 줄지어 선 책상에서 튀어 오른 물방울은 여기서 당장 나가라고 외치는 기리시마의 목소리 같았다. "나가, 어서 나가"라고 하면서 물방울이 튀었다. 안개처럼 자욱한 교실 뒤쪽의 어둠 속에 희미하게 사람 그림자가 나타났다. 도오루는 어금니를 악물고 그쪽을 노려보았다.

―이미 늦었어. 전부 다 늦었어.

기리시마의 연약한 목소리가, 실내에 고여 있는 공기를 파르르 뒤흔들며 도오루에게 와 닿았다.

―네가 외롭다고 유키를 죽이는 건 너무 잔인하잖아?

기리시마는 고개를 숙이고 침묵했다. 머리칼이 얼굴을 가려 표정이 보이지 않았다. 안개 때문에 윤곽은 한층 더 몽롱했다.

―유키를 돌려줘. 내게 돌려줘.

―이미 늦었어. 그 애는 이제 곧 완전히 죽어.

—안 돼!

도오루는 큰 소리를 내질렀다. 뚝뚝뚝, 물방울이 연달아 책상 위를 때렸다. 기리시마의 얼굴이 천천히 쳐들렸다. 머리칼 사이로 눈이 나타났다. 물론 생전의, 생명이 눈부시게 빛나던 그 기리시마의 눈이 아니었다. 탁하고 흐릿한 죽은 자의 눈이었다.

—이렇게 외롭고 슬프고 고독한 세계에 나 혼자 있는 건 정말 싫어.

—네 마음은 잘 알아. 하지만 그래서는 안 돼. 제발 부탁이야, 유키를 내게 돌려줘.

기리시마가 "안 되는 일이야" 라고 중얼거리며 고개를 숙여버렸다.

—안 되는 일이 아냐!

—아무튼 이미 늦었어.

기리시마가 얼굴을 돌렸다. 그러자 문 쪽 맨 뒷줄의 책상에 시라토인 듯한 그림자가 누워 있는 게 보였다. 옛날식 환등기로 비춰낸 그림자 같은 시라토. 정말 눈에 보이는 건지 잔상인지 분간할 수 없을 만큼 엷게.

—유키.

곧바로 시라토의 모습은 형광등 불빛에 뒤섞여 사라졌다.

—미안해. 너는 시라토를 구할 수 없어. 게다가 너도 이번만은 원래 세계로 돌아가지 못해. 영원히 이 학교를 떠돌게 될 거야. 살아 있는 자가 발을 들여서는 안 되는 세계에 너는 또 다시 너무 깊이 들어오고 말았어.

도오루는 뚫어져라 앞을 바라보았다. 어째서 자신이 이곳에 와 있는지, 이곳은 어디인지, 생각을 굴렸다. 냉정하게 생각하면 이런 세계를 현실이라고는 하지 않을 터였다. 도오루는 몸을 긴장시키고, 더 철저히 생각하려고 더욱 뚫어지게 바라보았다. 형사가 지적했던 대로 혼수상태 속에서 본 꿈의 세계에 내가 와 있는 것이리라. 하지만 어디까지가 환상이고 어디까지가 현실 세계인지, 구별하는 건 역시 어려웠다. 벼이삭이 세찬 바람에 출렁거리듯 온갖 사념이 일제히 뒤집혀 갔다.

─아니, 나는 돌아갈 거야. 틀림없이 돌아갈 거야.

기리시마가 희미해져갔다. 거봐, 라고 도오루는 스스로에게 말했다. 이게 경계선이다. 현실과 환상의 경계인 거다. 사람과 사람, 세계와 세계 사이에는 무수한 선이 있다. 그 선이 여기에도 있었다.

─이제야 알았어. 이 세계는 내 머릿속에 있다는 거. 아니, 여기만이 아냐, 원래의 세계도 그렇고 온갖 것이 모조리 이 머릿속에 있어.

도오루는 점점 희미해지는 기리시마에게서 눈을 돌리지 않고 강하게 쏘아보며 말했다.

─분명 세계라는 건 전부 내가 상상하는 환상에 지나지 않아. 히카루도, 회색도, 기리시마 너도. 그리고 죽어가는 유키조차. 모든 것이 내가 낳은, 내가 머릿속에 그렸던 우주야. 유키가 죽는다는 건 내가 그렇게 상상했기 때문일 뿐이야. 유키가 죽지 않는 상상을 계속하면 틀림없이 그 죽음을 막을 수 있는 거야.

도오루는 막 사라지려는 기리시마를 향해 다시 분명하게 말했다.

─그러니까 이제부터 이 암흑세계를 이겨내는 상상을 할 거야. 이 세계에 색깔을 되살려낼 거야. 침침하고 회색으로 탁해진 것에 새로운 빛을 쏟아 넣는 상상을 하는 것밖에 다른 방법은 없어.

도오루는 교실 뒤로 들어가 시라토가 누웠던 책상을 내려다보았다. '슬프다는 마음을 이겨내야 해' 하고 도오루는 생각했다. '희망을 버리지 않도록 해야 돼' 하고 어금니를 악물었다. '시라토를 구해낼 수 있는 건 나뿐이야' 하고 마음에 새겼다.

도오루는 지하의 중학교 안을 헤매고 다녔다. 형광등 불빛만이 비치는, 인기척이라고는 없는 어스레한 교사 안을 묵묵히. 계단을 올라가고 내려가고 복도 막다른 곳까지 걸어갔다가 다시 돌아오며. 이미 허둥지둥 뛰어다니는 일은 없었다. 큰소리를 지르는 것도 그만두었다. 이미 이곳까지 와버린 것이다. 시간 따위는 없는 영원의 장소다. 감정에 휘둘리지 않고 침착하게 이 세계를 간파해내야 한다.

어떤 교실에도 학생들의 모습은 없었다. 피해경보가 떨어져 일제히 피난을 떠난 뒤의 텅 빈 학교 같았다. 보이고 느껴지는 세계가 기묘하면 할수록 이 세계가 환상이라는 강한 확신을 가질 수 있었다. 비현실적인 광경이 모두 그 증거였다. 세계가 환상이라면 시라토를 되찾을 수 있다고 도오루는 스스로에게 자꾸 말을 건네며 어느 누구와도 마주치는 일 없는 복도 중간에 우두커니 서서 다시금 시선을 집중했다. 지금 자신이 바라보는 것이 기억 속에 남아 있는 흔해빠진 학교의 이미지에 불과한 듯한 생각이 들었다. 영화 세트를 구경한 적은 없지만, 순간순간 벽이며 창유리가 급조된 것처럼 보였다. 히카루가 여기 있었다면, 가짜라는 것을 까발려주겠다고 떠들었을지도 모른다고 생각하며 도오루는 씁쓸하게 웃었다.

도오루는 교정 쪽 출구에 섰다. 1학년 전용의 신발장이 있고 콘크리트 현관 끝에는 바깥으로 나가는 문이 있었지만 굳게 잠겨 있었다. 힘껏 문을 당겨보았지만 꿈쩍도 하지 않았다. 유리창에 얼굴을 바짝 대고 찬찬히 들여다보았다. 유리창에는 형광등 불빛이 반사하고 자신의 얼굴도 비쳤다. 손으로 그 빛을 가리고 다시금 얼굴을 들이대 건너편 세계를 들여다보았지만 암흑이 펼쳐져 있을 뿐, 도저히 그곳에 교정이 있다고는 생각할 수 없었다.

도오루는 아무도 없는 1학년 13반 교실로 들어갔다. 교단 위에 서서 가도노와 에지리, 기노시타가 앉았던 자리를 순서대로 바라보았다. 자신과 시라토의 자리에서 시선이 멈추었다. 도오루는 교단을 내려가 시라토의 책상까지 걸었다. 칠판을 똑바로 바라보던 시라토의 얼굴이 생각났다. 그렇다는 말을 듣고 보면 여성적이고 그런 말을 듣지 않고 보면 남성적인 얼굴이었다.

무심코 책상 안에 손을 넣었더니 손끝에 뭔가 걸렸다. A4 사이즈의 종이쪽이었다.

─무사해서 다행이야. 보고 싶었다.

종이를 가득 채울 만큼 그렇게 빽빽하게 내갈겨 써 있었다. 문득 가슴 언저리가 뭉클했다. 정체를 알 수 없는 감정이 마음속에서 팽창하여 금세라도 터져 나올 것만 같았다. 입맞춤을 나누었을 때의 그 마음, 서로 껴안았을 때의 감촉이 생각났다. 그것이 모두 환상이라고는 도저히 생각할 수 없었다.

도오루는 다시 한번 1학년 15반 교실로 향했다. 그러나 아무리 찾아봐도 15반은 눈에 띄지 않았다. 14반 옆은 북쪽 계단이었다. 도오루는 복도를 돌아보았다. 그리고 교실을 하나하나 다시 세어보았다.

어슴푸레한 계단참에서 뭔가 부스럭부스럭 돌아다니는 소리가 났다. 눈에 힘을 주어 들여다보니 돌아다니던 것이 멈춰 서고 그다음에는 갑작스레 벌떡 일어섰다. 역시 그 쥐였다. 도오루의 입가가 헤실헤실 풀어졌다.

─앗, 너는 그때의?

쥐가 검은 눈을 데굴데굴 굴리며 말했다.

─아, 관리인 쥐 씨?

도오루의 말에 쥐는 반갑다는 듯 어둠 속을 신나게 뛰어다녔다.

─음, 나를 기억하고 있군. 다시 만날 줄은 생각도 못했는데, 반갑구나, 반가워.

그러고는 다시 두 다리로 재주도 좋게 벌떡 일어서서 코끝을 킁킁거렸다. 기다란 수염도 함께 휘어지듯이 흔들렸다.

—아무래도 죽지 않았던 모양이군. 그렇다면 회색을 이겨내고 저쪽 편으로 돌아갔었다는 얘기인데?

쥐의 털이 슬그머니 곤두섰다. 말을 마치자 쥐는 다시금 귀에 거슬리는 소리를 내며 어둠 속을 뛰어다녔다.

—회색을 이겨냈는지 어떤지는 모르지만 가까스로 위의 세계에 돌아갈 수 있었어.

—근데 왜 또 여기까지 터덜터덜 찾아온 거야? 혹시 너, 바보냐?

—바보 아냐. 어쩔 수 없어서 다시 왔지.

—어쩔 수 없어서?

도오루는 몸을 숙이고 소리를 낮추어 말했다.

—다시 한 번 네 힘을 빌리고 싶어. 실은 내 짝꿍 시라토 유키가 견신빙에게 살해되었거든.

—살해되었어?

—아니, 정확한 건 몰라. 하지만 죽어가고 있거나 죽었거나, 그 둘 중 하나일 거야.

—어라, 역시 바보로군.

캬하하하, 하고 쥐는 웃음을 터뜨렸고 광석 라디오에서 튀어 나온 듯한 그 소리가 도오루의 고막을 불쾌하게 뒤흔들었다. 쥐는 한바탕 웃고 나자 코를 킁킁거리며 뭔가 한참 생각하더니 다시금 부스럭거리는 소리를 내며 뛰어다녔다.

　―근데 그 시라토 유키라는 건 어떤 인간이지?

　―스커트를 입었어. 설명하기는 어렵지만, 여자애인데 위의 세계에
서는 남자애로 통해. 사정이 좀 있어서.

　쥐는 천박하게 웃을 만큼 웃고 나서 다시 벌떡 일어나 가슴을 쑥 내
밀었다.

　―스커트를 입은 여자애, 하지만 위의 세계에서는 남자애라고? 그
게 뭐야? 완전 비현실적인 존재구먼.

　이번에는 도오루가 웃을 차례였다. 쥐는 진지한 어조로 말했다.

　―너, 죽어가는 인간을 구해내려는 사람치고는 전혀 절박한 느낌이
없는데?

　'아, 그렇구나'라고 도오루는 솔직히 인정하지 않을 수 없었다.

　―이 기묘한 세계에 먹히지 않으려는 거라고 생각해. 이런 환상에
너무 진지하게 뛰어들어서는 안 돼. 지금 내가 바라보는 것, 즉 너를
포함하여 이 지하의 학교는 모두 내 머릿속에서 날조해낸 세계가 틀
림없으니까. 거기서 만일 내가 늘 히카루에게 하듯이 너무 심각하게
대들고 그러면 결국 내가 지는 거고 회색에 휘말리는 셈이야. 내가 만
들어낸 이 환상의 세계를 이겨내지 않으면 유키를 구해낼 수 없어. 하
지만 놈들과 줄다리기를 해서는 안 돼. 그래서는 회색의 계략에 넘어
가는 것이지. 상대하지 말고 대충 따돌려야 해. 이건 유키가 내게 가르
쳐준 거야. 회색은 나를 내가 아니게 만들려고, 즉 미치게 하려는 거

야. 그 정도는 알고 있겠지? 관리인인 너는?

"홍"이라고 쥐는 코웃음을 쳤다.

─나 역시 네가 날조해낸 것 중의 하나라는 거야?

─응.

─그렇다면 네 마음대로 하서. 환상을 상대로 이야기하는 건 어떤 기분이실까나?

쥐는 경멸하는 듯한 느낌으로 킬킬킬 웃었다. 도오루는 냉정한 표정으로 지그시 쥐를 바라보았다. 정말인지 거짓인지 똑똑히 알아내지 않으면 안 된다고 스스로 마음에 새기면서.

─역시 넌 바보야. 그냥 바보가 아냐. 아주 큰 바보야.

─큰 바보여도 좋아. 뭐라고 하건 나는 내가 만들어낸 이 환상을 꼭 이기고 말 거야. 그래서 이 세계를 끝장낼 거야.

─호오, 그냥 넘겨버릴 수 없는 소리로군. 이 세계를 끝장내다니, 그럼 이 몸도 없애버리겠다는 꿍꿍이로구나?

─응, 전부 다. 제발 사라져줘. 그리고 유키를 이 세계에서 구출할 거야. 왜냐하면……

거기까지 말하고 도오루는 미소를 지으며 쥐에게 얼굴을 바짝 들이댔다.

─유키를 사랑하고 있거든. 사랑을 빼앗기는 건 죽는 것과 똑같아.

그렇게 중얼거리며 두 손으로 쥐를 꽉 잡아버렸다.

─이봐, 놔! 나를 짓이길 셈이야?

―그래!

온 학교에 다 들릴 만큼 큼직한 소리였다.

―쥐, 너를 짓이겨버릴 수도 있어. 나를 도와주지 않으면 지금 이 자리에서 당장 짓이겨버릴 거야. 지금 좋게 말하고 있을 여유가 없어. 유키를 구해내지 못하면 나도 죽을 거야. 자, 빨리 시라토 유키가 어디 있는지 말해!

도오루는 손에 힘을 넣었다. "찌이이익" 하고 쥐가 비명을 질렀다.

―아얏, 아파, 도오루, 아프단 말이야, 에구, 나 죽는다.

―거짓말! 너희는 이미 죽었어. 아플 리가 없어. 자, 빨리 말해봐. 유키는 어디 있어?

쥐의 눈이 튀어나오고 그 수염은 쭉 늘어났다.

―몰라. 나하고는 상관없는 일이야. 하지만……

―하지만?

―경비실로 가봐. 그곳에 가면 견신빙이 있어. 그자가 있는 곳을 알고 있지? 이봐, 어물어물 하지 말고, 나한테 신경 쓸 틈이 있으면 어서 빨리 가봐!

단추 같은 쥐의 눈이 데굴데굴 움직였다. 도오루가 풀어주자 쥐는 도오루의 손에서 뛰쳐나가며 외쳤다.

―제기랄, 너 같은 거 죽어버려!

그리고 층계참의 어둠 속으로 사라져버렸다.

도오루는 3학년 교무실 옆에서 지난번에 보았던 경비실이라는 팻
말을 발견했다. 전과 똑같이 문이 아주 조금, 몇 센티미터쯤 열려 있어
서 슬쩍 넘어다보니 모니터에서 나온 듯한 푸른빛이 보였다. 도오루
는 조심조심 발을 들이밀었다.

실내등은 꺼져 있었지만 정면 모니터 화면은 모조리 가동 중이었
다. 의자에는 조금 전까지 누군가가 앉았던 기척이 남아 있었다. 벽 전
면에 박힌 모니터 화면은 지상 학교의 현재 상황을 비춰내는 모양이
었다. 도오루는 서둘러 화면들을 하나하나 확인했다. 체육관에 학생
들이 모여 있었다. 가방을 등에 멘 것을 보면 하교를 준비하는 것 같았
다. 핼쑥한 표정의 아이들이 차례차례 화면에 비쳤다. 공포와 싸우는
지칠 대로 지친 얼굴들뿐이었다. 보도진이 한층 많아져 있었다. 교정
은 경찰 차량과 경찰들로 넘쳐났다. 사당 앞에서는 감식 경관들이 작
업 중이었다. 사당 옆 나무 밑의 어둠이 보였다. 그곳에서 하얀 인형이
도오루의 눈에 뛰어들었다. 저도 모르게 심장의 고동이 빨라졌다.

—도오루, 네가 지금 바라보는 게 바로 지금의 현실 세계야.

들어본 적이 있는 견신빙의 목소리. 당황하여 실내를 둘러보았으나
모습은 보이지 않았다. 귀로 들리는 것과는 달랐다. 자신의 머릿속에
대고 직접 속삭이는 듯한, 바로 가까이에서 느껴지는 소리였다.

—대단한 것을 알아냈군. 분명 네가 생각하는 대로 이 세계는 지금
네 머릿속에 있어. 이 세계는 어쩌면 환상에 불과한 것인지도 몰라. 히
카루도 회색도 기리시마도. 그리고 죽어가는 시라토 유키까지도. 모

든 것, 모든 상황이 네가 빚어낸 환영 속에서 일어나는 일이라고 할 수 있겠지. 그야말로 너의 상상이 만들어낸 우주야. 시라토 유키가 죽는다는 건 네가 그렇게 상상했기 때문일 뿐이야. 살아 있건 죽어 있건 세계라는 건 그다지 다를 게 없다는 거지. 오히려 세계라는 건 그 둘 중의 어느 한쪽에밖에는 속할 수 없어. 살아 있는 자들의 저쪽 세계거나 아니면 죽어 있는 자들의 이쪽 세계거나……

갑자기 화면이 바뀌었다. 어스레한 장소가 모니터 화면을 통해 멍하니 비춰졌다. 찌무룩하게 어두운 곳이라는 것뿐, 그곳이 어딘지는 판별할 수 없었다.

—불을 켜주지.

형광등이 켜지기 직전의 깜빡거리는 둔한 빛의 명멸 직후에 정면 모니터 화면이 환하게 밝아졌다. 몇 개의 화면이 똑같은 장소를 보여주고 있었다. 체육관인 듯했다. 농구 골대도 보였다. 도오루를 사로잡은 것은 그 넓은 공간의 중간쯤에 쓰레기봉투처럼 내던져져 누워 있는 사람이었다.

—지금 이렇게 바라보는 영상도 모조리 네가 상상한 세계야. 네 머릿속에서 생각해낸 범주 안의 사건이 이곳에 재현되는 거라고 생각하면 되지. 사실은 그게 세계라는 것의 참모습이야. 세계가 이런 식으로 존재하는 건 이런 세계를 상상하는 자가 있기 때문이고, 그것은 신 따위가 아니라 예를 들면 바로 너야. 너는 자신이 상상한 세계 속에서 살고 있다고 하는 것도 무방하겠지. 상당히 복잡한 이야기지만, 그게 사

실은 세상이라는 것이기도 해. 네 부모나 친구들도, 선이나 악도, 온 세계에서 일어나는 다양한 사건들이 너라는 한 인간의 머릿속에서 상상해내고 만들어낸 세계를 가리키는 거야. 네가 사랑하는 시라토 유키라는 인간은 네 머릿속에서 서서히 죽어가고 있단 말이지.

모니터 화면 몇 개가 바닥에 누운 사람을 향해 줌인으로 다가갔다.

—기아나 테러, 전쟁으로 죽어간 희생자들도 모두 너의 공상의 산물이야. 다른 사람들도 모두 똑같다는 건가? 아니, '사람들 모두'라는 말은 그저 눈속임을 위한 단어일 뿐, 실제로는 '사람들 모두'라는 등의 말은 실재하지 않아. 이곳에서는 백 퍼센트, 완전히 너뿐이야. 오직 너라는 한 사람 속에 실제로는 이 세계도 우주도 모조리 내재되어 있어. 지금의 나, 이 견신빙도 실은 너야. 히카루도 기리시마도 모두 다 사실은 너야. 세계는 너에 의해 만들어졌다는 사실을 애매하게 얼버무리기 위해 '사람들 모두'라는 말이 자꾸만 들먹여지는 것에 지나지 않아. 다른 사람들 때문이다, 사람들이 모두 그렇게 하니까, 사람들이 모두 다, 사람들이 모두 자기 멋대로, 사람들이 모두 자기 하고 싶은 대로, 사람들 모두를 위해…… 흥, 잘 생각해보면 알걸? 사람들 모두라는 거, 사실은 이 세상에 없어. 네가 너 자신을 정당화하기 위해 만들어낸 말일 뿐이지.

모든 화면이 시라토의 바로 지금의 모습을 비춰냈다. 도저히 살아 있다고 생각할 수 없는 시퍼렇게 경직된 참혹한 모습의 시라토였다.

—왜 그래? 어서 뛰어가야지, 시라토 유키를 구해내야지? 하지만 어

떻게? 어떻게 이 죽어가는 남자 같은 계집애를 구해낼 수 있을까? 너의 공상이 만들어낸 이 사후의 세계 속에서 이미 시체가 되어가는 인간을? 아무리 네가 희망을 잃지 않고 싸우겠노라고 떠들어봤자 네 안에 숨은 바닥 모를 악의를 이겨낼 수는 없을 텐데? 악의가 만들어낸 이 세계에서 시라토 유키를 과연 구해낼 수 있을까? 너는 죽은 시라토를 상상하고 말았어. 과연 이 결정을 뒤엎을 수 있을까?

모든 모니터 화면에 시라토의 얼굴이 큼직하게 떠올랐다. 그것은 이미 죽음을 순순히 받아들인 자의 슬픈 얼굴이었다.

—이 상상력을 이길 만한 상상 따위가 과연 있을까?

시라토의 살은 윤기를 빼앗기고 서서히 부패해가고 있었다. 그토록 아름답던 눈동자도 이제는 빛을 끌어들이지 못한 채 탁해져 있었다.

—죽음이라는 상상을 이겨낼 만한 상상을 과연 할 수 있을까?

부패가 진행되는 죽은 자의 얼굴, 참혹한 시라토의 얼굴이 화면을 가득 채웠다. 도오루는 필사적으로 '속아 넘어가면 안 돼, 귀가 솔깃해서는 안 돼, 이건 사실이 아니야'라는 강한 사념으로 스스로를 격려했다. '이것은 본래의 시라토가 아니야. 모조리 환상이야'라고 스스로에게 계속해서 되뇌었다.

—너는 시라토 유키를 살려내는 일 따위는 못해. 그게 결론이야.

그리고 다음 순간, 모든 화상이 사라졌다. 모니터가 박혀 있던 벽은 그저 평평한 회색빛 유리의 벽이 되었다.

도오루는 눈을 감았다. 그리고 필사적으로 상상했다. 어떻게 하면 시라토를 내 마음으로부터 구해낼 수 있을까. 틀림없이 방법이 있어. 도오루는 자신을 향해 중얼거렸다. 아마도 그건 희망을 포기하지 않는 것, 그거야. 어금니를 악물고 도오루는 경비실을 뛰쳐나갔다.

　체육관에는 차가운 공기가 가득하고 도오루는 일단 입구에 서서 무슨 일이 일어났는지 냉정하게 판단하기 위해 잠시 걸음을 멈추고 마음이 가라앉기를 기다렸다. 체육관은 모니터 화면을 통해 보았던 것보다 훨씬 더 침침한 인상이었다. 경기용 메인 조명이 아니라 보조 조명만 약하게 켜져 있어서 찬찬히 시선을 집중한 끝에 겨우 농구 코트의 중간쯤에 드러누운 사람 형태의 검은 덩어리를 찾아냈다.

　이 세계가 현실이건 비현실이건 이미 상관없었다. 그곳에 시라토가 있다는 것, 환상이건 실제건 그것만이 중요했다. 도오루는 마음을 다져먹고 목표를 향해 천천히 걸음을 옮겼다. 천장을 향해 반듯하게 누운, 아니, 쓰러진 조각 작품 같은 시라토의 몇 미터 앞까지 나아갔다. 털썩 누운 그 모습은 그야말로 전쟁터에 쓰러진 사체였다. 모니터 화면을 통해 보았던 것보다 훨씬 더 참혹하게 상처 입은 모습이었다.

　지금 경험하는 이 세계는 무엇일까 하고 도오루는 다시금 자문해보았다. 어째서 이런 일이 일어나고 만 것일까. 시라토를 만났을 때의 일, 그 존재, 시라토에게서 받은 생명의 다양한 광채, 기쁨, 사랑스러움을 떠올려보았지만 그 모든 것과 지금 눈앞에 쓰러져 있는 것이 전혀 일치되지 않았다. 동시에 자신이 이 죽음이라는 상상에 서서히 패배해가고 있다는 것도 깨달았다. 사실에 맞서지 않으면 안 된다고 도오루는 어금니를 악무는 한편, 과연 어떻게 하면 눈앞의 이 비참한 사태에서 바로 얼마 전의 행복한 시점으로 되돌아갈 수 있을까, 생각하며 거센 동요를 느꼈다. 도오루의 뇌리에는 아직도 생명이 넘치는 피부와 눈동자와 입술, 모든 것이 생생하던 시라토, 혹은 순백의 웃음을 머금고 금세 터질 듯 약동하던 티 없는 시라토가 있었다. 그 웃음은 도오루의 희망의 상징이기도 했다. 하지만 그 품에 안겼을 때의 저 따스함, 입맞춤 때의 그 부드러움, 서로 마주 바라보던 때의 마음을 쿡 찌르던 강렬한 감동이 지금 눈앞에 쓰러져 있는 시라토의 변해버릴 대로 변해버린 모습과는 어떻게도 합치되지 않는 것이었다. 단 한 가지라도 좋았다. 희미한 희망의 불씨나마 찾아보려고 샅샅이 들여다보았지만 거기에는 마치 잿더미 속에서 발견된 사체처럼 시커멓게 타버린 가능성밖에는 보이지 않았다. 이것이 바로 '죽음'이라는 것을 도오루는 처음으로 깨달았다. 컴퓨터 게임처럼 얼마든지 다시 할 수 있는 죽음이 아니었다. 도오루는 거기서 온갖 부정적인 힘 외에는 아무것도 읽어낼 수 없었다.

─자, 어떻게 할 거야?
가증스러운 목소리가 체육관에 울려 퍼졌다.
─어떻게 할래, 도오루?

히카루의 목소리가 체육관의 팽팽한 공기를 다시 한 번 부르르 떨리게 했다. 시라토를 한가운데에 놓은 모양새로 맞은 편 대각선상에 히카루가 서 있었다. 입가에 천박스러운 웃음을 띠고 제가 이겼다는 표정으로 도오루를 빤히 바라보았다.

—이게 바로 현실이야. 네가 사랑이니 뭐니 하는 것에 빠지는 바람에, 아우, 가엾어라, 이 남자 같은 계집애가 죽어 나자빠지는 꼴을 당한 거야. 오옷, 벌써 죽었나?

도오루는 히카루를 노려보았다. 지금 대치하고 있는 저 히카루라는 존재는 나 자신의 또 하나의 모습이다. 내가 이 세계의 종언을 원했고 시라토를 죽게 했다. 세계를 이토록 서글프게 온통 흐려놓고 이토록 비참한 것으로 만든 건 다른 누구도 아닌 바로 나, 나 자신이다⋯⋯.

어디에선지도 모르게 분노의 감정이 떠올랐다. 도무지 어떻게도 손 써볼 도리 없는 괴멸 상태, 모든 것이 완전히 다 파괴된 뒤의 마음속 잔해에서 분노라는 감정의 싹이 얼굴을 내밀었다. 부서진 콘크리트의 빗금 사이에서 싹을 내미는 담쟁이 손처럼. 그것은 기운을 잃어가던 도오루에게 새로운 에너지를 공급해주었다. 탈력에 빠진 몸뚱이에 분노가 활기를 불어넣었다. 근육과 뼈와 피가 파르르 떨며 재생을 시작했다. 절망이 분노의 에너지를 받아먹고 또 다른 형태의 감정으로 변질되는 것이었다.

—야, 도오루, 뭐 이제 아무려나 상관없잖아? 곧 죽을 이런 녀석 따위, 더 이상 신경 쓸 거 없어. 나와 함께 원래의 세계로 돌아가자. 어차

피 세계 따위는 우리가 멋대로 상상한 것뿐이니까 일단 깡그리 쓸어내고 새로 만들면 돼. 그냥 없었던 일로 하면 된다니까? 게임이랑 똑같아. 리셋해서 처음부터 다시 하면 되지 뭐. 자아, 도오루, 그렇게 하자, 어서.

바짝 말라 끈끈하게 눌어붙었던, 쩍쩍 갈라지고 꽁꽁 얼어붙었던 도오루의 마음에 그 분노가 다시금 삶에 필요한 에너지를 부어넣었다. 히카루가 도발을 해올수록 그 새로운 에너지는 도오루의 굳어버린 마음의 벽을 안쪽에서부터 무너뜨리는 것이었다.

—네가 여기서 그만두기로 마음만 먹으면 지금 눈앞에서 일어나는 일은 죄다 무효가 돼. 그리고 다시 새로운 환경을 만들 수 있어. 플레이스테이션이나 엑스박스와 똑같아. 이제 알겠지? 이 세계의 구조라고? 아하하, 너 바보구나, 괜히 심각해져서는. 그렇게 심각할 거 없다니까, 전부 다 그냥 놀이야. 게임 같은 거라고.

도오루는 시라토에게 다가갔다. 참혹한 모습으로 쓰러진 시라토를 내려다보며 도오루는 자문했다. 이것이 게임일까?

—여기저기서 자살을 하는 건 인생을 리셋하고 싶기 때문이야. 그것도 어떤 의미에서는 게임이지. 깨끗이 죽어버리는 건 어딘가에서 자신의 인생을 다시 살겠다는 속셈이라고. 내내 게임 감각으로 살아왔으니 그런 식으로 간단히 죽어버릴 수 있지. 연탄 자살을 좀 보라고. 그거, 정말 그런 거잖아?

히카루가 웃었다. 웃음소리가 온 체육관에 메아리쳤다.

—테러에, 아사에, 전 세계에서 수없는 사람들이 죽어가는데 말이지, 그 아픔이 얼른 와 닿지를 않지? 그게 그런 거야. 그건 도오루 네 머릿속에서 상상하는 세계거든. 누군가 사고를 당해 죽어버려도, 수많은 갓난아기들이 머리 돈 놈에게 살해를 당해도, 비행기가 빌딩을 들이박아도, 어때, 너는 아무 데도 아프지 않지? 아무렇지도 않지? 왜 그렇다고 생각해? 그건 전부 이 현실이 공상에 지나지 않기 때문이야. 세계 같은 거, 죄다 환상이야. 당연하지, 그딴 거, 일일이 신경 쓰며 살아갈 수도 없고 말이지. 이상을 품고 사는 건 훌륭하긴 하지만, 근데 그건 불가능해. 국제연합이라도 초강대국이라도 결국 아무것도 못하잖아. 서로 이해득실만 따지며 오락가락하고, 만판 야비하기만 하잖아. 제아무리 훌륭한 목사님도 스님도 이 세상의 빈곤을 구해내지 못하는 거 좀 보라고. 교사가 학생의 자살을 막아내지 못하는 거하고 똑같아. 그야 당연하지, 네가 전부 공상하고 있으니까 세세한 부분은 어물쩍 넘어가는 거야. 이 연극 소품 같은 지하 중학교하고 마찬가지야. 상자가 있을 뿐이야. 안은 텅텅 비었어. 그야 당연하지. 모두 네 머릿속에 들어 있으니까. 세계라는 건 원래 없는 거야. 아인슈타인도 상대성이론도, 은하까지도 빅뱅조차도, 실은 네가 만든 것이랄까? 너 편리한 대로, 모든 게 전부 다. 맞아, 이 생과 죽음도 모조리 네가 고안해낸 거야.

　움켜쥔 주먹이 분노로 부르르 떨렸다. 도오루는 히카루를 가만히 응시했다.

—야, 왜 그래? 나를 미워하는 건 번지수를 잘못 짚은 거야. 몇 번이나 말했지만 나는 너라고. 네가 생각했기 때문에 이런 일이 일어났단 말이야. 세계를 이렇게 만든 건 다른 누구도 아닌, 바로 너야. 너는 너하고는 전혀 상관없는 일이라고 생각했겠지? 하지만 그렇지 않아. 실제로는 네가 회색을 만들어내고 회색을 증식시켰어. 네가 원했기 때문이야. 생각을 좀 해봐. 죽이고 싶다고, 그때 생각했었잖아? 옛날에, 기억해봐, 초등학교 때 누군가 너를 못살게 굴었지? 네가 그때, 죽여버릴 거라고 중얼거렸잖아. '학교 같은 거, 다 무너져라' 하고 생각했었잖아. 나는 들었어, 네가 그렇게 기도하는 거. 텔레비전을 보면서, 테러 영상을 보면서 '와우, 엄청나다' 하고 탄성을 올린 일도 있었지? 사고를 목격했을 때도 몰려선 사람들의 맨 앞줄까지 비집고 나가서 눈을 번들거리며 쳐다봤었지? 네가 그런 생각을 할 때마다 이 세계라는 게임 머신은 패배와 악의, 절망과 공포와 불안의 정보를 온 세상에 마구 퍼뜨렸어. 이 참혹한 결과는 모두 네가 불러들인 일이란 말이야. 알았어?

히카루가 의기양양한 표정으로 도오루를 쏘아보았다. "자, 어쩔 거야?"라고 히카루는 과장스럽게 어깨를 으쓱 쳐들며 말했다.

"아직 내게는 희망이 있어"라고 도오루는 중얼거리듯이 말했다.

—뭐라고? 뭐라고 하셨나?

"아직도 그런 유치한 소리를 해서, 도오루 군?" 하고 히카루가 연이어 내뱉었다.

―일이 여기에 이르렀는데, 헹, 희망이라고? 그딴 거, 아주 옛날 옛적에 소멸됐어. 다 써먹었다고, 그 수법은 이미 획득 포인트 제로야. 한마디 해두겠는데, 도오루 너에게는 이미 방법이 없어. 온갖 무기를 다 써먹었어. 이렇게 된 마당에는 일단 게임을 끝내는 수밖에 없다고. 아예 처음부터 다시 하는 수밖에 없다고 몇 번을 말해야 알겠냐? 괜찮아, 이건 가상의 세계니까. 여기서 공연히 화내고 말고 할 것 없이 나랑 다시 세계를 상상하자. 이번에는 훨씬 더 복잡한 걸로, 살아낸 보람이 있는 세계로 만들자. 그리고 거기도 마지막에는 엉망진창으로 부숴버리자고.

―싫어. 나는 시라토를 구할 거야!

―어허, 얘는 이제 끝났다니까? 이미 죽어버려서 구해줄 수 없다니까 그러네. 아무리 게임이지만 일단 룰이라는 건 있잖아? 이렇게 복구할 수 없을 만큼 파워가 다운된 이상, 뭐 어떻게도 부활시킬 수는 없어. 기적이라도 일어나지 않는 한…… 앗, 아차차!

도오루와 히카루는 저도 모르게 서로를 마주보았다. '기적'이라는 말이 도오루의 마음속에 희미하지만 서슴없는 한 줄기 빛을 부어넣었다. '기적이라고?' 도오루는 입속으로 중얼거렸다.

―그래, 기적이 있었어!

히카루가 지겹다는 표정으로 쓴웃음을 지었다.

―야, 내 말 잘 들어, 무슨 마법사도 아니고 그런 걸 자꾸 써먹을 수는 없지. 도오루 너는 원래부터 너무 기적에 기대려는 경향이 있어. 그

건 금지된 수법이야. 아무리 가상 게임이라도 그건 안 돼. 안 되지!

ㅡ아니, 나는 기적을 일으킬 거야. 나 자신이 바로 기적이니까.

ㅡ뭔 소리? 너, 머리가 어떻게 됐냐?

ㅡ기적은 특별한 게 아니야. 인간은 누구나 기적적인 확률로 이 세상에 태어나. 그걸 생각하면 돼. 인간의 숫자만큼 기적이 있다는 거.

히카루가 큰소리로 웃음을 터뜨렸다. 웃기만 하는 게 아니라 그 자리에서 까불거리며 빙빙 돌기 시작했다.

ㅡ야, 도오루, 이제 그만 끝내자. 바보 같은 생각은 하지도 말고, 자, 가자고. 평화로운 세계에서 우리 둘이 미처 감추지 못한 것 찾기 놀이나 하자. 시라토의 장례식에 줄줄이 늘어서서 슬픈 척하는 자들의 위선을 찾아내는 거야. 이봐, 현실에 철저히 박살이 나러 가보자고. 완전히 의욕을 잃은 척하면서 실실 놀아대자고. 삶의 시련을 즐기자고. 알겠어, 도오루!

도오루는 변할 대로 변해버린 시라토의 모습을 가만히 내려다보았다. 마치 바닷가에 떠밀려 온 나무토막 같았다. 살은 여위고 피부는 나무껍질처럼 거무스레하고 뺨도 이마도 꺼칠해졌다. 도오루는 무릎을 꿇고 할 말을 잃은 채 그 비참한 모습을 뚫어져라 바라보았다.

ㅡ거봐, 말했지? 이 사체에서 뭘 기대하겠어? 여기 어디에 희망이 있어? 잊어버리는 게 제일이야. 인간이 유일하게 자랑할 재능이라곤 망각뿐이야. 잊어버린다는 거, 그게 유일하게 뛰어난 인간의 능력이야. 그밖에 뭐가 있어, 이 어리석은 동물에게?

시라토의 축 늘어진 다섯 손가락은 그야말로 미라의 그것이었다. 그 손이 예전에 도오루의 손을 감싸고 따스함을 전해주었다. 그곳에는 피가 통했고 생명력이 넘쳤다. "아아, 대체 무슨 짓을!" 떨리는 목소리가 도오루의 입가에서 탄식과 함께 튀어나왔다.

―어째서 이런 일이……

―쳇, 바보. 멜로드라마는 이제 끝이야. 도오루, 시간 됐어. 오늘은 여기까지.

그때, 도오루의 시선 끝에서 시라토의 새끼손가락이 아주 조금 움직였다. 도오루는 깜짝 놀라 황망히 눈가에 힘을 넣었다. 천천히 그 자리에 쪼그려 앉아 의식을 집중했다. 다시 한 번 새끼손가락이 살짝 움직였다. 도오루는 서둘러 시라토의 손을 감쌌다. 인간의 손이 주는 감촉이 아니라 마치 말라빠진 식물 줄기 같았다.

―이번에는 내가 너에게 희망을 돌려줄 차례야.

도오루는 죽어가는 시라토를 향해 스스로에게 말하는 것처럼 중얼거렸다.

―대체 어떻게!

히카루는 지긋지긋하다는 듯 소리를 내질렀다.

―너 따위는 절대 알지 못할 인간의 마음으로!

도오루는 그렇게 부르짖고는 바닥에 손을 짚고 시라토를 바로 위에서 들여다보았다. 그 살갗은 켈로이드 상태로 부패하기 시작하여 뼈가 드러나 있었다. 하지만 두려워하지 않고 얼굴을 가까이 댔다. 아름다운 눈에서는 빛이 사라져 청동상 같았다. 버석거리는 시라토의 짧은 머리를 쓰다듬었다.

　—안 될 일이라니까. 바보 같은 짓은 관둬. 그 애는 이제 살아 돌아오지 않아. 이게 네가 바라던 희망의 결과야.

　슬픔의 감정이 도오루의 안쪽으로 마구 들이쳤다. 눈물로 시야가 흐려졌다. 자신을 구해주었던 사랑스러운 존재, 소중한 존재가 보기에도 참혹한 모습으로 그곳에 누워 있었다. 죽음이 이토록 인간을 슬프게 하는 이별이라는 것을 소년은 절실하게 깨달았다. 게임 속에서 곧바로 재생되는 죽음이 아니라 지금 눈앞에 있는 죽음은 부활을 거부하는 현실적인 종언을 의미하고 있었다. 도오루는 시라토를 구해낼 방법을 알지 못했다. 희망의 출구는 어디에 있는 걸까 하고 도오루는 생각했다. 죽어가는 시라토를 구해낼 방법은 무엇일까? 도오루는 애처로운 시라토의 얼굴을 골똘히 응시했다.

　—가자, 도오루.

　히카루의 목소리가 도오루의 마음을 유혹했다.

　—다시 재미있게 놀자. 자, 빨리 리셋하자. 안 그러면 너는 너의 공상들과 함께 사라져버릴걸?

　도오루는 시라토의 뺨에 손을 얹었다. 몸을 숙여 양손으로 그 뺨을 단단히 감쌌다. 그리고 그 말라버린 입술에 자신의 입술을 가져가 가만히 맞댔다. 절망적으로 딱딱한 시라토의 살에 자신의 온기와 다정함을 전했다. 피가 흐르지 않는 시라토의 뺨을 자신의 손으로 녹였다.

도오루의 눈물이 시라토의 꺼멓고 문드러지고 말라버린 살에 툭툭 떨어졌다.

　─뭐야? 뭐하는 거야, 도오루! 바보짓은 관둬!

　도오루는 눈을 감았다. 시라토와 오래된 절 경내의 나무 사이로 흘러드는 빛 속에서 입맞춤을 거듭하며 서로를 껴안았을 때의 일을 생각했다. 그때 그 순간에 시라토의 부드러운 살갗의 감촉에 도오루는 깜짝 놀랐었다. 그때 그 순간에 에너지가 온몸을 휘돌았던 탓에 도오루의 온 신경의 말단은 부하를 견디지 못하고 스파크를 일으켜 불꽃이 튀었다. 호흡도 심장 고동도 피의 흐름도 일시적으로 정지했었다. 그때 그 순간, 시라토의 입술이 도오루의 입술에 맞닿은 그 순간, 무언가가 도오루의 마음을 뒤흔들었다. 그때 그 순간, 시라토는 다정한 미소 끝에 문득 진지한 표정으로 얼굴을 가까이 댔었다. 그때 시라토의 눈에는 다정하고도 큼직하게, 바다의 가장 밑바닥이 그럴 것이라고 상상되는 깊고 한없는 것이 넘쳤었다. 그 순간, 시라토의 에너지가 입술을 거쳐 도오루의 몸뚱이로 쏟아졌었다. 둘의 입술은 더욱 더 친밀하게, 틈새라고는 없이 하나로 맞닿았었다. 그 순간, 도오루는 숨을 쉴 수 없었고 귀 안쪽 깊은 곳이 열기로 후끈거리는 것을 느꼈었다. 그때 그 순간, 시라토는 다시금 손에, 손목에, 팔에 힘을 넣어 도오루의 입을 끌어당겼었다. 둘이서 숨도 쉬지 못하고 몸도 움직이지 못한 채 한 쌍의 조각품이 되었었다.

　─도오루, 하지 마. 그런 짓 해봤자 안 돼. 더 괴롭기만 하지. 자, 가

자. 가자니까! 도오루, 가잔 말이야!

　그때 그 순간, 오래도록 호흡을 멈춘 탓에 답답해져서 시라토가 저도 모르게 팔을 풀자 그 아주 조금 떨어진 틈을 타고 수면에 얼굴을 내민 해녀처럼 두 사람은 동시에 숨을 쉬었었다. 그 순간, 빛을 받아들인 시라토의 얼굴 윤곽은 붉은 기를 띠고 또한 수줍음과 고양감으로 요염하게 빛났었다. 그 순간, 시라토의 입술은 도오루의 입술을 덮쳐 세게 빨았었다. 그때 그 순간, 도오루는 시라토가 하는 대로 조용히 그를 받아들였었다.

　ー도오루!

　그때 그 순간, 시라토는 셔츠 단추를 모두 풀고 얼굴 붉히는 일 없이 당당하게 그 셔츠를 벗어던졌었다. 그곳에 사랑스러운 가슴이 나타났었다. 그때 그 순간, 남성의 감정을 가진 여성의 몸이 그곳에 있었다. 그 순간 "이게 나야, 똑똑히 봐"라고 시라토는 말했었다. 그리고 시라토는 도오루를 덮쳤었다. 그때 도오루는 그것이 욕망이라고 생각했었다. 그 순간, 시라토의 뺨은 도오루의 가슴을 비볐었다. 둘은 세차게 서로를 끌어안았었다. 그때, 도오루는 "이대로 마지막까지 해버리면 어떻게 되는 거지?"라고 물었었다. 시라토는 도오루에게 "하지만 만일 이 선을 넘는다면 회색을 이기는 거 아니야? 히카루는 더 이상 나타나지 않는 거 아니야?"라고 말했었다.

　도오루는 두 손으로 시라토의 머리를 잡고 자신의 입술을 향해 끌어당겼다. 눈을 감은 채, 저 온갖 아름다운 순간들을 생각하며 강렬하게 염원했다.

도오루는 천천히 눈을 떴다. 그리고 참혹하게 변해버린 시라토를 다정하게 바라보았다.

―이제 내가 너에게 희망을 돌려줄게.

도오루는 시라토의 셔츠 단추를 풀었다. 검푸르게 얼룩진 가슴이 나타났다. 그곳엔 예전에 보았던 욕망의 언덕은 없었다. 회색의 무미 건조한 대지가 펼쳐져 있을 뿐이었다. 꽃은 시들고 빛은 꺼지고 대지 는 황폐해져 있었다. 도오루는 시라토의 셔츠를 벗겨냈다. 마르고 딱 딱한, 부패하기 시작한 피부에서 정성껏 셔츠를 벗겨냈다.

―도오루, 정말 꼴불견이다.

도오루는 멈추지 않았다. 시라토가 입은 스커트의 지퍼를 내리고 그 긴 천 조각을 신중하게 벗겨냈다. 양말을 벗기고, 마지막으로 그곳 만 묘하게 생생히 빛나는 하얀 속옷에 손을 얹었다. 그리고 헉헉 흐느 껴 울면서도 강한 의지에 따라 도오루는 그것을 벗겨냈다.

―히카루, 네가 졌어. 나는 시라토를 사랑해. 그리고 너를 내 세계에 서 추방할 거야.

말을 마치자 도오루는 일어섰다. 벌거숭이로 누운 시라토를 내려다 보았다. 말라붙고 검푸르게 얼룩진 나체가 그곳에 있었다. 도오루는 입고 있던 티셔츠를 벗었다. 그리고 벨트를 풀고 바지를 벗었다. 신발 을, 양말을, 그리고 모든 것을 벗어던졌다.

히카루는 무서운 표정이었지만 아무 말도 내뱉지 못했다. 턱을 당기고 눈을 치뜨고 도오루를 노려볼 뿐이었다.

―히카루, 나는 이 세계를 포기하지 않아.

도오루는 그렇게 중얼거리고 시라토 곁에 조용히 누웠다. 바닥에 짚은 왼쪽 팔꿈치로 자신의 몸을 받치고 오른손으로 천천히 시라토를 끌어안았다. 그리고 상처 입은 시라토의 살에 자신의 살을 비볐다. 허리와 다리와 등에 손을 돌려 넣고 다정하게 녹였다. 사랑하는 방법은 알지 못했다. 어떻게 하나가 되는지, 그 방법 따위는 알지 못했다. 어떻게 해야 욕망이 나타나는지 알지 못했다. 알지 못했지만 온 마음을 담았다. 예전에 시라토가 도오루에게 해주었듯이 그 곁에 붙어 따스하게 녹여주었다. 도오루는 그것이 히카루의 말대로 꼴불견이건 말건 창피한 짓이건 말건, 오로지 사랑이라는 것만을 상상했다. 희망이 본디 가진 광채를 상상했다. 미래에 있어야 할 모습을 마음속에 그려내려고 했다.

도오루는 시라토만을 생각했다. 시라토를 어떻게든 구해내겠다고, 진지하게 고뇌했다. 욕망은 먼 곳에 있었다. 중학교 1학년 도오루의 마음속 아득히 밑바닥에 웅크린 듯한 욕망이 있었다. 무릎을 끌어안고 쪼그려 앉은 약하고 미덥지 않은 내성적인 욕망. 도오루는 등을 비볐다. 정성을 다해 허벅지를 녹였다. 좀 더 몸을 바짝 붙였다. 눈을 감고 마음을 집중한 채, 시라토에게 내내 입맞춤을 계속했다.

그 순간, 그때의 감동이 도오루의 마음을 가득 채웠다. 두 사람은 나뭇가지 사이로 흘러드는 햇빛 속에 있었다. 오래된 절 경내의 마루

위에서 서로를 껴안았다. 그곳에는 나무들을 거쳐 도달한 신성한 빛이 있었다. 다정한 바람이 둘의 뺨을 씻어냈다. 바람이 불 때마다 나뭇가지 사이로 흘러든 햇빛이 일대를 한낮의 바다로 바꾸었다. 도오루는 시라토에게 입을 맞추었다. 그리고 그 입속에 강하게 숨을 불어 넣었다.

―후욱.

자신의 날숨을 쏟아 붓는 것이었다.

―후욱. 후욱.

그러자 시라토의 몸이, 봉긋한 가슴과 허리뼈가 희미하게 반응했다. 도오루는 시라토의 목을 팔로 끌어안고, 또 다른 한 손으로 허리를 끌어안았다. 시라토의 몸은 도오루의 품 안에 있었다.

도오루에게는 아직 알지 못하는 것이 너무나 많았다. 무엇을 사랑이라고 하는지, 무엇이 남자와 여자의 차이인지, 무엇을 희망이라고 하는지. 하지만 알지 못하는 것 너머에 확실한 것이 있었다. 말로는 할 수 없어도 단호하게 흔들림 없는 것. 도오루는 오직 그것만을 응시하고 신뢰하며 그것을 향해 나아갔다.

도오루의 눈물이 시라토에게 윤기를 돌려주기 시작했다. 딱딱하게 굳었던 몸의 말단이 차츰 부드러워졌다. 거칠거칠 일어났던 시라토의 살갗에 매끄러움이 되살아났다. 이게 희망이라고 생각했다. 새끼손가락이 움찔 움직였을 때, 도오루는 다시 한 번 거기서 희망의 빛을 발견했다. 시라토의 몸에 탄력이 되돌아오고 있었다. 이건 희망이고 이 징조만 바라보자고 생각했다. 흔들림 없는 확실한 그것만을 믿으며 도오루는 결코 포기하지 않았다.

　─유키, 지면 안 돼. 함께 세계로 돌아가자.

　도오루는 시라토의 귓가에 다정하게 속삭였다. 도오루의 팔 안에 축 늘어져 있던 시라토, 그 입가가 아주 조금 움직였다. 자칫 놓쳐버릴 만큼 미세한 움직임이었지만 그것은 태동과도 같은 감동을 주었다. 검푸르게 얼룩졌던 살갗 여기저기에 불그레한 기운과 윤기가 서서히 되살아났다. 도오루는 시라토의 어깨를 끌어안고 더욱 강하게 마음을 담았다.

　그때 그 순간, 도오루는 껴안은 두 사람을 안아주는 그 세계가 생생한 초록에 감싸이는 것을 상상했다. 나아가 그 순간, 도오루는 품에 안은 시라토의 몸속 깊숙이에서 무언가 넘치기 시작하는 것을 감지했다. 시라토의 손끝이 다시 움직였다. 그리고 이번에는 발끝이 움직였다. 그 순간, 도오루는 시라토의 눈에 샘물 같은 반짝임이 돌아온 것을 발견했다. 그리고 그 순간, 눈가를 따라 빛이 내달리는 것을 보았다. 빛의 심지가 눈의 중심에 깃들었다. 그리고 도오루는 시라토의 의지가 자신의 눈과 마음을 꿰뚫는 것을 느꼈다. 시라토의 팔이 천천히 쳐들리는 모습을 도오루는 머릿속에 그렸다. 두 사람은 한없이 이어지는 해안선의 바닷가에 있었다. 밀려왔다 밀려가는 물결에 흔들리며 두 사람은 팔짱을 끼었다. 푸르디푸른 지구의 녹음 속에서 도오루는 시라토와 입맞춤을 했다. 그 순간, 두 사람의 육체와 육체 사이에 생명의 원천인 물이 몰려오는 것을 느꼈다. 두 사람은 파도에 씻기면서도 입맞춤을 계속했다. 도오루는 시라토의 몸이 떨어지지 않도록 세게 끌어안았다. 두 사람의 시선은 뒤엉킨 채, 바닷가 물결 앞에서 오락가락했다.

그 순간, 도오루는 계속해서 기적을 상상했다. 힘을 회복하여 이전보다 강하고 씩씩하게 확대된 상상력이 불안과 절망을 밀어냈다. 또한 그 순간, 기적이 반드시 시라토를 구해낼 것이라고 굳게 믿었다. 기적이란 상식이 전혀 가닿지 않는 신비한 영역이 아니었다. 기적이란 어디에나 있는 지극히 흔한 현상일 뿐이었다. 서로 사랑하는 이들에게는 세상 모든 것에 기적이 깃들고, 서로 그리워하는 이들에게는 모든 면에서 기적이 도움을 주었다. 그때 그 순간, 도오루와 시라토는 기적 속에 있었다. 두 사람의 시선은 뒤엉키고 긴긴 입맞춤이 이어졌다. 싱싱한 빛이 상상력의 밑바닥에서 쏟아져 나오는, 끝내 마르는 일 없는 물속에서 두 사람은 강하게 서로를 껴안고 있었다. 세계는 그 순간, 흔들림 없는 것 속에 있었다. 강한 정신의 한복판에.

시라토가 도오루의 입술을 마주 빨아왔다. 그 감촉은 오래된 절의 경내에서 마주했던 저 생생한 입술의 감촉, 바로 그것이었다. 도오루의 모든 세포가 시라토의 모든 세포를 끌어안고 있었다. 세포와 세포가 호응하고 이어서 양자의 경계를 알 수 없을 만큼 동화하고 마지막에는 한 덩어리가 되었다.

웅크리고 있던 내성적인 욕망이 온갖 저주와 속박에서 해방되어 대범하고도 야성적으로 쑥쑥 펼쳐지는 것을 도오루는 상상했다. 도오루의 팔이 시라토의 몸을 휘감고, 두 사람은 빨려들듯이 사랑의 깊이와 넓이를 체험했다. 그때 그 순간, 도오루는 세계가 사랑으로 감싸였다는 것을 알았다. 너른 바다와도 같은 한없는 넓이, 대륙과도 같은 힘찬 씩씩함이 되살아났다. 경계선이 서로 뒤섞였다. 어둠을 씻어내기 시작하고 있었다. 그때 그 순간, 시라토의 몸이 뒤로 크게 젖혀졌다. 우주가 반전하는 듯한 재생의 시작이었다.

세계는 지금, 명백히 그곳에 펼쳐져 있었다. 희망과 상상력으로 가득한 흔들림 없는 세계가 그곳에 있었다. 그곳이란, 도오루의 정신의 우주 속에 떠오른, 지구라는 푸른 물의 혹성이었다.

에필로그

아침, 늘 자는 침대 안. 커튼 틈새로 쏟아지는 부드러운 햇살이 마치 깃털처럼 도오루의 뺨을 다정하게 쓰다듬는다. 나른한 졸음 속에서, 내가 잠을 잤구나, 라고 서서히 깨닫는다. 팔로 눈을 가리고 입술을 부루퉁하게 내밀고, 조금 더 자고 싶은데, 라고 도오루는 마음속으로 투덜거린다. 또 다시 엉뚱하기 짝이 없는 꿈을 꾸었던 것 같은데, 늘 그렇듯 어떤 꿈이었는지 생각나지 않는다. 할리우드 영화 같은 일대 활극의 꿈이었던 건 분명한데 생각해내려고 하면 그 첫머리부터 꿈은 스르르 녹아 사라진다. 어차피 생각해내는 건 불가능하다고 깨달으며 심통이 나서 내처 눈을 감아버린다. 그러자 이번에는 침대 아래에서 갑자기 자명종이 울리기 시작한다. 마지못해 원래의 세계로 끌려나오는 이 고약한 습관과는 언제쯤이나 기분 좋게 화합할 수 있을까. 아예 포기를 하고 도오루는 불퉁거리면서도 느릿느릿

몸을 일으켜 크게 기지개를 켜고, 침대 아래서 계속 울어대는 자명종을 찾아내 꺼버렸다.

여름방학은 끝났다. 학교에 돌아가는 날이다. 입가에 떠오른 부드러운 웃음을 씹으며 도오루는 침대에서 힘차게 뛰쳐나왔다.

평소의 신발이 약간 답답하게 느껴진다. 신어본 순간, "어라라?" 하는 소리가 저절로 튀어나왔다. 일단 신발을 벗고, 안에 뭐가 들어 있나 확인해보고 다시 발을 집어넣었다. 걸을 때마다 발톱 끝이 닿아서 슬슬 아팠다. 여름 방학에 키가 또 커버렸다. 늘 입던 바지와 셔츠도 어딘가 어색하게 느껴진다. 너무 급하게 커버리는 탓에 감각과 사고가 미처 따라가지 못하는지, 어째 균형이 잘 잡히지 않는다. 아스팔트길을 걸으며 길과 신발 바닥이 묘하게 뜨는 듯한 느낌에 당황스럽다. 하지만 이게 바로 성장한다는 거겠지, 라고 도오루는 걸음을 내딛을 때마다 서서히 깨닫는다.

화창하게 맑은 날씨다. 길은 아침의 깨끗한 빛을 반사하여 눈부셨다. 더 이상 여름빛이 아니다. 비스듬하게 꽂히는 빛 속에 성급한 가을의 불그레한 기척이 희미하게 섞였다. 상점가 윈도에 비친 자신을 보고 도오루는 저도 모르게 피식 웃어버린다. 잘 아는 누군가의 얼굴로 깜빡 착각하고서 앗, 하는 소리를 내려다가 그게 자신이라는 것

371

을 깨닫고 입가가 헤실헤실 풀어졌던 것이다.

자신의 몸속에서 엄청난 기세로 세포가 분열하고 증식해가는 상상이 도오루를 유쾌하게 했다. 경중경중 뛰듯이 걸으며 웃음은 언제까지고 사라지지 않았다.

학원 역 개찰구 저 앞에 질서 있는 학생들의 흐름이 언덕 위까지 끊임없이 이어졌다. 다시 오늘부터 이 언덕을 그들과 함께 오르지 않으면 안 된다. 그래도 도오루는 불평을 늘어놓을 마음은 없다. 이렇게 수많은 아이들과 다시 이곳에 모일 수 있었으니. 아이들 모두와 함께 새롭게 2학기를 맞이할 수 있었으니. 흔해빠진 풍경이 눈앞에 펼쳐지는, 지극히 평범한 이 평화에 도오루는 다시 한 번 입이 헤벌어지는 것이었다.

ㅡ별로, 아무 일도 없어.

그렇게 중얼거리며 도오루는 스스로 흐름에 합세했다.

교문 정면에 있던 병원은 여름 사이에 완전히 철거되어 택지로 바뀌었다. 이가 빠진 것처럼 그곳만 공간이 뻐끔 열려서 저절로 눈이 갔다. 야구를 할 수 있을 만큼이나 될까. 평평한 공간이 건물과 주택, 주상복합빌딩에 에워싸여 입을 크게 벌리고 있다. 방학에 들어가기 전, 그토록 많은 보도 관계자들로 북적거리던 인도에 이제는 사람 하나 보이지 않는다. 기분 좋은 바람이 그 공간을 온화하게 흘러갔다. 무슨 식물인지 갈색 땅에 싹을 틔웠다. 택지 군데군데 초록빛 무늬가 점점이 그려졌다. 바람이 어디선가 씨앗을 실어온 것이다. 도오루는 문득 그것을 알아보고 마음이 흐뭇했다.

등 뒤에서 누군가 도오루의 이름을 불렀다. 돌아보니 반 친구들이었다. "야아"라고 작게 대답하고 그들과 함께 정문을 들어섰다. 여기저기서 빛이 튀었다. 눈에 보이지 않는 무수한 빛의 입자가 학교 건물과 교정의 여기저기서 반짝반짝 깜빡였다.

—다행이다, 범인이 잡혀서. 이제 마음이 놓여.

누군가 빛을 향해 의기양양하게 말했다. 도오루는 일순, 무슨 말인지 알아듣지 못해 입이 동그래졌지만 곧바로 생각이 났다. 여름방학에 들어가기 직전에 유괴 살인사건의 범인이 체포되었던 것이다. 신문에는 경비회사 직원이라고 적혀 있었지만 도오루는 아무래도 석연치 않았다. 경찰이 찾아와 범인의 사진을 보여주었는데 비슷하기도 하고 비슷하지 않기도 했다. 범인이 아니고서는 도저히 알 수 없는 사실을 자술하여 그 남자는 체포되었다. 도오루는 대역이라고 생각했지만 그 이상 캐묻지는 않았다.

"정말 다행이다, 이제 마음 놓고 학교에 다닐 수 있어"라고 다른 누군가가 말했다. 그 웃음에 도오루도 덩달아 함께 웃는다.

도오루는 멈춰 서서 하늘을 올려다본다. 그곳에는 아직 푸른 하늘이 펼쳐져 있었다.

여름방학 전과 지금, 무엇이 달라졌다는 것일까. 도오루는 교실 안을 둘러보았지만 그 차이를 찾아낼 수가 없다.

교실 여기저기서 웃음소리가 터진다. 기노시타와 에지리가 교실 뒤편에서 장난을 치고 있다. 후지와라는 몇몇 여학생들과 얼굴을 맞대고 수다를 떨고 있다. 가도노는 회장답게 칠판을 깨끗이 닦아낸다. 도오루는 고개를 들어 실내를 둘러보았다. 모두가 부드러운 표정을 입가에 담고 있었다. 아침빛이 예전에 이 교실을 점거하고 있던 불안과 절망, 회색을 몰아내고 있었다.

자리에 앉아 가방에서 교과서며 노트를 꺼내 책상 속에 정리했다. 옆 자리에 시선을 던지자 책상 표면이 반짝인다. 그것은 홀려들 만큼 아름답다.

복도 쪽에서 귀에 익은 높직한 목소리가 튀었다. 도오루가 얼굴을 돌리자 시라토가 숨을 헐떡이며 앞문으로 뛰어들었다. 그리고 맨 먼저 도오루를 찾더니 큼직한 웃음을 지어 보이고 "엇쭈, 일찍 오셨네?"라는 인사말을 툭 던졌다. 짧았던 머리가 여름방학 동안 길게 자라서 이전보다 훨씬 더 야성적인 인상이다.

—연락 못해서 미안하다. 어제 늦게 도쿄에 돌아왔거든.

여름방학 동안 시라토는 친척 집에서 지냈다.

—어땠어, 그쪽은?

—응, 재미있었어. 근데 말이지……

시라토는 문득 목소리를 낮추어, 네가 없어서 따분했어, 라고 말하고 소년다운 미소를 지었다. 불그레하게 반짝이는 뺨, 또렷하고 까만 눈, 그리고 야무진 입가에는 살아 있는 자 특유의 아우라(aura) 같은 상쾌한 광채가 엉겨 있었다.

무사해서 다행이야. 보고 싶었다.

도오루는 소리는 내지 않고 입만 움직여 전했다. 시라토는 금세 알아보고 겸연쩍은 듯 고개를 끄덕여 보인다.

—여전하시군. 아냐, 뭔가 변했는데? 야, 도오루, 너 어디가 변한 거야?

—키가 컸어. 신발이 작아졌더라.

도오루는 일어선다.

—진짜네? 왜 이렇게 갑자기 커버렸어?

도오루는 어느 새 시라토를 내려다보고 있었다. 세계가 달라 보이는 건 이것 때문이구나 하고 도오루는 그제야 깨달았다.

—너, 우리 반에서 키가 제일 크겠는데?

시라토가 웃으며 키에 대한 느낌을 밝혔다. 도오루는 교실 안을 빙둘러보고는 "그런가?"라고 대답했다. 그리고 시라토를 바라보았다.

—도오루, 이대로 머리를 기를까 생각 중이다.

시라토는 변함없이 소년 같은 털털한 말투로 그렇게 내뱉었다.

하얀 빛이 세계를 감싸고 있었지만 도오루는 마음 어딘가 한 점이 팽팽히 당겨지는 것을 느꼈다. 하지만 그것이 무엇인지 알지 못했고, 그 한 점만은 어떻게도 배제할 수 없었다. 완전히 몰아내지 못할 것을 안고 나는 앞으로도 계속 성장해가겠구나 하고 도오루는 생각한다.

　육체와 정신의 내측에서 외측을 향해 팽창해가는 무언가를 느끼며 어른이 되어가고 있었다. 엄청난 속도로 확대되는 에너지의 소용돌이 속에 지금 내가 있다, 라고 도오루는 생각했다. 그 정신과 육체가 앞으로 제대로 화합할 수 있을지 어떨지, 도오루는 아직 알지 못했고 얼마간의 불안도 있었다. 하지만 차례차례 생겨나는 새로운 세포와 뼈와 피, 그것들과 멋지게 잘 풀어나가야만 한다. 앞일은 하나도 알지 못하지만 알지 못하기 때문에 더 재미있는 거야, 라고 스스로를 타이르며.

　수업 종이 울렸다. 도오루는 일순 고개를 들고 귀를 기울여 파상(波狀)으로 흔들리는 음이 세계의 저편으로 사라지는 여운을 즐겼다.

　그 온화한 소리가 학원가 구석구석에 가닿을 즈음, 학생들은 모두 제자리에 앉아 선생님의 등장을 기다렸다. 희망과 미래가 학생 한 사람 한 사람의 눈동자 속에 깃들었다. 단 한 사람, 종이 울렸는데도 교실에 돌아가지 않고 옥상에서 놀고 있는 아이가 있었다. 히카루는 게양대 위에서 교기(校旗)가 펄럭이는 것을 멍하니 바라보고 있었다.

그리고 옥상에서 노는 이 영원(永遠)의 아이는 작은 하품을 씹은 뒤에, 무슨 생각이 났는지 천연덕스럽게 웃음을 터뜨리는 것이었다.

옮기고 나서

『냉정과 열정 사이』, 『사랑 후에 오는 것들』, 『사랑을 주세요』, 『질투의 향기』 등으로 우리 독자에게 널리 알려진 츠지 히토나리, 그의 또 다른 면모를 보여주는 새 작품을 소개한다.

『냉정과 열정 사이』가 큰 인기를 얻으면서 그는 우리 출판계에 '연애소설을 잘 쓰는 작가' 라는 인상이 강하게 심어졌지만, 사실은 사회적, 정치적으로 첨예한 이슈에 대해 적극적으로 발언하는 야심찬 소설을 끊임없이 발표하여 일본 문단에서도 특히 지성적인 작가로 알려져 있다. 이번 『피아니시모 · 피아니시모』는 그런 사회성 짙은 작품군에 속한다.

콘크리트로 뒤덮인 도시의 매머드 학교, 그 학교 지하에 또 하나의 학교가 있어서 이런저런 사연을 담은 유령들이 산다는 이야기는 전통적인 학교 괴담 중의 하나로 알려져 있다. 아직껏 범인이 잡히지 않은

3년 전의 유괴 살인사건이 또 다시 반복되는 공포에 찬 현실이 그런 괴담의 허구성과 맞물려 이 소설의 회색빛 배경을 이룬다.

주인공 도오루는 '나 이외에는 아무도 알아보지 못하는 또 하나의 나'와 함께 살아가는 중학교 1학년 남학생이다. 자신의 외로움과 부적응의 고통을 대신 발산해주는 또 하나의 나, 세상을 거침없이 비웃는 또 하나의 나를 갖는다는 것은 분명 달콤한 도피일 것이다. '해리성(解離性) 정체감 장애'라는 심리적 질환은 끔찍한 현실로부터 스스로를 분리하여 마음에 입게 될 크나큰 상처를 방지하기 위한 것이라고 한다. 따라서 도오루는 자신이 그런 장애를 가지고 있다는 것을 알지 못한다. 이 고통스러운 달콤함의 대가로 도오루는 현실에 안착하지 못하고 끊임없이 분열하며 정체성의 혼란을 겪는다.

그의 옆자리 친구는 여자의 몸으로 태어났지만 남자의 마음을 가진 시라토. 일찍부터 자신의 성에 대해 고뇌해온 이 소녀는 비록 '성 동일성 장애'라는 진단을 받지만, 자신이 그러한 특이성을 가진 존재라는 것을 분명하게 인식하고 있고, 자신이 누구인가 하는 정체성에 대해 도오루보다 더 뚜렷한 확신을 갖고 있다. 성 동일성 장애의 시라토와 해리성 정체감 장애를 겪는 도오루의 만남은 이 소설에서 중심축을 이루는 상징으로 보인다.

인류는 전 세대에 비해 발전한 것일까. 풍족한 가운데서 외로움을 느끼는 사람들이 점점 더 많아진 것처럼 느껴지는 건 왜일까. 텔레비전은 매일처럼 테러와 전쟁, 기아라는 세계 정황과 함께 어린이 유괴

와 존속살인, 자살이라는 국내 뉴스를 생생한 화면으로 내보낸다. 하지만 '사람들 모두'는 이미 무감각이라는 늪에 빠져 어떤 일에도 아무런 감동을 느끼지 못하고, 세계의 평화와 희망에 대한 천착은 무관심한 남의 일이고, 가정은 붕괴되고 이웃을 돌아보는 사랑의 마음은 사라진 암울한 세계가 소년 앞에 펼쳐진다.

더 이상 듣고 싶지 않은 뉴스들, 무서운 경쟁사회에서 허덕이는 우리는 누구나 조금씩 정체성에 혼란을 일으키고 있는 게 아닐까. 무기력하고 무감동하고 무사상에 무능력에 무자비하게 되는 것으로 직접적인 아픔이나 공포, 슬픔이나 미래로부터 도망치고 있는지도 모른다. 소년은 고독과 공포 속에서 꼼짝도 하지 못하는 자신을 대신하여 자유분방하게 세상을 야유하고 비난하는 또 하나의 나를 마련하고 거기에 휘둘린다. 어떤 '나'가 참된 나인지 알 수 없는 어리둥절한 기시감. 또 하나의 나는 '이 세상은 마음에 들지 않으면 언제라도 리셋(재설정)할 수 있는 것'이라는 가장 편리한 방식의 위안으로 그를 유혹한다. 그런 소년 앞에 나타난 친구는 몸은 여성이지만 마음은 남성인 시라토였다. 나는 누구이며 어디에 서 있고 어디를 향해 가는지 알지 못하는 정체성 불안의 소년이, 남자인지 여자인지 알 수 없는 혼란 속에서도 자신을 찾아나가려는 씩씩한 소녀(소년?)를 만났다고 할까.

요즘 세대는 나만의 공간에서 매스미디어와 인터넷, 휴대전화를 통해서만 세계와의 접점을 찾는 경향이 강하다. 미래를 담당하게 될 그들의 의식세계는 분명 이전의 아날로그 세대와는 전혀 다른 양상을 떤다. 어디까지가 현실이고 어디까지가 허구인지 복잡하게 뒤엉켜버린 채로, 그러나 분명한 하나의 세계를 형성하여 그곳에서 사랑을 하고 희망을 찾는다. 이 이야기는 현실과 망상이 교묘하게 뒤섞인 요즘 세대들의 의식세계를 소름 끼칠 만큼 정확하게 묘사하는 데 성공한 것 같다.

어떤 선입견도 없이 요즘 세대의 의식에 눈높이를 맞춘 츠지 히토나리의 뛰어난 서술은 그야말로 극적으로 기적과 희망을 찾아낸다. 허구와 망상으로 버무려진 의식 세계이기 때문에 더욱 극명하게 떠오르는 것들. 생명은 얼마나 반짝이는 것인가. 죽음은 얼마나 참혹한 것인가. 그것은 회복할 수 없을 만큼 파워가 떨어졌을 때마다 얼마든지 리셋할 수 있는 게임 같은 것이 아니었다. 도피나 망각으로는 해결할 수 없는 현실을 목격하고 소년은 순수한 사랑의 힘으로 시라토에게 생명을 불어넣는 기적을 발견하는 것이다.

츠지 히토나리의 뛰어난 작가적 역량이라고 할 '드라마틱한 에너지'가 강하게 느껴지는 대목이었다.

그렇다. 새로운 시대의 소년은 허구와 망상의 세계 속에서도 리셋 대신 사랑의 상상을 선택했다. 그리고 성큼성큼 커가는 키와 거기에 미처 따라가지 못하는 정신의 격차를 안고 성장해간다. 희망과 기적의 힘을 어떤 시대보다도 더욱 어렵사리 실감하면서.

우리 소설계와 독자들이 이 작품을 받아들일 때는 또 다른 중요한 관점이 있을 것이다. 인터넷 환경이 일본보다 더 발달한 한국에서는 도오루와 흡사한 의식 세계를 보이는 중학생들이 커나가고 있다. 그 의식 세계를 긍정이나 부정의 차원이 아니라, 있는 그대로 구체적으로 묘사해낸 소설로서 그 의미가 크다는 느낌을 받았다.

태어나면서부터 텔레비전이 보여주는 온갖 영상 정보를 접해왔으나 그 모니터 안의 진짜 세계를 내 손으로 만져볼 수 없었던 세대, 폭력과 살인이 난무하지만 리셋 한 번으로 모든 것이 해결되는 게임에 빠져버린 세대, 밀폐된 공간에서만 세계와 자신을 형성해온 세대. 이 그림은 너무도 끔찍한 악몽이다. 인터넷으로 세계와 소통하지만 세계의 살을 만져본 적이 없고, 자연과 생명과 죽음을 실감으로 겪어본 적이 없는 그들은 크나큰 정체성의 혼란에 빠질 수밖에 없다. '회색에게 감동을 먹혀버린' 세대인 것이다.

그들을 도무지 이해할 수 없어 혀를 찼던 기성세대에게도, 또한 자신이 누구인지 알 수 없어 혼란스러웠던 신세대에게도 이 이야기는 복잡다단한 파문을 일으키는 특별한 경험이 될 것 같다. 참으로 어려운 번역이었지만, 그만큼 더 많은 독자들의 진지한 감상평이 기다려지는 작품이다.

2007년 6월, 양윤옥